人民共和國文化與文學叢書

四編　中國人民大學特輯

程光煒　李怡　主編

第 **11** 冊

新時期初期文學中的歷史記憶
——以戴厚英和遇羅錦為研究中心（1978～1984）

白　亮　著

花木蘭文化出版社

國家圖書館出版品預行編目資料

新時期初期文學中的歷史記憶 —— 以戴厚英和遇羅錦為研究中
心（1978～1984）／白亮 著 -- 初版 -- 新北市：花木蘭文化出
版社，2016〔民 105〕
目 2+224 面；19×26 公分
（人民共和國文化與文學叢書 四編；第 11 冊）
ISBN 978-986-404-646-1（精裝）
1. 中國文學 2. 文學評論
820.8   105012804

特邀編委（以姓氏筆畫為序）：

吳義勤　孟繁華　張　檸
張志忠　張清華　陳思和
陳曉明　程光煒　劉福春
（臺灣）宋如珊
（日本）岩佐昌暲
（新西蘭）王一燕
（澳大利亞）鄭　怡

ISBN-978-986-404-646-1

9 789864 046461

人民共和國文化與文學叢書

四　編　第十一冊　　　　　　　ISBN：978-986-404-646-1

新時期初期文學中的歷史記憶
——以戴厚英和遇羅錦為研究中心（1978～1984）

作　　者　白　亮
主　　編　程光煒　李怡
企　　劃　北京師範大學民國歷史文化與文學研究中心
　　　　　四川大學現代中國文化與文學研究中心
總 編 輯　杜潔祥
副總編輯　楊嘉樂
編　　輯　許郁翎、王筑　美術編輯　陳逸婷
印　　刷　普羅文化出版廣告事業
出　　版　花木蘭文化出版社
社　　長　高小娟
聯絡地址　235 新北市中和區中安街七二號十三樓
　　　　　電話：02-2923-1455／傳真：02-2923-1452
網　　址　http://www.huamulan.tw 信箱 hml810518@gmail.com
初　　版　2016 年 9 月
全書字數　210808 字
定　　價　四編 11 冊（精裝）台幣 20,000 元
　　　　　　　　　　　　　　　　　　　　　版權所有・請勿翻印

新時期初期文學中的歷史記憶
——以戴厚英和遇羅錦爲研究中心（1978～1984）

白亮　著

作者簡介

白亮，1981 年生於寧夏銀川市。在中國人民大學文學院求學十年，經程光煒教授指導，獲得文學博士學位。2009 年 6 月起，供職於北京外國語大學，現在該校中文學院任教。主要研究興趣為中國當代文藝思潮、80 年代以來的文學與文化現象等。自 2007 年起先後在《當代作家評論》、《當代文壇》、《南方文壇》、《文藝爭鳴》、《長城》、《現代中文學刊》、《文學報》等刊物發表學術論文二十餘篇。近年來參與或主持北京市社科規劃重點專案、北京市支持中央在京高校共建專案、北京外國語大學基本科研專項經費資助專案等。

提　　要

　　「文革」結束以後，中國政治、經濟、文化變革面臨的一個重要的問題是，如何看待、理解和處理「文革」記憶，這種「記憶」不僅對歷史當事人的日常生活、個人生存、社會關係等產生重大的影響，同時也與整個民族的集體記憶、思維方式和生活內容密切相關。只有在這種對「文革」的「記憶」、「講述」和「遺忘」中，關於「未來」的想像和建構才得以生成和展開。在通常情況下，記憶包含了個人記憶和集體記憶，其本身就是一種主體精神存在，它常常以各種或隱或顯的方式左右著人們的生活，而寫作作為人類精神活動的一種特殊形式，永遠無法剝離歷史記憶的潛在規約。因此，本書致力於探討新時期的文學是如何理解「文革」這一歷史記憶以及怎樣處理它的問題。我之所以選取戴厚英和遇羅錦兩位作家作為研究的切入口，一方面是因為她們的作品密切地參與了新時期初期的「記憶」方式，另一方面也因為她們的個人經驗、歷史遭遇和女性身份與「文革」這一段歷史發生了比較劇烈的「摩擦」，正是在這種情況下，她們的作品和寫作行為雙重地呈現了新時期文學中的「文革」記憶得以生成的原因、具體構造過程、記憶特點和內在邏輯等，並與這一時期的社會文化思潮勾連在一起。在此意義上，對「新時期初期文學中的歷史記憶」的探討，也是試圖發掘新時期文學「起源性」的一種嘗試，它作為一個角度或「位置」，會讓我們意識到「新時期文學發生」這一共振性文化場域的複雜性和豐富性。

謹以此書獻給我最親愛的家人

人民共和國文化與文學叢書
中國人民大學特輯　總序

程光煒　李怡

　　2005 年，中國人民大學文學院的中國當代文學史專業方面，將重點轉向了以「重返八十年代」爲主題的當代文學史研究，這當然是中國大陸視野裏的「當代文學」。博士生課程採用課堂討論的方式，事先定下九個討論題目，分配給大家，然後老師和學生到圖書館查資料，自己設計問題，寫成文章後，分別在課堂多媒體上發表，接著大家討論。所謂討論，主要是找寫文章人的毛病，包括他撰寫文章的論文結構、分析框架、問題、材料運用，自然，他們最爲關心的是，這篇論文究竟對當前的當代文學史研究有無新的發現和推動，至少有無提出有價值的質疑意見。因此，每學期總共十八週授課時間，安排一次課堂發表文章，另一次是課堂討論，這樣交錯有序進行。竟未想到，這種開放式的博士生研究課堂，到今年已進行了十一年，湧現了一批有價值有亮點的博士論文，湧現了若干個被大陸當代文學史研究界矚目的青年學者。據稱是大陸中國現當代文學研究界，爲獎勵 45 歲以下青年學者而設置的具有很高學術聲譽的「唐弢青年文學獎」，最近連續三年，都有這個課堂上走出去的青年學者獲得。僅此就可以知道，雖然中間的過程困難重重，也有很多不必要的重複和彎路，仍然可以證明，通過課堂討論、大家集中研究中國當代文學史這種方式，事實上有一定的效果。

　　其實，在 2005 年以前，我們這個學術團隊中已有博士生在做《紅岩》、《白毛女》的研究，取得引人注意的成果。而以「重返八十年代」爲主題的當代文學史研究，目的是以中國現代文學史自五四之後，八十年代這個又一個「黃

金年代」爲文學高地，在這個歷史制高點上，縱觀 60 年的中國當代文學史，並以這個制高點，把這 60 年文學拎起來，做一個較爲總體的評價和分析，建立這個歷史時段的整體性。今天看來，這個目的初步達到了。這套學術叢書，關涉到中國當代文學史的諸多領域，例如文學思想、思潮、流派、現象、紛爭、雜誌、社團等等，雖不能說每個題目都深耕細作，但確實有一些深入，某些方面，還有較深入的開掘，這是被學術同行所認可的。例如，《紅岩》研究、《白毛女》研究、「重寫文學史思潮」研究、「李澤厚與八十年代文學」研究、「現代派文學」研究等。另外賈平凹小說、路遙與柳青傳統、七十年代小說的整理、上海與新潮小說的興起、八十年代文學史撰寫中的意識形態調整、十七年文學等等，也都在這套叢書中有所反映。

　　毫無疑問，中國大陸的中國當代文學史研究，離不開「當代史」這個潛在的認識性裝置。一定程度上，文學史與當代史的表面和諧關係，實際也暗藏著某種緊張狀態。作爲歷史研究者，每個人都離不開、跳不出自己生長的歷史環境。但是，所有有識的歷史研究者都意識到，所謂學術研究即包含著對自身歷史狀態的超越。他們所關心和研究的問題，事實上是以他自己的問題爲起點的；也就是說，他們研究的學術問題，實際上就是他們自己所困惑的歷史問題。我們想這種現象，又不僅僅是我們的。借這套叢書在臺灣出版的機會，我們想表達的是：學術著作的出版，是一次展示自己學術見解，並與廣大學界同行進行交流切磋的極好機會。因此，十分期望能得到讀者懇切的批評和意見。

2016.2.22 於北京

目次

緒　論

　　新時期初期，﹝註1﹞人們面前所呈現的是一幅「歷史上下文」的圖景：一方面，作爲一個近期發生過的公眾歷史事件，「文革」以一種「集體性歷史記憶」﹝註2﹞的方式潛存了下來，對歷史當事人的日常生活、個人生存、社會關

係等產生重大的影響；另一方面，雖然作爲歷史事件的「文革」已經結束，但是，「文革」思維所規訓的思維方式卻依然延續，整個國家還處在一種「文革」後的「文革」思維方式之中，其中，集體記憶總是和個人記憶疊加到一起，建構著歷史當事人的主體，重塑著他們的形象。在這一情勢下，作者如何看待、理解和處理「文革」記憶，是這一時期文學的重要內容。這種理解和處理包含著兩個最爲關鍵的問題：一是對待「文革」以及「新時期」（新秩序）的態度；一是尋求個人與時代、社會之間的關係，因而具有某種共同性，當然也存在著差異和分裂。

在我看來，「文革」的「歷史」雖然已經結束，但對於有直接歷史體驗的人來說，「文革」對歷史當事人的日常生活、個人生存、親人命運等問題產生震撼的影響。〔註3〕在通常情況下，記憶包含了個人記憶和集體記憶，其本身就是一種經驗的存在，是一種主體精神存在，它常常以各種或隱或顯的方式左右著人們的生活，而寫作作爲人類精神活動的一種特殊形式，永遠無法剝離歷史記憶的潛在規約。因此，本書將「文革」看成爲一種「歷史記憶」，並以戴厚英和遇羅錦爲研究中心，主要探討新時期初期的文學是如何理解和處理「文革」記憶的。當我們重提新時期初期文學中的歷史記憶這一話題時，應該明確這並不是爲了質疑然後再去發現另一個「80 年代」，而是基於這樣的問題意識：在新時期初期文學的生產機制中，有關「文革」的集體記憶〔註4〕是怎麼「生成」的？人們爲什麼會選擇這樣一種方式來理解和處理「文革」，而不選擇、甚至取消另一種方式？那些「逸出」集體經驗的個人經驗，在新時期初期的場域中有著什麼樣的命運？與此有關的文學立場、批評方式與文化氣候及其環境呈現出怎樣的關係？這種「關係」怎樣確定了文學成規，而成規又怎樣構建了這一時期的文學面貌和特質？對這些問題的探討，是試圖

史研究》，2001 年第 5 期。在這些基本理論的啓發下，本書對「記憶」的研究不是從神經學或者腦生理學的角度出發，而是將記憶看成是一個和文化、歷史等範疇緊密相連的概念。

〔註3〕 曾親身經歷過世界一戰、二戰的史學家霍布斯鮑姆回憶戰時的「情境」說：「……過去永遠不能抹去。……因爲當其時也，公眾事件仍然是我們生活肌理中緊密的一部分，而非僅是我們私人生活裏畫下的一個記號而已。它們左右了我們的人生，於公、於私，都塑造了我們生活的內容。」霍布斯鮑姆：《極端年代》（上），鄭明萱譯，南京，江蘇人民出版社，1999 年，第 5 頁。

〔註4〕 本書「集體記憶」是指新時期作家在想像和講述「文革」故事時呈現出一種較爲統一的思維模式。

發掘新時期文學「起源性」的一種嘗試，它作爲一個角度或「位置」，也會讓我們理性地意識到「新時期文學發生」這一共振性文化場域的複雜性和豐富性。

一、記憶的生成：《決議》的出臺

　　1976 年 10 月 6 日，「四人幫」被隔離審查；10 月 18 日，中共中央正式發出《關於王洪文、張春橋、江青、姚文元反黨集團事件的通知》；10 月 21 日至 24 日，北京數百萬群眾連續舉行聲勢浩大的遊行，慶祝「四人幫」被粉碎。從這年 10 月至 1977 年 3 月的中央工作會議，國家工作的重點是清理與「四人幫」有關聯的幫派分子，從而穩定全國局勢，需要我們注意的是，在此期間，中央不僅提出要繼續「批鄧」，〔註5〕而且提出了「兩個凡是」〔註6〕。然而，局勢在幾個月之後開始發生變化，1977 年 7 月 16 日中共十屆三中全會後鄧小平復出、1978 年 5 月 11 日《實踐是檢驗眞理的唯一標準》在《光明日報》發表、1978 年 11 月召開中央工作會議爲「天安門事件」平反，這三個重大事件本身也體現了對「文革」結束後兩年來一些決策的最大挑戰。我在這裡簡要梳理「文革」結束後最初幾年的大事件，主要想說明這一歷史巨變引發了中國社會生活方方面面的深刻變化，而且這一轉折與其它因素共同構成了強有力的「合力」，在此作用下形成的客觀情勢促使還處於「新、舊」過渡時代的人們必須作出明確的歷史選擇和整體性的心態轉變。當然，透過當時具體而特定的歷史情境，我們會發現，「文革」結束後最初的幾年間，由於歷史、文化本身的複雜性，「新」、「舊」兩個時期的邊界並不涇渭分明，「混合」的狀態其實存在和延展了一段時間——在這個特殊的歷史場域中，人們對黨

〔註 5〕1977 年 10 月 26 日，華國鋒對中共中央宣傳部門負責人說：當前，一、要集中批「四人幫」，連帶批鄧；二、「四人幫」的路線是極右路線；三、凡是毛主席講過的，點過頭的，都不要批評；四、「天安門事件」要避開不說。這裡他第一次提出了「兩個凡是」的主張。見中共中央黨史研究室編，《中國共產黨歷史大事記（1919.5～2005.12）》，第 288 頁，北京，中共黨史出版社，2006 年。在同年的國務院大會上還有人甚至宣稱「繼續『批鄧』」要比「四人幫」批的更好，參見《葉帥在十一屆三中全會前後——讀於光遠著〈1978：我親歷的那次歷史大轉折〉有感》，《南方周末》第 23 版，2008 年 10 月 30 日。

〔註 6〕1977 年 2 月 7 日，「兩報一刊」《人民日報》、《解放軍報》、《紅旗》雜誌發表了「二七社論」，提出了「兩個凡是」：凡是毛主席作出的決策，我們都堅決維護；凡是毛主席的指示，我們都始終不渝地遵循。

和國家歷史上曾發生的重要問題和重大事件，特別是對毛澤東以及「文革」的評價等問題議論紛紜。即使是高層領導人之間，也有著不小的分歧，社會上更是流傳著各種各樣的猜測。〔註7〕因此，當時整個社會亟需解決的當務之急就是如何看待和評價「文革」。在此基礎上，本書關注的核心問題是，面對「文革」，新時期初期的文學界作出了怎樣的理解並採取了怎樣的處理方式，支配他們理解和處理的思想、文化和心理邏輯是怎樣的。

　　「新時期」這一概念最早出自於《實踐是檢驗眞理的唯一標準》〔註8〕，隨後，在1978年12月24日《人民日報》刊載的《中國共產黨十一屆三中全會第三次全體會議公報》中又明確重申了這一提法。這一「命名」非常鮮明地將「文革」與「文革」後區別爲「舊」和「新」，並且與一系列意義相反、情感色彩相悖的概念相關聯，比如封建與現代、愚昧與文明、落後與先進、守舊與開放等，這些典型的二元對立的思維模式形象地表達了「新」的歷史時期與「舊」的「文革」年代在社會階段、政治秩序和生活方式上的「斷裂」。在此意義上，「新時期」這一提法具有了濃厚的政治色彩，成爲一個與國家意識形態相關的政治性概念。不過，由於歷史觀念的慣性作用以及高層政治角力所帶來的強勁阻力，官方在「文革」剛結束時並沒有對「文革」作出清晰和權威的結論，普通民眾對「文革」產生的牴觸和怨忿情緒在「乍暖還寒」之時也只能湧動在「地表」之下。〔註9〕隨著「十一大」、「十一屆三中

〔註7〕 文學作爲這一時代最爲敏感的「風向標」，能最爲有效和準確地表達這一時段社會民眾的精神狀態和意志情緒，以及主流意識形態的意圖，由此我們也可以看出處在歷史「徘徊」期社會的一種思想狀態。比如，文藝界對「文革」時期的文學理論和寫作就有著不同的看法。即使到了1978年底，文藝界對「文藝黑線專政論」的認識仍然有分歧，而且這種分歧還存在於「十七年」文學界的重要人士那裡。1978年冬天，文聯、作協還沒有恢復，周揚和林默涵、張光年、韋君宜、李季等在廣東肇慶聚會，期間大家議論到「四人幫」的覆滅對文藝界意味著什麼。有的認爲，「黑線」和「黑八論」還是有的，「我們以前也批過」；有的則認爲有「黑線」存在，也有「紅線」在起作用，並無黑線專政論；更有人覺得，「黑線」和「黑線專政論」是「四人幫」爲了整倒文藝界而一手製造的，應當根本推翻，文藝方有復蘇之日並爲更加廣闊的發展前景創造條件。參見伍宇：《中國作協「文革」親歷記》，《傳記文學》，1994年第9期。

〔註8〕 「黨的十一大和五屆人大，確定了全黨和全國人民在社會主義革命和社會主義建設新的發展時期的總任務。」見實踐是檢驗眞理的唯一標準，光明日報，1978年5月11日。

〔註9〕 劉心武在文章中層感慨過「文革」剛結束時的社會環境，他說，並不是「四

全會」的召開，以及在全社會逐步開展的反對「兩個凡是」、撥亂反正，關於「眞理標準」大討論等一系列「公共事件」中，國家意識形態對「文革」的態度與評價也逐漸明朗起來。1981 年十一屆六中全會通過的《關於建國以來若干歷史問題的決議》以對「文革」的定性，宣告了一段歷史的徹底終結以及一個嶄新的時代的到來：

> 一九六六年五月至一九七六年十月的「文化大革命」，使黨、國家和人民遭到建國以來最嚴重的挫折和損失。

> 「文化大革命」的歷史，證明毛澤東同志發動「文化大革命」的主要論點既不符合馬克思列寧主義，也不符合中國實際。這些論點對當時我國階級形勢以及黨和國家政治狀況的估計，是完全錯誤的。……歷史已經判明，「文化大革命」是一場由領導者錯誤發動，被反革命集團利用，給黨、國家和各族人民帶來嚴重災難的內亂。〔註10〕

以上文字是《決議》中的核心表述，後來，「主流意識形態」的理論權威們又對《決議》進行了細緻的解讀：「按照科學意義上的革命，『文化大革命』不能在任何意義上稱爲一個革命。它不是用一種什麼先進的生產關係去代替一種落後的生產關係，也不是用一種先進的生產力量來取代一種反動的政治力量。」〔註11〕對於《決議》的重要性，鄧小平曾說過：「這個決議，過去也有同志提出，是不是不急於搞？不行，都在等。從國內來說，黨內黨外都在等，你不拿出一個東西來，重大的問題就沒有一個統一的看法。國際上也在等。人們看中國，懷疑我們安定團結的局面，其中也包括這個文件拿得出來拿不出來，早拿出來晚拿出來。所以，不能再晚了，晚了不利。」〔註12〕《決議》起草者之一的龔育之也曾回憶說，當時作這個《歷史決議》，

人幫」一倒臺「文化大革命」就遭到徹底否定。要不要徹底否定「文化大革命」，聯繫著對毛澤東同志以往的指示是否必須採取「兩個凡是」，即一概不能否定並仍應執行的態度，在 1978 年及那以後一段時間裏，成爲了最敏感的政治問題。參見劉心武：《我與「新時期文學」》，http://www.1-123.com/0wenxue/liuxinwu3.asp。

〔註10〕　《關於建國以來黨的若干歷史問題的決議》，中共中央文獻研究室編：《關於建國以來黨的若干歷史問題的決議注釋本》，北京，人民出版社，1983 年。

〔註11〕　胡喬木：《談〈關於建國以來黨的若干歷史問題的決議〉對「文化大革命」的幾個論斷》，《學習》，1993 年第 1 期。

〔註12〕　秦立海：《鄧小平與關於建國以來黨的若干歷史問題的決議的起草》，《福建黨

目的是在黨的指導思想上撥亂反正。「撥亂」主要的就是指要從政治上、思想上徹底澄清「文化大革命」造成的混亂，而單單批判「四人幫」是不可能完成這個歷史任務的。當時有一種方針，就是「兩個凡是」。如果按照這樣的方針，從根本上撥「文化大革命」之亂就不可能進行，所以制定一個「決議」，對建國以來黨的歷史進行總結就顯得非常緊迫。〔註13〕當然，對《決議》背景和意義的引述不是爲了證明它的重要性和深遠影響（這的確是一個事實），而是想澄清和強調兩個方面，一是對「文革」歷史「蓋棺論定」，它首要解決的是人們思想上的混亂和社會及政治上的不穩定；另一是處理歷史遺留問題絕不是一種簡單的算舊賬，而是向前看，爲了順利實現全黨工作重心的轉變，這更多著眼於策略性、臨時性和功利性的目標。「文革」已成爲剛剛逝去的歷史，《決議》及相關「解讀」對「文革」的歷史評價因其權威性和正確性成爲認識和敘述「文革」的政治原則，並且爲此後的「文革」的記憶和書寫提供了必須遵循的文學成規。當我們重新看待這些「話語」的生產和傳播，我們會發現，這其中實際隱含著試圖用一種「本質化」的歷史敘述和某種「眞理性」的思想成果，來對社會轉折期的社會公衆進行規範，目的是通過排斥其它異質性記憶的地位，更新和重塑人們的記憶，使人們建立起對於「文革」歷史的統一性的認識。我想闡明了《決議》的特性，才有助於我們理解在新時期初期的歷史進程中這一記憶和講述的強大感召力來自何處，同時也推進我們對新時期文學的「文革」記憶作出更豐富的闡釋。

在《決議》中，「文革」被定性爲「完全錯誤」的歷史，不但充滿了「政治化」意味，而且也將其充分「當代化」了，也就是說主流意識形態完全是按照自己的價值和目標重新「塑造」或「改造」了已作爲近期歷史事件的「文革」，這是國家仰仗強勢權力有意識或強制性地「記憶」不久前發生的「事件」，目的就是要在全社會取得統一的「思想認識」，當然，「事件」中那些已不合時宜的「因子」則是必須「捨棄」或「忘卻」的，這一「記憶」和「遺忘」的方式更加強化了「新時期」「命名」的重要意義。由此我們可以說，七八十年代之交主流意識形態「書寫歷史，往往是根據絕對的政治標準，主觀臆斷地『挖掘』過去的某些事件和事實，尋找提供現實政治合法性的前因和後續。」「對歷史的注重，與其說是瞭解過去，不如說是爲了現在，或者更多

史月刊》，2004 年第 2 期。
〔註13〕 高路：《龔育之談〈歷史決議〉起草內情》，《經濟》，2001 年第 7 期。

的是爲了提供民族國家將來的前景」。〔註14〕不過，正如一些外國學者注意到的，《決議》看起來還沒能夠滿足人們所謂的「共識」要求，這是因爲：1、《決議》只涉及上層權力鬥爭的問題；2、《決議》對「文革」作爲群眾運動的說法甚不明確；3、《決議》也不能深入評判「文革」的是與否、有理與無理的問題。〔註15〕

羅蘭・巴特在《寫作的零度》中指出，「毋容置疑，每一制度都有它的寫作傳統」，「寫作作爲言語的公開介入形式，可以通過精心製作的含糊，既包容一種存在，又具有權力的顯現，既表明它是什麼，又表示它讓人相信什麼」，在此基礎上，這種寫作「變成了一種價值語言」和眞理的化身。〔註16〕在此意義上，我們還可以這樣理解，《決議》從文體形式和風格上就是一種「既表明它是什麼，又表示它讓人相信什麼」的寫作，而其中的「是什麼」和「相信什麼」又可以理解爲應該「記住和忘卻什麼」，因此，在這種存在官方強迫「記憶和遺忘」的情境下，正如甘卜斯（I. Gambles）所說，「忘記近期歷史和忘記遙遠的過去是不一樣的。……忘記（近期歷史事件）意味著扭曲用以察看現今的視鏡。這是一種有意無意的逃避或排拒。它把發生過的事想像爲未發生過，把未發生過的事想像爲發生過。這種遺忘其實是拒不記憶。」〔註17〕在我看來，「它把發生過的事想像爲未發生過，把未發生過的事想像爲發生過」可以置換成爲如何「理解」歷史記憶和怎樣「處理」它的具體的問題。於是，這種理解和處理「文革」歷史記憶的方式就可以初步劃分爲兩種形態：一種是集體的公共記憶，書寫在歷史書、檔案資料中，指示了集體命運的前景；另一種是個體記憶，它和每個人的人生遭遇和歷程緊密相連。

如若把這一問題的思考推向更深的層次，我想首先應該考慮的是：《決議》中對「文革」的定性和命名爲何能夠造成如此廣泛的統一的「認識」？〔註18〕換句話說，對「文革」的這種理解和處理方式是否在一定程度上已經

〔註14〕王斑：《全球化陰影下的歷史與記憶》，南京，南京大學出版社，2006年，第80頁。

〔註15〕魏格林：《如何面對文化革命歷史》，《二十一世紀》，2006年第2期。

〔註16〕羅蘭・巴特：《寫作的零度》，引自伍蠡甫、胡經之：《西方文藝理論名著選編》（下卷），北京，北京大學出版社，1987年，第446、447頁。

〔註17〕Ian Gambles, "Lost Time: The Forgetting of the Cold War." National Interest (Fall 1995): 26-35, p. 26. 轉引自徐賁：《文化批評的記憶和遺忘》，陶東風、金元浦、高丙中主編：《文化研究》第1輯，天津，天津社會科學院出版社，2000年。

〔註18〕需要說明的是，新時期初期主流意識形態所確立的「文革」記憶和敘述的法

解答了人們經歷「文革」後遭遇到的種種問題？當我們分析這一問題的時候，還需要探討一個必要的前提，即「文革」後複雜的歷史情境。作爲核心敘事話語，《決議》中對「文革」的敘述明顯偏向於「新時期」敘述的風格。〔註 19〕在這種敘述中，作者雖處於「匿名」狀態，但它的立場和態度比「個人敘述」更具有權威性、穩定性。同時也意味著它具有了「普遍」的規範意義。一方面，由於它是主流意識形態的權威解釋，本身就具有了不可辯駁的「說服力」，它通過「選擇」和「遺忘」的方式來引導民眾，統一了群體的信念，以此建立起積極向上的主體意識；另一方面，由於政策得力，理順了人心，調動了積極性，許多知識分子在「新時期」找到了一個生存的支點和具有合法性的言說空間，於是，他們自覺與「新時期敘述」密切合作。〔註 20〕總之，在某種程度上，《決議》體現了整個社會的心理期待與現實利益，契合了社會、時代精神的需要，目的就是要在全社會取得統一的「思想認識」，從而對社會轉折期的社會公眾進行規範，這種同意／壓制相統一的形式構成了唯一、合法的歷史記憶，確保了社會集體性記憶的形成。〔註21〕

　　　　　則是不同的，從 1978 年十一屆三中全會的公報中部分肯定、部分否定，抑或不置可否，到 1981 年《決議》中對「文革」的徹底否定和不准過多言說，在這個過程中人們的「文革」記憶的呈現方式是多元的，存在著變化、衝突和矛盾。限於篇幅，本書不再對歷史背景進行詳述，相關內容可參見楊繼繩：《中國改革年代的政治鬥爭》，香港，ECP 出版社，2004 年。

〔註 19〕周揚在第四次文代會上所作的報告爲建立當代文學的「新時期敘述」奠定了思想基礎。他說，「粉碎『四人幫』三年來，特別是最近一兩年來，文藝界撥亂反正，批判了林彪、『四人幫』的『文藝黑線專政』論及其它種種謬論。」周揚：《繼往開來，繁榮社會主義新時期的文藝——在中國文學藝術工作者第四次代表大會上的報告》，《人民日報》，1979 年 11 月 20 日。這一報告也理所當然地成爲後來當代文學史敘述的重要依據。

〔註 20〕《人啊，人！》的責任編輯杜漸坤這樣評價《決議》：當時整個社會都對「文革」有了一定的思考，十一屆三中全會後，特別是 1981 年出臺的《決議》對「文革」十年做了總結，分析了產生這一錯誤的主觀因素和社會原因，這些決議、說法的制定和出臺也影響著各地對待「文革」的態度以及處理方式。見本書附錄一《新時期初期語境下的〈人啊，人！〉——與杜漸坤談戴厚英》。

〔註 21〕我們的確不能否認，《決議》的制定與出臺，以及新時期初期的大規模的「平反」活動的歷史意義是積極的，這畢竟是爲尋求歷史新的合法性作的各種努力，不過，新時期對「文革」的記憶和表述，都是從「爲今所用」出發，對此，我不由想到，在經歷了「撥亂反正」之後，官方對「文革」的闡釋成爲「正統」的記憶，一些更鮮活和真實的記憶便在人們大腦中儲藏了起來，這樣，人們也許就極易忽略歷史本身的複雜和個人記憶的豐富。

我們不得不承認，《決議》中對「文革」的定性不僅給「新時期文學」作了最終定位，成為後來許多人的共識，而且今天很多文學研究在看待、認識這一時期的文學面貌和走向時也都很難說真正脫離了上述「判斷」。不過，這也會使我們反思，單從文學史的層面看，我們也應該注意它帶來的簡單化結果，這樣一種理解和處理歷史記憶的方式其實是以簡單來征服豐富從而成功地宣告了前一段歷史的終結。那麼，以犧牲歷史進程的豐富性而突出當下社會需求的必要性和合法性，只記述一面真實性而削減、掩蓋了另一面真實性的記憶方式，難道是一種「合理」直面歷史的態度？

記憶尤其是對記憶的書寫是有社會文化功能的，所以在特定的歷史語境中，某些記憶會被弱化，而某些會被強化，這裡既有個人心理的原因，同時也有文化政治權力的介入，因此，新時期初期文學的歷史記憶其實有著不同的呈現方式，它們共同構成了這一時期的文學生態，由此出發，就會理解為什麼那一時代的不少作者以「眾口一詞」的表達和潮流式的寫作方式去從事文學生產，也理解了為什麼那種粗糙的文學表達方式竟也贏得了民眾狂熱的喜愛和追捧，同樣，我們也應理解到作者們的創作心態畢竟具有複雜性，他們的個性、品格又總是表現出特立獨行的一面，獨特的「個人經驗」有時也會逸出集體經驗，造成寫作突破成規的結果，於是，不可避免地會遭到主流意識形態的規訓，甚至懲戒，即便作者的寫作是關於個人遭遇的記憶，仍不免被文學史所遮蔽。

二、記憶的建構：誰在記憶？如何記憶？

新時期初期，怎樣在「文革」敘述的「模式」破產之後，找到一種合理的話語方式對此前的政治實踐、思維模式和生活方式進行置換，怎樣對剛被認定的「歷史錯誤」進行合理化的解釋同時又不觸犯政治禁忌，怎樣在社會民眾中建立更為有效因而更能產生凝聚力的「新時期」敘述，這些都是主流意識形態要切實解決的難題。正如我在前文中所闡述的，《決議》的起草和通過，很大程度上是響應、配合著「新時期」敘述的歷史策略而問世的。在這種策略中，主流意識形態旗幟鮮明地批判「文革」，「新時期」則被認為是對「十七年」和「文革」的清算和反撥、矯正和超越，具有不容置疑的「歷史進步性」，它充分表明了集體記憶的性質、任務和選擇，即人民大眾撕心裂肺的情感控訴與作家們對「文革」記憶的建構所達到的高度的一致。「在一個意

識形態化的時代裏，文學的生存與發展不可能與意識形態意圖相分離，文學的自由有賴於意識形態的守護，文學的語義指涉總會程度不同地與意識形態發生關連，並且在不同程度上含有意識形態的內容或消息。」〔註22〕於是，置身在這一時代語境下，我們試圖將新時期初期的文學理解爲如何記憶和書寫「文革」以及當代史的文學，不過，從眾多作品中看到的卻是一個集體記憶而無差別的「文革」。

一位海外研究者對歷史記憶作過這樣的論述，「記憶都必須依賴某種集體處所和公眾論壇，通過人與人之間的相互接觸才能得以保存」〔註23〕，由此看來，與新時期初期政治形勢密不可分的「傷痕文學」顯然就充當了「公眾論壇」和「集體處所」的角色，討論「傷痕文學」〔註24〕中關於「文革」記憶的問題，已不單單屬於一個文化、審美的範疇，其實也是在凸顯有關「文革」記憶的建構過程。在這一過程的具體解析中，集體記憶、個人記憶和公眾領域三者之間的張力關係是必須要闡釋清楚的，因爲它說明了一個重要問題，就是「誰」在記憶，他們以怎樣的「身份」或通過怎樣的「途徑」來記憶。

首先，新時期初期當代文學的主題，可以說是「文革」的親歷者對「文革」的回憶、對「歷史創傷」所提出的「證言」和對於「歷史責任」所作的探究，更準確地說，「文革」不僅是「新時期文學」面對的最直接的傳統和資源，而且成爲了作家們最根本的創傷記憶，離開「文革」的歷史背景，也就失去了讀解這一時期作家、作品的線索。因而，這一時期的文學「與其說是印證了歷史的獨一無二的理性邏輯，不如說提醒了我們潛藏其下的想像魅域、記憶暗流。遊走虛實之間，文學將我們原該忘記的，不應或不願想起的，幽幽召喚回來」，〔註25〕它的內容與社會各階層的思考、情緒基本同步，承載

〔註22〕 孟繁華：《1978 燃情歲月》，濟南，山東教育出版社，1998 年，第 49 頁。

〔註23〕 徐賁：《知識分子：我的思想和我們的行爲》，上海，華東師範大學出版社，2005 年，第 282 頁。

〔註24〕 本書並不想將新時期初期的傷痕文學、反思文學的區別劃分得涇渭分明，而是想以 20 世紀 70 年代後期至 80 年代中期爲時間段來擴充和豐富對 80 年代文學多層次、立體地理解。在我看來，「反思文學」是「傷痕文學」的深化，它們在某種意義上共同揭示了中國民眾在「文革」時期所遭受的精神創傷，都涉及對於社會、歷史或政治等問題的痛切反省，兩者在文學形態上比較接近，應同屬一個「文學家族」，因而，我把它們統一劃入「傷痕文學」的範疇。

〔註25〕 王德威：《現代中國小說十講》，上海，復旦大學出版社，2003 年，第 1 頁。

著一個時代的人們對已經過去的時代的記憶和想像，同時也包含著人們認知歷史的努力和對未來的渴望與信心。同時，此時期在與文學作品密切相關的文學批評和文學史論述中，「文革」始終是一個顯現或者潛在的參照系，要麼闡釋「新時期」對「文革」的否定意義，要麼從「文革」時期的社會話語和文學思潮中挖掘積極的因素，來論述「新時期」到來的必然性以及歷史「斷裂」中的進步性，但不管怎樣理解和處理「文革」，從文學史的層面而言，「新時期」的「斷代」意義總是被加以強調和彰顯，〔註 26〕這種對「新」、「舊」文化的甄別，實際已包含了記憶的建構與敘述。所以，當人們揭示「新時期」歷史選擇的必要性和正確性時，這種論述方式已不單單屬於一個文化、審美的範疇，它還是一個關乎集體記憶的心理範疇。文學的「記憶內涵」也就自然地被確定為：一、對近期歷史事件的認定，將發生過的事情想像為未發生過，將未發生過的事情想像為發生過；二、記憶的社會作用影響和規範著社會群體的思想和生活。

　　既然記憶所產生的社會作用要影響和規範社會群體的思想生活，那麼，「傷痕文學」記憶的「文革」災難以及個人在「文革」中的悲劇性遭遇就可以看作是共同構成了一種「認識性的裝置」。在這一「裝置」中，革命的高昂敘述使得原本屬於個人性的創傷記憶，顯現成為整個民族的集體性創傷記憶，作者們以文學的形式記憶「文革」劫難、訴說歷史創傷，這已不僅僅是為了緩解個人承受的苦難，也不僅僅要滿足讀者宣泄怨恨、憤懣之情的需要，而是試圖最大限度地將主題最終昇華到與國家命運相關的歷史批判高度，從而將個人悲歡框定在政治話語之下，並且，人們渴望通過這些歷史記憶，重新建構自己的經驗記憶，從而完成生存於這一時代的「自我」想像。這一想像其實也體現著作者對「文革」的理解與「現實」的態度，以及他們作為獨立的個體對自身在社會中的「位置」和「合法性」的判斷和期待。

　　事實上，如果說這一時期存在一種知識界的思想主流的話，那麼核心的問題應當是知識分子與歷史／現實之間的關係。儘管這種理解和處理的方式

〔註 26〕竹內好說過：「今天的文學是建立在這些過去的遺產之上的，這個事實是無法否定的，但是與此同時，在某種意義上也可以說，對這些遺產的拒絕構成了今日的文學的起點。」參見竹內好：《何為近代──以日本與中國為例》，《近代的超克》，孫歌編，李冬木、趙京華、孫歌譯，北京，三聯書店，2005 年，第 182 頁。這段話，非常精闢地指出了當時歷史闡釋者與歷史之間極其矛盾的關係和複雜的狀態。

有著頗多類似的表現，諸如對於社會群體共同創傷記憶的表達，但是我們都知道，不同人的遭際和個體記憶並非完全相同，因而，如果試圖對此時期作家們的歷史記憶進行單一的整體論述顯然是過於簡單化了的。〔註27〕即使這樣，仍然要強調的是，新時期初期的歷史記憶首先是在主流意識形態所劃定的範圍和意義內展開的，「新時期文學」制度因素（如文藝政策、文學組織、文學批評、文學雜誌的編輯、作品的出版、大學教學與文學史寫作、文學評獎活動等等）對歷史記憶的規約是要通過具體的文本實踐得以體現的，即使敘述最具「私人精神」意味的創傷記憶也處於這種話語規約之中，也就是說，不是所有的「創傷」都可以講述，也不是所有的經驗都可以傳達，在「可以講」之外，還有「誰在講」和「怎麼講」的問題。〔註28〕

其次，需要進一步探究的是，作為「公眾論壇」和「集體處所」的「傷痕文學」為什麼會在新時期初期產生強大的社會修辭效果？在我看來，主要有以下兩個原因：第一，「主題」、「題材」、「內容」和「思想立場」是50～70年代中國當代文學的首要原則。一篇文學作品的思想和立場是否「正確」，是否具有重大「社會意義」，能否「教育」廣大人民群眾，往往居於核心地位。由於這種極深的歷史積澱，「傷痕文學」遵循的文學觀念、審美原則、藝術構

〔註27〕 王蒙在回憶新時期初期的文學環境時講述了這樣一件事，1979年，他看望剛剛回到北京的丁玲，此時的丁玲並不像文藝界眾多的「受難者」一樣記憶著創傷、講述著苦難，她「並不怎麼跟著風罵『四人幫』，反而「顯得冷靜謹慎，不想說太多的話。」至於原因，王蒙揣測說「痛鉅則思深，她似乎仍在觀望」。另一個原因他認為是丁玲「更想罵的，更較勁的可能另有其人」，她「以為她的不幸完全是某幾個人或某一個人所造成的。」於是，她有意與傷痕文學劃清界限，雖然也「趕時髦」寫了《牛棚小品》，但仍然奚落傷痕文學是「時鮮貨」。參見王蒙，《王蒙自傳‧第二部：大塊文章》，花城出版社，2007年，第66頁。王蒙時隔多年後對新時期初期文藝界一些作家、事件等的補充性敘述，豐富了我們對那個年代的看法。同時，我們也應該意識到，80年代以來的文學史表述，一般都把記憶和結論確定在「承擔苦難」或是「撥亂反正」的歷史結果上，卻不知道對於具體的個人來說，其理解和處理歷史記憶的方式卻是千差萬別的，尤其是當很多個人的記憶和講述都未列入歷史敘述之中的時候。

〔註28〕 可以這樣說，新時期初期文學的歷史，其實是主流文化與文學文本之間，不同話語之間交流和摩擦互動的歷史。本書討論的戴厚英的《人啊，人！》、遇羅錦的《一個冬天的童話》等作品在很大程度上正是作者個人記憶與集體記憶、個人經驗與集體經驗「交鋒」和「博弈」的結果，它們之間的差異和矛盾也說明了這一點。另外，記憶一方面在社會化過程中起著重要的作用，同時又始終與集體記憶處在緊張的關係中。

思仍在「十七年文學」的軌道上自然地滑行。〔註 29〕新時期初期的作家們對主題、題材的迷戀，對思想立場的敏感，對文學作品重大的社會意義的追求與堅守，對人物形象的塑造等，都與當時的政治態勢、社會走向、民眾意向保持一定的契合。誠如程光煒先生所言，「『團結一致向前看』一度成為新時期之初的『主旋律』。在這一號召下，文藝界一些重要而敏感的『歷史問題』被要求擱置。」那麼，「一旦響應號召並接受它的指導，作家的世界觀、人生觀問題便隨之迎刃而解，一切成為創作『障礙』的問題便不復存在。」所以，「『團結一致向前看』不僅成為這些作家在創作過程中潛在而有力的指導觀念，一定程度上還影響著他們的取材、觀察、體驗和藝術風格。」〔註 30〕第二，「傷痕文學」集中體現了新時期國家的現代性想像和文化意志，有意無意地遵循著「揭露『四人幫』」這條藝術的「成規」，〔註 31〕它們的「敘述」承載的主要是政治批判、情感傾訴與道德譴責的實用功能，也正是要為新時期國家的社會政治實踐進行合法性論證，並為這種實踐進行廣泛的社會動員，從而達到一種新的歷史書寫的目的。然而，從這些記憶和書寫方式中，我們發現，作家在「傷痕文學」這一公眾論壇中往往處於有利態勢，他們有意或者無意地構建了記憶歷史的等級體制和成規，一方面僅僅停留於對「四人幫」

〔註29〕劉心武 1977 年 9 月在給《人民文學》原副主編崔道怡的信中滿懷深情地說道：「這回寄上我上月寫成的短篇小說《班主任》，寫的是我所熟悉的生活和我所熟悉的人物」，「我寫它時，自己是頗激動的。我希望這篇小說能使讀者感奮起來，實事求是地對待面前的困難和問題，紮紮實實地響應黨中央抓綱治國的偉大號召，在自己的崗位上大膽工作、做出貢獻……」崔道怡：《班主任》何以引發巨大反響，光明日報，2008 年 10 月 13 日。我們可以看出，信中的「我」、「熟悉的生活和人物」、「讀者」、「響應號召」等清晰地反映了新時期初期作者們怎樣理解「文革」記憶以及如何處理它的真實心態。

〔註30〕程光煒：《「傷痕文學」的歷史局限性》，《文藝研究》，2005 年第 1 期。

〔註31〕胡喬木 1981 年 8 月 8 日在思想戰線問題座談會上指出：「這些作品（『文革』後的文藝作品，作者注）總的說來，是有益的，對於認識過去的歷史，批判『左』傾錯誤，揭露林彪、江青反革命集團的罪行，表現站在正確立場上的黨員和群眾的英勇鬥爭，產生了積極的作用。」中共中央文獻研究室編，三中全會以來重要文獻選編，人民出版社，1982 年，第 947 頁。中國作協黨組書記張光年也給予「傷痕文學」肯定性地評價，他說：「所謂『傷痕文學』，依我看，就是在新時期文學發展進程中，率先以勇敢的、不妥協的姿態徹底地否定『文化大革命』的文學；是遵奉黨和人民之命，積極地投身思想解放運動，實現撥亂反正的時代任務的文學。」張光年，新時期社會主義文學在闊步前進——在中國作家協會第四次會員代表大會上的報告，張光年文集（第三卷），人民文學出版社，2002 年，第 419 頁。

的揭批，宣泄悲痛和傷感情緒，普遍表現出盡力迴避作爲歷史「共謀者」的
事實；另一方面又不願意過分擴大和渲染這種批判和創傷記憶，爲的是過濾
或者弱化其中的政治抗議因素，有著將「傷痕文學」中過多的政治訴求轉化
爲文化控訴和對經濟重建的展望。

　　再次，既然考量作品的社會效果依然在新時期文學中佔有非常重要的地
位，那麼這個時代文學成規的確立，首要目標就是靠「眞實」和「道義」吸
引、征服社會民眾。這一「眞實性」的體現首先就是作者對自己在「文革」
中「眞實」的個人創傷進行回憶和講述，因爲社會公眾都相信，個人的歷史
記憶才是歷史的第一見證人，只有這一個「第一見證人」在場的文學創作，
才能夠產生震撼和感人的力量。在此意義上，第一見證人其實也是一個「講
述歷史故事的人」，而「講故事者能夠吸取、提煉和重新塑造植根於群體共同
遺產中的記憶氛圍。通過『講古』的敘說行爲，講故事者訴諸一個圍爐夜話
的聽眾集體。聽眾們融合、投入到講故事人文化積澱形成的、富於魅力的人
格和氣息中去，聆聽有關集體的故事怎樣延展的教誨，擬想個人和群體生活
的往事和前程」。〔註32〕於是，在「傷痕文學」的許多作品中，我們都會發現
有一個「第一見證人」的影子，承載著爲社會民眾講述「十七年」和「文革」
歷史故事的巨大功能。〔註33〕

　　《傷痕》中的女主人公王曉華向讀者記憶了一個有關「家」的故事——
「從革命倫理向血緣和家庭倫理回歸的故事」，〔註34〕在王曉華「歸家」的火
車上，一個孩子在睡夢中對「媽媽」的呼喚勾起了她的記憶。1969 年，由於

〔註32〕 王斑：《全球化陰影下的歷史與記憶》，南京，南京大學出版社，2006 年，第
　　　　71 頁。既然第一見證人是個「講故事的人」，那麼他們記憶歷史就會包含「文
　　　　學想像」的成分，而且，某種程度上，這種「文學想像」會把「歷史事實」
　　　　充分地增大、擴展。正如海登·懷特所提醒的：「歷史，無論是描寫一個環境，
　　　　分析一個歷史進程，還是講一個故事，它都是一種話語形式，都具有敘事性。
　　　　作爲敘事，歷史與文學和神話一樣都具有『虛構性』」他指出：「爲了賦予對
　　　　『過去發生的事件』的敘事以可理解的發展進程的屬性，就彷彿戲劇或小說
　　　　的表達一樣，情節結構就成了歷史學家『闡釋』過去的一個必要成分。」海
　　　　登·懷特：《後現代歷史敘事學》，陳永國、張萬娟譯，北京，中國社會科學
　　　　出版社，2003 年，第 82 頁。
〔註33〕 例如盧新華《傷痕》中的王曉華，劉心武《班主任》中的張俊石，孔捷生《在
　　　　小河那邊》中的姐弟，張弦《記憶》中的放映員，王蒙《夜的眼》中的我，
　　　　北島《回答》、《宣告》中的抒情主人公等等。
〔註34〕 曠新年：《寫在當代文學邊上》，上海，上海教育出版社，2005 年，第 171 頁。

媽媽被「定爲叛徒」，她們全家被趕出原來的房子，「搬進了一間暗黑的小屋」，她還被剝奪了「紅衛兵」的身份，受到同學的冷遇和歧視。在「出身論」的痛苦和焦慮中，16 歲的她，認爲母親是可恥的，決定與父母「徹底劃清界限」，爲了改造自己，也爲了能夠脫離「叛徒」母親，她選擇上山下鄉，到渤海灣畔的一個農村裏紮根。但這種「決裂」與事無補，在鄉下，因媽媽的叛徒問題，她入團受阻，戀人小蘇調縣委工作也受到「政審」影響，她仍然處處受到「從未有過的歧視和冷遇」，「蒙受了莫大的恥辱」，一個原本朝氣蓬勃，臉上還有些許紅潤的年輕女生，成爲了一個「沉默寡言，表情近乎麻木」的知青，生活在「孤獨、淒涼的感覺」中。9 年後，媽媽的「歷史問題」終於澄清，當她拿到媽媽的來信回家與其重逢的時候，媽媽卻已經在醫院病逝。……〔註 35〕《傷痕》是以「見證」的形式來書寫歷史故事，主人公王曉華以受害者的身份向讀者提供了一份「眞實」的證詞，通過個人的悔恨之情使人們記憶起在災難浩劫中有人曾經成爲非正義和暴力的犧牲品。於是，王曉華成爲了「歷史記憶」的代言人，也正是由於第一見證人王曉華的在場，

〔註 35〕　《傷痕》本是盧新華爲班級寫得一篇牆報稿，他曾回憶這篇小說最初在牆上貼出來時復旦學生爭先圍看的「盛況」：「等我第二天早上醒來，好像是周末，忽然聽到寢室門外一片嘈雜的人聲，打開門走出去，但見門外的走廊上圍滿了人，正爭相閱讀著新貼出的牆報頭條位置的一篇文章，大多是女生，不少人還在流淚。我忙探過頭去，終於認出那稿紙上我的筆跡……自此以後，直到《傷痕》正式發表，這牆報前，便一直攢動著翹首閱讀的人頭，先是中文系的學生，繼而擴展到新聞系、外文系以至全校，而眾人面對著一篇牆報稿傷心流淚的場景，也成了復旦校園的一大奇觀。難怪後來有人誇張地說：當年讀《傷痕》，全中國人所流的淚可以成爲一條河。」參見盧新華：《〈傷痕〉得以問世的幾個特別的因緣》，http://www.literature.org.cn/article.aspx?id=37140《中國文學網》。當時讀到這篇小說的讀者們無不爲之動容、潸然落淚，因爲千百萬個家庭都曾經過這種破碎後的生離死別和心靈傷痛。《文匯報》原總編輯馬達時隔三十年後還能清晰地回憶起當時決定發表《傷痕》的一些歷史「細節」。他說，這篇小說當時感染了很多人，而「我考慮，按照中央統一部署，當時正是揭批『四人幫』鬥爭的第三戰役，即揭露『四人幫』篡黨奪權陰謀罪行的思想理論根源，肅清『四人幫』在各個領域的流毒和影響，發表小說《傷痕》無疑將對推動這一鬥爭深人展開有幫助」，而且「這篇作品不是一般地批判『四人幫』罪行，更重要的是促使人們重新審視『文化大革命』，認識這場『革命』不是什麼『完全必要的』、『完全正確的』，而是造成全國的大災難，造成萬千幹部和人民難以彌合的苦痛，由此引出必然的，也是惟一正確的結論，就是必須否定『文化大革命』。認眞思考後，我「決定發表這篇小說，並簽下『閱發』和自己的名字。第二天，文藝部立即拼版。」參見馬達：《〈傷痕〉發表前後》，《湖北檔案》，2005 年第 1 期。

沒有人認爲小說中的「故事」只是「文學虛構」，而相信這是對他們剛過去不久的人生經歷的「敘述」和「反思」，讀者與「見證人」之間就這樣建立了認同和信賴，從而相信見證者故事的眞實性。在這些歷史故事的講述中，雖然兩個人的經歷不會完全相同，同一情形的故事在聽眾和讀者那裡也會產生各不相同的感受，但是他們都被「傷痕」所感染，個人的創傷記憶與小說的故事情節和主人公的命運交織在一起，於是都會接受這些故事，並且傾入了自身全部情感。這種情感「對每個劫後餘生的人來說都潛在著某種自覺」，所以，在《傷痕》中，「當一個幼稚而偏激的小姑娘對自己過去的愚昧行爲發出眞誠的懺悔時，它觸動了廣大讀者的心。」〔註 36〕「傷痕文學」的社會效果的產生，與個人記憶和體驗契合社會的特定需要密切相關，它喚起了許多讀者對「文革」時期苦痛經歷的回憶；個人「感傷」情調的宣泄與大量普通讀者的生活體驗及有待解決的「傷痕」問題發生了強烈的共鳴。

新時期初期的不少文學作品似乎都可以被看作是作者個體的「自傳記憶」，在「傷痕文學」這個「公眾論壇」中，他們以歷史第一見證人的身份與人們「互訴衷腸」，代替「我們」記憶和講述著「我們的歷史」，才成爲那個時代整個民族的大多數人所共有的「集體記憶」。〔註 37〕而且，「幾乎在每一個引起我們關注的故事中，我們都會成爲故事中的一員並以我們自己的方式充當其中的角色」。雖然這些方式有不同，有相似，但是「卻包含了那些由於接受角色而引發的情感。於是，最初的主題在傳播中被人們強調、改變或潤飾。」〔註 38〕在我看來，這種「記憶」的建構和書寫方式的目的就在於修復和建構歷史，它通過排斥其它異質性記憶，重新規整人們的歷史記憶，使人們建立起對於當代歷史的新的認知，因此，這種記憶和書寫的意義不僅在於體現了新時期初期的文學規劃，還在於它與現實和歷史本身的某種「合謀」。

〔註 36〕 陳思和：《中國新文學發展中的懺悔意識》，《上海文學》，1986 年第 2 期。

〔註 37〕 在某種意義上說，這種公眾論壇具有「媒介」作用。「對於集體記憶來說，媒介的作用是至關重要的：集體成員的個人記憶通過媒介才得以過渡和轉換爲集體記憶，並被引入到社會普遍認可的符號系統中；集體記憶的內容的構建和傳播離不開媒介的參與；同時，媒介並不是一個中立的儲存機制或者單純的傳播手段，它也會影響到集體記憶的構建。不同的媒介，如書本、紀念碑、儀式等，它們通過創造與記憶內容的不同的接觸方式，最終影響了集體記憶的構建方式及其結果。」王炎：《歷史與文化記憶》，《外國文學》，2007 年第 4 期。

〔註 38〕 沃爾特‧李普曼：《公眾輿論》，閻克文、江紅譯，上海，上海世紀出版集團，2007 年，第 129 頁。

然而，這種「記憶」成規的確立，也會產生某些負面的效應。比如，一些具有私密性的個人體驗，以及在記憶歷史中與意識形態話語相牴觸的成分在這一過程中被有意忽視和壓制，乃至被剔除。在這個意義上，「集體記憶」以宏大、正統的名義對剛剛逝去的歷史進行了有目的的選擇。對此，筆者不由地想到，在經歷了「繼往開來」的歷史「選擇」和「遺忘」之後，人們最容易忽略的，也許正是歷史本身錯綜龐雜的「性格」。〔註39〕

三、研究的對象、方法與思路

　　1990 年代以來，文學史的歷史觀、文學觀包括表達方式都發生了諸多的變化，這直接影響到認定標準和角度的調整。在此基礎上，「重返 80 年代」是最近幾年當代文學研究的一個標誌性學術增長點，其核心是對 80 年代的文學史「共識」、文學批評的前提進行反思和質疑，並將那些已經變成了我們理論預設的框架，以及在學科發展中限制我們思考和研究的「成規」〔註40〕重新變成一個問題。在重返的過程中，我們不可避免地會重新面對那些早已熟悉或根本陌生的作家們，他們與同時代的社會思潮、文學論爭、作品爭鳴構成了一個「完整」的新時期文學的歷史敘述和知識範式，我們似乎都相信，這種敘述和範式的確定，代表著現當代文學學科建設以及文學研究不斷的「進步」、「拓展」、「豐富」和「成熟」，通過教材和各種考試的「規訓」，我們更認為這是「最正確」的文學史選擇和結論。然而，沒有人會想到，「它其實是最近 30 年『啓蒙』與『日常化』兩種文學思潮的一個妥協性的結果」，「這種

〔註39〕在這裡，我並非要討論集體記憶或群體經驗是否可靠，意義是否明晰，也並非要將個人記憶和集體記憶、個人經驗和群體經驗設置爲非此即彼的對立狀態，而是想要說明新時期初期，公眾性的「文革記憶」在創傷的層面上帶有個體記憶的印記，正如研究者所指出的：「再特殊的感性材料，再隱秘的私人記憶，在文革書寫中又總是要以歷史『大敘述』的面目出現，總是伴隨著對災難前因起源後果教訓的解釋與總結。換言之，有關文革的私人記憶必須要以公眾記憶的語法才能被書寫被閱讀。」許子東：《敘述文革》，《讀書》，1999 年第 9 期。不過，仍然值得辨析的是，「公眾、群體對政治災難的記憶，往往繞過個體的身體創痛和精神折磨」，而且，「公眾記憶常常僵化，物化，成爲人們可以接受的話語，冠以歷史知識的美名。」但是，個體記憶並不能輕易套進什麼話語公式裏去，由於它嵌進繁多、零散的印象，使它至少能眞切對待無法言說的震驚體驗。參見王斑：《全球化陰影下的歷史與記憶》，南京，南京大學出版社，2006 年，第 116 頁。

〔註40〕諸如由「闡釋」、「講授」、「傳播」、「研究方法」、「定型」等設置了很多話語「邊界」或「結論」，由此也形成了一定「窄幅」的文學史意識。

文學史『內部』的秘密，人們當時不可能看得清楚。」〔註41〕尤其是當我們重新遭遇在 80 年代文學史中經歷、身份和地位比較特殊的作家時，我們發現他們的個人經歷、身份認同、寫作特徵和政治體制以及國家意識形態密不可分，彼此間形成了一個有趣的「互動」，而從他們書寫歷史記憶的縫隙處我們又可以察覺出作者記憶和講述的策略方式、謹愼態度，以及試圖獲取更大、更權威的話語權的努力。與此同時，我們會看到在一個作家及其作品周圍，其實散落著很多新鮮地文學史材料，這些材料，是可以這樣、也可以那樣地被文學史使用和理解的，這就導致了作家作品的多重闡釋以及一些「分歧」、「爭論」和不同「結論」的存在。以此研究角度及方法去梳理近年有關新時期初期文學的研究成果，會發現以下這些有益的嘗試。

1、作品研究

這一研究包含「文本分析」和「比較分析」兩個方面，代表成果分別是許子東的《爲了忘卻的集體記憶──解讀 50 篇文革小說》和洪子誠的《「倖存者」的證言──「我的閱讀史」之〈鼠疫〉》。

許子東先生解讀對於「傷痕文學」的歷史記憶的研究具有重要的推進作用。在書中，他根據大量文本的細讀，對語言等「細節」以及社會內容等「外部因素」都進行了探討，並將「文革故事」的基本敘事模式歸納和簡化成四個敘事階段和 29 個「情節功能」，使得「傷痕文學」的研究更爲系統化和條理化。另外，他對「文革小說」和「集體記憶」的複雜關係也進行了說明，他認爲：「『文革小說』在一定程度上兼有歷史記載、政治研究、法律審判及新聞報導的某種功能，而且這些『故事』的寫作與流通過程，也不可避免地受到歷史、政治、法律、傳媒乃至民眾心理的微妙製約。」因而，這一時期「有關文革的『集體記憶』，與其說『記憶』了歷史中的文革，不如說更能體現記憶者群體在文革後想以『忘卻』來『治療』文革心創，想以『敘述』來『逃避』文革影響的特殊文化心理狀態。」〔註42〕

洪子誠先生的文章雖然是對法國作家加繆作品《鼠疫》的讀解，但是他認爲「在以歷史『災變』的重大事件作爲表現對象上，在近距離回顧、反思歷史上，在敘述者賦予自身的『代言』意識上，在同樣持有強烈的道德責任

〔註41〕程光煒：《文學史研究的「陌生化」》，《文藝爭鳴》，2008 年第 3 期。

〔註42〕許子東：《爲了忘卻的集體記憶──解讀 50 篇文革小說》，北京，三聯書店，2000 年。

和承擔姿態上，都可以發現《鼠疫》和當時的『文革』敘述之間相近的特徵」，以此爲基礎，他詳細探討和細緻歸納了新時期「文革」記憶書寫的三個特徵：歷史創傷的「證言」、「倖存者」的身份意識、「危險」的「感激之情」。在我看來，這篇論文研究的最大價值並不是分析文本之間的相似性，而是探討《鼠疫》與 80 年代書寫「文革」記憶作品之間的「差異性」。比如，他在分析「見證」意識時，特別提到不同作者對那種「倖存者」的身份、姿態所持有的不同立場，在一些「傷痕」、「反思」作品中，「裏面有曲折人生，悲歡離合，有不幸和痛苦，但是，作品的核心卻是『勝利』之後的終結和安定；這是爲顯示不安狀況的句子後面所畫上的句號。」而《鼠疫》的作者卻始終對「倖存者」的身份、姿態持警惕的立場，並「審愼地處理有關『勝利』的問題」。由此我們發現，對「差異性」的探討才有可能避免文學研究時做單一和武斷的結論，從而凸顯「歷史記憶」構成因素的複雜。〔註 43〕

2、作家研究

代表成果分別是易暉的《「我」是誰——新時期小說中知識分子的身份意識研究》和何言宏的《中國書寫——當代知識分子寫作與現代性問題》。這兩部論著主要從作家的身份認同角度探討了新時期初期文學中的「文革」記憶。

易暉在書中通過「分析小說文本中的知識分子形象，試圖揭示出當代中國知識分子的集體精神現象，以及這一精神現象與時代，與傳統文化和西方文化，與社會其它階層之間的關係。」他還分析到，經歷「文革」後的中國作家，有並且只有一種擺脫「文革」記憶的話語方式，即「通過意識形態化的批判意識、使命感的確立來擺脫『文革夢魘』。」〔註 44〕何言宏則在其書中以西方馬克思主義者葛蘭西的文化領導權理論爲核心來研究傷痕和反思小說，他認爲『『傷痕』、『反思』小說正是『新時期』知識分子寫作的歷史性起源，它所處身其中的文化領導權，也在 1949 年以後的中國歷史中具有著『承前啓後』的轉型性特點。」他主要從作家的身份認同角度切入問題，歸納和具體分析了新時期初期作家的「革命」認同、「人民」認同以及對「知識青

〔註 43〕洪子誠：《「倖存者」的證言——「我的閱讀史」之〈鼠疫〉》，《南方文壇》，2008 年第 4 期。

〔註 44〕易暉：《「我」是誰——新時期小說中知識分子的身份意識研究》，南昌，百花洲文藝出版社，2004 年。

年」的歷史身份與「啓蒙」身份的認同策略，以期凸顯作家們的文學寫作、話語表達及整個「文革」後中國知識分子的現代認同所帶來的歷史性意義與局限。〔註45〕不過，稍許令我們遺憾的是，他們的研究在強調作家們「文革」歷史記憶「同構性」的同時，並未有意識地指出他們的「差異性」；另外，新時期主流意識形態對歷史記憶有著非常嚴格地引導和規訓，它們不可避免地會在當時的文學史和文學批評研究中壓制或遮蔽一些「越軌」因子，而這些並未在他們的研究中得到充分的闡釋。

3、文學思潮及文學／文化批評研究

程光煒先生的《「傷痕文學」的歷史記憶》是重新進入「傷痕文學」歷史場域的一次有效嘗試。文章首先概述了近年來研究界對傷痕文學歷史價值的評價，以及引起的諸多爭議，並對這些評價、爭議的話語方式和歷史判斷提出了質疑，他指出：「這種以『建構』理論爲自己預設前提，並對『傷痕文學』的歷史價值加以顛覆性認識的學術研究，讓我非常憂慮。」雖然這些「反思」「起於當初對傷痕文學的非常粗糙的『政治性』的利用和歷史定位的認識，但它恰恰忽視了傷痕文學嚴峻的歷史內容，也即所謂對一段『過去』形成的同樣的想法。」「研究者可能只看到在傷痕文學歷史出場的過程中，它確實是作爲一段『回憶是爲現刻的需要服務的』，然而，在這一切歷史的功利性的下面，他們應該記住哈布瓦奇同時說過的一句話：『記憶』也是『當下性』的。」研究者這樣的「警醒」既有助於我們重新認識傷痕文學的某些特徵，也影響我們對新時期初期歷史記憶的評價和認識。另外，程光煒先生通過對《夜的眼》、《傷痕》、《李順大造屋》、《陳奐生上城》、《喬廠長上任記》等作品的分析，以及對圍繞在作品周邊的一些被遮蔽的「因素」的揭示，他提出「某種意義上，傷痕文學，實際就是一種重新記憶『文革』的文學。它的歷史角色和歷史責任，是要把那些『抗爭性的記憶』（個人記憶）引入公眾領域，變成公眾記憶的一部分。」而我們「今天重提傷痕文學的歷史記憶，其意義即在阻止那種將『個人記憶』從『公眾記憶』中撤出，通過建築另一種『公眾記憶』，那種與眞正的公眾記憶事實上無關的所謂公眾記憶的行爲。」〔註46〕

〔註45〕 何言宏：《中國書寫──當代知識分子寫作與現代性問題》，北京，中央編譯出版社，2002年。
〔註46〕 程光煒：《「傷痕文學」的歷史記憶》，《天涯》，2008年第3期。

　　徐賁先生的《文化批評的記憶和遺忘》對「文革」和「歷史記憶」的關係的研究，尤其記憶的公眾性和當下性、記憶和遺忘的辯證關係等等爲我們提供了一些頗有啓發性的價值生長點。他在文中以哈布瓦赫的《論集體記憶》爲主要參考對象，並對該書中的理論做了細緻的比較和延伸解讀，既分析了它見解的獨特性，又客觀地指出了局限和缺陷。他認爲無論是對遠期傳統或近期事件，文化批評記憶的社會性和政治性都還有待於中國知識分子去關心和重視。「我們應當強調記憶的公眾性（共有性、交流性和公眾論壇），並強調公眾性是記憶和遺忘的社會性基礎。我們也應當重視記憶和遺忘的可變性和爭奪性。記憶或遺忘本身的矛盾是它們之間隨時可能相互轉化的基本條件。我們更要關注人們在特定的社會政治條件下爭取記憶和遺忘的能力和權利。能力需要在社會中集體努力培養，而權利則需要在政治制度中積極爭取。文化批評關心記憶的公共性、可變性和爭奪性，正是需要從群體回憶的能力和權利來著手。」〔註47〕

　　賀桂梅女士的《世紀末的自我救贖之路──對1998年「反右」書籍出版的文化分析》一文以中國圖書市場上的一批與知識分子歷史人物和歷史史料相關的「解禁書籍」爲研究對象，並對歷史「當事人」的個體書寫方式與群體記憶之間的複雜性進行了細緻的探討。她的研究重點並不在「歷史記憶」當中「『記憶』與『遺忘』的爭奪」，也「不完全在知識群體終於獲得了講述歷史的權力」，她的困惑和問題意識集中於「他們怎樣講述這段歷史，並在什麼樣的思想文化脈絡上認爲自己獲得了這種表達權。在90年代複雜的文化語境中，知識群體對於這段歷史的敘述是否是統一的？90年代的這種講述與80年代的相關敘述構成了什麼樣的關係，兩個時期闡述歷史方式的變化說明了什麼？」對這些問題的回答恰好成爲該論文最有價值的研究成果。面對這些問題，賀桂梅採取了「對比」的方式來解答，即她通過對50～70年代與80年代，80年代與90年代這三個不同時間段作家們的歷史記憶的差異及其原因的分析，挖掘出「史料的命運變更」的深刻內涵：「就一個社會來說，歷史是一種賦予它與之不能分離的眾多文獻以某種地位並對它們進行制訂的方法」。這些「歷史記憶」「展示的是一個社會群體的歷史創痛，是一次期待已久的關於歷史的『眞實』講述，也是試圖通過重新講述歷史而爲現實文化立

〔註47〕　徐賁：《文化批評的記憶和遺忘》，《知識分子──我的思想和我們的行爲》，上海，華東師範大學出版社，2005年。

場尋求合法依據的文化嘗試。」當然，她的研究並不是要懷疑這些「記憶」的眞實性，「而是試圖指出這些書籍以集體名義描述的歷史記憶所傳達的意識形態性質。」〔註48〕

這些有意義的研究使我們意識到，新時期以來，「文革」作爲作家記憶和文學講述的對象之一，就在於它一直處在各種話語的塑造之中，是一個不斷被記憶、被闡釋的對象。在這些有分量的研究的基礎上，本書與這些研究的關注點有所不同，重點在於新時期初期作家們理解、處理「文革」歷史記憶的一些基本方式。當然，研究的目的，並不是要去努力考證新時期初期文學當中的「文革記憶」是否反映、記錄或再現了「文革」的「歷史眞實」（如果眞有所謂「歷史眞實」的話）；也並不是要論證新時期初期作家「文革」記憶的相似性和同構性。〔註49〕我所關心的是「文革」如何被作家們所「記憶」和「呈現」，種種不同的「文革記憶」之間存在哪些共通性和差異性，它們在文學中是如何被「敘述」的，爲什麼會被這樣或那樣「記憶」和「敘述」，「記憶」自身又處於怎樣的變化之中，這些差異和變化又暗示出哪些問題？對這些問題的探討，正是筆者開展討論的起點和寫作的目的。當然，研究新時期初期的歷史記憶，需要對歷史文本進行創造性的解讀，「就像托馬斯·庫恩所說的那樣，科學研究者『必須學會在某些熟悉情境中看到一種新的格式塔』，即從人們司空見慣的舊對象中看到全然不同的新東西，彷彿置身於一個陌生的領域一般。此外，他還應當具有這種本領：把盡人皆知的事物改造成爲一個彷彿陌生的東西，把常識變成理論，把現象變成問題，通過新的閱讀和闡釋，把理論的地平線的遠景無限後推，使理論自身獲得一個自由發放的空間和張力。」〔註50〕所以，更進一步說，本書所要做的努力，實際上是要解釋在何種歷史情景下產生了這些記憶和敘述，〔註51〕作家們爲何以這種方式來理解和處理「文革」記憶，它指向的是什麼樣的社會現實，並在怎樣的意識形態前提下被當時的人們認可和接受。在此，一個必要的說明是，要承認記憶本身的「建構」性，因爲這樣才能理解，任何關於歷史的「記憶」都受到

〔註48〕賀桂梅：《世紀末的自我救贖之路——對 1998 年「反右」書籍出版的文化分析》，《上海文學》，2000 年第 4 期。

〔註49〕與其說這是本書希望得出的結論，不如說這僅僅是論述得以展開的基本前提。

〔註50〕張清民：《話語與秩序》，北京，中國社會科學出版社，2005 年，第 5 頁。

〔註51〕本書關注的一個重心是「記憶」的歷史情境和認知前提，亦即在對作家的重讀和對史料的重新清理中，揭示出當時的文化邏輯。

記憶主體身處的文化環境和話語邏輯的制約與限定。〔註52〕

　　在寫作方法上，本書試圖尋找「歷史」與「文學史」之間的交錯與融合。同樣一段歷史，在不同年代、不同語境中，必然有不同的記憶和講述方式，當然，兩者之間也必然存有內在的關聯。因而，我的注意力，是將作家們的記憶、自述、插曲和「雜音」都放置在「新時期初期」這個平臺，展現多元混雜的姿態，肯定互相矛盾的多種聲音。依照這種歷史化的方法，本書主要以戴厚英和遇羅錦為研究中心，並結合一些在新時期文學史上具有一定影響的文本進行對比分析，以此來呈現這一歷史轉型期的文學圖景。也就是說，主要選擇具體作家為個案進行深入的考察，將「文革」這一歷史記憶的問題落實在對具體作家作品的解讀和闡釋之中，並由此擴展至相關的文學與歷史問題的討論。

　　我之所以以戴厚英和遇羅錦作為研究的切入口，主要出於兩個原因：一方面是因為她們的作品密切參與了新時期初期歷史記憶。她們通過小說的形式將個人記憶在「大眾論壇」和「集體處所」中講述時，實際上有意無意參與了有關「文革」記憶的建構過程，更為重要的是，她們各自的「文革記憶」又充分代表了這一時期「歷史記憶」的兩種典型方式，即凸顯了個人／社會（集體）、個體經驗／社會承擔這一精神性的命題。〔註53〕當然，她們在新時期初期創作的小說，不能成為她們個人傳記的可信材料，但小說對於作家來說往往又具有某種象徵、暗示的意味，因為虛實參半的人物命運敘述中時常

────────────

〔註52〕當歷史當事人非常明確地將這段「文革」歷史記憶和表述為一段血淚斑斑、滿身傷痕的歷史時，或許掩蓋了複雜歷史情境中的許多因素，而歷史情境的這種複雜性，也許是後來者瞭解歷史的「全部真實」所必須的。我們不能簡單地把此前的主流歷史記憶看作是「謊言」，也不能把揭示主流記憶的虛構性和簡單性的親歷者記憶看作是「真實」的全部，因為無論哪一種記憶的方式，都對歷史進行了「選擇」，並依據所選擇的因素構建為一個關於歷史的「故事」。

〔註53〕探討戴厚英和遇羅錦創作中的「文革」歷史記憶（包括書中對其它作家的討論），筆者並不想依據那種摻雜了好人與壞人的道德評價標準，或是因人因事的感情好惡的方式來簡單地肯定或否定什麼，而是希望呈現作品內外的複雜性，因為她們的創作並非毫無保留地融入到時代的大文化氣候之中，思維和寫作方式與之前的文學出現根本性的差別；她們也並不是始終與主流文學形成一種不協調或彆扭的關係，而是在一段時間內與周圍的現實關係形成一種「互動」，既是有條件的衝突和矛盾，也有一定的配合與默契，呈現出彼此交叉的多重狀態。所以，對她們的探討，需要盡可能的回到歷史本來的場域中。

夾雜著作家的個人記憶和現實體驗。另一方面也因爲她們的個人經驗、歷史遭遇和女性身份與「文革」歷史發生了比較劇烈的「摩擦」，她們或者因個人歷史原因而在體制之外，或者因文學書寫方式的不同，不在人們理解和認同的文學史之內，這是我們不容易看到的新時期初期的「業餘作家」創作中的「文革」記憶。它顯然受到了文學史的壓抑，遭遇了隻字不提的命運。〔註54〕針對這一情形，我以戴厚英和遇羅錦爲例，希望對新時期初期的歷史記憶做進一步的探討。從研究的角度看，這樣的探討需要冒一定學術上的風險，但不這樣做也無助歷史敘述的完整性，不利於對新時期初期「文革」記憶更深地洞察。正是在這兩種情況下，她們的作品和寫作行爲雙重地呈現了新時期文學中的「文革」歷史記憶得以生成的原因、構造的過程、特點和內在邏輯等，同時這些因素又與這一時期的社會文化思潮緊密纏繞在一起。總之，本書的討論希望結合這一時期具有典型性的歷史／文學命題，對作家的歷史記憶做一整體的描述和判斷。在兼顧社會、政治變化造成的巨大影響的同時，選擇具有一定特殊性的作家作爲分析對象，更爲關注她們內在的思想／精神脈絡，她們基於自身的個人經驗、認知方式和情感結構而作出的反應，以及這種反應與外界的碰撞所產生的後果。這事實上既「可以對應思想史意義上的思想命題與作家個人思想、生活的內在脈絡及文學相對於思想的獨特性和曖昧性之間的差異和辯證互補關係」，也「可以對應於『歷史同一性』、『時代趨勢』或『歷史的必然』與獨特個體、創作風格、作家的人際關係、人生遭際等『歷史差異性』因素之間的辯證對位關係。」〔註55〕

當然，選擇這兩位代表作家作爲個案，有可能遺漏另外一些具有同樣代表性的作家，甚至可能會影響到所揭示問題的脈絡和深度，爲彌補類似的缺陷，書中在分析具體作家的典型性時，把屬於同一問題序列的個別作家引入討論之中，或在參照比較的意義上提及不同問題序列的作家。另外，正如巴赫金所說：「每一種文學現象（如同任何意識形態現象一樣）同時既是從外部也是從內部被決定的。從內部是由文學本身所決定；從外部是由社會生

〔註54〕 這使筆者意識到，正是通過一種「記憶」對另一「記憶」的輕視和排斥，「文革」期間的「文學運動」的某種方式，可能還在新時期初期的歷史敘述中被不經意地吸收和延續著，這樣就造成文學史「單面敘述」所存在的狹窄化的一面。

〔註55〕 賀桂梅：《轉折的時代——40～50年代作家研究》，濟南，山東教育出版社，2003年，第17頁。

活的其它領域所決定。不過，文學作品被從內部決定的同時，也被從外部決定，因爲決定它的文學本身整個地是由外部決定的。而從被外部決定的同時，它也被從內部決定，因爲外在的因素正是把它作爲具有獨特性和同整個文學情況發生聯繫（而不是在聯繫之外）的文學作品來決定的。這樣，內在東西原來是外在的，反之亦然。」〔註 56〕以此爲據，在對文本的解讀中，本書採用外部研究和內部研究相結合的手法，注重文本之間的比較分析，既闡釋和解讀具體的文本，又在分析中關注歷史語境中作者個人的文化積澱、閱歷背景等。

　　本書的總體框架爲三個部分，它們分別是：新時期文學中「文革」歷史記憶產生的社會環境與歷史成因；作家個案的具體分析；「歷史記憶」內涵的闡釋。簡要來說，第一章主要闡釋新時期初期的文壇如何「理解」歷史記憶和怎樣「處理」它。新時期初期的社會思潮是在強調與「文革」的斷裂和時代的轉折，不過，這只是在時間表層上的斷裂和轉折，事實上，「文革」仍然以一種記憶的方式存在於新時期初期的文學批評、作家創作以及他們的生活中。在「文革文學」向「新時期文學」的轉化之際，主流意識形態採取「傷痕敘述」和「政治批評」的方式來建構「歷史記憶」的合法性，並對個體的自傳記憶進行引導和規範、甚至瓦解與顛覆，從而使得社會成員對「過去」形成同樣的想法。當然，面對已成爲近期歷史事件的「文革」，每個人的記憶又有著不同。總之，通過分析戴厚英和遇羅錦的「文革」記憶在新時期初期所受到的批評、引導和規範，本章試圖揭示，理解和處理歷史記憶的方式其實是爲剛剛走出「文革」的人們提供一個現成的「我是誰」的答案，並以我們所熟悉的「社會主義新人」的精神示範性和對「五四」傳統、人道主義思潮的挪用和重構，爲人們進行歷史定位。

　　第二章主要闡釋戴厚英「理解」和「處理」歷史記憶的方式。在文學界和文學史中，戴厚英始終是一個存有各種「爭議」的是非人物，鑒於戴厚英敏感的特殊身份和經歷，人們對其褒貶不一，這就使得戴厚英及其作品的文學史評價留下諸多問題，而評價標準又總是陷於朦朧、曖昧和含混之中，有些文學史的結論仍讓人心存疑惑。所以，有必要重新回到那段歷史中去，從戴厚英的特殊經歷入手，對她及《人啊，人！》引起的諸多爭論、交鋒方式

　　〔註56〕巴赫金：《文藝學中的形式主義方法》，李輝凡、張捷譯《周邊集》，石家庄，
　　　　　　河北教育出版社，1998 年，第 145 頁。

和結果進行清理和重估，分析她如何在 80 年代的寫作中進行「身份轉換」並在與「主流敘述」的「交流」中重塑「個人價值認同」的。同時，我要追問的是，她基於怎樣的事實基礎和心理疑問來記憶、反思和書寫歷史？

　　第三章以遇羅錦的三部作品爲主要研究對象，並以「愛情主題爲中心」對她的「文革」歷史記憶進行探討，分析她如何在與主流敘述和集體經驗的博弈中建構身份意識、自我形象的，同時也對政治變革與個人經驗的建構進行辨析。本章著眼點在於「變化」，即通過遇羅錦自身遭遇的變化和波折，對作品產生場域的歷史回顧，以及由它們引起的諸多爭論的分析而探討作家記憶、身份及其認同的變化，通過對「變化」的研究，深入考察其中所隱藏著的主體、意識形態同當時的歷史轉型之間存在著的共謀與裂隙、衝突與和解。

　　第四章聚焦以下問題：「文革」是戴、遇二人寫作的衝動和秘密，她們在「文革」中的經歷和身份，以及新時期她們對歷史記憶的理解和處理，不僅直接影響了她們的寫作、生活以及社會、文學界對她們的評價，而且也引發了不少圍繞在她們生活和創作周遭的轟動的「社會事件」。那麼，一方面，在特定的歷史語境中，她們爲什麼會這樣理解、記憶和表現「文革」？除了共同性外，集體記憶與自傳記憶，個人經驗以及性別敘述，特別是歷史敘述在她們身上，是否也存在多種形態和方式？這些不同意味著什麼？另一方面，她們與其它從「文革」中走出的作家們在理解和處理「文革」記憶時的異同是什麼？總之，本章試圖通過對戴厚英和遇羅錦，以及不同代際作家們的「文革」記憶的比較分析，進一步探討新時期初期文學多元複雜的歷史記憶。

　　最後，第五章試圖對如下問題進行探討：新時期初期爲什麼會以這些方式來理解和處理歷史記憶？記憶的哪些特性決定或影響了新時期初期文學對「文革」記憶的理解和處理？文學界又在什麼樣的思想文化脈絡上認爲自己獲得了這種表達權？在對以上問題的探討中，記憶的公眾性和當下性；記憶和傳統、記憶和遺忘的辯證關係；對近期歷史事件的反思能力，以及這一能力和當時社會思想文化環境的關係；文學的歷史角色和歷史責任等是該章詳述的主要內容。

　　總之，新時期初期文學中的歷史記憶都有可能被「增刪」，但這種記憶和講述的方式有助於我們回到歷史的「上下文」中，感受當時的思潮和氛圍對

文學的影響。本書努力嘗試重新返顧新時期這一歷史時期，通過「歷史」與「記憶」的比較分析，梳理其中複雜的歷史脈絡和思想線索，使其呈現較為「立體」的面貌，藉此找到討論新時期初期文學創作、作家姿態與意識等問題的某種有價值的途徑。或許，只有在這樣多重的歷史與現實視野中，才有可能擺脫一種或肯定或否定的表態式研究，而呈現出較為豐富、複雜的歷史圖景，並在某種程度上與當代現實構成互動的關係。

第一章　新時期初期歷史記憶的
　　　　合法性建構

一、「傷痕」：記憶合法化的重要門徑

作爲一次深刻的社會轉型，新時期以重新記憶和反思「文革」爲肇始，試圖將社會成員組織到名爲「現代化」的進程之中。正如在本書導言中所分析的，《決議》的出臺正是以「徹底否定文化大革命」的權威性宣告了一個時代的終結，而且「維護了政權、體制在話語層面的完整與延續，避免了反思質疑『文革』所可能引發的政治危機」，〔註1〕當時主流意識形態以十分明確的「斷裂論」來理解和處理「歷史」，認爲以前的歷史出了「問題」，所以，對與之相關聯的人生觀、歷史觀、文化實踐，只有表現出一種堅決的「決裂」姿態，才是「正確」的反思態度，也才能眞正與「新時期」的有效敘述接軌。〔註2〕實際上，這種方式對歷史進行了一定的取捨和略寫，它不拘泥於歷史事實的誇張，並將其滲透到文學寫作中的身份認同、形象塑造、反思歷史和社會效果，從而達到對「歷史事件」進行「合法」記憶的目的。宏大而有效的歷史記憶在這一時期推崇具有象徵意義的社會內容，帶來的結果就是「通過

〔註1〕 戴錦華：《隱形書寫——90年代中國文化研究》，南京，江蘇人民出版社，1999年，第42頁。

〔註2〕 其實，在精神取向上，「十七年」、「文革」以及「文革」結束後的一段時間，人們的生活、作家的創作並不存在根本的區別，我們很難將它們完全「斷裂」。關於此點我已在前文中有所論述，這裡不再贅言。

單一的『文革』敘事，『我們』得以成功地剪去『革命時代』的歷史與記憶，完成一次『高難度』的、『無縫隙』的歷史對接；再次，以「反思的名義拒絕歷史反思」，「作爲一次成功的話語實踐，它在相當程度上成就了一種社會共識：無保留地『告別革命』。」〔註3〕這也使我們認識到，大敘述對歷史的記憶和忘卻有時候會形成過分強大的話語權力，以至可能會迴避甚至忽視歷史本身的複雜性和關聯性，從而影響人們對歷史的理解和判斷，這樣的現象在新時期初期文學的周邊已經發生。

對於生活在新時期初期的人們而言，文學在某種意義上就是生活本身，它可以最典型和最集中地認知過去的歷史，以及概括現在的生活。這一時期的文學始終籠罩在對於「文革」的「感傷」和「控訴」之中，這一難以忘懷的傷痕記憶，不只是表明「文革」給社會成員造成的肉體和精神創傷，更在於它對50～70年代思想方式的繼承與沿用，以及在「斷裂論」的影響下對「歷史」的看法。對於新時期初期的作家而言，不約而同地以文學形式來表現肉體和精神傷害，「清算」歷史、追問「誰之罪」成爲他們寫作過程中最爲緊迫的問題和必須面對的歷史使命。於是，我們在眾多的「文革」故事中，會發現敘述模式、情感表達的某種相似性，正是這種非個人化的模式證實著新時期文學所書寫的「文革記憶」的「集體性」；當然，由於敘述者的個人記憶和經驗有所不同，歷史記憶和講述也存在著差異，這些差異顯示了各種文化力量對歷史記憶的不同制約。在這些「文革」記憶的講述中，張弦的《記憶》有著特別的典型意義，有必要進行重點分析，這也是本書展開討論的謹慎起點。這主要是因爲，它既涉及知識分子的記憶所佔據的位置，又涉及到當時歷史語境下文學記憶能力的問題。

《記憶》在《人民文學》1979年3月號發表後，同年獲全國優秀短篇小說獎。它敘述的故事非常簡單，主要寫老幹部秦慕平積極平反電影放映員方麗茹冤案的故事。作品以秦慕平的記憶爲主線，在敘述冤案的來龍去脈中凸顯了兩位主人公在「文革」中經歷的災難。有的研究者評論這篇小說「之所以震憾人心」，「當然不是作品所展示的那種充滿血淚的事件本身，而是成功地挖掘出釀成這類事件的社會根源，即長期形成的一條左傾路線惡性發展造成的嚴重危害。作品正是通過這位老幹部的回憶和覺悟過程，給讀者以啓迪

〔註3〕 戴錦華：《隱形書寫——90年代中國文化研究》，南京，江蘇人民出版社，1999年，第45頁。

和震憾。」〔註4〕這種對作品歷史價值和社會效果的肯定在新時期的文學場域中具有一定的代表性，但是，這種批評方式的思維和表述千篇一律，它並沒有抓住潛藏在小說中真實的內核。因為在我看來，新時期初期文學中的「文革」記憶是一個思想文化命題，主要包括以下四個方面：一、「文革」故事傳達的經驗；二、這些記憶和經驗被講述的方式；三、知識界對於「歷史記憶」的表達權力的爭取；四、集體記憶的建構及維續。當然，這不只是記憶與遺忘，以及記憶權力的問題，首先還是一個集體記憶如何傳播和保持，也就是講述「創傷記憶」合法性的問題。這也使得我們明白關於「文革」的「記憶」並不僅僅是一個諸如「時間性」之類的問題，更重要的，它還是一個有關意識形態的話題。

《記憶》的特別在於借「記憶」之名而「弔詭」地「鼓吹忘卻」，〔註5〕作者為什麼要強調這樣一個矛盾的命題？他又如何把破碎、零散的個體化記憶謹慎地融入到主流話語中的呢？在文本的敘事縫隙之中，我們發現作者敘述的起點在於記憶「創傷」和反思「歷史」的合法性，而合法性建構的基礎是要有一個合適的記憶存在的「氛圍」，它由植根於記憶的社會群體共同提供，並且這種記憶環境彌漫著一種情感的氣息。〔註6〕「文革」十年被看作為一個「是非不分，顛倒黑白」的時代，〔註7〕對於張弦來說，在這一「存在氛圍」產生的「文革」記憶，不僅在於提供了對一些記憶碎片的感性認識，更重要的是直接催發了他對「文革」的記憶和書寫。在《記憶》中，我們可以清楚地看到一個時代的情感氛圍如何憑藉著「記憶」滲透到作家的藝術構思之中，潛在卻有力地支配著他們的記憶和情感體驗方式。這些早年記憶當然不僅屬於張弦個人，也是一個時代、一個民族的集體記憶，正是這些記憶直接構成了他的寫作動因。

新時期初期，主流意識形態的需要成為創傷記憶和歷史反思的主導力

〔註4〕 陳元泰：《張弦小說的現實性與歷史感——兼論張弦的創作》，《中州學刊》，1991年第2期。

〔註5〕 許子東：《為了忘卻的集體記憶——解讀50篇文革小說》，北京，三聯書店，2000年，第133頁。

〔註6〕 在記憶活動中，要盡力維持真實的體驗、個人認同和公共群體生活，即「記憶的存在氛圍」。參見王斑：《全球化陰影下的歷史與記憶》，南京，南京大學出版社，2006年，第2頁。

〔註7〕 在《記憶》中，方麗茹倒映影片其實就在隱喻「顛倒黑白」、「泯滅人性」的「文革」時期。

量，呼應國家的需要才能使歷史記憶具有合法性。「以個人的苦難增強集體存在意識，最能體現這一反叛的便是受害者對災難所作的見證。災難倖存者發出自己的聲音，因此成爲一種志業。」而「開口說話的災難見證者便是哲學家馬各利特所說的那種替人類說話的『道德見證』。」這裡的「道德」不是指「見證者在邪惡統治下，在不堪的苦難中，寧願玉碎不願瓦全的反抗精神，也不是指他們抱有『正義必將戰勝邪惡』的堅定信念」，它僅僅指的是「在邪惡看上去牢不可破，苦難看上去遙遙無期的環境下，仍然不相信邪惡和苦難就是人本應該是那樣的活法。」人之所以「不相信」，是因爲「人的道德意識還在起作用。」〔註 8〕在此意義上，《記憶》可以看作是一次成功的運作，從作者的記憶視角和講述方式上，「個人」的不幸命運，由於被放置在國家和人民的宏大背景中而顯得不再那麼「扎眼」，受傷者的「無辜」、害人者某種意義上的不具體，以及開放而樂觀的結尾又極力地發揮著影響社會情緒、導引創傷敘事的重要的「道德」功能。而作者對歷史和創傷所作的反思──「那麼，我們就不存在錯誤嗎？我們的錯誤又該怎麼處分呢？……我們，十多年來，顛倒了一個人！人！……對於顛倒人的人，要從嚴處理！現在還沒有這樣的黨紀國法，將來會有的！一定要有！……」〔註 9〕──也都立足於國家、時代、群體的名義下進行，因此，《記憶》是在一個特定的歷史記憶「氛圍」裏，爲了特定的意識形態需要而建構的「記憶」書寫，它最終控制、刪改了個體的歷史記憶，乃至遮蔽了這段歷史的複雜面貌。

「控制一個社會的記憶，在很大程度上決定了權力等級。」〔註 10〕在新時期初期的社會環境和文學語境中，不同社會成員面對一個共同的對象──「文革」時的記憶權力是不同的。性情各異，或是生活環境不同，使得每個

〔註 8〕 徐賁：《見證文學的道德意義：反叛和「後災難」共同人性》，《人以什麼理由來記憶？》，第 239～240 頁。

〔註 9〕 張弦：《記憶》，《掙不斷的紅絲線》，北京，人民文學出版社，第 12 頁。在小說中，張弦在秦慕平對自身的「傷痕」進行觸摸時這樣寫到，「如果說，今日的痼疾已到了難於針砭的地步，那麼，起初的癬疥之患，不就發生於你秦慕平這塊基本健康的肌膚之上嗎？」以這種隱喻的方式反思「文革」，無非是要說明「文革」並非「無根無源，自天而降」，其實早已露出了「端倪」，這種反思的方式其實也受到了來自公眾的意識形態力量的規約，其意義的深厚程度自然要受到影響。

〔註 10〕 保羅‧康納頓：《社會如何記憶》，納日碧力戈譯，上海，上海人民出版社，2000 年，第 1 頁。

人的記憶能力都會呈現不一樣的方式，但個體記憶仍然是群體記憶的一個部分或一個方面。因為，如果人們不講述他們過去的事情，也就無法對之進行思考，而一旦講述了過去的某些事情，也就意味著在同一個觀念體系中把群體的觀點和群體所屬圈子的觀點聯繫了起來。這意味著，要到發生在群體身上的事情當中，去體會各種事實的特殊涵義，而社會思想無時無刻不在提示著這些事實所應該具有的社會意義和產生的影響。就是這樣，集體記憶的框架把最私密的記憶都給彼此限定並約束住了。〔註11〕

　　在《記憶》中，懺悔者「老幹部」秦慕平、施害者李克安和受難者方麗茹的個人記憶，被作者演繹為三種不同的類型：對於老幹部來說，雖然他在「文革」中（間接）迫害過人，也被迫害過，但他「文革」後為冤屈的方麗茹積極平反，以及誠懇的賠禮道歉、適當的自我批評和表示關切的問候的話都得到了作者的肯定，不僅如此，作者更想彰顯的倒是「老幹部」作為「共產黨人」的「記憶」。當秦慕平在「1978 年」回憶那場「突如其來的巨大暴風雨」時，他卻不願再回憶下去，因為「它們雖在他的記憶中留下痕跡，但都被他理智和開朗的思緒沖淡了，抹平了。」在小說最後，老幹部深情地說：「記憶是一樣好東西。它能使人們變得聰明起來。……在我們共產黨人的記憶中，不應保存自己的功勞、業績；也不應留下個人的得失、恩怨。應該永遠把自己對人民犯下的過錯，造成的損失，牢牢地銘刻在記憶裏。千萬不要忘記！……」這段極其理念化的內心獨白既是小說的「主題」，也是作者強調的「我們」（共產黨人抑或知識分子）的「歷史記憶」。〔註12〕對於方麗茹來說，

〔註11〕 莫里斯·哈布瓦赫：《論集體記憶》，畢然、郭金華譯，上海，世紀出版集團、上海人民出版社，2002 年，第 94 頁。

〔註12〕 《記憶》發表之後，老幹部秦慕平的形象及其意義獲譽很多，正如有的批評者所說，《記憶》的深刻之處在於「當年給方麗茹做出錯誤處理的，正是秦慕平自己，而在十年浩劫中，秦慕平自己也成了受害者。作家並未滿足於這些傷痕的表面描繪，也沒有糾纏於個人的恩怨得失，而是通過兩人十分相似的命運對比，從總結歷史教訓的更高立意出發，引導人們去探索個人崇拜是怎樣逐漸地侵蝕我們黨的健康肌體的，追尋它的孳生蔓延的脈絡。」參見張曉明、王國健、詹緒左、傅永慶：《讀張弦的小說》，《安徽師大學報（哲學社會科學版）》，1981 年第 4 期。正是通過作者和批評者們的強化，《記憶》榮升「傷痕文學」的經典之列，而小說中的「拒絕記憶」也隨之具有了「合法性」，成為當時作家記憶和書寫歷史時的普遍方式。它們同時也成為用於說教的模式、範例和要素，不僅表達了這個群體的一般態度，而且還確定了群體的特點和品性。當作品中人物說「我們共產黨人」、「我們的國家」時，「我們」

雖然歷史創傷使得活潑大方的她變成了扭捏拘束的「一個中年的農村婦女」，曾經「一對深深的酒渦」「已經拉長，變成兩條深深的皺紋」，但是，「她沒有被摧垮，沒有被壓碎」，並且憑藉著自己付出的「艱巨的、超乎常人多少倍的努力」換取了「老鄉們」（人民）的認同和感激。如果說作者塑造方麗茹是爲了說明她作爲女性的剛強和堅韌，或是爲她作爲一個「人」仍然「沒有權利得到愛情的歡樂，家庭的溫暖」而鳴不平的話，顯然未能充分領會作者的意圖。小說中有一個細節非常重要，當秦慕平注意到她從額頭一直延伸到耳根的傷疤時，方麗茹卻有意地「順手理一理下垂的額髮，使它盡可能覆蓋那傷疤」，通過描寫這樣一個細微的動作，作者其實想表達的是面對歷史傷痕，「歷劫者」理應表現出的無怨無悔、豁達和「忘卻」：

> 然而，她沒有悲傷，沒有怨恨，沒有憤慨。她的文化有限，但胸襟開闊。她懂得她的遭遇並非由某一個人、某一種偶然的原因所造成，也並非她一個人所獨有。她沒有能力對摧殘她的那些歲月作出科學的評價，但她確信歷史的長河不會倒流。當明麗的陽光已照在窗前的時候，人們不總是帶著寬慰的微笑，去回憶昨夜的惡夢，並隨即揮一揮手，力圖把它忘卻得越乾淨越好嗎？

在張弦的這番「旁白」中，個體的遭遇和創傷顯然已被集體的歷史感所取代，將個人置於這樣的視野中來觀照，其不幸相對於國家、人民所承負的苦難而言，簡直就應該「忘卻得越乾淨越好」，而且「歷史」也被簡單地認知爲善惡分明、善惡有報；曲折是暫時的，烏雲終究遮不住太陽的「結論」。至於李克安，作者將其書寫爲對方麗茹進行迫害的直接而具體的肇事者，不僅如此，他還在「文革」中對秦慕平進行「報復」，從作者明顯的貶抑中我們可以看出，留在李克安「個人記憶」之中的完全是「仇恨和鬱憤」，雖然作者有意淡化這種記憶方式的「衝突和暴戾」，在小說中不忘說上一句，李克安「常常在參與一番過火行動之後」，「臉上流露出痛楚的、自責的神情」，但這樣的「補充說明」顯得那麼牽強和乾澀，更使人物塑造臉譜化。

從小說對這三種「記憶」類型的宣揚和貶抑中，我們可以清楚地看到，作者「強調記憶」而又「鼓吹忘卻」的眞實意圖。這樣，作者已經明顯地暗

其實代表著這個群體中的一種自然的或者道德的品性，而在以《記憶》爲代表的一大批新時期初期的文學作品中，似乎都在強調這種品性是群體內在固有的，群體又應該把它傳授給所屬的成員，並形成強有力的影響。

示出對於個人的苦難，「方麗茹和李克安」們不僅沒有記憶的權力，而且也無從表達，當作者壓抑了「方麗茹和李克安們帶有『個人』或『私人』色彩的『歷史記憶』，以及後者不當的表達實踐的合法性之後」，凸顯的則是「『老部長們』的『歷史記憶』，只有秦慕平們，才有表達『歷史記憶』的基本權利，只有他們的『歷史記憶』，才有著充分的合法性」，而且，「正是在這種權威性的『歷史記憶』的基礎之上，並且以有無『記憶權利』作為標準，才能建立起新的、正當而穩定的社會秩序，而這種秩序，便是如作品所已經表現的，依然是『老部長』和『放映員』們之間一仍其舊的等級關係」，〔註13〕或者說要明顯地建立並推崇一種「知識分子」（主流／群體意識）和「普通民眾」（次要／個人話語）之間的等級關係。

《記憶》中有關「記憶」和「遺忘」的呈現方式對於新時期初期文學建構歷史記憶起到了一定影響作用。而我們需要繼續追問的是作者為什麼要採取這樣的記憶和講述方式。首先，作品中不時穿插「第三人稱」敘事人的「評論性旁白」，這本身就暗含了作者強勢的「話語權力」；其次，在作者所強調的「歷史記憶」的合法性之中，顯然不應該有「個人」的位置，雖然作者在文中也強調「人」和「老鄉們」的權力，但它還只是對作為「類」的或「大寫」的人的價值的肯定；最後，基於「個人得失」之上的對於「歷史記憶」的「表達」，在《記憶》之中並不具有充分的合法性。〔註14〕我們可以這樣說，在經歷了巨大轉折後的社會語境中記憶和講述近期發生的重大歷史事件，就是利用「記憶」來獲得對歷史的闡釋權，使現在的社會秩序合法化的一種手段，對「傷痕」的展示、強調、渲染乃至遺忘，便成為整個社會、尤其是知識分子「歷史記憶」中最常見和最醒目的形態之一。

通過對《記憶》的解讀，我們還需認識到，新時期初期畢竟與它所批判、記憶和反思的歷史距離過近，「那個年代根深蒂固、且積澱頗厚的意識觀念、思維方式和行為特點，不僅未在批判的浪潮中銷聲匿跡、除根務盡，相反，它還會以各方式散落到八十年代文學的各個角落，以一種更隱蔽的形態牢固地控制文學家的大腦，決定他們的選擇。」正由於如此，「八十年代文學在批判極左文藝路線時，同時也把『批判』的鋒芒直指自己的同道者；它們

〔註13〕何言宏：《為什麼要鼓吹忘卻——重讀〈記憶〉兼及知識分子的歷史記憶問題》，《上海文學》，2001 年第 7 期。

〔註14〕何言宏：《為什麼要鼓吹忘卻——重讀〈記憶〉兼及知識分子的歷史記憶問題》，《上海文學》，2001 年第 7 期。

在獲取自己文學合法性的過程中，常常自覺或不自覺地以顛覆、否定和取消別人的文學合法性爲前提；在某種程度上，它們甚至會把文學的豐富性和複雜性也視爲文學『革新』的對手和障礙。」〔註15〕在此意義上，要確立自己記憶歷史的合法性，當然要先剝奪另一方「記憶」存在的權力，這是新時期初期典型的思考與解決問題的方式。然而，人們也許會追問：「傷痕」在當時到底是全民族的、涉及到所有家庭的，還是局部性的、某一方面的？也正是在這一歷史記憶的建構過程中，讀者不難讀出某種「時代偏激」，看出文學天平的過分傾斜。

在新時期，主流意識形態對新時期的重新命名，以及對歷史的定性，使得「文革」這一本身充滿複雜性和差異性的歷史成爲了單一的共識性表達，這種記憶和講述指示了集體經驗和命運的前景，不論這前景多麼虛幻，卻也爲個體和眾人提供了一種歸屬感和方向感。然而，在新時期初期，時常會有因爲對歷史的不同理解和闡釋，或者試圖突破歷史環境的某種束縛而出現「探索過度」的創作現象。體現在記憶歷史的方式上，就是在集體經驗的縫隙處講述和渲染個人的生活經歷，原有的歷史和宏大的結論總會遭遇到無序的、零散的個人記憶的「挑戰」。在這些個體記憶中，「文革」不再是個宏大、抽象的字眼，不同角度的敘述將人們帶入了私人的、日常的細節之中。這些現象，因爲混雜地出現在新時期文學成規探索的過程中，而經常與後者產生衝突和不協調。正如上文所述，由於歷史思維方式的慣性「運動」，面對「越軌」的個人經驗和記憶，文藝界的主流仍然習慣運用「大批判」的方式來加以「限制」。〔註16〕不過，此時「思想解放」、「鼓勵創新」仍是文壇上的「主旋律」，很多人也都有過這樣那樣的精神「創傷」，這就使文學批評對作家的歷史記憶和敘述的「規訓」經常處於時緊時鬆的狀態。〔註17〕

〔註15〕 程光煒：《經典的顛覆與再建——重返八十年代文學史之二》，《當代作家評論》，2005 年第 3 期。

〔註16〕 在這裡，我將這種批判方式看作爲「政治批評」，這裡強調的「政治」並不簡單地被指認爲政治意識形態行爲，它更接近指「歷史」的含義，即包括一個具體的時空，一套確定對象、發表聲明、形成觀念和完成話語選擇的「裝置」。關於這種方式的邏輯和運作方式，我將在本章第三節做進一步闡述。

〔註17〕 《班主任》最初在《人民文學》內部傳閱時，編輯們持有不同的意見，有的認爲塑造了張老師正面形象，作爲揭批『四人幫』的小說，應該發表；有的認爲小說屬於暴露文學，不宜發表。副主編把握不定，只好送交主編張光年裁決，1977 年 10 月 7 日，他談了意見，「這篇小說很有修改基礎：題材抓得

通過前文所述，我們瞭解到，通過對「文革」歷史記憶的引導和規範，不同階層、不同地域、不同人群的文學經驗被「集體化」和「公共化」，「傷痕文學」、「反思文學」進而成爲一種在新時期初期場域中十分「有效」的文學敘述。而我接下來要探討的是，戴厚英和遇羅錦的小說，如何接受「公共記憶」和「集體經驗」的「篩查」；它們在何種「權力」和「話語」語境下被「批評」和「限制」，又如何被組織進一個記憶和敘事的策略之中的；主流意識形態通過什麼樣的修辭與隱喻來建構關於戴厚英、遇羅錦以及她們的作品的歷史敘述，又是如何對作家主體的「認同」進行規約與接納的；它們與整個新時期的歷史語境、社會思潮、價值立場又構成何種內在的關聯？

二、《人啊，人！》的出版風波

戴厚英在新時期屢遭各種猜忌、懷疑、非難，都源於她的「文革」生活和所扮演的文化角色，而且她在新時期主動進行的「身份」轉換和「認同」重塑又都與她「文革」時的身份和經歷緊密黏連。雖然她在新時期逐步獲得了講課、寫作、發表作品的權力，但她的身心始終處於被文壇排擠的孤獨和渴望被理解、被諒解而未能如願的苦悶之中，這成爲戴厚英至死也未能擺脫的「陰影」。〔註18〕

好，不僅是個教育問題，而且是個社會問題，抓到了有普遍意義的東西。如果處理得更尖銳，會引起人們的注意，以文學促進關於教育問題的討論。」這樣，《人民文學》才在 1977 年 11 月號上以頭條位置推出了《班主任》。參見崔道怡：《〈班主任〉何以引發巨大反響》，《光明日報》，2008 年 10 月 13 日。

〔註18〕作家葉文玲曾回憶過一段往事，80 年代中期她與十位作家組成中國作家代表團參加在西德舉行的「波恩——中國文學周」，而戴厚英此時應出版《人啊，人！》的西德漢薩出版社的邀請來遊覽，以此作爲應付的版稅，大家在波恩不期而遇。德國東道主趁此機會也想讓戴厚英在這場「文學周」上講演，並和代表團一起活動，但是西德主辦者和中國代表團長交涉了許久，最後還是不歡而散。雖然在一次講演裏，戴厚英臨時趕來並和代表團坐在一起，但以後，西德方面對戴厚英的接待和遊覽參觀，依然是以個人名義進行的。戴厚英得知了這一交涉過程，當時也只能在葉文玲面前抱怨：「我的心路歷程、我的懺悔，都在《人啊，人！》和《詩人之死》裏表露無遺了，如果硬不諒解，叫我怎麼辦？反正我這人永遠不會口是心非，刻意求善緣非我所長，但求無愧我心吧！我也就只好這麼的了！」說著還淚影閃閃。參見葉文玲：《何處覓斷魂》，吳中傑，高雲主編：《戴厚英啊戴厚英》，海口，海南國際新聞出版中心，1997 年，第 233～234 頁。事後，戴厚英提到這件事依然氣憤不已，認爲這樣做太過分，她也明白中國作家代表團是在有意迴避她，可

　　進入新時期，戴厚英的身份發生了最爲明顯的轉換：文藝批評者→大學教師、著名作家；批判人道主義的「文藝哨兵」→宣揚人道主義的「先鋒」。然而，由於「文革」中那些恩恩怨怨、是是非非所造成的負面影響，一時還來不及清除，一些說不清的矛盾糾葛「如影隨形」地纏繞著她，她在生活、寫作、教書時遭遇的麻煩不斷，總是「一波未平，一波又起。」〔註19〕尤其

她始終困惑的是，在國內還不怕被人冷落，可是爲何到了國外卻依然這樣，她只是希望「作爲一個中國人與其它中國人友好地相處」，尤其是在「外國人那裡，中國人是統一的」，這讓她的情緒壞透了。戴厚英：《第一次當外賓》，杜漸坤編：《戴厚英隨筆全編》（上），廣州，暨南大學出版社，1998年，第362頁。王蒙在其自傳中還談起過一件事情，1986年11月，上海作協召開了中國當代文學的國際研討會，參加者主要是一些外國的活動於文學領域的漢學家。時任文化部部長的王蒙也參加了這次會議。這次會議並沒有邀請戴厚英，會議結束後，戴厚英專門著文對王蒙表示不滿意，王蒙委屈地說：「我並沒有過問會議組成人員的名單制定工作，當然，即使我過問了也沒有把握一定會邀請她，這件事和任何一件文藝方面的事一樣，缺少公認的如同奧林匹克賽賽事一樣的入圍標準。」參見王蒙：《王蒙自傳·第二部：大塊文章》，廣州，花城出版社，2007年，第280頁。這件事情既可以看出戴厚英渴望被「認同」的迫切心情，同時話語中的「入圍標準」又反映了新時期初期有著特殊經歷和身份的作家與作協，以及文壇准入標準之間的衝突與裂隙。

〔註19〕首先面臨著重新分配工作，以戴厚英的身份和經歷，她當然沒有自主權，而且上海作協也明確表示讓她自謀出路，所以很長一段時間她被「晾」在一邊，最初她願意去上海戲劇學院，學院領導原先也表示同意接納，但正當她準備去報導之時，突然學院傳來消息說因爲受到某種壓力，不敢再要她了。經過一番波折後，她才最終到復旦大學分校（現在的上海大學）文學院文藝理論教研室任教。其次，文藝界許多老作家都領略過她在「文革」中的「革命行動」，對她總是充滿了戒備和反感，因此她在上海處處受到排擠和孤立。著名學者賈植芳曾說起過這樣一件事情：86年的一天，我應邀參加在一個「國際漢學家會議」，負責會務的同志驅車前來接我，又順道去接戴厚英，之後又去接另一位現代著名的編輯出版家，這位先生和我也是老朋友了。但那天他上車後，看到戴厚英也坐在車上，只與我打了一聲招呼就再也沒有言語。在路上的一兩個小時裏，這位朋友總是一言不發，端端正正地坐在車上，使我很感到納悶。來到會址休息了一會，坐在我身邊的戴厚英起身離開後，便有人前來與我打招呼：「老賈，你怎麼和這個女人混在一起了？」我一看是位詩人朋友，他比我還年長，朋友們相互間難免開個玩笑。但看神色，這回似乎並不像是開玩笑，當我說明自己其實與戴厚英並不熟悉，只不過是同路赴會而已。老詩人聽後，歎了口氣：「這個女人好屬害的……」接著對我說了一些文革中的事我這才明白，一路上那位朋友爲什麼反常地沉默。參見賈植芳：《她是一個真實的人──悼念戴厚英》，吳中傑、高雲主編：《戴厚英啊戴厚英》，海口，海南國際新聞出版中心，1997年，第8頁。

是她的成名作《詩人之死》、《人啊，人！》出版前的許多磨難以及出版後的
各種「餘波」更是讓她不斷身處於「風口浪尖」。

戴厚英發表的第一篇小說其實是很少有人提及的《小巧兒》。〔註20〕隨
後，1980 年春，正當她的第一部小說《詩人之死》在上海出版受阻之時，她
接到了來自廣東人民出版社副總編輯岑桑的電報，希望把《詩人之死》寄
到廣州來由他們出版。戴厚英回信說，書稿的出版事宜已有了轉機，可望得
到解決，但為了感謝廣東人民出版社的知遇之恩，答應另寫一部以知識分子
生活為題材的長篇，交給它們出版。她 5 月底寫完《人啊，人！》的初稿，
先在上海的一些朋友中傳看，大家都肯定了這篇小說的價值，左泥再次專
門到出版社請示領導說，戴厚英又有一部新的極好的稿子，我們可否留下。
可領導斬釘截鐵地說：「還是快點讓她給別人家去吧，我們不要再惹這個麻
煩了！」〔註21〕6 月 18 日，左泥只好代戴厚英將《人啊，人！》寄給岑桑，
7 月初廣東人民出版社初審完畢後就立刻派兩位責任編輯到上海談稿件的修
改意見。7 月下旬至 8 月中旬，戴厚英根據意見重新改寫了一遍，並由原來
的 17 萬字增加至 24 萬字。因為聽說戴厚英在上海是「有爭議」的人物，為
了穩妥起見，廣東人民出版社還破例到她所在單位徵求有關領導的意見：
是否可以出版戴厚英的書。有關領導表態可以出版，廣東方面這才最後敲
定出版《人啊，人！》，並邀請她盡快去廣州定稿，補寫「後記」。9 月初經
二審、終審後發排，11 月印行 12 萬 1 千冊出版，這成為當時出版速度最快的
一本書。

戴厚英在廣東出書的消息在上海不脛而走，上海立即有人打電話給廣東
出版局領導，向廣東施加壓力，甚至還有上海市政府的一位副秘書長寫來了
親筆信，叫出版社不要出版戴厚英的作品。接著又有人寫信說戴厚英是「漏
網的三種人」，出版她的書會影響廣東的聲譽等等。可是廣東新聞出版局明確
表示，除非上海方面發來正式公函，說明戴厚英已被依法剝奪了出版權利，

〔註20〕這篇小說寫於 1978 年，是一篇兒童文學，戴厚英將它寄到《人民文學》，被
　　　　編輯部看中，準備發表在 1979 年 6 月號上，可是到即將發表之時，戴厚英卻
　　　　接到了退稿，理由是「稿擠」，而退稿上面卻留下了編輯、主任、副主編用不
　　　　同顏色的筆所作的修改、審稿意見和編排符號，這些都表明此小說已經發排
　　　　了，但由於她的「歷史」污點，《人民文學》不得不臨時將它撤掉。幾年後小
　　　　說發在東北一家刊物上。參見戴厚英：《自傳·書信》，合肥，安徽文藝出版
　　　　社，1999 年，第 176 頁。
〔註21〕左泥：《我所認識的戴厚英》，《檔案春秋》，2006 年第 1 期。

否則，什麼人的話都不聽，一切按原計劃進行。花城出版社社長王曼在給劉錫誠的信中也說到：「《人啊，人！》，省委已有結論，認爲是一本較好的書，不同意上海意見。」〔註 22〕儘管如此，就在《人啊，人！》剛送進印刷廠排印時，廣東一位領導從上海出差回來，便立即氣衝衝地召見出版社領導和編輯，要制止這部書的出版。可出版社回應說，書已付印，不能改變了。這位領導只好警告說：「風要刮來的，你們得有思想準備！」〔註 23〕需要別人幫忙才能發表作品，或者作品只有通過外地的出版社才能被發表，這眞實地已經說明了戴厚英當時的身份和境遇，也正是它們因爲與「文革」的深刻聯繫而被新時期初期的文學敘述嚴屬批判和否定，作家自然也失去了發表作品的合法性。

就這樣，《人啊，人》終於問世，並產生了巨大的轟動，編輯部在短短幾個月內，就收到了二百多封讀者來信。可是，接踵而至的是越刮越凶，瞬刻之間便形成了風暴般的大批判勢態。先是從上海刮起來，然後波及到北京、廣州，大報名刊都連篇累牘地刊登留情或不留情、說理或不說理的文章，從「討論」、批判漸次升溫至近乎聲討了。可戴厚英卻在這場「烈火」中成名，並且「越批越紅」，這讓批判者們始料不及，以致上海一部分人後悔說，應該在內部關起門來批。《人啊，人！》的轟動效應，卻又成了戴厚英一場新的煉獄的序幕。她不僅兩次受到大規模批判與圍剿，而且學校罷免了她的文藝理論教研室主任的職務，有一段時期還取消了她上課的資格。此外，她的職稱評定被擱置、工資不准調級、去香港講學、國外探親必須經過批准，以防她「叛國投敵」、加入作協受阻、〔註 24〕「籌款救災」受到監視。僅從戴厚

〔註 22〕劉錫誠：《在文壇邊緣上——編輯手記》，開封，河南大學出版社，2004 年，第 616 頁。

〔註 23〕岑桑：《垂淚憶金屏——緬懷戴厚英》，吳中傑，高雲主編：《戴厚英啊戴厚英》，海口，海南國際新聞出版中心，1997 年，第 189 頁。

〔註 24〕在戴厚英加入作協之事中扮演關鍵性角色之一的陳丹晨（另一位是蕭乾）曾敘述過此事的艱難，他曾向上海作協負責同志反映過戴厚英應該加入上海作協。可作協的人認爲這事不好辦，不是大家不團結她，而是戴渾身長刺。後來，在看望巴金時，他又提起此事，想請他給予幫助。巴金說，戴厚英給他寫過信，對「文革」初期造反，傷害了許多老作家一事承認了錯誤，現在自己有了新的認識。巴金也給她回了信，大意是說過去的事已經過去，年輕人犯錯誤，改了就好，希望她好好寫作，寫出好作品。陳丹晨隨即說，您是不是可以和上海作協說說，請他們從領導角度主動做做戴的工作。巴金卻無奈地說：我說了也沒有用的。參見丹晨：《戴厚英二三事》，《黃河》，

英「加入作協受阻」一事，我們可以看出新時期的作協依然擔當著對文壇准入資格進行認證的職能，成爲確認作家身份的標誌，如果沒有進入「作協」的編制，就意味著作家身份不能成立，而且體制內外的生存決定了作家身份及其功能的區別，在這一和政治密切相連的體制內，作家的「發言」才意味著合法和權威，才能獲得精神上的歸屬感和安全感。戴厚英即使百般努力，仍然被上海作協排斥在外，這就意味著她始終被視作是業餘作者、「異端」、「帶菌人物」（戴厚英語），既然她的身份始終得不到承認，那麼她的小說寫作和發表也意味著不具合法性和權威性，出版自然會受到一定的阻力。這種種非難和壓制讓戴厚英也頗爲無奈、怨憤，她曾說起自己做過的一個夢：我和眾人在一個車站等公共汽車，可別人都上了車，車門卻關上了，不讓我上。我捶窗，還是不讓進。於是我硬是以倒掛金鈎的姿式從車窗的一個格子裏鑽了進去。車廂內還很空，而同車的人都安閒地坐著，誰也沒有發現我被丟在車下又自己上來了。〔註 25〕這個夢是否眞正存在過已經無從考證，但從中我們可以明確地感受到戴厚英心中那份總是渴望著自己能被理解與接納，能夠得到社會和民眾的認可，卻始終不被原諒、甚至總是被詆毀的孤寂與痛苦。

　　《人啊，人！》出版後，給予作者及其作品的評價卻有著天壤之別——譽之者謂國色天香，要捧它上天；毀之者謂毒草蒺藜，要打下地獄。尤其是在 1982 年的「反對資產階級自由化」、1984 年的「清理精神污染」的運動中，兩次大規模的批評讓她如「驚弓之鳥」，關於她的各種流言蜚語滿天飛，她在困窘之下不無辛酸地向友人傾訴：「做人難，做女人難，做出了名的女人更難！」〔註 26〕回顧文藝界對她及其小說的批判，我們發現有時極端偏執的道德情緒往往會掩蓋個人記憶的眞相，最終阻礙人們對於眞相的發現、分析和探討。除了人事關係遺留的諸多矛盾外，還與 80 年代主流文學的「成規」的干預、制約和規訓有著密切關係，因此，探討它與「主流文學」的分歧就饒有意味。

　　1981 年 10 月 17 日，上海《文匯報》發表了「姚正明、吳明瑛」的《思

1997 年第 1 期。

〔註 25〕戴厚英：《一連串的怪夢》，杜漸坤編：《戴厚英隨筆全編》（上），廣州，暨南大學出版社，1998 年，第 472 頁。

〔註 26〕竹林：《夢識》，吳中傑，高雲主編：《戴厚英啊戴厚英》，海南國際新聞出版中心，1997 年，第 253 頁。

索什麼樣的「生活哲理」——評長篇小說〈人啊，人！〉》一文，與此同時，
上海市委機關報《解放日報》也積極配合，刊登批評文章，兩傢具有充分權
威性和廣泛影響力的大報的聯合「作戰」正式揭開了第一次批評戴厚英及《人
啊，人！》的序幕，隨後北京的《文藝報》、廣州的《南方日報》、《羊城晚報》
也加入到了討論中，這場大規模的批判在 1982 年初達到了高潮，並一直延伸
到下半年。在《文匯報》10 月 17 日的揭幕戰中，有兩個非常重要的特徵：首
先，與評論文章同時刊發的「編者按」雖然強調這次「討論」本著百家爭鳴
的精神，但由於編者按「一向是反映文藝新動向的極其敏感的風向標之一」，
〔註27〕因此，「編者按」看待《人啊，人！》的眼光和方式明顯地表明了上海
「主流文學」的基本態度。其次，「姚正明、吳明瑛」實爲「要正名、無名英
雄」的化名，目的是糾正《人啊，人！》中的「越軌」傾向，爲社會主義文
藝正名。此文的批評氣勢和語言，以及作者的化名方式，都體現出「文革」
時期的大批判遺風，而這樣的方式一經出現就可以立刻將被批者「批倒批
臭」。這兩個重要特徵充分表明在「討論」一開始其實就已經定好了「批判」
的基調。隨後，《文匯報》又在 11 月 14 日、11 月 19 日分別以專版形式刊登
有關《人啊，人！》的讀者來信來稿和「復旦大學分校中文系部分師生座談
紀要」，直到 12 月 24 日，這場討論才告一段落，《文匯報》也在這期編者按
中做了小結，說明這次討論樹立了一個自由、民主的討論風氣，但卻在最後
又不無深意地說「我們相信，廣大讀者會對已經發表的各種不同意見進行比
較、鑒別，從而作出自己的正確判斷。」在以《文匯報》爲「旗幟」開始的
第一次大規模批評中，名爲「討論」，實爲「批評」，在這一過程中，「『討論』
實際被另一種『勸說』，乃至『壓服』的話語方式所代替」，而且這種討論「借
助的是文學之外的力量，而不是來自文學本身的邏輯，那麼它很難說就是平
等條件下的討論，你很難說它不帶有『判決』、『決定』、『通知』的色彩和意
味。」〔註28〕而且耐人尋味的是，持續兩個月的討論，「批評」文章佔了多數，
而支持、肯定的文章卻寥寥無幾，結合編者按中最後的「暗示」，我們可以看
出上海主流文藝界的批評姿態和腔調早已不言自明了。

　　如果說第一次的批判尚無太濃的火藥味的話，那麼從 1983 年底至 1984

〔註27〕程光煒：《〈文藝報〉「編者按」簡論》，《當代作家評論》，2004 年第 5 期。
〔註28〕程光煒：《「人道主義」討論：一個未完成的文學預案》，《南方文壇》，2005
　　　　年第 5 期。

年的第二次大規模的批判則是「硝煙彌漫」，這場批判依然從上海發起，波及全國，在海外都造成了一定影響，而且批判的基調也上綱上線，演化成「如何鞏固無產階級政權」、「對社會主義的血淚控訴」、「與社會改革、實現四化爲目標的正確路線和政策相對立」等大是大非的「問題」。甚至從上海還傳出說戴厚英屬於「三種人」，〔註29〕只是由於「清查工作的疏忽，才沒有被定成爲敵我矛盾」，還說她「過去從左的方面向黨進攻，現在又從右的方面向黨進攻了。」這些流言傳到上海市領導的耳中，當然不能等閒視之，必須要「過問」一下了，以致於這次批判，名爲「學術討論」，實際是對戴厚英的第二次「清查」。〔註30〕這次突然發動的批判，卻在 1984 年 1 月 3 日胡喬木以《關於人道主義和異化問題》爲題在中共中央黨校的講話後偃旗息鼓了。這次批判時間雖短，但調門極高，罪名頗大，讓戴厚英感覺是「掉進了太上老君的煉丹爐」。〔註31〕其實，當時的主流並不是鐵板一塊，它們對待《人啊，人！》的態度也出現了分歧。在戴厚英深處「漩渦」之時，廣東文藝界接納了她，並給予了她最多的支持。1981 年 12 月 4 日和 10 日，廣東省委宣傳部召開兩次座談會，參加會議的有宣傳部正、副部長，新聞出版局局長，以及文藝、出版、新聞界等人士，共同討論對作品的看法，並研究廣東對這本小說應採取的態度和措施。與會人員大多認爲「《人啊，人！》是一部較好的小說，小說中的人道主義情懷，不是應該批判的，而是應該肯定的」，並最後決定，「廣東對《人啊，人！》的方針，是自由討論而不是批判。」〔註32〕在這一「精神」下，廣東人民出版社（即後來的花城出版社），不但出版了《人啊，人！》和其它幾本著作，而且還安排她治病，招待她休養。〔註33〕

〔註29〕根據中共中央在 1982 年 12 月 30 日和 1984 年 7 月 31 日連續發出《中共中央關於清理領導班子中「三種人」問題的通知》和《中共中央關於清理「三種人」若干問題的補充通知》，「三種人」是指「追隨林彪、江青反革命集團造反起家的人、幫派思想嚴重的人、打砸搶分子」。

〔註30〕燕平：《一生坎坷，不斷與命運抗爭》，吳中傑，高雲主編：《戴厚英啊戴厚英》，海口，海南國際新聞出版中心，1997 年，第 128 頁。

〔註31〕戴厚英：《自傳·書信》，合肥，安徽文藝出版社，1999 年，第 235 頁。

〔註32〕劉錫誠：《在文壇邊緣上——編輯手記》，開封，河南大學出版社，2004 年，第 616 頁。

〔註33〕在批判期間，香港企業家李嘉誠要在廣東汕頭創辦一所大學，擔任校董會主任的是原廣東省委副書記吳南生，而吳南生很賞識戴厚英，就邀請她到汕頭大學長期講學，每次從廣州到汕頭，還抽時間看望她，或請她到他的住處敘談。汕頭大學的黨委書記、校長和一些幹部也因此對戴厚英非常客氣。

　　當然，對那些牽扯到許多人事糾紛和內幕因素的「歷史敘述」，我無意去評價孰對孰錯。我更感興趣的是在這些「批評」中透露的某些「現象」，諸如批評的觀點、方式、立場、限度、標準以及批評者的身份等等，因爲它們與戴厚英之間的裂隙一定程度上深刻地呈現了當時較爲複雜的文本現實和歷史現實。在對這些「裂隙」進行分析之前，還有必要對隱藏其間的更深層次的特性進行分析，即在公開批評的浪潮中其實還潛藏著一種「批判和肯定」，「批判」是指對戴厚英的三種「身份」的批判，即「文革」身份、「作家」身份以及「女性」身份，也就是說對《人啊，人！》的批判首先是來自於對其作者「身份」的批判。如前文所析，戴厚英尷尬的「文革」身份在政治文化的轉折和新舊秩序的調整中應該是要被批判，至少也是要被排擠的。其次，她的「前史」也直接影響著上海文藝界對她的認可，她長時間僅被看作是一名業餘作者，嚴格意義上並不具備寫作的合法性，因此當然沒有資格參與到新時期的敘述和建構中，但是戴厚英卻極力希望以自己的作品和自我辯解、自我剖析來讓新秩序承認自己的合法，她的努力和主流的拒絕自然形成了裂痕。再次，一個人的身份除了社會身份外，還存有性別身份。新時期初期，一種新的身份政治規約著女作家的寫作，女性角色的性別自我不僅朦朧曖昧，而且必須超越「人性」、「靈魂」，一旦她們有意追問女性自我、書寫女性生存境況、凸顯女性的性別身份與性別體驗時，那麼隨之而來的便是不斷被指認爲出軌、偏離與誤區，以及寫作者位置的邊緣化。雖然戴厚英在《人啊，人！》的寫作與表達中仍然具有「非性別化」傾向，並沒有刻意追求與「女性」身份相適應的獨特性，但在不經意間流露出了關於女性的文化想像和要求，具體的表現則是不僅在心理層面反思了女性自我的困惑，還在現實層面展示了不同女人在愛情、婚姻、事業上的困境，這些自然又成爲她受到批判的一個重要因素。而「肯定」則是指在「傷痕文學」的「文革」記憶的成規下，對《人啊，人！》反思與批判「文革」、「極左」思潮的肯定。這兩種潛藏的話語方式往往被研究者們所忽略，但是這正說明了戴厚英作爲一個女作家生存於新時期的多樣和複雜。接下來，我們再具體分析戴厚英與主流批評之間的裂隙，總體來說，兩者的主要分歧體現爲兩點：

　　首先是如何看待歷史和現實。新時期初期的文學主要是以控訴「極左」路線以及揭露「四人幫」來展開新的「歷史敘述」的，但是，文藝界對「揭露」的範圍究竟應該有多大，「敘事」的限度在哪裏並不是十分清楚，「這就

使得文學界在一度形成比較活躍、時髦和極不確定的『探索』的潮流時，也會因文學觀不同而在討論和交鋒過程中陷入『無序』的狀態。」〔註34〕戴厚英在《人啊，人！》後記中說：「我看到的是命運。祖國的命運、人民的命運，我的親人和我自己的命運。……我看到的是一代知識分子所走過的曲折的歷程。」「不論是人、是鬼，還是神，都被歷史的巨手緊緊地抓住，要他們接受實踐的檢驗……在歷史面前，所有的人一律平等。」她在這裡要說明的是知識分子的命運／歷史和祖國、人民息息相關，它們共同經受了「苦難」，都應該對歷史負有責任。然而，她卻忽略了新時期初期文學敘述最重要的「規則」：誰有「權力」來敘述歷史以及怎樣解釋歷史？在「主流文學」看來，「歷史」是存在限度的，對「歷史」的解釋一定要在適當的範圍內來進行。她的這種「忽略」必然遭到嚴厲的質疑和批評。「『反右』和『文革』絕不是社會主義制度和無產階級政治本身的過錯。而《人啊，人！》正是在這關鍵的問題上，做出了錯誤的判斷和歪曲的反映。……作品在否定錯誤路線的同時，也否定了正確路線；在否定人為的階級鬥爭同時，也否定了必要的、馬克思主義的階級鬥爭；在否定社會主義進程中出現的失誤的同時，也否定了社會主義所取得的全部成就。試問：這樣的反映是歷史的麼？是真實的麼？」〔註35〕如果說這種批評將作品放置在「作家立場」的層面上來討論，屬於一種帶有排斥性和武斷的結論的話，那麼紀煜的批評則試圖以翻歷史「舊賬」達到「敲山震虎」的目的，「《人啊，人》的作者，不是把一群知識分子的個人命運同人民的命運、社會主義事業的命運和歷史的必然發展聯繫起來觀察，而是以個人的恩怨，作為衡量一切事物的標準，這就必然陷入個人主義和歷史唯心主義。……因為作者既做過『大批判』的『小鋼炮』，又當過『造反兵』，身上自然不會沒有錯誤思潮的流毒。」因此，他最後「警告」說：「一切為人民、為社會主義服務的作家，任何時候都不能在自己的創作中動搖和違背這四項基本原則。《人啊，人！》的作者，應該在這個根本問題上，認真總結教訓。」〔註36〕紀煜批評的真正「價值」，並不在於所謂的「學術爭鳴」，而在於他為維護權威理論而壓抑別人的強硬的批評姿態，它使我們進一

〔註34〕程光煒：《文學「成規」的建立——對〈班主任〉和〈晚霞消失的時候〉的「再評論」》，《當代作家評論》，2006年第2期。

〔註35〕高林：《為「人」字號招魂——評〈人啊，人！〉》，《作品與爭鳴》，1982年第4期。

〔註36〕紀煜：《再評小說〈人啊，人！〉》，《文匯報》，1983年11月25日。

步理解到，這一時期的文學論爭「在很大程度上不是 80 年代與 50 年代至 70 年代不同文學立場間的交鋒，而是 80 年代在如何理解 50 年代至 70 年代『當代文學』上思想、話語衝突的呈現。」〔註37〕

其次是關於「人道主義」的爭論。這是戴厚英和批評者們之間最大的分歧，也是批評關注的焦點。新時期的人道主義思潮作爲一種「價值話語滲透到社會各個層面，形成了一種普遍被認可的新『常識』。一方面，以「五四的復興」爲特徵的新時期「被視爲重複了五四時期從傳統（封建）社會中邁向現代社會的時刻，從而集中重申了五四乃至整個現代中國的啓蒙話語；另一方面則因爲新時期成功地完成了一種話語轉換，即社會主導意識形態從馬克思主義話語向非馬克思主義話語的轉換。」因此，「從某種意義上可以說，80 年代的人道主義思潮是 20 世紀中國現代人文話語的集散地，既有五四式啓蒙主義的人文話語，又可把 90 年代的『人文精神』論爭視爲其後果或重申；既重複了 30 年代『人性』／『階級性』的論戰過程，也是 50～70 年代作爲『異端』的人道主義話語的主流化。」〔註38〕然而，在此時期討論的「人道主義」、「人性論」依然受到「階級性」、「階級的人性」、「無產階級」、「人民大眾」等權威性概念的影響和制約，「因此，採用哪種知識譜系，往往預設了『不戰自勝』的潛在前提，事先已決定了討論的結局。」〔註39〕

圍繞著《人啊，人！》的爭論，其實仍然是在關於「人道主義」的「純理論」框架中展開的。人生／人性、馬克思主義／資產階級、自然本性／社會屬性等兩組概念之間的尖銳對立，構成了這場大討論中各方所圍繞的主要「焦點」。戴厚英在《後記》中說「我寫人的血跡和淚痕，寫被扭曲了的靈魂的痛苦的呻吟，寫在黑暗中爆出的心靈的火花，我大聲疾呼『魂兮歸來』，無限欣喜地記錄人性的復蘇。」因而，「我認爲馬克思主義與人道主義並不是水火不容的。馬克思主義包含了人道主義，是最徹底、最革命的人道主義。」她的這一見解也借何荊夫之口不斷進行渲染，「有沒有無產階級的人道主義呢？」「有，孫悅，有呀！你讀讀馬克思、恩格斯的著作吧！多讀幾遍，你就會發現，這兩位偉人心裏都有一個『人』，大寫的『人』。他們的理論，他們

〔註37〕程光煒：《歷史重釋與「當代」文學》，《文藝爭鳴》，2007 年第 7 期。

〔註38〕賀桂梅：《人文學的想像力——當代中國思想文化與文學問題》，開封，河南大學出版社，2005 年，第 77 頁。

〔註39〕程光煒：《「人道主義」討論：一個未完成的文學預案》，《南方文壇》，2005 年第 5 期。

的革命實踐，都是要實現這個『人』，要消滅一切使人不能成爲『人』的現象和原因。……」〔註40〕值得說明的是，在新時期語境下直接在長篇小說中表述社會爭論的「熱點」，不排除作者希望通過作品反映社會面臨的現實問題，從而可以借「大寫的人」或「社會良知」之名佔據話語敘述中心位置的因素，但在某種程度上也的確表明了作者的理論敏感和創作勇氣。《人啊，人！》的主題和觀念也得到了「人道主義」討論中持相同觀點的人的支持，「該洗去一些潑在《人啊，人！》上的污穢，還它以晶瑩了。」「她鼓舞了人們向著未來！向著希望前進的活力與信心。《人啊，人！》全書字裏行間猛烈地跳動著一顆熱愛祖國，恨鐵非鋼，渴望改革的赤子之心。」〔註41〕這種批評方式依然是從社會影響和思想層面出發來肯定作品的意義，即使它們屬於當時流行地批評話語，但是這樣的評價過於弱小，也沒有得到主流意識形態的明確支持，它們迅速地被更爲強勢的批評潮流所淹沒。《人啊，人！》是「資產階級自由化思潮在文藝創作中的突出表現。」作者「離開了生產關係的變革、生產力的發展等條件，侈談人道主義和『人的解放』，不僅毫無現實意義，而且只能造成思想混亂。」社會主義的「文藝創作是一項嚴肅的事業，不是一種可能不受社會檢驗、不承擔社會責任的『自我表現』、『自我發泄』。」因此，「作者應該在這個根本問題上，認眞總結教訓。」〔註42〕然而，誠如程光煒先生所言，新時期的「人道主義」討論「由於時代的『局限』，多數圍繞其展開的探討最後都因政治因素的干擾而被迫擱淺，無法深入下去。特別是當問題一旦觸及某些根本性的命題，而這一推進又將使學術界對『人道主義』探索的歷史困境和現實意義有整體性的反思，並因此而產生批突破性的、高水平的研究成果時，另外因素就會作出特別強烈的反應，迫使其偏離正常的軌道。因此可以認爲，『人道主義』討論實際是個最終流產的未完成的『文學預案』。」〔註43〕隨著這場討論的不了了之，對《人啊，人！》中的「人道主義」、「人性論」的批評也逐漸消隱。值得深思的是，新時期初期特定的政治

〔註40〕戴厚英：《人啊，人！》，廣州，廣東人民出版社，1980年，第87頁。根據筆者統計，《人啊，人！》中關於人道主義的闡述、辯論、交鋒有13處之多，很多話語都是當時「人道主義」思潮觀點的直接挪用。

〔註41〕郭因：《還它以晶瑩》，《文藝評論》，1985年第3期。

〔註42〕紀煜：《再評小說〈人啊，人！〉》，《文匯報》，1983年11月25日。

〔註43〕程光煒：《「人道主義」討論：一個未完成的文學預案》，《南方文壇》，2005年第5期。

體制和文藝政策決定了「人性解放」標準的限度和尺度，也決定了對人道主義問題的討論首先在於是否立足於馬克思主義的理論基礎，所有關於人性的哲學探討或文學敘述都是借用政治經典言論尋求適度思想解放空間，作家們也在政治意識形態所認可的最大限度內小心翼翼地探討著「人性」，〔註44〕一旦出現「越軌」傾向，必然會遭到「主流文學」的警覺和強烈反應。此外，這場爭辯的雙方都是從試圖勸說或者壓服對方出發的，批評中聲音的強弱不僅依據於當事人的「社會身份」，而且依據於與主流意識形態的觀點相「應和」方式，更何況對戴厚英來說，其中又有許多說不清道不明的「人事矛盾」和「個人恩怨」，這種種因素決定了兩者的分歧不免都帶有一定的功利成分。於是，「政治利益就悄悄取代了問題討論，在這裡可資利用的並非『人道主義』的資源，而是一種可資利用的政治價值」，〔註45〕雙方各取所需，批評者們以維護權威，抵制僭越爲職責，而戴厚英則經過「煉丹爐」的「洗禮」進行了「身份轉換」、「形象建構」和「價值認同」，這些雖然多是她的一廂情願，但畢竟以一種「勇氣」和「姿態」出現在了公眾面前。

總體來說，戴厚英與主流批評之間的裂隙主要體現在如何看待「歷史和現實」、「人道主義」、「人物形象」、「藝術創作手法」等方面。但必須說明的是，「『文革』後的中國文學圍繞時代的思想解放運動展開了一系列主題，儘管 80 年代初期以來，文學界一再表示尋求文學的獨立自主性品格，但實際上，文學與時代的意識形態關係依然非常密切。」〔註46〕在此語境下，批評者們「從來都不是以『評價作品』爲目的的，而是要通過這中介，進一步闡釋、重申和強化自己的文學觀念。或是通過評論某個作家和作品，爲理論主張尋求文學性的佐證，藉以推動或鞏固某理論的權威地位。」〔註47〕在我看

〔註44〕陳丹晨回憶新時期人道主義的討論時說，當時學術界爭論的所謂的「人性論」，總是會斷斷續續、時起時伏受到批判，有時還會掀起軒然大波。1983年初，我曾參加過一個研究單位召開的研討人性、人道主義的學術會議，會議期間竟有人打小報告，結果上面就興師動眾追查這次會議，一時弄得非常嚴重，大家人人自危，形勢很是緊張，但最後也只能不了了之。參見丹晨：《戴厚英二三事》，《黃河》，1997 年第 1 期。

〔註45〕程光煒：《「人道主義」討論：一個未完成的文學預案》，《南方文壇》，2005年第 5 期。

〔註46〕陳曉明：《表意的焦慮──歷史怯魅與當代文學變革》，北京，中央編譯出版社，2002 年，第 78 頁。

〔註47〕程光煒：《「人道主義」討論：一個未完成的文學預案》，《南方文壇》，2005年第 5 期。

來，這種針對戴厚英的「文革」歷史的批評方式其實也暴露出了某些偏差和
不成熟，由此對作家及其小說的輕率而嚴厲的指責多少形同人身攻擊，種種
偏激的情緒化言論便依仗著道德的名義傾瀉而出，成為指涉倫理的道德定罪
的思想方式。當然，本書主旨不在為戴厚英辯誣，而是想探討新時期這一「風
景」的文學史意義。於是，當我們重新涉足文藝界對戴厚英及《人啊，人！》
的種種「歷史敘述」時會發現，敘述的政治動機和學術爭鳴是融為一體的，
對她及其小說的批評絕不是一個簡單的問題，而是通過這種方式全力阻止她
獲得新秩序給予的合法地位的問題。在這一「防守反擊」的過程中，各種力
量參與了對它的規劃，但也由於它的提出者、支持者、質疑者各自的身份、
文化政治目的不同，在對它進行命名和定位時，記憶和講述歷史的動機和欲
望表現出了明顯地差異。

三、「童話」的前前後後

　　「政治修明的年代，這本書出版了。也許，某些文藝評論上寫著：『這是
她──一個女孩子的遺作……』」這是遇羅錦在 1974 年 3 月 5 日給《一個童
話》寫的序言，似乎也是她給自己寫下的「偈語」：小說的確發表（更名為《一
個冬天的童話》發表於《當代》1980 年第 3 期）和出版了（更名為《冬天的
童話》，由人民文學出版社 1985 年出單行本），但正是這篇作品連同它的姐妹
篇《春天的童話》〔註48〕和另一部自傳體小說《求索》，〔註49〕使得遇羅錦徹

〔註48〕　《一個冬天的童話》發表後，在社會上引發了婚姻中的道德論戰。《新觀察》
　　　　在 1980 年第 6 期至第 11 期刊載了不少「關於愛情與婚姻」爭鳴文章，在討
　　　　論的同時，也約遇羅錦加入。而遇羅錦在給《當代》編輯劉茵的信中說，面
　　　　對社會鋪天蓋地的輿論譴責，她準備用一部中篇小說來應對，表明自己的立
　　　　場。不久，一部名為《童話中的童話》的中篇小說送至《當代》，由於此篇小
　　　　說大膽地描述和揭秘了個人的婚戀和婚外情經歷，內容「前衛」和「露骨」，
　　　　遭到了《當代》的退稿。後來，《花城》在 1982 年第 1 期刊發了這篇小說，
　　　　並改名為《春天的童話》。
〔註49〕　《春天的童話》發表後，遇羅錦不僅遭到了批判，而且她的離婚案和婚外情
　　　　成為人們茶餘飯後的談資，正如她在 1983 年對自己境況的抒懷：「好事不出
　　　　門，歹事傳千里」。按照她自己的說法，與其讓別人指指點點，搞得大家對她
　　　　的隱私那麼感興趣，不如自己「加以說明，以正視聽」，於是她寫了一篇四五
　　　　千字的小說《幸福，是人人可以爭取到的》，並投寄給對她離婚案討論得最激
　　　　烈的《新觀察》和《民主與法制》，可是均遭到了退稿。後來，這篇小說輾轉
　　　　發表在香港《鏡報》1983 年第 2 期上。與此同時，遇羅錦也沒有放棄「自我
　　　　辯解」，她又對這篇小說補寫了近一半的內容，並改名《求索》寄給南京的一

底「銷聲匿跡」，「童話」也成爲名副其實的「遺作」。〔註50〕在她出現在社會、公眾視野裏的短短幾年時間中，她雖然作爲「英雄」遇羅克的妹妹而博得同情，但更多地是以「禍水」而著名。〔註51〕她的「童話」更是受到廣泛批評，《一個冬天的童話》參加評獎而一波三折，〔註52〕《春天的童話》不僅遭到退稿，〔註53〕而且被指認爲是對「黨所領導的新聞、文藝、政法部門」的「控訴書」。〔註54〕

《一個冬天的童話》、《春天的童話》（以下文中此兩部作品並提時簡稱爲「童話」）和《求索》在感傷、自憐的基調下敘述生活，塑造人物，充滿了悲

個刊物，此刊最初準備刊發，看後來卻以「聽說某處發了類似的一篇」爲由而退稿，這使得遇羅錦非常怨憤，後來只有寄給以前打過交道的雲南的《箇舊文藝》，並在1983年第4期發表。參見遇羅錦：《爲〈求索〉致〈箇舊文藝〉編輯部》，《箇舊文藝》，1983年第4期。

〔註50〕 其實，1986年遇羅錦還給《花城》投寄過一個中篇小說，文章沒有標題，主要內容是寫一個編輯向她組稿的經過。她在小說描寫一個編輯到北京組稿，女作家到機場去接，在眾目睽睽之下女作家要熱烈擁抱他卻被他拒絕，可是到了招待所，他卻拿出事先寫好的編輯部的假證明，假稱兩人是夫婦開房同住，小說完全將編輯醜化爲僞君子。《花城》的編輯們看了後都暗笑。時任《花城》編輯部主任的范漢生當即決定退稿，要遇羅錦修改後再寄來，並建議標題爲《夏天》。稿子退回後遇羅錦就沒再跟《花城》聯繫，這篇小說也沒有在其它的刊物發表。參見范漢生、申霞豔：《風雨十年花城事：聲譽及風波》，《花城》，2009年第2期。

〔註51〕 遇羅錦的婚戀經歷比較複雜，她離了兩次婚、有過兩次婚外戀，在新時期的社會道德評價體系中是要受到輿論譴責的，她也從此成爲眾人口誅筆伐的對象，成了「沒有良心的壞女人」的代名詞。當時人們避遇羅錦唯恐不及，足可見她「惡名」遠揚。1980年初，人文社現代編輯室副主任孟偉哉「一旦接到遇羅錦的電話，也要叫來別的編輯旁聽。要是遇羅錦眞人到達，更是趕緊叫人作陪。實在沒人，就把房門大敞，以正視聽。」參見《關於一個冬天的童話》，《當代》，1999年第3期。

〔註52〕 參加作協1981年報告文學評獎而落選。同年，參加《當代》評獎，初評爲「當代文學獎」，但新華社的《內參》以《一個墮落的女人》爲題，譴責遇羅錦的私人生活，隨後「一個電話」又質問：「《花城》要發《春天的童話》，《當代》要給獎，是不是一個有組織的行動？」評委們緊急開會，決定取消獲獎，並寫信通知她：「原來說給你獎，經研究決定，不給你獎了。」參見《關於一個冬天的童話》，《當代》，1999年第3期。

〔註53〕 遇羅錦將《童話中的童話》送到了《當代》。大家傳看之後，都認爲不能發。後來，稿發於《花城》，改名《春天的童話》。參見《關於一個冬天的童話》，《當代》，1999年第3期。

〔註54〕 易準：《評〈春天的童話〉的錯誤傾向——在一次座談會上的發言》，《作品》，1982年第6期。

憤、偏激，甚至有些矯情的色彩。在新時期仍習慣用主流／逆流、中心／邊緣、官方／民間、合法／非法看問題的「主流文學」看來，它們是帶有很大問題的，作品描寫並歌頌自己的婚外戀和「第三者」是不符合社會主義道德規範的，作者孜孜以求的愛情不僅帶有明顯的私人色彩，而且是突出了強烈的「情慾」特點的「愛情」，此外，作者看待和理解歷史的觀念和方式以及處理歷史的立場和方法也超出了國家和民眾的共識。〔註55〕這些「越軌」顯然已經觸動了「主流文學」最後的「底線」，當然會受到「主流文學」內部的警覺和強烈反應，具體表現為對「童話」文本發表時的刪改和發表後的批評上。

　　對《一個多天的童話》的刪改主要體現在三個方面：首先是「編者按」的修改。誠如程光煒所言，編者按「一向是反映文藝新動向的極其敏感的風向標之一」，它「對文學創作的評價和規範，對文學史的自我想像和生成，有著十分重要的影響。」〔註56〕在這個意義上，「編者按」實際參與了籌劃了新時

〔註55〕 遇羅錦小說發表之後，引起了很大的爭議，一些報刊雜誌在爭鳴之中擇取時機刊登了許多讀者來信。在這些來信中有一個現象值得注意，刊登的來信總是「批評」居多，佔了很多的版面，而持肯定的態度的文章往往屬於「邊角料」。比如，《求索》發表於1983年第4期的《箇舊文藝》，編輯部緊接著就在第5期上就刊登了三篇讀者來信，並在編者按中說明了此舉的目的——「正當我們在學習《鄧選》，致力於兩個文明建設之際，開展一次廣泛的關於對人生道路和人生目標的求索，無疑是很有意義的。」前兩封來信完全是以「批評」和「教訓」的口吻來討論遇的作品，「我們所讀到的遇羅錦的作品中，差不多都是以愛情或婚姻糾葛為題材的，也都是以她本身的生活為素材的。但她所追求的、所宣揚的，是空想的絕對愛情，是不受任何約束的『愛情』，這就給不少青年讀者造成思想混亂，在社會上起了副作用。……事實上由於她的放任不羈，已給社會造成不小的惡劣影響，有的青年從她那裡吸取『營養』，忘記了黨的教導，忘了國家的前途，整天昏昏然，滿腦子想的是那『莫須有』的『精神世界』和『絕對愛情』。」余從、由之：《祝賀與希望——讀遇羅錦〈求索〉後的幾點意見》。而唯一的一篇「支持」遇的來信僅僅是一首短詩：「你開闢、探索在坎坷的路上／你向大家宣佈／我拾到了一顆珍珠／我昂首，向太陽／我笑，像太陽／白天和黑夜，照射、閃耀著光芒／請那些中傷者／想一想！？」陳中宣：《給探索者》。通過比較這兩封態度迥然相反但比較「有趣」的來信，我們可以發現不管來信的作者真的是讀者（民眾），還是找人「化名」代筆，都鮮明地反映了當時的社會和民眾對遇羅錦的指責。《箇舊文藝》隨後在第6期又延續著討論，討論的規模和聲勢也在繼續擴大，但有意思的是刊登的6封來信對遇羅錦其人其作則全部持「批評」態度。

〔註56〕 程光煒：《〈文藝報〉「編者按」簡論》，《當代作家評論》，2004年第5期。

期初期的文學規範和具體操作。因此，「編者按」對待作品的眼光和方式往往被看成是「主流文學」的發聲。《一個冬天的童話》發表時的「編者按」是：「這部作品的作者遇羅錦是遇羅克同志的妹妹。十年浩劫期間，在遇羅克爲了捍衛眞理被捕以至被殘酷殺害前後，她的家庭也經歷了種種的磨難。據作者說，此文基本上是根據她個人的親身經歷寫成的。我們認爲，這部作品所反映的決不只是他們個人的偶然不幸，而是林彪、『四人幫』的法西斯統治和多年來封建主義的形而上學的血統論所必然造成的相當深廣的社會歷史現象。正因此，本刊決定發表這部作品。」其實，在編者按初稿中還有一段文字：「作者把她的作品叫做『實話文學』，又叫做『回憶錄』，我們經過考慮之後，權且把它叫做『紀實文學』。」〔註57〕後來該作品刊登時，並沒有以「紀實文學」名義，而是將其擱置在「報告文學」的欄目下，〔註58〕「編者按」初稿中的相關文字也被刪去。從編者按的文字中，我們可以看出「新時期敘述」的兩個顯著特點：一是肯定在揭露、批判林彪、「四人幫」的「極左」路線和封建主義（在《一個冬天的童話》中表現爲封建「血統論」）方面的積極意義；二是肯定報告文學的「社會良知」和「啓蒙作用」以及尊重事實、正視現實、反映生活的「報告性」文體功能，以此正好與作家的「載道」意義相對接。但是，我們從這一修改、猶疑中還是察覺到當時的編輯們已經感覺到了傳統的「報告性」、「公共性」已經不足以說明《一個冬天的童話》獨特的「私人」特徵。

其次是關於「性」描寫的刪改。遇羅錦在初稿中，有一段描寫了她在北大荒與北京知青志國新婚之夜的場景。其中有以下文字：

〔註57〕 參見《關於一個冬天的童話》，《當代》，1999 年第 3 期。
〔註58〕 編輯的這一舉措，我分析主要出於以下三個原因：首先，遇羅克雖然在遇羅錦發表該小說之時已經被平反，但是在公共場合尤其是在新聞報導中被關注、言說，乃至極力讚揚還是會受到許多限制的，而借「文學」之名對「文革」中的重要新聞、現象和人物進行「報告」的文字便可順理成章地大量出現。其次，遇羅錦本人的私生活當時已在社會上傳的沸沸揚揚，再加上 1980 年新的《婚姻法》的頒佈和實施，使得她的「離婚」風波不僅僅是一個私人問題，而且已經「榮升」爲一個社會事件和問題，因而遇羅錦以「小說」之名對自己情感婚姻史的敘述也就具有了新聞性和調查報告性。最後，報告文學常常擁有大量讀者，更何況又是以「大名鼎鼎」的遇羅克和遇羅錦爲對象。需要加以說明的是，「童話」這一類作品很難用「文學」的標準來品評，又因有「文學」上的渲染，「眞實性」也存在疑問，因而也很難用「新聞」加以要求。

「他坐下來脫褲子，一面望著我，一面脫得赤條精光。」「那冰涼的大腳，硬邦邦的腿骨碰得我身上發疼。」「他的四隻手腳一齊迅速地動作，生硬粗魯地將我的睡衣睡褲、背心褲衩全部脫掉，急切地扔到一邊去了。」「沒等我想過味兒來，他全身的重量已經壓在了我的身上。兩隻粗硬的大手將我的頭緊緊地把住。我閉了眼。」「而下身的意外疼痛，又使我彷彿挨了猛然的一擊。」「大約只有一分多鐘，他便突然地鬆開了雙手，癱軟地趴在枕上喘氣去了。」

　　由於作者標榜這部作品是自己的親身經歷，是「實話文學」，那麼，這樣細緻的「性」描寫就被看作是在敘述「真人真事」，當時，這篇作品已經過了四校，馬上就要印刷，時任《當代》主編的秦兆陽依然決定刪去，〔註 59〕遵循他的要求「刪得虛一些，美一些」，編輯們緊急進行刪改，就變成了我們今天看到的：「只感到他用大手輕輕一撩，就鑽進了這大被窩。」「我拼命地想別轉臉去，可是怎樣也無法躲過。」編輯們把「難登大雅之堂」的具體的動作描寫完全刪除，甚至將原稿中「我」的「順從」（閉眼）改為「強烈的反抗」（拼命地轉臉）。從修改中我們看到，新時期初期文學對「性」的領域仍處在神秘和急於探索的狀態，對真實的人性、情感的表達還十分有限，政治權力話語的干預和規範，傳統文學成規的話語力量以及人們思維所具有的慣性在新時期初期依然延續和產生著巨大影響。因此，在這一時期主流文學的成規裏，作品中的對愛情的表現只能更多地駐足於聖潔、純真的心理或精神層面，情慾、性愛等這些愛情的題中之義是必須要摒棄在外的。

　　對初稿修改最大的地方是遇羅錦的性格。當時，很多人對於遇羅錦的「離經叛道」非常驚惶，於是，為了作品產生的社會效果以及讀者的情感需要，「編輯部在編輯《一個冬天的童話》時，也達成了一個共識：刪減遇羅錦性格中的兇悍，將遇羅錦盡可能地修改得更柔弱些。」〔註 60〕修改的結果廣

〔註 59〕參見《關於一個冬天的童話》，《當代》，1999 年第 3 期。

〔註 60〕遇羅錦在現實中真正的性格我們無法從更多的材料中確認，但當時一位《當代》的編輯回憶過這樣一件事情：遇羅錦曾將《童話中的童話》（即《春天的童話》）送至《當代》，編輯們看後不準備刊發。於是，孟偉哉讓另一個編輯姚淑芝打電話通知遇羅錦來取稿。遇羅錦來到出版社傳達室，要姚將稿子送到傳達室，她不想上樓。孟偉哉說，還是請她上樓來吧。遇羅錦上樓前，編輯們都紛紛躲避，怕她發難。但遇羅錦卻讓大家意外，很平靜地接受了退稿的事實。躲避、發難、意外多少反映了她「兇悍」的一面。參見《關於一個冬天的童話》，《當代》，1999 年第 3 期。

泛博得了讀者對她在「文革」中的悲慘遭遇和愛情磨難的同情，但在隨後發表的《春天的童話》中，羽姍（「我」）的咄咄逼人和大膽潑辣與《一個冬天的童話》中柔弱的「我」形成了鮮明的對比，使讀者充分感覺到「我」在「冬天」和「春天」中迥然的性格。在《一個冬天的童話》被指責和修改的那些章節中，我們仍然可以感覺到作品的「潛文本」沒有完全被刪除，作者的「個人」意識依然「暗流湧動」。「因爲，修改本刪除的可能是一些文字上的東西，它其實並沒有、也不可能眞正刪除得掉作者內心世界中的知識分子意識。『個人主義』的缺席，也不能說明它根本上就不存在；有時候，沒有『發表』出來的東西，往往比發表的東西更眞實，因此就更強烈。」〔註 61〕對作者性格大幅度的改動，其實隱含著「主流文學」對作家身份以及功能的認定和規範。就遇羅錦而言，「主流文學」界也許並沒有將她看作是一名「作家」，充其量視她爲一個「文學青年」、「習作者」。在這個意義上，「主流文學」的企圖就初現端倪：按照自身的成規來規範和形塑懷揣「夢想」初涉文壇的「作家們」，告訴他們應該寫什麼、如何寫、爲誰寫。將「遇羅錦」樹立爲一個「典型」，是給文學「新手」們制定一個標準和劃定一條「底線」，同樣是給當時的「歸來作家」們一個警示。

遇羅錦的小說雖然經過了編輯們的加工和刪改得以發表，但是其中的「出軌」敘事和思想傾向畢竟觸碰了主流文學的「神經」，鋪天蓋地的批評接踵而來。在眾多的評論中，僅有極少數的文章對《一個冬天的童話》給予肯定。謝望新肯定了作品對於挑戰傳統道德觀念作的新的探索，認爲「作家通過眞實的藝術形象的創造，理直氣壯地肯定了以感情爲基礎的愛情，以愛情爲基礎的婚姻，才是最合道德的。」更爲可貴的是，作品有著強烈的時代色彩，因爲「作家還把這種對愛情和婚姻問題的勇敢探索，與國家、民族的憂患存亡聯繫在一起。」〔註 62〕鄭定認爲，這部作品通過愛情和婚姻揭示了「重大的社會問題」。作品「把家庭的命運、個人的悲歡離合巧妙地融彙在歷史潮流中」，遇羅錦所「選取的細節，就賦予一定的社會意義，就有了典型性，她所寫的作品，也就不再是一個家庭、一個人的偶然不幸，而是林彪、『四人幫』禍國殃民和唯心主義、形而上學反動血統論所造成的社會悲劇的眞實的反

〔註61〕程光煒：《關於五十至七十年代年代文學中的知識分子形象》，《文學評論》，2001 年第 6 期。
〔註62〕謝望新：《在對生活思考中的探求》，《文藝報》，1981 年第 7 期。

映。」因此，《一個冬天的童話》是「實話文學」，是「眞的新文藝」，更是時代之歌、生活之歌、愛情之歌和心靈之歌。〔註63〕這些評論者們依然沒有脫離當時流行的、有效的批評話語模式，還是從社會影響和思想層面出發來肯定作品的意義。這樣的評價畢竟非常弱小，它們迅速被更爲強大的批評潮流所淹沒。易水在批評中首先同情遇羅錦與無數受難者所共有的悲慘遭遇，但卻嚴厲批評作者「只顧自己幸福，不問別人是否痛苦」，把自己的「享受」建立在「別人痛苦的基礎上」這種不高尚的婚姻愛情觀，於是，他不客氣地指出：「作品中的『我』一直在熱烈地追求著眞正的愛情，然而，她所收穫的卻是一個個帶澀的苦果。造成她愛情婚姻悲劇的，固然有種種外界原因，但她本身缺少更高尚的愛情觀，不能不說也是一個原因。」〔註64〕

　　在對《春天的童話》的眾多批評中，語氣、方式和結論都驚人的一致。蔡運桂批評該小說是「一部具有嚴重思想錯誤的作品」，它「宣揚了腐朽的資產階級思想感情，在婚姻家庭等問題上，散佈了許多錯誤觀點」；同時，他認爲「作者缺乏革命樂觀主義的現實感，而被懷舊的哀怨情緒支配著。哀怨、悲憤成爲小說的主旋律貫穿始終」，這樣一種「不健康的政治情緒」以「實話文學」形式表現出來，「對讀者，尤其是青年讀者，具有腐蝕作用。」〔註65〕易準也嚴正指出，這部作品「不僅宣揚了資產階級極端個人主義的腐朽沒落的倫理道德觀，而且醜化了黨的三中全會以來的生活面貌，對社會現實進行了含沙射影的諷喻和抨擊，甚至把社會主義社會當成了控訴的對象。作品所表現的庸俗情趣和錯誤的政治傾向，決不是一種偶然的、孤立的文藝現象，而是資產階級自由化思潮在文藝上的突出表現。」〔註66〕從這些批評中我們看到，由於新中國成立後國家制定的文藝政策一直在強調文藝的教化功能，這一政策在新時期初期仍然十分有效，因此，對「童話」的批評都集中於倫理觀念上的探討，關於這篇小說是否能發揮良好的道德教育功能一直是評論者關注的一個重要問題，至於作品藝術上的優劣就很少涉及了。此外，

〔註63〕鄭定：《這是「實話文學」——評〈一個冬天的童話〉》，《作品與爭鳴》，1981年第1期。

〔註64〕易水：《令人同情，卻不高尚——讀〈一個冬天的童話〉隨感》，《作品與爭鳴》，1981年第4期。

〔註65〕蔡運桂：《一部有嚴重思想錯誤的作品——評長篇小說〈春天的童話〉》，《花城》，1982年第3期。

〔註66〕易準：《評〈春天的童話〉的錯誤傾向——在一次座談會上的發言》，《作品》，1982年第6期。

聯繫新時期在政治社會領域裏大規模興起的「清除精神污染」、反對「資產階級自由化」思潮，我們可以看出，「童話」這一粗糙的文學敘述對國家意識形態和「主流文學」的核心理念造成了一定的挑戰和衝擊，而主流文學的奮起「反擊」充分表明文學在新時期初期仍然被視爲與導向、立場、陣地同一的東西。

在「主流文學」界一致的嚴厲批評下，迫於壓力和社會影響，發表作品的《花城》和《箇舊文藝》分別做出了「自我批評」。《花城》在 1982 年第 3 期刊出了《我們的失誤》，在文中，編輯們以「批評」之名行「辯解」之實。首先，編輯們陳述了發表這篇小說的本意，他們深知這部作品是「必然引起爭議的」，但爭議的範圍應該是在「感情範疇而不屬於政治範疇」，目的主要是「就此開展評論以及不同意見的自由爭論」。緊接著，他們承認了自己的「錯誤」，即這部作品「不僅僅宣揚了資產階級個人主義，而且在政治傾向上也是不健康的」，「在全國開始大力提倡社會主義精神文明的時候」是「十分輕率的，錯誤的」。最後，編輯們說明了要接受的「教訓」，即「對這篇作品的錯誤估量偏輕，對掌握『雙百』方針的界限又放得過寬，以致鑄成大錯」，使「精神文明蒙受很大的損害」，因此以後在編刊中，要「掌握『雙百』方針的界限」，這是一個「嚴肅而又十分複雜的問題，『不審時度勢，則寬嚴皆誤』。」〔註67〕《箇舊文藝》則在 1984 年 4 月 18 日的《雲南日報》上刊文《我們的錯誤和教訓》進行「自我批評」。《花城》和《箇舊文藝》的「自我辯解」使我們看到，新時期初期的文學具有一個明顯的特徵，即文學創作和評論在一個時期內存在著緊張的關係，文學批評對創作的「限制」經常處於時緊時鬆的狀態，這種混亂的狀況「使當代文學的認定系統陷入困境」，然而，它「又在某種程度鼓勵了文學創作的探索和發展，同時加劇、激化了文學與評論的矛盾」。新的「主流文學」正是通過「分歧、鬥爭、妥協和變通」呈現了一個真切而複雜的文學歷史場域，使我們認識到，「無論『傳統』的主流文學還是『新時期』的主流文學，在對當代中國主流文學『內部』問題的認識和判斷上其實並無本質的區別。」〔註68〕「童話」進入這一場域中，面對更爲有效因而更能產生凝聚力的「新時期」敘述，其「異質性」的因素立

〔註67〕《我們的失誤》，《花城》，1982 年第 3 期。

〔註68〕 程光煒：《文學的緊張——〈公開的情書〉、〈飛天〉與八十年代「主流文學」》，《南方文壇》，2006 年第 6 期。

刻顯現出來。因此，探討它與「主流文學」的分歧就饒有意味。

「將『個人記憶』以文學的形式公之於眾，是 1979 至 1983 年間一個值得關注的文學界『盛況』」，〔註 69〕遇羅錦也積極參與到了這一「盛況」中。她認為「文學作者，可以汲取生活裏的任何眞人眞事做為素材，寫成小說；也可以直接地點名道姓、實事求是地寫成報告文學或傳記文學。它可距眞事較遠，也可距眞事很近，甚至完全照搬，這都無可非議。」〔註 70〕既然要講述「自己」的經歷、表達對「個人」記憶和生活的感受，寫出「實話文學」，就要擯棄各種「封建的、虛僞的歌功頌德，不講眞話粉飾太平，溜鬚拍馬」這類的作品，而且不應該用「小說的形式去寫」，因為它「跳不出眞實生活的圈子」，「許多眞實的東西不敢暴露」。她反問自己「為什麼非要掩飾眞相呢？難道事情是這樣發生的嗎？為什麼不敢正視自己呢？」「作為拿起筆桿子的人，如不敢於正視自己，沒有一副勇率的心腸，又如何去解剖別人？又如何引起讀者的共鳴？」，因此，「為了廣大人民」，就要「暴露自己眞實的思想」，這才能寫出「眞實的、充滿生活氣息的作品」，這樣的作品「總有一天會發表」。〔註 71〕這就是遇羅錦的寫作邏輯，與其說這裡面有什麼可值得體味的「哲理」的話，不如說有很多被壓抑的情緒需要釋放。但聯繫此時政治界、文化界正在興起，並成為整個新時期主流話語之一的「人道主義」、「人性」話語，我們不應輕視這一看似委婉，實則隱含著強大話語力量的反問。在我看來，她通過「自白」和「童話」文本正式提出了一個在當時十分尖銳的、具有普遍社會政治意義的話題：對「私人情感」、「個體精神空間」的承認。在它的背後，是對區別於階級、集體、公共身份的「個人」的重新發現和肯定，這裡的「個人」，在主流意識形態與大眾文化氛圍相交織的語境中又涉及到隱私權、私生活；同時也是「私人情感」對「道義承擔」的歷史對抗。「在七十年代末的中國文學界，人們所預設的第一個重要成規就是：傷痕。」〔註 72〕這一「成規」其實也反映了在七八十年代「文學轉型期」，令

〔註 69〕程光煒：《文學的緊張——〈公開的情書〉、〈飛天〉與八十年代「主流文學」》，《南方文壇》，2006 年第 6 期。

〔註 70〕遇羅錦：《〈春天的童話〉寫作之後》，《青年論壇》，1985 年第 4 期。

〔註 71〕遇羅錦：《關於〈一個冬天的童話〉——給全國各地讀者的回信》，《青春》，1981 年第 1 期。

〔註 72〕程光煒：《經典的顛覆與重建——重返八十年代文學史之二》，《當代作家評論》，2005 年第 3 期。

「主流敘述」焦慮的兩個重要問題：一是眞實的標準和暴露的尺度；二是對作家身份及其功能的看法，也就是如何處理「私人情感」和「道義承擔」的關係。而遇羅錦在寫作思維中的反問和在作品中體現出的「私人」性更像是對這一成規的「回答」，對這兩個問題的不同「回答」，也正是遇羅錦與「主流文學」的主要分歧所在。

「如果『一體化』指的是社會政治制度對文學的干預、制約、控制和影響，文學生產的社會化機構的建立以及對作家、藝術家的社會組織方式等等。那麼，用這一概念來描述『新時期文學』顯然是同樣有效的。」〔註 73〕在此意義上，我們就會更好地理解主流文學對這一問題做出的「回答」：首先要確立此時期的主導話語——撥亂反正和被稱爲「新時期總任務」的「四個現代化」。其次，「眞正的藝術品應該是政治和藝術的高度統一，」「進步的文學、無產階級的文學、社會主義文學應該有團結人民、教育人民和改造社會的作用。這也就是我們經常強調的文藝作品的思想意義和積極的社會效果。」〔註 74〕在這一嚴格的文學創作的「制度化環境」下，「『歷史』顯然是存在著『限度』的」，「對『歷史』的解釋一定要在適當的範圍內來進行，而不能隨意爲之。」而這一範圍和限度，在「主流文學」的「觀念中被認定爲是『篩選』、『甄別』或『淘汰』當時的文學作品的文學史線索和批評規則。」〔註75〕此外，對於知識分子而言，他們所扮演的社會角色應該是：首先是「思想戰線上的戰士」、「人類靈魂工程師」、啓蒙者，然後才是作家、藝術家，既然具有這種身份，就「應當高舉馬克思主義的、社會主義的旗幟，用自己的文章、作品、教學、講演、表演，教育和引導人民正確地對待歷史，認識現實，堅信社會主義和黨的領導，鼓舞人民奮發努力，積極向上，眞正做到有理想、有道德、有文化、守紀律，爲偉大壯麗的社會主義現代化建設事業而英勇奮鬥。」〔註 76〕對於「主流文學」而言，這樣的「回答」多少有些將「政治」本質化的嫌疑，與其說是非此即彼的文學／政治的二元對立，毋寧

〔註73〕 李楊：《重返「新時期文學」的意義》，《文藝研究》，2005 年第 1 期。

〔註74〕 胡耀邦：《在劇本創作座談會上的講話》，《中國新文藝大系 1976～1982（理論一集）》（上卷），北京，中國文聯出版社，1988 年，第 79 頁。

〔註75〕 程光煒：《文學「成規」的建立——對〈班主任〉和〈晚霞消失的時候〉的「再評論」》，《當代作家評論》，2006 年第 2 期。

〔註76〕 鄧小平：《黨在組織戰線和思想戰線上的迫切任務》，《鄧小平文選》（第三卷），第 40 頁。

說是面對「文學與政治」的關係，以權威和定論的方式最終取得了解釋權，並將歷史聲音彙入到了新的「文化秩序」的建構中，與此同時，在這一過程中，確立了「誰」（身份）解釋「歷史」的權力以及「怎樣」（功能）解釋的方式。

作爲主流的辯護者們，按照這樣的「回答」立刻找到了批評的「對立面」：「對文藝爲人民服務，爲社會主義服務的口號表示淡漠，對文藝的社會主義方向表示淡漠，……熱心於寫陰暗的、灰色的，以至胡編亂造、歪曲革命的歷史和現實」〔註77〕的遇羅錦，和「只顧迎合一部分觀眾的低級趣味，而不惜敗壞社會主義文藝」〔註78〕的「童話」。他們嚴屬地批評道：「小說通過離婚事件，『內參事件』、評獎事件，提出要對一切阻撓和妨礙女主人公庸俗的愛情追求和使她遭不幸的單位和部門提出『起訴』，要把《過去的故事》（即《春天的童話》）作爲一部起訴書來發表，這就模糊了『四人幫』控制時期與黨的三中全會以後的政治界限。這是極其錯誤的。它的思想內容已遠遠超越了愛情婚姻的範疇，表現了作者對現實生活的錯誤認識和評價。小說所體現的政治觀點和社會觀點，顯然是有損於黨的領導和社會主義制度。」〔註79〕這種傳統的批評方式以「本質論」爲武器，當然所向披靡，受批評者必將不堪一擊。而遇羅錦對此「規範」視若無睹，甚至擴大「分歧」，還天眞的認爲，「因爲愛的力量是巨大的——只要我們憑良心去寫，……別人就無話可說」，〔註80〕「當他（一個作家，作者注）眞地不顧一切、甘願受到讀者的責罵，認爲各種議論才是自己眞正的洗禮時，當他渴望相反的意見遠勝於渴望別人的讚美時，那種精神境界所體現出來的美，才是最應在『美學』裏佔有一席之位的，達到那種精神境界才有資格被人始稱爲作家。」〔註81〕那麼，她及其「童話」自然要被主流文學邊緣化。

總之，在當時的主流文學和意識形態看來，遇羅錦的個人記憶和文學敘述以及「童話」的題材都是十分「怪異」的，因爲作者纏綿於女性的個體情

〔註77〕鄧小平：《黨在組織戰線和思想戰線上的迫切任務》，《鄧小平文選》（第三卷），第43頁。

〔註78〕鄧小平：《黨在組織戰線和思想戰線上的迫切任務》，《鄧小平文選》（第三卷），第43頁。

〔註79〕《一部資產階級思想腐蝕性的作品》，《作品》，1982年第6期。

〔註80〕遇羅錦：《關於〈一個冬天的童話〉——給全國各地讀者的回信》，《青春》，1981年第1期。

〔註81〕遇羅錦：《〈春天的童話〉寫作之後》，《青年論壇》，1985年第4期。

感體驗，並沒有通過展現個體的災難來表現國家、民族的苦難；再現苦難的同時也沒有表現出強烈的批判性、戰鬥性，也沒有提倡苦難最終要結束，光明一定要到來的昂揚向上的進步信念和樂觀精神；更爲重要的是作者的戀愛觀、道德觀、人生觀是不正確、不健康的，它不能使人明確地看到那種爲人們照亮生活前景的思想的火花，更不能給人以決心治癒創傷的感奮和鼓舞的力量。此外，她作品中的知識分子的主體形象不具備高尚的品德和修養，並不是主流文學所鼓勵塑造的那些充滿愛國熱情、憂患意識、啓蒙責任感和實幹精神的形象，因此，遇羅錦就自然失去了記憶和言說歷史、時代的資格，也被剝奪了「批判『極左』路線、封建專制主義的主力軍，邁向現代化的先行者和吶喊者、先進文化的傳播者和啓蒙者」的身份。

四、「政治批評」的邏輯和運作方式

新時期初期的文學一開始就是以尋求和確立統一的文學規範爲目標的，因而「批評」和「論爭」成爲它發展過程中一個主要標誌和特徵。因此，本節從文學批評角度切入研究對象，希望看到文學批評和歷史記憶之間的關係。當然，我的討論無意對「文革」文學與新時期文學作比較，也不著眼於對新時期文學思潮進行清理。它感興趣的是作家對歷史本該多元化的理解是如何被集中和簡化了的；居於新時期初期文學核心地位的「文學批評」的特徵以及它們在文學創作中的決定作用；它又是怎樣把這種特徵帶入新時期文學對歷史記憶的理解和處理中的。

我首先想到的一個問題是批評和論爭的邏輯思維方式。通過前文對戴厚英、遇羅錦的分析，我們注意到新時期初期歷史記憶在建構中有的側重群體的共識，有的側重個體的經驗，這種狀況在有根深蒂固的統一的「方向」意識的文學界看來，是不成熟、而且是危險的，因此，「政治權力」依然規範著文學的選擇和表現，受其影響的文學批評也自然承擔著制約和導向的最重要的任務。〔註82〕從某種意義上說，經過批評家、編輯們根據新時期歷史語境

〔註82〕需要說明的是，這些批評畢竟和十七年、「文革」有著很大的不同，有時也難以達到預期的效果，「爲各種思想目標和實際利益所驅動的多元化趨勢逐漸加劇，而從領導層內部到一般民眾，也都存在著對控制、批判鬥爭厭倦的抵制力量」，這使得新時期的文學界已不存在號令天下以建立統一局面的可能性，「整個社會（也包括文學界）出現越來越多的大小『空隙』，構成離散統一局面的空間。」參見洪子誠：《當代文學概說》，南寧，廣西教育出版社，2000年，第138頁。

需要而篩選和評定，又經過社會輿論和文學史共識所定型的「戴厚英和遇羅錦」成爲了眾多讀者「知識儲備」中的「戴厚英和遇羅錦」。顯然，從前文的討論中我們可以看出，戴厚英和遇羅錦對歷史記憶和自傳記憶、集體經驗和個人經驗、思想和立場、話語和秩序等問題所包含的複雜內涵有著不同的理解和處理方式，那麼，就會難以避免地造成他們與主流文學之間的緊張和對立，並在某個層面顯現了新時期文學內部的衝突和矛盾，換句話說，他們之間在一些歷史的細節處並沒有建立起充分共享的「集體記憶」。這也是新時期文學發展中「政治批評」頻繁發生，時而激勵時而規約、忽冷忽熱的主要根源之一，同時這種規範和放鬆的緊張矛盾在新時期初期的一段時間內難以消除。

當我們重新回顧這些批評時，我們會清楚地發現新時期初期的時代「痕跡」，即「在八十年代中期前，文學界往往會因一部作品的『思想傾向』和『創作技巧』發生『爭鳴』。但是，這些『爭鳴』大多與作品本身的創作水平和價值無關，焦點主要是『符合不符合』社會核心價值『標準』的問題。即是說，通過一部作品，既可以看到它對『正確思想』的『干擾』和『破壞』，也可以看成是對僵化思想的『解放』和『突破』。權威方面對文學不斷設定『限度』，和文學不斷對這些限度探索性的『突破』，則反映出八十年代文學走向的某一重要側面。」〔註 83〕當然，在「批評」的內部存在著某種差異性，評論者們在嚴厲批評作品「錯誤的思想傾向」的同時，其實依然遵循傳統的主流文學意識，也一直存在著重新建立統一的文學規範的意圖。儘管這些所被強調和重申的「立場」、「秩序」、「原則」、「意識」的權威性在新時期受到不同程度的挑戰和質疑，但在主流意識形態迫切希望的話語秩序的建構過程中，它們仍然作爲一種文化無意識而頑強地存在。它使我們進一步理解，這一時期的文學論爭在很大程度上與其說是 80 年代與 50～70 年代不同政治、歷史、文學立場間的交鋒，不如說是新時期在如何理解十七年、「文革」歷史上思維和處理方式的衝突，這裡，既牽涉到因個人命運而對歷史的不同認識，也牽涉到對「記憶」權力的爭奪，更牽涉到與「新時期敘述」的複雜聯繫。原本是新時期初期「文學敘述」所詬病的文學／政治的二元區分，並沒有得到充分和必要的反省，人們還會有意或無意識地沿用「文革」的思維、眼光從事文

〔註83〕程光煒：《文學「成規」的建立——對〈班主任〉和〈晚霞消失的時候〉的「再評論」》，《當代作家評論》，2006 年第 2 期。

學創作和文學批評，因此，「政治批評」所採用的方式，很大程度上意味著對新時期文學的規劃和安排。〔註84〕

　　另一個問題是批評運作的方式。通過上文的分析，我們會發現一個頗有意味的現象：即「社會（公眾）輿論」作爲一種變形的「文學批評」進入文學作品的評價系統，在這一系統中，作品的內容和人物似乎完全成爲可以通過法律和道德來裁決的對象，它對新時期初期大多數作家、批評家、研究者的頭腦形成了強大的「統治」。由於作家記憶的個人歷史和生活成爲「社會焦點」，造成了文學與傳統文學觀念、社會習俗和道德倫理關係的緊張和對立，因此，她們的作品並沒有被當作一個「文學」的個案來解讀，而是將其與作家的個人經歷和遭遇劃等號，於是文學作品被當作社會文本來加以闡釋，並引起社會廣泛爭議。即使那時的「人道主義」、「婚姻（離婚／婚外戀）」、「青年出路」等社會思潮因爲深度介入文學的創作，使這些蘊含大量社會問題的文學作品吸引著大批讀者，並在新時期初期產生不小的影響和衝擊，但作者由於在記憶和講述歷史方式上的「越軌」也依然會受到主流意識形態的嚴屬批評。

　　對於戴厚英和遇羅錦而言，這一社會輿論總是擺脫不了流言的影響，並對當事人產生極其強大的作用。〔註85〕文學批評者們似乎無法擺脫道德的立場和方法，總是將她們的個人歷史與作品的思想內容，或社會政治聯繫在一起，並過分強調倫理道德的「社會效用」。正如沃爾特·李普曼在《公眾輿論》中所說，「由於我的道德體系有賴於我所認可的那種版本的事實，那麼只要是否定我的道德判斷或者我那個版本的事實，無論是誰，我都會認爲他是錯誤的、異己的、危險的。」不僅如此，一切有關個人、家庭、國家、社會性質

〔註84〕在這點上，需要對發表爭議小說的報紙、期刊所刊登的「編者按」和「道歉」作出進一步解釋（如《當代》、《簡舊文藝》、《文匯報》等），即它們既是一種潛在「批評」，又是典型的「文革」文本。這種批評的典型思路依然延續著「文革」的批判思維方式，就是首先是以集體的名義發表的，其次以作者爲標靶，在「討論」和「道歉」中突出自身與主流意識形態話語的方向的一致，所以對新時期初期有關爭議作家、作品的「編者按」和「道歉」的研究有助於我們進一步認識當時「政治批評」的邏輯和運作方式。限於篇幅，這裡不再贅言。

〔註85〕對於自生活情境，戴厚英曾這樣敘述説，謊言不須重複千遍便可成爲眞理。有人深信這一點，便用流言殺人。多年來，我一直生活在流言的包圍中。參見戴厚英：《致馬丁先生》，杜漸坤編：《戴厚英隨筆全編》（上），廣州，暨南大學出版社，1998年，第419頁。

的道德準則「微妙而廣泛地發揮著形成輿論的作用」，而公眾輿論的承載的功能、達到的強度、造成的結果又對現象、事件、群體、個人「加以道德化和條理化」，它們共同「體現了對事實的獨特評價。」〔註86〕當然，今天看來，這些「批評」武斷、幼稚且問題成堆，然而在當時卻都不會成為「問題」。也許我們會接著反問：上述批評話語的背後到底潛藏著什麼？正如我在上文中論述的，新時期是一個新／舊、傳統／現代等等觀念大碰撞的年代，同時也是一個漫長而難耐的歷史「等待期」。在這一語境下，文學與意識形態的緊張關係並沒有得到充分的緩解。由此對作家、作品的批評，當然不可能局限於文本層面，而是關於文本的社會影響，從這種意義上，作家們理所當然地被認定為社會「代言人」，就因為他們能反映和講述當下社會共同關心的「問題」。

同時，這也延伸出新的問題：主流意識形態是如何對作家主體的身份認同和職能擔當進行規訓與接納的，作家的身份認同和職能擔當又是以怎樣的方式參與到新時期文學的「建構」或者說「歷史化」的進程中的？最後，關鍵是這種參與的背後隱藏著何種話語規約和知識運行機制，它與整個新時期初期的歷史語境、價值立場構成何種內在的關聯？

新時期初期是整個國家和民族都在「尋找」歷史斷裂之後的彌補方式的年代，知識分子正是在這樣一種尋找和探索中確立起自己的身份意識和話語地位。基於此，出現了兩個緊密聯繫的重要方面：一方面，對主流意識形態而言，面對剛剛過去的歷史挫折，它要「尋找」有效的策略來論證主流話語（如社會主義、毛澤東思想等等）的合法性和權威性，來確定黨對現代化事業（包括文學）的領導；以怎樣的文藝政策來「尋找」和「召喚」文學、知識分子（作家）共同承擔相當複雜的意識形態功能。另一方面，對於作家們而言，他們身份轉換和職能轉變的過程，其實也是一個「尋找」的過程。在這一過程中，他們如何定位個人、主體、國家之間的關係；他們進行「歷史」記憶和講述的時候，到底採取什麼樣的話語立場。正是在這一「尋找」的過程中，國家意識形態和知識分子話語佔據了兩大主流位置，並且基本保持合作態勢，知識分子也確定了自身的社會角色和身份意識，以知識界的代言人身份對社會說話。

〔註86〕沃爾特‧李普曼：《公眾輿論》，閻克文、江紅譯，上海，上海世紀出版集團，2007年，第93～94頁。

　　主流意識形態的認可，社會民衆的關注和期待，作家對「時代主旋律」的回應，形成了一個十分默契然而又非常自然的「共謀關係」。爲了把這個問題說明的更爲詳細和透徹一些，我們可以以「退稿」和「評獎」爲例，它們都在戴厚英和遇羅錦的創作和批評中有所呈現。在當時的歷史場域和話語規約機制中，一篇作品遭到退稿，最主要的就是其思想內容不符合「規範」，而編輯家的職責就是剔除或限制此類作品的發表，〔註87〕像遇羅錦在「童話」中進行著關於「人性」特別是其中的「私人」的「愛情」的「求索」，必然難逃退稿的命運。而新時期初期的全國性評獎具有明顯的意識形態性，它往往體現著主流意識形態的主張和原則、意圖和標準。〔註88〕對於《人啊，人！》和《一個冬天的童話》而言，雖然它們所討論的話題與當時社會生活密切相關，但它們要麼是內容的指向仍然十分敏感，越出了政治所允許的言說空間；要麼關注於個人的情感經驗，沒有將其納入更廣闊的社會變革之中，顯然不符合評選的標準。〔註89〕聯繫文學界對戴、遇的批評和糾偏，使我們瞭解到這樣一種「批評」往往是這一歷史時期意識形態戰略的一個重要組成部分，因此，它自然具有了極爲強烈的政治色彩，同時我們也明白了作家們當時爲什麼要那樣寫，而不像我們今天希望的這樣寫，同時也認識到「傷痕文學」作家群體的身份意識、文學文化和文藝體制以及國家政治意識形態之間的共謀與裂隙、衝突與和解、是是非非和恩恩怨怨，它們形成了一個有趣的「互

〔註87〕新時期初期，許多名刊大報的編輯們以「五不出」爲基本職責，即一不出政治理論觀點有錯誤的政治讀物，二不出宣揚資產階級人生哲學的思想教育讀物，三不出傳播西方精神污染的文藝作品，四不出傳播封建毒素的古舊小說，五不爲「向錢看」而出書。參見草云：《漫說「編責」》，《文匯報》，1983年11月29日。

〔註88〕在1979年的全國首屆短篇小說評獎中，《人民文學》共收到讀者來信100751件，評選意見200838份。評獎活動共推薦小說1285篇，《班主任》不僅名列第一，而且票數遙遙領先，比名列第二的多出了一倍。參見崔道怡：《〈班主任〉何以引發巨大反響》，《光明日報》，2008年10月13日。

〔註89〕在我對《人啊，人！》的責任編輯杜漸坤訪談中，我曾提到爲什麼《人啊，人！》引起那麼大的轟動，卻沒有參與評獎呢？杜漸坤則非常明確地表示，一是宣傳部、新聞出版總署要考慮到上海的反應，一是《花城》很清楚這部作品肯定不符合這些獎項的基本規則，所以也沒有往上送，它不被禁止能夠出版就已經是萬幸了，我們並不奢望它還能獲獎。從他的話語中，我們可以看出評獎的機制和規則直接影響著編輯的篩選，以及作家的寫作、精神獨立所能達到的程度，而且它的公正性只能限定於所制定的標準的範疇內。見本書附錄一《新時期初期語境下的〈人啊，人！〉──與杜漸坤談戴厚英》。

動」，共同描繪了新時期初期的文學地圖。〔註90〕

　　從某種意義上說，記憶歷史和講述故事反映了一個社會群體或個體心理發展與變化的過程。「當我們想要告訴別人自己的內心感受時，我們講述自己的故事；當我們想要瞭解他人的內心感受時，我們傾聽他人的故事。如果你要瞭解一個人，最好的辦法莫過於瞭解他的人生故事。人生在故事中展開，人性在故事中表徵。」〔註91〕因此，也許當我們進一步呈現戴厚英和遇羅錦的「文革」故事以及分析她們為何以這樣的方式來記憶和處理這段「歷史」，我們就會對新時期初期文學中的歷史記憶有著更清晰和具體地把握。

〔註90〕　然而，這一狀況值得我們反思，新時期初期的文學很大程度上源自「文革」長久的文化與思想禁錮，其思維和敘事模式依然延續著「十七年」的一整套文學成規，意識形態性和工具性依然存在於這一文學體系之中，以今天的歷史化的研究態度重新審視它，就可見它的「脆弱」因素──「創作與批評艱難地從一種模式中走出，卻又極容易地拘圍於另一狹窄框子而不自覺；一方面倡導藝術多元化，另一方面卻繼續持排斥『異端』的態度」。參見洪子誠：《作家姿態與自我意識》，西安，陝西人民教育出版社，1998年，第2頁。
〔註91〕　馬一波、鍾華：《敘事心理學》，上海，上海教育出版社，2006年，第1頁。

第二章　戴厚英的歷史記憶

莫聽穿林打葉聲，

何妨吟嘯且徐行。

竹杖芒鞋輕勝馬，

誰怕？一蓑煙雨任平生。

料峭春風吹酒醒，

微冷，山頭斜照卻相迎。

回首向來蕭瑟處，

歸去，也無風雨也無晴。

這首蘇東坡的《定風波》經常被戴厚英在其隨筆、散文中，或與友人談話時提及。我以為「百般滋味在心頭」，詩中的「打葉」、「風雨」、「竹杖芒鞋」、「斜照」等詞語所蘊涵的意味，以及全詩的氣象、妙境和情感在某種程度上也是她自己在新時期人生境遇和情感體驗的外化，因而她對該詩有著特殊體味和強烈共鳴。

在文學界和文學史中，戴厚英始終是一個存有各種「爭議」的是非人物，她以《人啊，人！》而名世，也因它而肇禍，並且早已超出作家和文學的意義，具有了極為濃重的政治色彩。〔註1〕她一生的經歷——由激烈批判

〔註1〕戴厚英曾這樣評價過《人啊，人！》，她說「沒想到，我拋出的一塊磚頭引來了無數磚頭，而且都是明明白白地對於我的饋贈。幾年來，一波未平，一波又起，我困惑不解誠惶誠恐，好像一個剛剛從黑暗中出來的人突然置身於刺目的聚光燈下，要扮演一個不知屬於正面還是反面的角色，一舉一動都特別彆扭。」參見戴厚英：《結廬在人境，我手寫我心》（上），杜漸坤編：《戴厚英隨筆全編》，廣州，暨南大學出版社，1998 年，第 105 頁。

「人道主義」而進入文藝界並成爲「前途光明」的「新生力量」，到強烈呼喚「人道主義」而成名並因此受到批判，最後卻慘死於毫無「人道」、絕滅人性的鄉人的屠刀之下——似乎在冥冥之中早已注定和「人性」有著千絲萬縷的糾葛。圍繞她和《人啊，人！》所形成的種種誤解、非議乃至壓制構成了她的不幸與幸運：作爲女人，她品嘗了可能嘗到的酸甜苦辣——和初戀情人結婚、誕下此後與她相依爲命的女兒、丈夫有了外遇將之拋棄，和詩人聞捷的戀情成爲「文革」轟動一時的「緋聞」和「事件」，此後孤寂半生輾轉於上海、安徽兩地；作爲作家，她經歷了知識分子可能遇到的磨難——從被人「追捧」到被審查、從批判人到被人批判，從「時代風雲人物」到「三種人」，從作品出版受阻到讀者競相購買，一再重印，並被譯爲多國文字，尤其是《人啊，人！》還被「指認爲乍暖還寒、乍晴還雨的年代的『晴雨錶』，一種政治、文化症候，一種有力的社會象徵行爲」。〔註 2〕譏之者、忌之者、毀之者、捧之者構成了 80 年代文壇獨特的「風景」。正如她自己所說：「多少年來我一直像一團迷霧中的鬼魂，讓人抓不住、看不清。有人把我想像成天使，封我爲『偉大』，許我以『不朽』，又有人把我描繪成魔鬼，指我爲『逆種』，判我下地獄。」〔註3〕

　　鑒於戴厚英敏感的特殊身份和經歷，人們對其褒貶不一：其人要麼被認爲是「文革」時期的「幫兇」，而她在「新時期」的文學創作就被認爲具有「投機色彩」，受到嚴厲質疑；要麼被認爲是勇闖「人性」、「人道」禁區的「先鋒」，受到鼓勵讚揚。其小說要麼被認爲不符合「政治正確」而被拋棄、被遺忘、被批評，要麼又得到了更大範圍以至有點誇張的釋放，而且其中摻雜了許多「文學」之外的「社會」因素、人事糾紛、個人恩怨，甚至至今「不足爲外人道」的各種「內幕」，這就使得戴厚英及其作品的文學史評價留下諸多問題，而評價標準又總是陷於朦朧、曖昧和含混之中，有些文學史的結論仍讓人心存疑惑。所以，有必要重新回到那段歷史中去，從戴厚英的特殊經歷入手，對她及《人啊，人！》引起的諸多爭論、交鋒方式和結果進行清理和重估，分析她如何在新時期的寫作中進行「身份轉換」並在與「主流敘述」的「交流」中重塑「個人價值認同」的。同時，我要追問的是，她基於怎樣

〔註 2〕 戴錦華：《涉渡之舟——新時期中國女性寫作與女性文化》，北京，北京大學出版社，2007 年，第 77 頁。

〔註 3〕 戴厚英：《自傳·書信》，合肥，安徽文藝出版社，1999 年，第 2 頁。

的事實基礎和心理疑問來記憶、反思和講述歷史？

一、文壇「小鋼炮」的「戰鬥」

　　戴厚英在新時期曾這樣談自己的「文革」經歷：「彷彿看著海面上漂浮著的一團泡沫，隨著海水的浪頭忽上忽下地起伏，一會兒清潔，一會兒渾濁；一會兒豎起一根草棒，好像小船豎起了風帆，一會兒又一明一滅，被自己撕成了碎片。原來以為已經清楚的自我形象，倒反而模糊起來。於是不由自主地問自己：在那次史無前例的日子裏，我到底扮演了怎樣的角色？想來想去，找不到合適的『帽子』，只能借捷克作家昆德拉在《生命中不能承受之輕》一書裏所提出的一個概念了：政治媚俗。」〔註4〕這段與「政治」和「意識形態」緊密相連的「歷史」如影隨形地伴隨著她走過了八十年代，直到她生命的終結。

　　1960 年 2 月 25 日至 4 月 13 日，中國作家協會上海分會召開了以「高舉毛澤東思想紅旗，批判資產階級文藝思想」為主題的會員大會，也稱之為「49 天會議」，這次會議是戴厚英個人歷史中的一個重要轉折，由此她開始了「明星」生涯。當時她還在華東師大中文系讀大四，因為她能言善辯，被學校選派出來在大會上發言，主題則是批判她的老師錢谷融以及《論「文學是人學」》中的人道主義思想。戴厚英慷慨激昂的發言受到市委領導賞識，並獲得了名噪一時的「小鋼炮」的「雅號」，〔註5〕她也作為三名「文藝理論的新

〔註4〕　戴厚英：《自傳・書信》，合肥，安徽文藝出版社，1999 年，第 157 頁。

〔註5〕　在這次會議上，戴厚英的開場白「吾愛吾師，吾更愛真理」立刻震動了整個會場，她的發言並無什麼新意，大多引用毛澤東《講話》中的話語，並歸納和發揮了一下當時否定 18～19 世紀歐洲人道主義文學的觀點。但她口才極好，基本上不看講稿，滔滔不絕，沒有一句重複，這些觀點經她激情地陳述，就變得極其凌厲而且動聽，連珠炮式的責問，也震驚了全座。發言後，不僅贏得了滿堂掌聲，而且在作協機關引起巨大反響，人們議論道「多屬害的嘴呀，像是一門小鋼炮！」此後，「小鋼炮」的綽號愈叫愈響。戴厚英的師弟沙葉新曾回憶過戴厚英在這次會議上的表現：「我作為受教育的旁聽者，與有榮矣，在上海作協的一樓大廳，親眼目睹了她揮臂發言的批判風采：能言善辯，銳不可擋，口角寒氣，令人顫慄。我雖不是受批判者，也覺得針芒在背。」時隔多年後，錢谷融回憶起當時批判的場景，已不記得戴厚英是如何批判自己的，但他不能忘卻的是其它人在發言中對其還是以先生或同志相稱，唯獨她聲色俱厲地直呼其名。錢先生很不習慣，感到「當時離史無前例的文化大革命的爆發，還有六年之久。舊有人際關係中的禮數，還沒有到蕩然無存的地步，所有在場者聽了都不禁聳然動容。對於身受者的我來說更是不勝駭

生力量」之一，被寫入大會紀要，登載在《文藝報》上。藉此，她立即「名」揚文藝界，報刊雜誌的約稿信紛至沓來，偶而也會被邀請出席某些宴會或接待外賓。能夠名列「新生力量」之榜，而且又是在權威理論刊物《文藝報》上露臉，對於既非黨員，又沒有什麼背景的學生戴厚英來說，這自然是份難得的殊榮，更是難逢的機會。此後戴厚英對「右派」不論口誅還是筆伐，都鋒芒畢露，咄咄逼人。但在享受「明星」待遇的同時，她也遭人嫉妒、記恨、反感和躲避，這成爲她在新時期時乖命蹇的重要因素。

由於在「49天會議」上的出色表現，1960年夏天戴厚英大學畢業後被正式分配到上海作家協會文學研究所，開始了「文藝哨兵」的工作。她自己講述道：「研究所的日常工作就是寫『彙報』。我們要把各種報紙、雜誌上發表的文章著作和論文一一讀過，分析其傾向，找出其問題，向市委宣傳部彙報。領導上告訴我們，這個工作十分重要，是做黨的哨兵和耳目。」〔註6〕戴厚英被分配在「理論組」，除了翻閱報刊之外，還要負責編寫戲劇電影方面的動態材料以及戲劇電影的評論。1963年，上海市委宣傳部在丁香花園組建了一個市委寫作班，又稱「丁香寫作班」，下設文學、歷史、哲學三個小組，她又被調去參加文學組。這一寫作班主要是根據領導出的題目、定的調子撰寫批評文章，進行文藝導向，以適應形勢的需要。

「文革」期間，戴厚英臂帶「紅衛兵」袖章，開始了「造反」生涯。她被派回作協機關參加運動，除了按上級布置，和機關成員一起審查被批判者的文章和寫大字報外，她還被安排到上海市委門口，同北京來的紅衛兵展開辯論。那段期間，在戴厚英眼中，作協不溫不火的批判氣氛與外界風起雲湧的群眾運動以及報紙上鋪天蓋地的號召極不協調，於是她和研究所的兩個青年寫了一張矛頭直指領導小組的大字報，並和研究所裏六、七個持相同政見者自發地組成了一個戰鬥小組──「火正熊」，宣佈「造反」，隨後，擔任組長的她率領這個小組和《萌芽》編輯部、辦公室工作人員實行聯合，取名爲「戰惡風聯合戰鬥隊」，她又擔任隊長。當時上海作家協會出現了十幾個戰鬥小組，卻都沒有一呼百應的能力，於是，各組的組長只好聯合在一起，組成

異。」並認爲「她是大可不必如此的。稱我一聲『先生』不見得就會於她的革命立場有損。而且，從幫助我改造的動機來說，反而易於收到較好的效果。」參閱吳中傑，高雲主編：《戴厚英啊戴厚英》，海口，海南國際新聞出版中心，1997年，第14、52、117、151頁。

〔註6〕戴厚英：《自傳‧書信》，合肥，安徽文藝出版社，1999年，第69頁。

「勤務組」來領導作協的批判運動，戴厚英則成為五位領導成員之一，排名第四。在此期間，她還奉命主辦一個批判刊物《文藝革命》，緊跟報紙社論的革命形式。「如果說，在這之前，戴厚英是一直作為『工具』在奉命革命，那麼這一個時期，她是真的『造反』了，她串聯、辯論、寫大字報、打派仗，尤其是那些大字報、批判發言，上綱上線，調門之高，確是與眾不同，為了表示自己是真正的左派，她寧左勿右，事事衝在前頭。不僅在上海作協，有時還跑到出版單位去幫助『點火』。」〔註7〕也就是在這一系列的批判運動中，戴厚英既不懂得適時收斂，也不聽從朋友們的勸告，著實得罪了相當一部分人。〔註8〕1968 年，戴厚英捲入「四·一二炮打張春橋事件」，以「惡毒攻擊無產階級司令部」的罪名被進駐作協的工宣隊定為批判鬥爭的對象，她僅僅三個月的「造反頭目」生涯也隨之結束。1970 年，上海作協全體人員下放「五七幹部學校」，為了表示對「新幹部」（指造反後當過「頭頭」的）落實政策，軍宣隊又讓戴厚英擔任抓生產的大隊長。在幹校期間，她和聞捷的戀情以聞捷的自殺劃上了句號。聞捷之死和這段「百日情緣」使得戴厚英的人生發生了重大變化，正如她在自傳中的傾訴：「聞捷之死不但是我在文革中命運的根本轉折，也是我的整個生命的轉折。」「這一百天讓我懂得的事情勝過一百年。……我看到了以前不曾想到因而也看不到的東西：政治鬥爭的殘忍，人性的陰暗，自己的脆弱。」〔註9〕1972 年底，戴厚英重新被起用，在上海市委寫作組下的文藝組工作。她先是參加文藝理論編寫組，主要任務是編寫一本文藝理論教材，之後在上海圖書館參加內部刊物《文藝摘譯》的編輯和評論，1976 年初，文藝組下面又增設了電影小組，她又被調到該組，進行文革電影劇本的創作。1976 年 10 月，戴厚英徹底結束了她風光無限而又磨難

〔註7〕 吳中傑，高雲主編：《戴厚英啊戴厚英》，海口，海南國際新聞出版中心，1997年，第 121 頁。

〔註8〕 與戴厚英相識五十多年的好友李繼宗說，「文革」開始後，戴厚英也跟著造反了。一天她與我的女友、日後的妻子來看我，在復旦大門口一見面就指著我叫道：「你這個老保，為什麼不起來造反？怕什麼？」……66 年 12 月上旬的一天，我們到文化廣場參加市委機關造反派批判曹荻秋的大會，我坐在最後排，漸漸聽到主席臺上帶領大家喊口號的聲音很熟悉，仔細一看，站在麥克風旁的正是她。當時我想在這麼大場面領呼口號，虧她能喊得出，後來我曾就此事提醒她適當注意，她卻不以為然。參見吳中傑，高雲主編：《戴厚英啊戴厚英》，海口，海南國際新聞出版中心，1997 年，第 24 頁。

〔註9〕 戴厚英：《自傳·書信》，合肥，安徽文藝出版社，1999 年，第 140 頁。

重重的「文革」生涯。

1976 年 10 月到 1979 年元 1 月，作爲「說清楚」對象，戴厚英一直身處清查「四人幫」的運動中，不斷接受審查。〔註 10〕戴厚英後來回憶說，這段被審查的時期也是她最消沉的，「四十年的歲月經歷過多少次風風雨雨，轟轟烈烈，如今曲終人散，我腳下只有一片廢墟，四周只是一片荒原。除了一個相依爲命的女兒。我眞是一無所有。兩塊無字的路標不是在我眼前晃動。」「我的前路如何？未知。也許這正是我生命的中點，我站在前後左右一般遠的十字路口，往哪兒走，起點都是一個大大的『？』。」〔註 11〕審查結束後，戴厚英最終被安排了工作，但是上海文藝界的諸多人士與戴厚英結下的種種「怨恨」依然延伸到了新時期，並總是或隱或現地在其中起著不可估量的作用。於是，她始終將被看作爲「異端」，被排斥在外。〔註 12〕

通過本書第一章對《人啊，人！》出版前後的艱辛，以及本節戴厚英「文革」歷史的回顧，有一個重要問題值得我們繼續思考，即在對待戴厚英上，上海、廣東兩地爲何會出現大相徑庭的評價，爲什麼在廣東戴厚英的「文革」經歷並不是那麼扎眼，而上海文藝界反而會放大、甚至會「變形」她的「歷史」呢？這一差異性其實也涉及到新時期民眾如何面對「文革」遺產，以及

〔註 10〕1977 年下半年，當時的文化部副部長黃鎭認爲，「文藝界清查不徹底，高壓鍋做夾生飯，火候不夠，要採取非常手段」。於是文藝界中與「四人幫」有瓜葛的人是重點審查對象，被審查的時間也拖得相當長。比如汪曾祺曾在 1977 年被當眾宣佈爲重點審查對象，而且一掛就是兩年。參見陳徒手：《人有病天知否──一九四九年後中國文壇紀實》，北京，人民文學出版社，2000 年，第 353 頁。戴厚英在「文革」中的經歷自然使她不可避免地成爲審查對象。

〔註 11〕戴厚英：《自傳‧書信》，合肥，安徽文藝出版社，1999 年，第 174 頁。通過我對杜漸坤、陸行良兩位先生的訪談，我分析戴厚英此時的思考和懊悔是眞誠的，一個對政治有著極其參與熱情的人，一個曾在作協權傾一時的風雲人物，突然之間作爲被「審查」的對象失去了一切，尤其是失去了令她痛徹心扉的「第二次愛情」，在這種情形下產生的彷徨和茫然也是能讓人理解的。

〔註 12〕到了 90 年代，戴厚英還被認爲是一個「持不同政見者」，「文革」歷史的「餘波」依然侵襲著她。1991 年，安徽水災極其嚴重，戴厚英在上海積極募集款項，回鄉救災。在受災地區，當地政府還派了一個人「陪同」，到處跟著她，不讓她自由活動。她向當地救災組織的負責人提出，是否能複製一盤紀錄災區實況的錄相帶在電視上進行宣傳，以取得海內外更多人的捐助，另外是否可以讓她以這個組織的成員身份進行工作，可得到的回答卻是：我們不需要用陰暗面來乞討、換取外國人的援助！我們也不需要你進入我們的機構，至於你要向外報導，誰知道你會寫些什麼，會向他們提供些什麼。後來，她的這次安徽之行，又被上海一些人說成是沽名釣譽的政客行徑。

南北兩地對歷史的不同評價，同時這些「不同」評價又強行地移植到了對作家的評價當中。除了廣東、上海兩地客觀的地域性（在改革開放中的角色）和在「文革」時所擔當的文化角色（當時上海是革命重鎮）的因素外，〔註13〕我想更為重要的還是「語境」和「人事」的原因，〔註14〕在新時期初期特定的歷史場域和話語規約機制中，一位作者的「身份轉換」並不是那麼輕易就能夠獲得「主流」的認可，更何況上海文藝界歷來派系叢生，錯綜複雜，對於「文革」時代的順應者和擁護者戴厚英來說，她身處其中自然很難輕易抹去那段不光彩的歷史，她也必然被上海「主流文學」認為沒有進入文壇的資格，而她在新時期主動通過寫作、懺悔所進行的「歷史」記憶和「身份」轉換也始終遭到懷疑和批判，於是，我們看到，她的這種姿態和意識也成為「一廂情願」的舉動。

二、「百日情緣」的甜蜜與破滅

在閱讀戴厚英的作品及相關材料中，我發現「文革」是戴厚英寫作的根本動機，她在「文革」中的經歷和身份，以及她對歷史記憶的理解和處理不僅直接影響了她在新時期的寫作和生活，而且也引發了不少圍繞在生活和創作周遭的轟動的「社會事件」。但我始終存有一些困惑：到底是哪些原因促使她在「文革」前後發生了這麼明顯的變化？在新時期的歷史語境中，她到底

〔註13〕《人啊，人！》責任編輯杜漸坤在訪談中說，「文革」結束和改革開放後，廣東的整體氛圍就是逐漸增強的商業意識，經商的人越來越多，和外面的交流也越來越廣泛，人們思想意識變化比較大，在這種情形下，大家有關「文革」的傷痛和「記憶」漸漸淡漠了許多，而且廣東與北京和上海相比，有關「文革」的記憶並不是那麼深刻。見附錄一《新時期初期語境下的〈人啊，人！〉——與杜漸坤談戴厚英》。

〔註14〕戴厚英曾不無怨氣地說：「如果誅一戴厚英便能使中國文學界甚或是上海作家協會的幾十年的風風雨雨、恩恩怨怨澄清，我何懼引頸向刀？」參見戴厚英：《得罪了，馬漢茂》，杜漸坤編：《戴厚英隨筆全編》（上），第415頁。杜漸坤也在訪談中對這個問題進行了回應：對於戴厚英，上海文藝界中的一部分人和她有著歷史和人際的糾葛，這些人一直很難消解他們之間的恩怨，對戴的「過去」看的比較重，一時也很難接受她的轉變，但也有人支持她、理解她，比如白樺，他們之間的關係一直很好。而廣東這邊，尤其是我們當編輯的，在當時難得看到這樣一部還不錯的作品，為什麼不出版呢？如果因人而把書放棄掉，是十分可惜的。見附錄一《新時期語境下的〈人啊，人！〉——與杜漸坤談戴厚英》。而原《文學報》編輯陸行良也認為兩地評價差別如此之大的原因還是在於戴厚英所處地域的「人事關係」。見附錄二《「性格即命運」——與陸行良談戴厚英》。

怎麼理解「文革」？如何記憶「文革」？如何表現「文革」？又爲什麼會採用這樣理解和記憶的方式？

　　我的困惑在戴厚英的小說、自傳和隨筆中似乎都可以找到相應的回答，〔註15〕但對這些誠懇、坦率的獨白，我始終將信將疑，因爲，按照一般的思維方式，她以「帶罪之身」進入新時期，首先必須要根據需要去適應新的社會環境。直到我採訪了杜漸坤、陸行良兩位老師後，我對她思想的轉變有了進一步的認識，我發現，她記憶歷史的方式依然脫離不了外在的社會語境和「非個人」（集體）的理念。當然，本書的寫作並非出自對當事人的歷史同情，或者是想替戴厚英翻案，而是想努力探尋作家有關歷史記憶理解和處理的心理和動因。

　　1970 年，上海作協全體人員下放「五七幹部學校」。這期間，她和詩人聞捷相戀，這段戀情曾成爲「文革」期間最出名的緋聞之一，文藝界對此一直「議論頗多，是是非非，莫衷一是。」直到戴厚英遇害之後，「還有人將此事作爲緋聞來描寫。」〔註16〕這段「百日情緣」和聞捷之死對戴厚英產生了深刻影響，正如她自己的傾訴：「聞捷之死不但是我在文革中命運的根本轉折，也是我的整個生命的轉折。」「這一百天讓我懂得的事情勝過一百年。這悲劇像一道閃電，突然劃破黑暗的天空，也刺破我混沌的心靈。我看到了以前不曾想到因而也看不到的東西：政治鬥爭的殘忍，人性的陰暗，自己的脆弱。」〔註17〕

〔註15〕 戴厚英曾談起過「文革」後自己的創作動機和過程，她說自己的創作始於 1978 年秋季那個中國歷史性變革的時期。那時候那「實踐是檢驗真理的標準」的討論，以及思想解放運動激勵和影響著每個中國人，而自己也緊張而激動地思索著，內心深處翻起了波濤。「彷彿被什麼抓住了，又覺得上下左右毫無憑藉；彷彿被什麼擊傷了，又看不見傷口在哪裏；彷彿被什麼人欺騙了，又好像從來沒有人騙過我。一時之間，心亂如麻。那境界，和瘋狂相差無幾。」「每天，我聽著，看著，想著，竭力弄明白，我身後那一條條長長的路上有什麼，但是卻怎麼也弄不明白，一切都旋轉著，混合著，成爲一片白茫茫的大地。好像我剛剛降臨到這個世界上來，什麼都不屬於我，什麼也不該屬於我。然而我記得清清楚楚，我已經活了四十年。四十年啊！怎麼真的成了『彈指一揮間』？我看別人，也都和我差不多，只是程度不同而已。」參見戴厚英：《〈人啊，人！〉及其它──我和我的「三部曲」》，杜漸坤編：《戴厚英隨筆全編》（上），廣州，暨南大學出版社，1998 年，第 173、174 頁。

〔註16〕 戴厚英：《心中的墳──致友人的信》，上海，復旦大學出版社，1996 年，第 5 頁。

〔註17〕 戴厚英：《自傳·書信》，合肥，安徽文藝出版社，1999 年，第 140 頁。

　　對於戴厚英的「文革」經歷以及新時期的轉變，甚至有人毫不客氣地指責她爲「投機分子」。〔註18〕但是，熟知她的性格以及和她打過交道的人對這種說法非常氣憤。在和《人啊，人！》的責任編輯杜漸坤、原《文學報》編輯陸行良的交談中，我也表達了困惑，到底是什麼原因導致了她在「文革」前後迥然不同的表現，如何看待她在小說和現實中的反思，她的思想的轉變是真實的嗎？杜漸坤回答這一問題時，態度非常肯定，而且語氣相當嚴肅，他說「文革」結束之後，在社會上存有兩種人：一種是思想急轉的很快，但這種人是否具有一定的思想基礎，這很難判斷；另一種人則是經過了自己真實的經歷和痛苦的思考之後，確實有了一定的轉變。對戴厚英而言，「文革」和她有著緊密的聯繫，直接影響著她的後半生，她的寫作、生活始終和「文革」糾纏在一起。而她與聞捷的戀愛悲劇則是她理解、記憶和表現「文革」的導火索，如果沒有這件事，她在八十年代肯定不會以這種方式來敘述那段歷史。她在「文革」前後的思想、言行的轉變還是符合情理、較爲自然的，因爲這一感情上的磨難對她打擊很大，引起了她一系列的自省和反思，她的人生態度和爲人處世的方式隨之發生了明顯的轉變。她的這段刻骨銘心的愛情經歷使得她的轉變具備某種實在性。〔註19〕而陸行良談到該問題時，再次聲明一些人對戴厚英的批評是道聽途說而來，而且他也強調戴、聞二人之間的感情的真摯，他們之間坎坷的愛情經歷是造成戴感情和思想轉變的關鍵。〔註20〕由此，我們可以看出聞捷是戴厚英歷史記憶中舉足輕重的人物，他們之間的情感發展早已成爲戴厚英最爲私密的「記憶」，而且這一「個人記憶」直接影響著她如何理解以及怎樣處理歷史記憶。

　　「文革」期間，聞捷頭頂「特務」、「叛徒」、「現行反革命」三大帽子接受審查，而此時期的戴厚英是上海作協「文革領導小組」的「第四把手」，並

〔註18〕西德漢學家馬汗茂在未與戴厚英謀面之前，於 1984 年在香港一家刊物發表《代溝——幾代人，八十年代的中國作家》，文中說：「一大群被極左路線傷害了的作家，右派作家及『覺悟的一代』作家的對面是極少數靠極左路線飛黃騰達的作家，最顯著的例子大概要數戴厚英了。文化大革命中她曾在上海作協殘酷地虐待過許多老作家，例如巴金，而在幾年前又寫了小說《人啊，人！》和《詩人之死》，宣稱要爲人與人的關係爭取更多的人道主義。這是一個了不起的投機分子還是一個痛心轉變的作家？至今還沒有人像她那樣描寫過極左派篡權者的心理狀態！」參見戴厚英：《自傳‧書信》，第 658 頁。

〔註19〕見本書附錄一《新時期初期語境下的〈人啊，人！〉——與杜漸坤談戴厚英》。

〔註20〕見本書附錄二《「性格即命運」——與陸行良談戴厚英》。

且負責審查聞捷的「歷史問題」。在給友人的信中，戴回憶到，審查期間，我「帶著十二萬分的階級鬥爭的警惕性」認眞、仔細地檢查聞捷的「交代」，可是，我卻什麼都沒有查出，反而「透過他那有些奇怪的字體看到一個坦率而又單純的人」、「一個極爲普通的人。」並對他產生了「一個正直的知識分子對一個不幸者應有的同情。」〔註21〕1970 年，戴、聞二人共同下放五・七幹校，隨著相互瞭解的深入，兩人產生了感情，並將戀情公之於眾，從而引起了軒然大波。此事令江青勃然大怒：「簡直是腐蝕造反派！這還了得。」〔註22〕這話傳回上海，張春橋親自「批示」，認定戴、聞二人的「戀愛事件」是「階級鬥爭新動向」，「是向無產階級的猖狂進攻」，隨後，以「腐蝕與反腐蝕、改造與反改造、革命與反革命」的「罪名」連續對聞捷展開批鬥。〔註23〕持續的批鬥完全擊垮了他們的精神，面對愛情的權利被剝奪，戴厚英選擇了退讓，而聞捷則於 1971 年 1 月 13 日凌晨在自家吞吸煤氣自殺。

新時期，戴厚英回憶這段「文革」時的情感經歷說：「我們當時宣佈自己相愛的緣故太可笑了。彼此欣賞才能和性格；彼此同情家庭遭遇；相信兩人結合會在事業上互相促進，所有這些可笑的『緣故』被工、軍宣隊的負責人一針見血地批判得體無完膚。你們想開夫妻老婆店啊！」〔註24〕在這一政治的壓力下，「我也曾懷疑過我們愛情的神聖和純潔。但是我今天的悲哀，不僅爲他，也爲自己。就本性而言，我和他都是熱情奔放，樂觀開朗的，我們都渴望大膽地、眞摯地相愛，渴望著兩顆心靈的完全契合，然而結果卻是我和他都沒有能夠這樣做。光明的愛情躲在黑暗的陰影裏，最終被黑暗吞沒了，他付出了生命……」〔註25〕，「我們失去的僅僅是愛情嗎？不是，我們失去的

〔註21〕 戴厚英：《心中的墳——致友人的信》，上海，復旦大學出版社，1996 年，第 11、18 頁。

〔註22〕 林帆：《話說聞捷和戴厚英之死》，《世紀》，2003 年第 4 期。

〔註23〕 文癢：《聞捷的詩與死》，《鍾山風雨》，2003 年第 2 期。

〔註24〕 戴厚英：《光明的陰影》，杜漸坤編《戴厚英隨筆全編》（上），廣州暨南大學出版社，1998 年，第 469 頁。

〔註25〕 戴厚英：《光明的陰影》，杜漸坤編：《戴厚英隨筆全編》（上），第 468 頁。杜漸坤和我交談時說戴厚英曾經不止一次談起過聞捷，她認爲聞是她最理想的愛人。而且只要一談起她和聞捷交往的那段往事，她就非常激動，感情很難平復下來，有時還痛哭流涕。八十年代有些風言風語說戴在「文革」後不斷提到聞捷是出於虛榮心，因爲她想借助聞捷這個大詩人的身份和名氣來大做文章，以達到出名的目的。杜漸坤也有過這樣的想法，就選擇了一個時機側面地向戴當面打聽，戴一聽情緒非常激動，大聲說，老杜啊，你怎麼能這樣

是最爲珍貴的東西，是做人的起碼的權利，也是我們的尊嚴和獨立。」「戀愛
的自由的字眼早在幾十年前就寫進了婚姻法，可是沒有人身自由，沒有心靈
自由，戀愛自由也就成了一句空話。」所以，「我覺得男人和女人首先都是人，
應該首先去爭取人的權利。」〔註26〕通過戴厚英的個人情感記憶，我們可以
梳理出她理解和處理「文革」記憶的方式：由於以「四人幫」爲代表的極左
路線對人的權力的踐踏，所以「我知道是萬惡的『四人幫』從我心中奪走了
他，又剝奪了我的紀念的權利」，〔註27〕而且，「『文革』的動亂震醒了我。『文
革』對我們國家是一場災難，但災難引出了一個積極的後果，那就是成千上
萬的人開始思考。思考使我痛苦，更使我意識到一個中國知識分子應有的責
任，於是我寫起了小說。」〔註28〕

　　1978 年初，一方面應好友的要求，另一方面爲了傾吐痛苦、紀念愛人，
也爲了遏制流言，使人們瞭解他們之間感情始末以及聞捷的死因，戴厚英寫
下了四萬多字她和聞捷的情感的始末。她把材料交給好友後，又寫下了二十
多萬有關個人「文革」記憶的文字。她說這些文字最初並未想著發表，「只
是爲了感情上的需要。看著別人在撫著傷口痛哭，自己身上的傷口也疼痛起
來了。也想哭，也想叫，也想讓人家瞭解、理解和撫慰，想告訴人們，不是
英雄、不握權柄的芸芸眾生如我者，也爲歷史付出過沉重的代價。」〔註29〕
後來，原上海文學研究所的王道乾看完這些草稿後的評價是「感人」，在他的
推薦下，上海文藝出版社的編輯左泥看後，便來向戴厚英約稿，認爲「現在
還沒有這樣的長篇小說，寫出來一定會銷路很好」，並讓她改寫爲長篇小說
——《詩人之死》。〔註30〕該書的出版受到了說不清道不明的干涉，小說 1979

　　　　想呢？在這個世界中一個人很難找到真正所愛的人，我和聞捷是真心的，你
　　　　真的不理解，你真的不瞭解我的痛苦。見附錄一《新時期初期語境下的〈人
　　　　啊，人！〉——與杜漸坤談戴厚英》。
〔註26〕戴厚英：《光明的陰影》，杜漸坤編：《戴厚英隨筆全編》（上），第 469 頁。
〔註27〕戴厚英：《心中的墳——致友人的信》，上海，復旦大學出版社，第 8 頁。
〔註28〕戴厚英：《致馬丁先生》，杜漸坤編：《戴厚英隨筆全編》（上），第 418 頁。
〔註29〕戴厚英：《〈人啊，人！〉及其它——我和我的「三部曲」》，杜漸坤編：《戴厚
　　　　英隨筆全編》（上），廣州，暨南大學出版社，1998 年，第 174 頁。
〔註30〕左泥在戴厚英遇害後才說出《詩人之死》當時在上海出版時鮮爲人知的一些
　　　　細節：這篇小說初名爲《七封信》，是以書中女主人公向南的七封信串連全書
　　　　故事情節而命題的，讀完初稿後，我提出了初步修改意見，讓她把男女主人
　　　　公擁抱、接吻的場面和文字徹底刪改，她又從頭到尾重寫了一遍，並改名爲
　　　　《代價》，可我們覺得《代價》這命題不新鮮，她又重新想了四五個題目，其中

年 6 月定稿，在上海文藝出版社壓了兩年多，還是無法刊印，最後轉到福建人民出版社，上海又派人到福建干預，最終在福建省委書記項南的支持下於 1982 年 3 月問世。〔註31〕戴厚英通過寫作《詩人之死》來重新記憶「文革」、審視創傷，更重要的是她試圖通過此書重塑自我形象，正如她在該書後記中所說，雖然這本書顯得幼稚和淺薄，但「因爲它凝聚了我的血淚和熱情，寄託著我的懷念和希望」，所以，「我仍舊深深地愛它」，並「願意把它作爲自己的創作道路和人生歷程中的一個起點，更堅實地朝前走去。」〔註32〕

最滿意的是《詩人和他的專案組長》（或用《專案組長和她的專案對象》），大家覺得這題目新鮮獨特，也很切題。只是考慮到她曾經參與過審查聞捷的專案工作，儘管不是組長，總容易使人疑爲是回憶錄，最後才用了《詩人之死》這個她並不很滿意的書名。因爲《詩人之死》是以文學研究所的「文革」運動爲背景，又是從回憶文字脫胎而來，有些情節還帶有眞實性，爲了避免她的那些「對立面」「對號入座」，我建議她刪去相關情節，她都盡可能地刪了；有些關係故事整體結構刪不了的，也盡可能給予改造。吳中傑，高雲主編：《戴厚英啊戴厚英》，海口，海南國際新聞出版中心，1997 年，第 141 頁。

〔註31〕當時，上海文藝界許多人根本沒看過此稿件，也不知道寫的是什麼，可是僅僅因爲是戴厚英寫的，就放出口風：「一出來就要批。」戴厚英多次詢問出版社，干涉者們的理由何在？一些人在支支吾吾、迷迷糊糊的談話中間接地給出了理由：第一、上海許多老作家現在都還沒有出書，先給你出了，影響不好；第二、專案組長和專案對象談戀愛，本來就是一件醜聞，爲什麼還要寫成小說出版？第三、書中的故事離生活太近。戴厚英生氣地說，所有的理由都是藉口，目的就是不許我出書，不讓我有重新踏上「文壇」的機會。於是她仍然不停地找出版社、出版局的領導。一次，上海文藝出版社的負責人丁景唐正在主持黨委會，戴厚英找到他，當著眾多黨委成員的面問他到底是出書還是退稿？如果不出，就立刻退稿。丁景唐爲難地說：戴厚英同志啊，我和你一樣什麼都不知道。戴厚英一聽火冒三丈，立即尖刻地嘲諷道：「你怎麼能和我一樣呢？你是總編輯，要是你連一本書是否可以出版都不知道，還坐在這個位置上幹什麼？乾脆辭職得了！」而丁景唐既沒有反擊，也沒有發火，只是重複著說：我眞的不知道。就是知道，我也沒有權力對你說。戴厚英這種強硬的態度，使得出版社、局領導都躲著她。一天，她去找出版局局長，門衛阻攔不許她進去。她激動地說：我是你們的作者，我的稿子被你們無端扣壓了，我有權力找他們說話。一個局長就這麼難見嗎？周總理活著還有群眾接待日呢！最後強行見到了局長，可局長依然無可奈何地與她打了一陣「哈哈」。參見戴厚英：《自傳·書信》，第 181～182 頁。此書即將出版時，上海新華書店原訂六萬冊。可是印成後，迫於上海某些人的干涉，上海方面宣佈退書，一本也不讓進。後來，在讀者強烈要求下，才勉強進了一點點。參見葉永烈：《出沒風波裏》，北京，北京出版社出版集團，北京十月文藝出版社，2007 年，第 119 頁。

〔註32〕戴厚英：《詩人之死》，合肥，安徽文藝出版社，1999 年，第 543 頁。

小說中的向南和余子期與現實中的戴厚英和聞捷，都在「文革」時期付出了慘痛代價，這一代價又以肉體上的「自殺」和精神上的「內傷」爲終結而顯得觸目驚心，因此，我們關注的要點就是「自殺的『死無對證性』與自殺的『可表述性』間的對話，以及這一對話如何見諸聞捷與戴厚英間的寫作『接力』。」〔註33〕

　　《詩人之死》出版後被不少研究者和讀者當作是戴厚英的自傳體小說，對於這種認識，戴回應說，「這有一部分道理，因爲它確實記錄了我在文化大革命中的一段經歷。」而且，「在這場運動結束的時候，我已是家破人疲，傷痕累累。我以爲我和別人一樣有權唱出我的悲哀，便把自己的一段悲慘經歷揉進了小說裏。」不過，「我並沒有把《詩人之死》作爲我的自傳去寫」，因爲我的經歷要比向南豐富曲折有趣得多，同時，「我也希望盡可能準確地描繪『文革』中知識界的心態和社會。」〔註34〕現在看來，《詩人之死》的思想傾向和審美特點與「傷痕文學」是一種「同構」的關係，小說不僅要表現向南和余子期（戴厚英和聞捷）的愛情悲劇是「四人幫」造成的大量「社會悲劇」中的一個縮影，而且還傳達了現代知識分子確立與嚮往的人生信念、道德準則和愛情生活在「文革」中的坍塌，這都是知識分子在歷史中付出的「代價」。〔註35〕作者顯然是在光明／愚昧、正確／錯誤、真理／謬誤的尖銳對立的緊張關係中來記憶歷史和忠貞不渝的愛情，泛濫的情感和誇張的修辭成爲小說顯著的特點。正如研究者所指出的，「《詩人之死》正是要以不患過而患不及的敘事力量，來救贖革命年代的情感匱乏與價值空虛。」〔註36〕而小說最大的感染力就來自於作者塑造的一系列知識分子的歷史「受難者」形象（如余子期、向南、柳如梅、吉雪花、盧文弟、吉教授夫婦等），並且，這些知識分子的歷史境遇和苦難（自殺）意義也被作者進行了充分的渲染，

〔註33〕王德威：《現代中國小說十講》，上海，復旦大學出版社，2003年，第227頁。

〔註34〕戴厚英：《它改變了我的命運——爲〈詩人之死〉韓譯本而作》，杜漸坤編：《戴厚英隨筆全編》（中），廣州，暨南大學出版社，1998年，第961～962頁。

〔註35〕戴厚英在90年代還重申到，《詩人之死》「原來定名爲《代價》，後來因爲和別的作品重名，才改爲《詩人之死》的，可是我還是喜歡原來的名字。那裡所說的代價，不但包含我以前付出的青春和感情，還包含我在寫作過程中所付出的心血和眼淚。」參見戴厚英：《它改變了我的命運——爲〈詩人之死〉韓譯本而作》，杜漸坤編：《戴厚英隨筆全編》（中），廣州，暨南大學出版社，1998年，第963頁。

〔註36〕王德威：《現代中國小說十講》，上海，復旦大學出版社，2003年，第228頁。

所有這些「話語敘述」都有同一指向：無須追問也無可逃避的「承擔道義」的責任。「這一責任源自主人公對自我的非反思的身份認同，也是作為國家化、體制化的知識分子的基本道德要求。主人公的個體自我與國家、時代建立起合而為一的關係，苦難由此獲得事關國家、民族的意義承諾。這樣一種意義的轉換，在賦予『我』生存的意義、承受苦難的信念和勇氣的同時，賦予『我』的自我主體化、英雄化的歷史位置；並且，如果我們把『文革』這一『話語講述的年代』轉換到『文革』後『講述話語的年代』，那麼客觀上，昔日的苦難便使『我』獲得了『革命後』理直氣壯的話語權、歷史書寫權。」〔註37〕

聞捷的「自殺」是戴厚英歷史記憶中永遠抹不去的痛，而且在她的心裏，「血跡的顏色越來越濃豔，悲哀的滋味也越來越強烈」，〔註38〕因此，在《詩人之死》中，「自殺成為最後一個崇高的姿態，凸顯詩人獨一無二的主體性；自殺也是惟一僅存的方式，用以防堵無孔不入的歷史暴力。」〔註39〕戴厚英在小說中共敘寫了五場自殺：余子期的妻子柳如梅為了保護余的詩稿《不盡長江滾滾流》而自殺；紅衛兵吳畏的父親遭到兒子的毒打而悲憤自殺；向南的同事賈羨竹因出賣朋友、愧對家人而自殺；吉教授夫婦由於遭受人格侮辱和抗議不公待遇而羞憤自殺；余子期由於寫作長詩受挫、人身遭到攻擊、愛情權利被剝奪而自殺。作者描寫每場自殺的筆墨在不斷增加，情感渲染也隨之加重，最後主人公余的自殺成為全書的高潮。「受難者自殺的故事也最適合於早期傷痕文學直接控訴的需要」，而「從小說的敘事結構來看，主人公的自殺，也可以是情節的轉折，情節的高潮，很有可能也就是故事的結束。」〔註40〕「自殺」在歷史與寫作、身體的自毀與文本的意義的辯證之間成為作者和讀者們必須面對的艱難命題。就像戴厚英所說，「為了寫《詩人之死》，我流了多少眼淚！有很長一段日子，我幾乎不敢重讀《詩人之死》，因為我還是忍不住流眼淚。可是，我是不該用眼淚去總結歷史的，我應該理智

〔註37〕 易暉：《「我」是誰——新時期小說中的身份意識研究》，南昌，百花洲文藝出版社，2004年，第33頁。

〔註38〕 戴厚英：《心中的墳——致友人的信》，上海，復旦大學出版社，1996年，第8頁。

〔註39〕 王德威：《現代中國小說十講》，上海，復旦大學出版社，2003年，第273頁。

〔註40〕 許子東：《為了忘卻的集體記憶——解讀50篇文革小說》，北京，三聯書店，2000年，第87頁。

地思索，我應該透過這個愛情悲劇看到更爲深刻的東西。」〔註 41〕於是，她通過《詩人之死》中不同知識分子的「自殺」向讀者傳達出這樣的信息：「文革」時期，自殺是一種特殊而又普遍的死亡方式。因爲知識分子在被誣陷、漫罵、批鬥和抄家的同時，爲自己辯解的權利和個體尊嚴都被剝奪殆盡，執著追求的理想境界和人格價值也難以實現，個人得到的僅僅是殘酷的政治打擊和不堪忍受的人身侮辱，而他們又無力挽回和改變一切，這對於恪守著「士不辱節」的信念、追求著政治上的道德理想的知識分子而言，無疑是一種難以言喻的創傷。於是，若必須以生命爲代價方可保全自己的人格和結束厄運，他們寧願舍生赴死。自殺，因此具有某種政治抗議的作用，成爲和外在政治力量抗衡的唯一和最有力的方式。正如戴厚英的自述：「自殺在政治鬥爭中不是什麼威脅的手段而只是弱者的抗爭。幾十年來，成千上萬的人因不堪迫害而自殺了，我看得清清楚楚，誰也沒有受到他們的威脅，迫害者仍然迫害。」「每一件大事情的發生、發展和結束，自有它的規律，有它的各種各樣的複雜的因素相互作用，以爲一個人的自殺就可以改變社會歷史的進程，這只有是小孩子的鬼話。」〔註 42〕「聞捷拋棄生命，以體現『文革』期間寫作的不可能，戴厚英則佇立在後革命時期的廢墟上，殫精竭慮，架構寫作與死亡間的橋梁。」〔註 43〕這樣，現實和虛構中的「死亡不僅具有個體生命的意義，而且擁有群體生命的意義；個體生命能夠從死亡中得到解脫，但是群體生命卻能夠從死亡中獲得警示；更深刻地認識和理解自己的生命，盡量避免再次墮入深淵。」〔註 44〕戴厚英的《詩人之死》意在爲死者「代言」，也在爲自己「畫像」，它不僅強化了詩人聞捷「受難者和殉道者」的形象，而且表明了作者自己的心志，展露了個人的心理歷程，一個頻遭他人非議的戴厚英也隨著聞捷在現實和小說中的「平反」而得以「更新」自我。

三、從「哨兵」到「先鋒」：「華麗轉身」和「價值認同」的重建

　　劉再復在新時期第一個十年即將結束的時候，總結了這段時期文學發展

〔註 41〕戴厚英：《光明的陰影》，杜漸坤編：《戴厚英隨筆全編》（上），廣州暨南大學出版社，1998 年，第 469 頁。

〔註 42〕戴厚英：《得罪了，馬漢茂》，杜漸坤編：《戴厚英隨筆全編》（上），第 403 頁。

〔註 43〕王德威：《現代中國小說十講》，上海，復旦大學出版社，2003 年，第 233 頁。

〔註 44〕殷國明：《藝術家之死》，廣州，花城出版社，1990 年，第 130 頁。

的經驗。他認爲，「新時期文學發展的過程，是社會主義人道主義的觀念不斷取代『以階級鬥爭爲綱』的觀念的過程。我們的作家通過自己的精彩作品，爲結束『以階級鬥爭爲綱』所導致的錯誤和提高人的尊嚴和地位而作出了重大的貢獻。」在新時期文學的發展中，「我們可以找到一條基本線索，就是整個新時期文學都是圍繞著人的重新發現這個軸心而展開的。新時期文學的感人之處，就在於它是以空前的熱忱，呼喚著人性、人情和人道主義，呼喚著人的尊嚴和價值。」〔註 45〕這一總結不免簡單和粗疏，但值得注意的是，進入新時期，「階級性」和「階級鬥爭」成爲僵化且專制的意識形態的化身而受到普遍的懷疑和批判，新時期初期的文學總是試圖在「階級性」和「人性」這樣一組對抗的元素當中試圖確立起人在社會生活中的尊嚴和地位。而「文學，作爲具有特殊『轟動效應』和多元決定的社會功能；作家，作爲自覺的社會代言人和意識形態『文化革命』的前沿實踐者，其關於『文學創作中的人性和人道主義』的討論與創作實踐，事實上，成了 1979 年思想解放運動在文化領域的延伸。這一特定命題，凸現於新時期最初的年頭，並實際上貫穿了整個 80 年代。」〔註 46〕對人的生存權利、正當生活欲求，以及精神自由的表達在新時期初期文學中獲得了滿足。因此，「人道主義」思潮的出現和引人注目，是與反思「文革」教訓，撥亂反正、建立新的社會秩序的方針和政策有著直接的關係。「文革」後，作家的意識、姿態面臨著嚴峻考驗，如果他們要獲得社會、國家、民眾的信任，他們只有面對現實，面對社會和真實的感情，也只有在這樣一種反思和自省中他們才能重新確立起自己的身份意識、話語地位和個人價值認同：即首先要對 50 年代以來的不同歷史階段，對那些政治風暴，對個人的生活道路，作出政治性的是非曲直的評判，並表達他們道德化的愛憎情感；其次是在一次大的社會動盪和災難後，尋找「歷史責任」的答案；再次，從個人「認同」重塑的目的上說，則是通過「懺悔」，重新確立早已認定的那種對社會應該負起的責任。

從某種意義上講，新時期初期的文學是作家有關自身「受害史」的敘述，伴隨著進入新時期的興奮和對新生活的憧憬，「文革」時的「受難者」們在精神上獲得了一種解放的輕鬆感，但對於戴厚英來說，這種輕鬆感的獲得並不是

〔註45〕劉再復：《新時期文學的主流》，《文匯報》，1986 年 9 月 8 日。
〔註46〕戴錦華：《涉渡之舟——新時期中國女性寫作與女性文化》，北京，北京大學出版社，2007 年，第 77 頁。

輕而易舉的。然而，從另一個角度看，個人生活的坎坷，理想與現實、追求與幻滅的衝突，以及這種經歷、矛盾、身份與社會政治環境的密切聯繫，都成爲她作爲一個女人、一個女作家獨特的「財富」。也正是從此起步，她以「懺悔」、「自省」的姿態重拾「歷史記憶」，希望通過身份的轉換而獲得聲譽上、地位上、物質上的各種補償，成爲一個「時代的同行者」和「不甘自棄的參與者」。因此，作爲新時期一種特定的政治潛意識的呈現，對人道主義的公開和直接倡導的《人啊，人！》「現象」，又成了一次隆重的、不無莊嚴意味的對戴厚英的命名——宣揚人道主義的「先鋒」。「這一命名，使她和《人啊，人！》『超越』了文學，成了新時期思想文化史中重要的一幕。」〔註47〕

　　新時期的人道主義思潮由於被認爲是對「現代性」的重申和肯定，得到了積極推行「變革」的主流意識形態的「保駕護航」，並成爲一種得到社會廣泛認可的價值觀念，而且「伴隨著人道主義思潮而完成的，是對個體價值、家庭倫理、傳統性別秩序、作爲『想像共同體』的民族身份等的重申，它們參照於一種社會主義國家壓抑個人、『公』壓抑『私』的僵化政權形象的想像，在民族國家內部的張力當中形成反抗的正當性。」這就要求在個人與國家之間確立一種更寬鬆、和諧的關係，在具體的表現形式上，則是愛情、婚姻、家庭等涉及私人生活空間的關係獲得了前所未有的正當性，這也成爲了受到國家壓抑的個人重新獲得歸屬感的主要形式。因而，在私人生活空間與專制國家政權之間的對比過程中，真正被更換的，是個人認同國家的方式和意識形態內涵。〔註48〕在這種特定的政治文化語境和價值認同之中，呼喚人的尊嚴、價值、地位、權利，鼓吹以人爲目的的《人啊，人！》被認爲是一部「人道主義」宣言書，戴厚英也藉此重新進行了寫作「身份」的轉換和個人「價值認同」的重塑。但必須說明的是，對於她而言，這裡的「個人」並不是嚴格意義上的有著性別差異的「自我」，而是一個以「帶罪之身」進行懺悔的知識分子試圖再次進入「歷史」和「現實」的「大寫」的「個人」，是在一種經典的現代性話語——人道主義中建構的「個人價值認同」。這種「認同」又和「身份」的轉換緊密聯繫，因爲當時不僅僅是作家，幾乎所有的人都相信人只有獲得社會和體制的認同，被體制接受，「個人」才能實現其價

〔註47〕戴錦華：《涉渡之舟——新時期中國女性寫作與女性文化》，北京，北京大學出版社，2007年，第77頁。

〔註48〕賀桂梅：《人文學的想像力——當代中國思想文化與文學問題》，開封，河南大學出版社，2005年，第80～83頁。

值，或者說只有借助體制力量，取得了社會和體制認可的身份，「價值認同」才能眞正確立起來。在此意義上，戴厚英的首要任務就是要重建「個人形象」，通過自我想像和命名，在社會、文學場域裏獲得合法性。於是，她在《人啊，人！》中不僅在理論話語的層面顚覆 50～70 年代的「人性」敘述，而且在情節模式、修辭策略層面表現「文革」劫難對個人造成的壓抑和傷害，同時，她通過不同人物形象的塑造以期展示一代知識分子的心路歷程和精神軌跡，表達了一種重建個人「價值認同」和人際關係的渴望。

何爲「人性」？如何面對「歷史」？又該由誰來承擔歷史的責任？這是新時期文學轉型時，「主流文學」亟待解決的現實問題，對這些問題給出答案，並且要給出「正確」的符合「歷史唯物主義」的「答案」，成爲建構有效的「新時期」敘述的首要任務。戴厚英在《人啊，人！》中對這些問題進行了回答。她在該書後記裏寫道：

　　關於實踐是檢驗眞理的唯一標準的討論，把我從黑暗引向光明。我明白了，不論是人、是鬼，還是神，都被歷史的巨手緊緊地抓住，要他們接受實踐的檢驗。都得交出自己的賬本，捧出自己的靈魂。都得把雙手伸在陽光下，看看那上面沾染的是血跡還是灰塵。我微如芥末。但在歷史面前，所有的人一律平等。賬本要我自己清算。靈魂要我自己去審判。雙手要我自己去清洗。上帝的交給上帝。魔鬼的還給魔鬼。自己的，就勇敢地把它扛在肩上，甚至可在臉上！

　　終於，我認識到，我一直在以喜劇的形式扮演一個悲劇的角色：一個已經被剝奪了思想自由卻又自以爲是最自由的人；一個把精神的枷鎖當作美麗的項圈去炫耀的人；一個活了大半輩子還沒有認識自己、找到自己的人。

　　我走出角色，發現了自己。原來，我是一具有血有肉、有愛有憎、有七情六欲和思維能力的人。我應該有自己的人的價值，而不應該被貶抑爲或自甘墮落爲「馴服的工具」。

　　一個大寫的文字迅速地推移到我的眼前：「人」！一支久已被唾棄、被遺忘的歌曲衝出了我的喉嚨：人性、人情、人道主義！〔註49〕

這幾段話是解讀《人啊，人！》的關鍵。作者借小說中眾多人物來闡述

〔註49〕戴厚英：《人啊，人！》，廣州，廣東人民出版社，1980 年，第 353 頁。

著關於「歷史」、「人道主義」的見解。首先是表達怎樣的歷史觀，新時期初期文學敘述確立的標準最爲緊要的是作品所表達的觀念和立場，戴厚英在小說中表現出了鮮明的社會政治的視角。小說中許恒忠的「全部歷史可以用四個字概括：顛來倒去」，李宜寧的「歷史也可以像廢舊物資一樣，捆捆紮紮，攢到一個角落裏就算啦！像打毛線，打壞了，拆了從頭打，換一個針法，就完全是一件新衣服，誰也看不出它原來的樣子」，孫悅的「歷史和現實共有著一個肚皮」、何荊夫的「我珍藏歷史，爲的是把它交付未來」等各式的歷史觀相互交鋒，最後以一個明確的「歷史」句段，即它以浩劫歲月的降臨爲緣起，以浩劫時代的逝去爲終結來表達作者的歷史態度。其次要表明「馬克思主義與人道主義並不是水火不容的。馬克思主義包含了人道主義，是最徹底、最革命的人道主義。」〔註50〕以此爲基礎，戴竭力希望與主流意識形態共同分享「關於『人』的理念，即在普泛意義上將『個人』視爲絕對的價值主體，強調其不受階級關係、社會歷史，乃至文化建構限定的自由和自我創造的屬性，以此對抗毛澤東時代尤其是『文革』時期國家對個人的壓抑和監控。」〔註51〕從中，我們可以覺察到作者的觀點和視角爲當時社會思潮、民眾心理的強烈政治性特點所影響，小說有著明顯的「配合」痕跡，它其實更多地是在主流意識形態的規訓和「召喚」下的寫作，呼應著「主流文學」的統一敘述，這種講述的背後其實隱藏著主流意識形態所期望以及所建立的「成規」，它的目的就是要告訴世人：「我珍藏歷史，爲的是把它交付未來」，過去的歷史階段是人性毀滅的階段，「我」要創造的是人性復蘇的階段，「我」的敘述即爲歷史眞實，「我」的敘述就在於對歷史進行反思，進而對歷史進行質疑。不管如何，歷史的曲折是暫時的，烏雲遮不住太陽，善惡終有報，「我們」未來的人生是健康、向上和光明的——構成了《人啊，人！》的核心理念和主要內容。通過借用「文革」後崛起的知識分子階層所使用的重要的話語資源——人道主義，戴厚英將自己塑造成爲一個曾身處「困境」卻不斷掙扎而備受磨難、歷練的形象，從而獲得了能爲「人民」代言的話語方式。但不可否認的是，小說中關於「人道主義」的理論的詮釋不免有些簡單和蒼白，作者雖然努力表現這是一次「表現自我」、重提「個人」的敘事行爲，但在新

〔註50〕戴厚英：《人啊，人！》，廣州，廣東人民出版社，1980年，第74頁。
〔註51〕賀桂梅：《人文學的想像力——當代中國思想文化與文學問題》，開封，河南大學出版社，2005年，第78頁。

時期初期，「『自我』、『個人』，一如『人道主義』，都是某種集體性的話語，某種名之爲『啓蒙』的話語烏托邦，一個知識分子試圖進入併入主歷史的序幕。它仍暗合著陷落、癡迷、猛醒、奮進的主流話語。」〔註52〕

　　與此同時，在《人啊，人！》中我們可以清晰地看到作者著力塑造了兩個主要人物：孫悅和何荊夫，作者寫了他們的曲折人生、悲歡離合，他們在非常境遇中爲掙脫不幸、痛苦尋找出路的努力，以及脫離這種境遇後的「傷痕」，但是，這些作品的內核，卻是表層上不安、憤激、痛苦，實爲對於和諧、安定的把握，是「團結一致向前看」的美好憧憬。在此意義上，我們需要進一步分析《人啊，人！》的情節模式、敘事策略以及女主人公「孫悅」的形象，以此來探討「華麗轉身」後的戴厚英是如何在小說中建構起個人「價值認同」的。

　　《人啊，人！》的敘事是典型的「歷史反省」模式，〔註53〕正如戴厚英所說，「我開始思索。一面包紮著身上滴血的傷口，一面剖析自己的靈魂。一頁一頁地翻閱自己寫下的歷史，一個一個地檢點自己踩下的腳印。」〔註54〕在小說中，各種人物的「自我反省」不僅僅是「我怎麼會犯錯誤」，更包括一種「我們怎麼會犯錯誤」的群體反省意識，而「我們」又可以替換成「黨」、「國家」、「群眾」等應和「主流文學」的「時代」用語。此外，以孫悅和何荊夫爲例，《人啊，人！》的情節設置竟也符合 12 個「情節功能」，我們可以將其劃分爲三個時段：文革前——災難之前，女主人公善良美貌、生活幸福（大學時品學兼優；大學畢業後結婚並有了可愛的女兒）；男主人公在災難之前有某種缺點或缺陷；男主人公在災難之前被認爲犯有過失（「右派分子」）。文革中——主人公注意到「旁人奇怪的目光」（孫悅被當作「奚流的姘頭」而遭人非議）；主人公在大字報上看到自己名字；主人公爲好友所背叛（趙振環拋棄了孫悅）；主人公獲得某種罪名，受到某種處罰（孫悅被造反派揪鬥）；主人公下鄉、勞改（小說將其置換爲何荊夫的民間「流浪」）；男主人公在災難中獲智慧長者指引（何荊夫流浪時遇到了初中語文老師，老師送給他《九

〔註52〕戴錦華：《涉渡之舟——新時期中國女性寫作與女性文化》，北京，北京大學出版社，2007 年，第 81 頁。

〔註53〕許子東在《爲了忘卻的集體記憶——解讀 50 篇文革小說》一書中細緻地歸納和分析了「文革小說」的四種「敘事模式」和 29 個「情節功能」。本書中對《人啊，人！》情節功能的具體分析參考了此書中的歸納。

〔註54〕戴厚英：《人啊，人！》，廣州，廣東人民出版社，1980 年，第 353 頁。

三年》，引導他理解馬克思主義並沒有否定人道主義和博愛本身）。文革後
——災難之後，女主人公原先的感情缺憾得到彌補，生活更加幸福（孫悅終
於和真愛何荊夫結合，並寬恕了背叛者趙振環）；男主人公重遊故地，感謝苦
難（何荊夫重歸 C 城大學，並感謝流浪時的讀書和生活實踐）；男主人公反思
災難中的是非恩怨，找不到具體的敵人（歷史、個人的災難不應歸罪於某一
個具體的人，每一個人都應該主動承擔歷史的責任）。通過分析小說情節，我
們發現作者有意突出情節的偶然性和尖銳對比，此外，「歷史反省模式的文革
敘述通常都描述『知識分子－幹部』被驅逐到底層民間後反而恢復了做『人』
的本能，不過重獲人的力量與尊嚴不是他們的目的而只是他們再做知識分子
或幹部再去救世的一個療救洗禮過程。」〔註 55〕在這一過程中，戴厚英憂國
憂民的救世心態和自我反省的懺悔姿態不僅聯繫著企圖喚醒民眾、療救社會
的「五四」文學主流，而且包含著對「價值認同」的重建。

　　《人啊，人！》對人物形象的刻畫不只是停留在受難者的感情控訴的階
段，它還試圖探索知識分子的性格和心靈，考察「受難者」是如何參與到社
會生活、歷史運動的，以及他們在外界壓力和特殊的環境下心靈、感情上的
變化。女主人公孫悅是《人啊，人！》中著力刻畫的形象，小說以她重新開
始生活以及尋覓到「真愛」作為主要敘事線索，描寫了她感情之路的坎坷、
事業之路的勤勤懇懇、任勞任怨，以及雖身處逆境，卻在威逼利誘面前忠貞
的品格。在前文中我們強調了戴厚英需要通過「個人形象」的重建來取得體
制的認可，因此，她在小說中著力塑造和其經歷非常相似的女性主人公孫悅
當然有著一定的深意。首先，以「弱者」面貌出現的知識分子形象是她借孫
悅重新建構「自我形象」的一種嘗試，目的是通過一個弱女子在特定歷史時
段裏，處於各種力量的夾縫之中無法保護自己、無法反思和更正自身言行的
遭遇，說明自己也是「受難者」，從而博取大家的同情。「然而，對知識分子
命運所做的這種『反思』，不可能達到一定的深度。在自憐的基調上來編織生
活圖景，塑造崇高的形象，有可能落入感傷和矯情。」〔註 56〕其次，文中以
孫悅最終選擇何荊夫作結，也意味著作者個人價值「認同」重建的完成。第
一，何荊夫被塑造成一個歷史的蒙難者，是「一個毋需懺悔、毋需更生的『真

〔註 55〕許子東：《爲了忘卻的集體記憶——解讀 50 篇文革小說》，北京，三聯書店，
　　　　 2000 年，第 231 頁。
〔註 56〕洪子誠：《作家姿態與自我意識》，西安，陝西人民教育出版社，1998 年，第
　　　　 108 頁。

正的人』，一個『有血有肉，有愛有憎』，有獨立思考、獨立人格的、災難時代造就的叛逆者，是祖國、土地、人民和孫悅忠貞的戀人。」〔註57〕這樣一個形象與主流意識形態關於國家／個人形象的「想像」形成了契合，同時意味著戴厚英對知識分子的責任意識和道德承擔的認同。但這種以道德、人格完善來反思歷史、反思知識分子命運的認同是值得我們懷疑的。第二，極力渲染何荊夫在《馬克思主義與人道主義》的出版遭到阻撓與壓制時的抗爭，這不僅間接委婉地宣泄了自己在現實遭遇中的苦悶心情，同時再次重申了戴厚英對「馬克思主義與人道主義是相通的，或一致」的認同。第三，對真愛的肯定。「這種真情癡愛並不只是一個女人對男人的愛，還必須包括對男人政治、學術才能的一種帶預見性的肯定，對男人未來社會地位與成就的一種信心，明白男人落難只是一個暫時的過程」，因爲「這個男人不是一個『普通人』，他終將給予『不普通的愛』。」〔註58〕因此，與其說孫悅是被何荊夫對初戀的忠貞苦戀和純潔情感所打動，不如說戴厚英重塑了一個女人在新時期對標準愛情和理想愛人的想像和渲染。

四、《人啊，人！》和《隨想錄》：新時期歷史反思的方式

如何總結「文革」的教訓，是「文革」後作家以文學進行反思的共同的核心話題。戴厚英在《人啊，人！》中不僅體現出進行「身份」轉換和「價值認同」重塑的姿態，還有意反思大我（國家、知識分子）和自省小我（個人）這十多年的命運和道路，正如她在《後記》中所表達的那樣：「我看到的是命運。祖國的命運、人民的命運，我的親人和我自己的命運。充滿血淚的、叫人心碎的命運啊！還有，我看到的是一代知識分子所走過的曲折的歷程。漫長的、苦難的歷程啊！」。〔註59〕那麼，「在這種情況下，要真正地總結中國的歷史經驗，使歷史的悲劇不再重演，需要每個人都去重新認識自己和省察自己。」〔註60〕從中我們也可以大致領略到新時期初期社會反思思潮

〔註57〕 戴錦華：《涉渡之舟——新時期中國女性寫作與女性文化》，北京，北京大學出版社，2007年，第83頁。

〔註58〕 許子東：《體現憂國情懷的「歷史反省」——「文革小說」的敘事研究》，《文學評論》，2000年第3期。

〔註59〕 戴厚英：《人啊，人！》，廣州，廣東人民出版社，1980年，第351頁。本節所引戴厚英語，未加注明處，皆出自《人啊，人！》的《後記》。

〔註60〕 戴厚英：《致馬丁先生》，杜漸坤編：《戴厚英隨筆全編》（上），廣州暨南大學出版社，1998年，第418頁。

的一種趨勢，即最初只是就整個社會的政治生活和公眾行為提出反思，之後才逐步從道德和人性的角度就「文革」中的個人行為提出「懺悔」的話題。聯繫戴厚英反省、懺悔的方式，我不禁聯想到巴金和《隨想錄》，它們對歷史的記憶以及知識分子性格命運的反省上，有相似，也有著不同的敘述立場，同時我也產生了這些問題：戴厚英和巴金在 50～70 年代都有過所謂不光彩的「歷史」，為什麼他們在「文革」後都以「文學」的方式進行記憶和反省，只有巴金被稱為民族和知識分子的良心了呢？由於作家有著不同的生活位置，他們在對歷史進行反思時確立的基點是什麼？他們的反省和懺悔到底有什麼異同呢？有的研究者也許會對這些問題嗤之以鼻，因為「應該劃分清楚，寫作班成員們應該不應該進行的『懺悔』，與巴金先生所身體力行的『懺悔』，是不同性質的『懺悔』，是不可混淆的。」〔註61〕但是，對問題的回答果真如此簡單嗎？如若將這一問題鋪展開來，我們需要繼續追問的是：作家反思歷史的方式是怎樣的？他們基於怎樣的事實基礎和心理疑問對懺悔問題進行思考？反思的標準是什麼？懺悔的依據又是什麼？反思、懺悔最終又要達到一種怎樣的精神效果？對這些問題的回答也許會更豐富我所提出的問題的內涵。

「反思，從進行這一精神活動的主體的角度說，其對象包括兩個方面的內容。一是對社會環境、外部力量的因素（如政治力量、社會矛盾、社會思潮以及延伸至歷史深處的傳統文化和民族心理特質等）的反思，另一是與此相關的個人在這其中的表現的自省。對社會責任感的重視、強調的普遍性意識，使 80 年代的『反思』，將個人性格、心理、行為上的缺陷與歷史事件密切關連。這就是自省和懺悔的主要內容。而且這種懺悔與自審，都表現為一個頗為一致的角度，這就是以一個知識分子的社會地位和社會責任作為其基點與尺度。」〔註62〕在此意義上，《人啊，人！》和《隨想錄》的「敘述」與公眾的期待性敘述達成了契合。一方面，首先是作者身份的特殊性——戴厚英的「帶罪」之身和巴金的「受難者」姿態；其次是他們所談論話題的敏感性——宣揚「人性」和講真話；再次是他們自身經歷的真實性揭示了「文革」某方面的真實；最後是他們對自我角色的重新辨認和自省，表達出對自由個

〔註61〕陳思和：《巴金提出懺悔的理由》，《文匯讀書周報》，2004 年 8 月 6 日。
〔註62〕洪子誠：《作家姿態與自我意識》，西安，陝西人民教育出版社，1998 年，第94 頁。

性、獨立意志、崇高信仰的召喚。總之，他們都強調「道義承擔」，在社會角色的扮演上，應該首先是戰士，然後才是作家。另一方面，對於公眾而言，總算有特殊身份、相似經歷的人在爲我們懺悔、反思乃至代言，雙方的心理自然產生了巨大的共鳴。這兩個方面的合力使得他們的反思、懺悔成爲一個影響廣泛、涉及社會各階層的文化事件。

然而，我們需要在這裡重新理解反思、懺悔的複雜意義。鍾文在一篇文章裏對《隨想錄》的分析給了我很大的啓發，作者認爲「如果懺悔只是辯解的一種形式，如果懺悔在某種意義上是一種洗刷，一種撇清，一種懼怕懲罰相權擇輕的取巧行爲，我們如何指望能夠從懺悔中獲得一種反思的能力呢？懺悔故事中敘事者懺悔的口氣、回顧的姿態聽來或看來也許動人，卻可能是種廉價的救贖手段，以解脫他們的不義，以求得個人內心的安寧，這是把懺悔變成了一種功利行爲。」而巴金在《隨想錄》中表達的「懺悔」就有著同樣的功能，因爲它具有將人「從『心理壓抑中解放出來』的能力。」〔註 63〕同樣，戴厚英在《人啊，人！》中的反思嚴格來說也不是自我反省，而是自我辯解，希望擺脫對自己在「文革」中角色的困惑，其中懺悔更是希望得到一個「解脫」的機會，解脫的方式正是通過自我辯解來完成，而她辯解的邏輯大致是：第一、「我」傷害過他人卻也是「受害者」；第二，犯錯的不只「我」一個，「多數」都在犯錯，這就可以原諒，而責任在於少數的幾個人（如「四人幫」）；第三，「我」是爲了純眞的信仰才做錯事的。〔註 64〕按照這樣的邏輯，戴力圖爲自己勾勒出一幅由盲從到困惑，由經歷磨難到不斷掙扎，由如夢初醒到大聲疾呼「人性、人情、人道主義」的「心路歷程」，並堅定地表白要與舊我、舊路一刀兩斷，開始宣揚「我以前所批判過的某些東西」，並在小說中傾吐「我以前要努力克制和改造的『人情味』。」「我寫小說的目的之一也在這裡。我不想掩蓋自己所走過的彎路，我願意把自己的靈魂拖出來讓大家看，以尋求理解，呼喚朋友。」〔註 65〕但顯然，她頗爲機智地爲自己作了這樣的辯護：我有我的道理，我在自己的情理之中。由此，這種

〔註 63〕鍾文：《「懺悔」與「辯解」，兼論反思歷史的方式——以巴金〈隨想錄〉爲例》，《文藝爭鳴》，2008 年第 4 期。

〔註 64〕許子東：《爲了忘卻的集體記憶——解讀 50 篇文革小說》，北京，三聯書店，2000 年，第 221 頁。

〔註 65〕戴厚英：《致馬丁先生》，杜漸坤編：《戴厚英隨筆全編》（上），廣州暨南大學出版社，1998 年，第 418 頁。

以反思、懺悔爲名，行辯解之實的「敘述」就自然會引起讀者的同情，然後減輕乃至消除自身的罪責。

當然，對戴厚英和巴金反思、懺悔的重新讀解，目的並不是比較二人誰應該或不應該成爲中國知識分子的良心，不是質疑《人啊，人！》宣揚的「人情味」、《隨想錄》提出的「講眞話」，也不是判斷這兩個文本的反思是否「深刻」，更不是藉重新審視戴厚英、巴金「懺悔」的動機，從而上升到對他們人格的質疑，而是希望再次探討新時期作家以文學記憶和反思歷史的方式，從而細究它的意義和不足。

「從弱者對更弱者的傷害中汲取深摯的道義感和責任感，在歷史和生活過程中引入對個人責任和人性缺陷的警醒，同時努力走向某種靈魂懺悔和自我審判，這是當代知識者在經歷了自己的悲劇性現代歷史並將之置於世界性文化氛圍中時竭力發展出的一種意識。」〔註 66〕對於知識分子來說，他們個人對自己的言行應該負有理性的和現代意義上的責任，他們所具有的知識和理性的背景不僅應該支撐他們個人面對威權時的獨立品格，而且應該作爲整個社會走向現代的啓蒙和發韌，在此意義上，新時期作家通過歷史反思以達到「救世」和「救我」就不再只是願望而是職責和義務。不論是巴金，還是戴厚英，他們的這種書生意氣是十分明顯的，他們都試圖以第一見證人的身份（受難者、帶罪者），承載著爲全體民眾講述「文革」歷史的巨大職能，從這個角度而言，以文學反思歷史的方式可以看作是重新「記憶」「文革」的文學，而反思歷史的方式也被置換成如何「理解」歷史記憶和怎樣「處理」它的問題。於是，他們用一種「事件親歷者」加「歷史紀錄人」的敘述方式，把個人遭遇轉換到了「人民記憶」和「歷史敘事」中來，通過對歷史的回憶和反省，來回應「揭批文革」和「撥亂反正」的國家話語。誠如程光煒先生所言，「它的歷史角色和歷史責任，是要把那些『抗爭性的記憶』（個人記憶）引入公眾領域，變成公眾記憶的一部分。」〔註 67〕這種將「個人」加以「懸擱」的歷史記憶雖然被書寫、被閱讀，但是作家沒有眞正獲取「記憶」的權力，或者說他們反思歷史的方式是有很大限度的，即並沒有眞正嚴厲、眞誠地揭開政治災難中個人隱秘的人性惡，從每一個個體自身的反省和追問來切

〔註66〕張景蘭：《受害者的施害邏輯與自審——近年來「文革」題材小說的新走向》，《鄭州大學學報》，2006 年第 1 期。
〔註67〕程光煒：《「傷痕文學」的歷史記憶》，《天涯》，2008 年第 3 期。

入歷史，因此，與其說這種歷史反思的方式並不具備「對近期歷史事件進行深刻反思的能力，不如說我們的思想文化環境還沒有爲反思提供足夠堅固、高大的平臺」；與其是「這種反思平臺的缺乏」導致了作家「與一次難得的歷史機遇的失之交臂，還不如說作家反思歷史的能力其實是天然缺乏的，至少是相當脆弱的。」〔註68〕

由此而言，我們可以說明在歷史反思的深度上，《人啊，人！》仍然受制於政治思維框架，作爲文本極力宣揚的人道主義，也必須借用或依附於政治思想才得以存在，而對人物的面具化塑造和概念化處理、人物的生活經歷和心路歷程的模式化都體現出作者極力靠攏「正史」的努力，她表現的僅是一種集體的創傷和記憶。在此層面上我們的討論可以更進一步，即通過對主人公的生活道路及命運的描寫，把各個時期的社會歷史政治事件加以串聯，成爲《人啊，人！》這類「反思小說」構思的典型方式。在這些作品中，作者普遍存有這樣的認知：「歷史不是一些毫無聯繫的孤立的環節，『文革』並非突發的、偶然的現象，對其根源的探究不應就事論事，其思想動機、行爲方式，已深藏於『當代』的歷史過程之中。它的爆發，是某種早已存在的因素的發展，達到極端化的存在狀態。因而把現實問題與歷史過程聯繫起來，從現實的基點追溯歷史，是合乎邏輯的思維方式。」〔註69〕然而，「反思」的理論觀點的模式化、以及歷史視野上的狹窄所產生的障礙，很快暴露出戴厚英體驗、認知上的局限，而且她總是不自覺地用道德的觀點去看社會政治，將政治道德化，並試圖以人道主義來清算一場現代社會的災難，這就始終未能突破社會／政治學思維的束縛。其中，尤其是將有著複雜因素影響和制約的社會歷史現象（問題）簡單化爲（個人的）道德現象（問題），以泛道德的模式去解釋一段時期的歷史成爲新時期文學界反思歷史的基本特點。那麼，「將嚴酷的政治鬥爭完全轉化爲個人的道德選擇，歸結爲人性中虛榮、軟弱、自私、殘暴、愚昧、無所不用其極的劣根性，是否恰恰掩蓋和阻攔了我們對文革這場『浩劫』的認知呢？只著眼於個人責任而忽視社會、歷史、體制乃至文化的因素，顯然無助於我們對歷史的瞭解。」〔註70〕正如洪子誠先生分析

〔註68〕程光煒：《「傷痕文學」的歷史記憶》，《天涯》，2008年第3期。
〔註69〕洪子誠：《作家姿態與自我意識》，西安，陝西人民教育出版社，1998年，第177頁。
〔註70〕鍾文：《「懺悔」與「辯解」，兼論反思歷史的方式——以巴金〈隨想錄〉爲例》，《文藝爭鳴》，2008年第4期。

80 年代懺悔所達到的限度時所說，「如果將知識分子在『文革』及另外一些時期的『失誤』看作是一時的迷失，看作是一種『例外』，看作是被『社會』所排斥的結果，那也並不能說明問題的實質。」因爲，「他們並非游離、自外於這部社會機器的轉動運作，而是參與推動它的運作；他們並非一時失去承擔的責任，而是總在承擔著認定的責任。」〔註 71〕所以，在反思「文革」歷史災難之時一味把眼睛盯著幾個書生，僅僅只是對某幾個人或一個群體的「行爲」感興趣，卻不去深入反省知識分子身處的社會環境，以及一代人或幾代人的知識和信仰，是否在表面的深刻背後遺失了眞正對於「文革」這種具有複雜深刻內涵的歷史現象的基本解釋和理解呢？而這種在反思社會歷史問題上的政治道德化，乃至道德理想化的傾向很容易流於道德情感的譴責，卻難以進入成熟的理性反思。

最後，我想以戴厚英「中國當代知識分子生活三部曲」的最後一部《空中的足音》中的一段話做爲本章的收束：「對於一個在泥巴地上滾大的丫頭來說，她得到的可能已經超過了她應得的份額。只不過是受到了一些敲打而已。而這是十分正常的。生活當然會特別寵愛一些人，使他們無須付出代價就能得到自己所希望的東西。但是，任何時候，受到寵愛的都只是少數人。多數人則必須在敲打和磨壓中掙扎、奮鬥，或者自生自滅。所以，走在人生的道路上，也只有少數人是不累的。累就累點吧！每一步都靠自己的雙腳踩地，也許走出來的路子更寬、腳印更正呢！」〔註 72〕新時期，戴厚英在「敲打和磨壓」中掙扎過、奮鬥過，她在布滿衝突的「道路」上的負「累」前行爲的是她「希望的東西」，而她的姿態和意識也給研究者們提供了重新思考作家如何理解和處理「文革」記憶的路徑。

〔註71〕洪子誠：《作家姿態與自我意識》，西安，陝西人民教育出版社，1998 年，第137 頁。

〔註72〕戴厚英：《空中的足音》，廣州，花城出版社，1986 年，第 422 頁。

第三章　遇羅錦的歷史記憶

　　遇羅錦在今天幾乎已被文學史和多數讀者遺忘，但在新時期初期，她是一個不折不扣的「明星」，或許沒有哪位女作家遭遇的升沉起伏比她更劇烈、更富於戲劇性——其人被惡狠狠地斥責爲「一個道德墮落了的女人」，「人們像是潑血以避邪一樣，以社會輿論的力量，把唾沫唾向這個失去了兄長和家庭的弱女子，」〔註1〕而其文也毫不客氣地被斥爲「隱私文學」、「私小說」——她不光個人生活違背了時代倫理，小說也脫軌於時代風潮之外。這一切似乎都決定了，她無論在她那個年代，還是在文學史中，都將是一個「不潔」的人，被歸入另類。這一切都發生在 1980～1984 年間：《一個冬天的童話》（《當代》1980 年第 3 期）使她初涉文壇就一舉成名，備受爭議，《春天的童話》（《花城》1982 年第 1 期）連同她在社會鬧得沸沸揚揚的離婚案又讓她「臭」名遠揚，《求索》（《箇舊文藝》1983 年第 4 期）讓她備受煎熬，頻頻應付各方責難，此後遇羅錦似乎在一夜間消失得無影無蹤，彷彿從來也不曾存在過。時隔數年後，文學界才時斷時續提到她的哥哥遇羅克和她，更令我們大跌眼鏡的是她甚至被有的評論家稱爲「第一個敢於撕破千百年來裹在女性身上那層虛僞的牛皮而泄露自己穩私的女性。」〔註2〕而她的小說也被認爲「新時期第一部勇敢地敘述女性自我情感故事的小說」。〔註3〕面對遇羅錦及

〔註 1〕　王又平：《順應・衝突・分野——論新女性小說的背景與傳統》，《荊州師範學院學報》，2000 年第 3 期。

〔註 2〕　郭小東：《白楊林的倒塌——論趙玫的小說》，《上海文論》，1989 年第 2 期，轉引自王又平：《順應・衝突・分野——論新女性小說的背景與傳統》。

〔註 3〕　陳淑梅：《新時期女性小說話語權威的建立》，《文學評論》，2005 年第 5 期。

其作品截然相反的「歷史境遇」，我們不禁啞然失笑，難道「歷史」眞的是一個「讓人隨意打扮的小姑娘」嗎？當然，討論或者再糾纏「歷史」的對與錯是毫無意義的，而且關於婚外情、第三者是否道德，以及她的離婚是否產生了積極或負面的社會效果的討論並不是本書所關注的重點，我更感興趣的是，今天「重讀」遇羅錦《一個冬天的童話》、《春天的童話》（以下文中兩部作品並提時簡稱爲「童話」）和《求索》的目的不是要證明什麼是好作品，什麼是不好的作品，而是「考察在一篇文學作品的周邊，是如何糾纏著意識形態、文學成規、翻譯文學和知識症候等多重因素的，而文學評論和文學史爲什麼要過濾、篩選乃至故意遺忘掉這一些因素，而強調、突出和擴大另一些因素的」。〔註4〕

　　本章以遇羅錦的三部作品爲主要研究對象，以「愛情主題爲中心」對遇羅錦的歷史記憶進行探討，分析她如何在與主流敘述和集體經驗的博弈中建構身份意識和自我形象的，並對政治變革與個人經驗的建構進行辨析。論文的著眼點在於「變化」，即通過遇羅錦自身遭遇的變化和波折，對「童話」和《求索》產生場域的歷史回顧以及由它們引起的諸多爭論的分析而探討作家記憶、身份及其認同的變化，通過對「變化」的研究，深入考察其中所隱藏著的主體、意識形態與當時的歷史轉型之間共謀與裂隙、衝突與和解的複雜關係。

一、牢獄之災和插隊生活

　　一九六六年六月末的一天深夜，遇羅錦的家被抄，〔註5〕她在《一個冬天的童話》中細緻地敘述了抄家的場面和過程：

　　　　小小的四合院各屋都熄了燈，但人們絕不可能睡著。只有我家

〔註4〕　程光煒：《八十年代文學與人大課堂》，《海南師範學院學報》（社會科學版），2006 年第 5 期。

〔註5〕　在「文革」期間，抄家是很普通的一種「革命行動」。這場波及全國的抄家狂潮，大至從 1966 年 8 月下旬開始。抄家的對象除了所謂的「黑五類」的地、富、反、壞、右之外，還包括資本家、走資派、反動學術權威以及一切政治上被視爲有問題的人。這個以紅衛兵爲主體的抄家行動無須任何部門的許可，不須辦理任何手續，事後也不需要做出任何交待。遇羅錦的父親遇崇基早年畢業於日本早稻田大學，解放後在華北電業管理局任工程師，她的母親王秋琳，抗戰前留學日本，後來成爲北京著名的女實業家。1957 年「反右」時，他們都被打成右派，因此，「文革」期間他們都屬於被抄家和專政的對象。

的屋門大敞，日光燈亮得刺眼。帶路的媽媽一定又被押回去了，亂七八糟的破爛拖到了門邊，爸爸正跪在破爛堆中，禿頂的頭在日光燈下閃閃發亮。

紅衛兵將我猛地一推，喝一聲：「打！」木槍、皮帶便劈頭蓋臉地落下來，只聽他們邊打邊吼：「跪下！」

「憑什麼打人？」我掙扎地喊道。

「打的就是你這狗崽子！」

「就衝你這裙子也得打！」

「頭上還別卡子？打！」

「跪不跪？」

求生的念頭第一次像刀一樣刺進了我心裏，我撲咚一聲跪下了。

「低頭！」他們仍不滿意，狠狠地又抽打了幾下。我連大氣都不敢出。

「低頭！」他們抽打著爸爸，爸爸低頭一聲不吭。

「狗崽子，知道自己有罪不知道？」

「知道。」

「什麼罪？」他們反而問起我來。

「我媽是資本家，父母都是右派。」

「應不應當向人民低頭認罪？」

「應當。」

「為什麼穿裙子？違犯××號通令？」

「你們這一窩崽子跑哪兒去了？」又一個人問。他們邊零碎地抽打，邊吼叫著審問。

……

夜深了，我和爸爸仍沒有一句話，無力地坐在地上，在羞愧、欽佩和屈辱中不能自拔。鐘打兩點，我們慢慢地站了起來，忍著身上的疼痛，緩緩地、默默地收拾著地上零亂的東西。

我們把破破爛爛在屋中央堆了一堆，就馬馬虎虎地躺下了。爸爸在雜亂的大床上騰了塊地方，我就躺在那早已搶劫一空的大木箱上。只有穿衣鏡沒有被砸，倖存的原因是，父親早就用一大篇語錄

將它嚴嚴地糊上了。假如事先也將我們用語錄嚴嚴糊住，是否還會挨打呢？

　　靜謐的月光灑在屋門口那小塊地上，它顯得更美了。我一動不動地望著它。這柔和的光線，彷彿把我帶到了久遠的、幾千年前的世界。那時，該是個博愛的世界吧？……〔註6〕

「抄家」在《一個冬天的童話》中，是一個被特地渲染和詳細記述的關鍵性情節，對遇羅錦而言，這既是一場突如其來的重大「災難」，又成爲她此後揮之不去的創傷記憶。在這一「文革」記憶中，我們注意到，她以受難者的眼光打量著周遭，以被折磨的肉體和精神經受著摧殘，又以被侮辱者的心態和身份記憶著這個場景，表達著自己的憤怒與反抗（掙扎地喊「憑什麼打人？」）、懦弱、無奈（大氣都不敢出）與恐懼（求生的念頭第一次像刀一樣刺進了我心裏，我撲咚一聲跪下了）。作者以第一人稱描寫了抄家的慘烈情境，「文革」不再是一個宏大、抽象的字眼，「第一見證人」的敘述將讀者帶入了私人的、日常的細節之中，儘管這一場景我們已經在眾多的「傷痕文學」作品中熟知──它既刻寫了紅衛兵的殘暴，獲取控訴「文革」的效果，又凸顯了受迫害人的怨憤和屈辱，起到反思和懺悔的作用，但仍然值得強調的是，它使得一個時代變得具體鮮活，記憶從而被賦予了「見證」的力量。另外，在「抄家」這一場景中，作者在小說結尾處的心理描寫給人耳目一新之感，如若單獨閱讀此段，我們根本不會想到這是作者剛剛經歷了一場「狂風暴雨」後的內心獨白和沉思。其中，日光燈的刺眼和月光的柔和、紅衛兵的殘暴和我的沉默，雜亂破爛的小屋和靜謐的月光，黑白顛倒、禮崩樂壞的現實世界和博愛的久遠世界形成了鮮明的對照，它們都間接地體現了作者內心的沉痛和悲哀，這種記憶和講述的方式比直接展露身軀的創傷更令人同情和共鳴，同樣也使得受害者的傷痕記憶更加具有震撼性和眞實性。

如果說「抄家」留給遇羅錦的不僅僅是「文革」的暴虐而導致她心靈上的陰影，甚至還留有些許美好的遐想的話，那麼接踵而來的1966～1969年的牢獄之災和1969～1978年的插隊生活留在她記憶中的則更多的是對親人、社會、愛情的怨憤和懷疑，它們眞正徹底地改變了她的命運、心態和身份。正如她在判決其離婚的法庭上的自述中所說：只因爲我的日記中有幾句罵林彪

〔註6〕《一個冬天的童話》，《當代》，1980年第3期。

和紅衛兵抄家等行為的話，「工作和學習一直良好的我卻忽然成了階級敵人」，「我被批鬥後扭送公安局，在一片『你們不收留遇羅錦，就是反革命』的激昂口號聲中，公安局以『思想反動』的罪名把我送往茶澱清河農場勞動教養。」〔註7〕三年勞動教養期滿後，遇羅錦又被分配到河北省臨西縣插隊落戶，而此後數年間的插隊生活——在河北省四處尋覓對象、獨自一人「闖關東」結婚、和第一任丈夫婚後的不和等在她的記憶和講述中，被展示成為苦難與傷痕、醜惡與痛苦糾葛纏繞、難以剝離的狀貌，毫不掩飾地體現出她對這段生活的拒斥和怨憤。

由於家庭出身和「政治」問題，遇羅錦被判勞教、被迫插隊，這很自然地直接導致了她在創作中對「傷痕」的展露，以及對插隊生活的怨憤式描寫。作者在感傷氛圍中傾訴著自身的苦難與傷痕，宣洩著心中的失落與不平，尤其強烈地表達出一種被欺騙感和年華逝去感，這種心態使得她的傾訴往往帶有戲劇化和誇張化的傾向。在《一個冬天的童話》中，遇羅錦細緻地記憶了教養期滿後的困窘生活，並以一種哀怨的語氣敘述了自己被迫選擇以婚姻為求生的手段時內心的痛苦和掙扎：

> 萬萬沒有想到，一向清高的我，竟會做出隨便嫁給誰都可以的決定！如今若有個妓女院我也想去，只要家裏能過得好些！這個突變誰能想到呢？
>
> 當「婚姻」這個詞彙第一次降到我頭上時，我只感到屈辱。我傷感嗎？心酸嗎？悲痛嗎？不，一切都變得麻木不仁了。只知道為了生活，必須要這樣做。

在這一內心的激烈衝突的描寫中，充滿了對抗和鬥爭：為了家裏過得好些，清高的我甚至可以淪為妓女；為了生活，我可以忍受屈辱、傷感、心酸和悲痛。作者不僅在此清晰地反映出內心的猶疑和痛苦，而且表明了敘述的根本意圖，即雖然它們有悖於倫理、道德和良知，但這「人生悲劇」的根源就是「突變」——「文革」浩劫。

遇羅錦的第一次婚姻是和一個在東北插隊的北京知青結婚，通過這種方式，她全家的戶口才得以從貧困地區遷到日常生活相對安穩的東北。婚後他們生有一子，後來兩人感情破裂離了婚。對於這段婚姻經歷，遇羅錦回憶說，「我這個沒出過遠門的 20 多歲的女孩子闖關東，來到人少地多的北大荒

〔註7〕黨春源：《我為什麼要判他倆離婚》，《新觀察》，1980 年第 6 期。

『叫賣』自己。和一個不相識的、談不上有什麼愛情的男人結了婚，忍受了幾年屈辱和挨打的生活。」〔註8〕於是，她在小說中通過細膩地描繪新婚之夜的夢魘般地經歷而凸顯自己對這段感情生活的厭惡和鄙夷：

> ……突然，一隻大腳踩在我身邊的被子上，我從幻想中睜開了眼睛。那是穿四十六號鞋的大腳，真大得嚇人！我膽怯地抬眼向上望去，他——這一米八的大個子正站在炕上脫衣服，距離我幻想中的君子真是相差十萬八千里！

> 我不由閉了眼睛，縮縮脖子，裹緊了棉被，心裏像塊鐵板一樣涼颼颼的。

> 只感到他用大手輕輕一撈，就鑽進了這大被窩。那冰冷的大腳，硬邦邦的腿骨碰得我身上發痛。美好的幻想像點燃的鞭炮一樣破碎得四散而飛。我躺在那兒，活像一個恐懼的木偶，一條將被宰殺的魚，人生爲什麼給我這麼多痛苦！

> ……還未等我醒過味兒來，他全身的重量已壓在了我的身上，兩隻粗硬的大手將我的頭緊緊把住……我拼命地想別轉臉去，可是也無法躲過。

> ……難道結婚就是這個樣子？以後就這樣痛苦下去嗎？我寧肯死，也決不願意！想到這兒，我渾身的血液似乎在往上湧——這可詛咒的新婚之夜！〔註9〕

戲劇和誇張的寫作特徵再次在作者記憶的「新婚之夜」中得到了充分表現，以上所引文字的描寫非常像電影中一個幾分鐘的長鏡頭的「敘述」：一個身形高大、動作粗暴的莽漢對一個已被驚嚇得手足無措的女人的蹂躪，雖然這個女人想反抗，想「拼命地別轉臉」，但她仍然無法躲過冰冷的大腳、硬邦

〔註8〕 黨春源：《我爲什麼要判他倆離婚》，《新觀察》，1980年第6期。

〔註9〕 遇羅錦：《冬天的童話》，北京，人民文學出版社，1985年，第96～97頁。在第一章中，我曾簡要分析了《一個冬天的童話》的初稿和發表在《當代》上的定稿中有關「新婚之夜」描寫的刪改情況。在本章中，我重新以1985年出版的該小說的單行本中的這一場景爲例，著重分析遇羅錦的「文革」記憶和敘述。此處所引的加黑的詞、句在初稿和定稿中都沒有出現，在單行本的編後記中，編者專門進行了說明，「應作者要求，對文章作了重要修訂和補充，恢復了若干原先刪去的章節」。仔細辨析這些曾經刪去的細節和單行本中重新補充進來的內容對於我們理解作者的「文革」記憶和創作心理有著重要的作用。

邦的腿骨和粗硬的大手的「折磨」，弱小的女人只好閉上了眼睛，像一個「木偶」和一條「被宰殺的魚」一樣任他人「擺弄」和「宰割」。在這裡，遇羅錦並沒有給我們描繪一個「夫妻恩愛」的纏綿場景，呈現出的則是一個「人為刀俎，我為魚肉」的無奈和哀怨的場面。它讓作者感到自己就像「舊時代出賣肉體的婦女、屈服於暴力下的婦女、受盡主人侮辱的婦女、不被人當作人的婦女」〔註10〕一般，那個「男人」則像一個「渾身長滿黑毛的大猩猩」，〔註11〕那些所謂的「愛情、溫柔、高尚」也被「獸欲、粗魯、庸俗」所替代。〔註12〕在這一非常「個人化」的體驗中，這個「根本不懂得愛情」（遇羅錦語）的「男人」（丈夫）被遇羅錦置換成為苦難和罪惡的製造者。不過，作者並沒有將控訴停滯在此處，她也自省「這一切惱恨的根源」來自哪裏。她認為，其實不是這個男人，而是「自己找到北大荒的門上來的」，是這個已經變壞的社會。〔註13〕按照這樣的邏輯，與其是說這種「結婚」的方式是對「自由的愛情、自由的婚姻」（遇羅錦語）的踐踏，還不如說生活在危機四伏的「文革」歷史現實中的普通「人」（女人）對自己難以預料的命運的不可掌控；與其說是被侮辱與被損害的女人對粗暴的、野蠻的「男人」的怨恨，不如說是她對「文革」的怨憤。從而，我們終於明白，在遇羅錦關於「自我」命運的故事（「兩性」關係的衝突）的講述中，她其實是以一種寓言的形式來記憶歷史和投射政治。

　　和第一任丈夫離婚後，遇羅錦回到北京，由於相關部門當時無法給其落實政策，她的工作生活一直沒有著落，只好先當保姆以維持生活，可因為她有過被勞動教養的經歷，很快就被主人辭退，這些境況令她對自身在「文革」中的遭遇，以及現實環境更加憤怨和懊惱。1978 年 7 月，遇羅錦和工人蔡鍾培結婚，以便解決自己的戶口和生計問題。可是，僅僅過了一年多，遇羅錦就以「沒有感情」為由向北京市朝陽區人民法院起訴，經歷了許多波折才與丈夫離了婚。〔註14〕

〔註10〕遇羅錦：《冬天的童話》，北京，人民文學出版社，1985 年，第 96 頁。
〔註11〕遇羅錦：《冬天的童話》，北京，人民文學出版社，1985 年，第 97 頁。
〔註12〕遇羅錦：《冬天的童話》，北京，人民文學出版社，1985 年，第 98 頁。
〔註13〕遇羅錦：《冬天的童話》，北京，人民文學出版社，1985 年，第 99 頁。
〔註14〕這場「離婚案」當時在全國轟動一時。案件尚在審理期間，兩家發行量超過百萬份的雜誌《新觀察》和《民主與法制》就公開組織了關於「遇羅錦離婚」的大討論。婚姻是以政治、物質條件還是以愛情為基礎？離婚標準究竟應該是「理由論」還是「感情論」？儘管有部分人傾向於支持遇羅錦，但是當時

對遇羅錦來說，這些生活經歷，不論是在「文革」中的身份轉換，還是返城後的各種境遇，都使得她的歷史記憶和生活體驗有著種種差異和特殊，尤其具有「個性化」。當她從勞改、插隊的境況中脫離，重新記憶「文革」中的人和事，以反映十多年來的心理波動和生活波折時，就體現出十分明顯的「感傷姿態」。正如她所說：「生活迫使我放下了畫筆，拿起了鋼筆」，我要「把生活所給予我的，全盤再現出來，端給人們，讓人們看看都是些什麼？是快樂多呢，還是痛苦多？」〔註15〕這一「姿態」其實在新時期初期的文學創作中十分具有普遍性。「文革」結束後的幾年時間裏，社會政治生活及人們的思想觀念都出現了某種戲劇化、誇張化的趨勢，而個人在「文革」時期生活的坎坷，感情的波折，以及這種經歷與社會政治環境的密切聯繫，在「文革」後往往成爲中國作家獨特的「財富」。「這一背景因素，既可以使作家中的一些人達到對社會、對世界認知的深化，生命體驗取得進展，意識到生命的悲劇性質，使精神境界有所『超越』。同時也有可能使另一些人陷入於弱者自憐的浸淫之中。」〔註16〕可以這樣說，遇羅錦有意將其三部小說建

的主流輿論還是一邊倒地譴責遇羅錦，指責她利用婚姻做跳板，實現自己的功利目的。北京市朝陽區人民法院對這起離婚案的審理非常慎重，最後，助理審判員黨春源做出了離婚判決。判決書說：「十年浩劫使原告人遭受政治迫害，僅爲有個棲身之處，兩人即草率結婚，顯見這種婚姻並非愛情的結合。婚後，原被告人又沒有建立起夫妻感情，這對雙方都是一種牢籠。」判決宣告之後，被告人蔡鍾培不服，向北京市中級人民法院提出了上訴。同時，中央人民廣播電臺播發了新華社記者的一則報導：北京市中級人民法院裁定，原審事實不清，決定撤銷原判，發回重新審判。後來，北京市朝陽區人民法院在《人民司法》1981年第12期發表《審理遇羅錦訴蔡鍾培離婚案的經驗教訓》一文中說：重審抓住了案件的焦點——離婚的眞實原因，並在查明事實的基礎上分清了是非，經過調解達成了離婚的協議。當事人雙方和他們的代理人也都在協議書上簽了字。對於遇羅錦離婚的理由，王蒙在一次訪談中還調侃說：「遇羅錦有一篇小說，說是她去欣賞紅葉，但她的愛人買魚去了，證明她愛人的庸俗，對遇羅錦的私生活我不想討論，我想討論的是，又想看紅葉又想吃魚怎麼辦？最理想的不是賞紅葉而不吃魚，也不是吃魚不賞紅葉，而是吃完魚後又賞紅葉。」他並且引申說：「入世和出世都是人性，都是人生的需要，把世俗的東西那麼貶低，那麼高高在上視世俗如糞坑，夠偉大得沒邊了……」王蒙、王幹：《王蒙王幹對話錄》，桂林，灕江出版社，1992年，第260頁。

〔註15〕遇羅錦：《關於〈一個冬天的童話〉——給全國各地讀者的回信》，《青春》，1981年第1期。

〔註16〕洪子誠：《作家姿態與自我意識》，西安，陝西人民教育出版社，1998年，第21頁。

構成一個整體，為的是凸顯她在「文革」中的悲劇，青春被埋葬以及精神受到壓抑、心靈受到扭曲的過程，這其實是記憶和講述了一個將「文革」災難的歷史裝點為個人幸福和痛苦的情緒化故事。此外，我們還會在遇羅錦的小說中發現一個頗具深意的現象，每當她的生活和情感出現危機和「越軌」時，她總是會有一個傾訴和懺悔的對象——遇羅克——他不僅是她「文革」記憶中舉足輕重的人物，而且成為她內心衝突和自我角色轉換的一個「他者」。

二、我的哥哥遇羅克

　　遇羅克，男，1942 年生，漢族，北京市人，家庭出身資本家，本人成份學生，係北京市人民機器廠徒工，住北京市朝陽區南三里屯東 5 樓 13 號。父母係右派分子，其父是反革命分子。

　　遇犯思想反動透頂，自 1963 年以來，散佈大量反動言論，書寫數萬字的反動信件、詩詞和日記，惡毒污蔑誹謗無產階級司令部，在無產階級文化大革命中又書寫反動文章十餘篇，印發全國各地，大造反革命輿論，還網羅本市和外地的反、壞分子十餘人，策劃組織反革命集團，並揚言進行陰謀暗殺活動，妄圖顛覆我無產階級專政。遇犯在押期間，反革命氣焰仍很囂張。遇犯罪大惡極，民憤極大。經中國人民解放軍北京市公、法軍事管制委員會和最高人民法院批准，判處現行反革命分子遇羅克死刑，立即執行。

以上所引文字出自 1970 年 3 月 5 日在北京工人體育場宣讀的《北京市中級人民法院刑事判決書（70 刑字第 30 號）》。宣讀完畢後，遇羅克被「驗明正身，綁赴法場，執行槍決」。1979 年 11 月 21 日北京市中級人民法院對遇羅克一案下達「再審判決書」，撤銷了「中國人民解放軍北京市公檢法軍事管制委員會（70）刑字第 30 號判決書」，並宣告「遇羅克無罪」。〔註 17〕此後，遇羅克被譽為「我們民族的一個先知先覺」、〔註 18〕「沉沉暗夜智慧光劃破夜幕以全部青春和熱血放射出理性光華的隕星。」〔註 19〕他和張志新一樣，被看成

〔註 17〕遇羅錦：《乾坤特重我頭輕——回憶我的哥哥遇羅克》，《冬天的童話》，北京，人民文學出版社，1985 年，第 155 頁。
〔註 18〕宋永毅：《黑暗中的人權宣言書》，徐曉、丁東、徐友漁編：《遇羅克遺作與回憶》，北京，中國文聯出版社，1999 年，第 392 頁。
〔註 19〕印紅標：《遇羅克與他思考的時代》，徐曉、丁東、徐友漁編：《遇羅克遺作與

是「爲衝破專制思想牢籠殉難」的「英雄」。他們的形象在幾代人中經歷著劇烈的變化，從這些變化中，我們應該清楚的是，對於這些「英雄」的記憶和講述其實是「『一個建構的過程』，而不是恢復的過程」，而且「至今還在維續著」。〔註20〕

在遇羅錦的眼中，遇羅克是「一個何等敢於解剖自己的人」，一個「勤儉樸素、刻苦學習、寬人嚴己、敢於向不正確的言行作鬥爭」的人，一個堅持做「符合人民利益」事情的人，一個「敢於戰勝『私我』的人」，「如果每個人都能像哥哥那樣，這世界該多光明！該會減少多少的虛僞、欺騙和軟弱！」〔註21〕因此，雖然哥哥已經「死了，永遠不會再回來了」，但我「只有一件責無旁貸的、十年來一直想做的事──用我這支笨拙的筆，憑著淺薄的思想、直覺的感官，去寫寫哥哥這位普通人，去寫寫他都幹了什麼事。」〔註22〕於是，遇羅錦在《一個冬天的童話》的開頭寫下了這樣的「題記」：「我寫出這篇實話文學，獻給我的哥哥遇羅克」，小說在 1985 年更名爲《冬天的童話》出單行本時，她又將原來的「題記」稍稍做了一點改變：「我用生命寫出這些文字，獻給我的哥哥遇羅克」。僅僅就是這前半句的改變，濃縮了她在寫作期間和寫作後經歷的坎坷和精神的磨礪，同時，這句「題記」也暗含了作者創作的主題思想，即她所推崇的英雄和道德理想直接同新時期初期的揭批極「左」政治和撥亂反正密切相關的。當然，作者記憶哥哥的意圖不僅僅在於只是講述一個「英雄」的抗爭「四人幫」及其爪牙的故事，她「顯然是要在這個故事中『告知』一種對人生有指導功效的『哲理』。」〔註23〕而這些指導人生（自我和他人）的「哲理」在作者對哥哥的記憶中得到了提升和渲染。爲了深入探討這一問題，我們可以先來分析以下幾段文字：

> 突然，門「豁啷」一聲被推開了，屋裏的人驚異地扭過頭去
> ──呵，深藍的夜空襯托出哥哥那嚴厲、鎮定、蒼白的臉。他那銳
> 利、冰冷的目光像閃電般直刺向驚愕的人群；那堅毅、緊閉的嘴

回憶》，第 396 頁。

〔註20〕莫里斯・哈布瓦赫：《論集體記憶》，畢然、郭金華譯，上海，世紀出版集團、上海人民出版社，2002 年，第 53 頁。

〔註21〕遇羅錦：《乾坤特重我頭輕──回憶我的哥哥遇羅克》，《冬天的童話》，第 224～225 頁。

〔註22〕遇羅錦：《乾坤特重我頭輕──回憶我的哥哥遇羅克》，《冬天的童話》，第 156 頁。

〔註23〕尹昌龍：《1985：延伸與轉摺》，濟南，山東教育出版社，1998 年，第 6 頁。

角，正直的鼻梁，發著寒光的白玻璃鏡框，直攝進人們的心魂！

他站定在門口，一動也不動，威嚴地望著他們。紅衛兵們從呆滯中猛省過來，一擁而上，將他團團圍住。但他鐵塔般地立在那兒，刺人的目光使人發慌，竟沒人敢拉他一把。

我跪在地上，膽怯、羞慚地向他望去——呵，在他那嚴峻冰冷的目光中，也有我和父親給他的痛苦呵！我不敢看他，可是又不敢站起來。

……

「你先跪下！」一位「勇士」照他的後脖梗猛拍一掌。

「你打人？」哥哥疾速地扭過頭去，灼灼的目光緊逼著他，臉色煞白。那不可侵犯的凜然氣度竟使那人縮回了手，悻悻地避開了哥哥的目光。

「我犯了什麼罪？」哥哥那冷透骨髓的目光緊逼著面前的紅衛兵。

……

「對，把這小子帶走，找個地方說理去裏！」一個人上來就要扭哥哥的胳臂。

「慢著！」哥哥威嚴地喝了一聲，甩開他們的手，一轉身颯然走了出去。紅衛兵們蜂擁地尾隨著他，像一陣黃旋風刮出了門。

霎時，屋裏靜了、空了……很久，我和爸爸還歪坐在地上，向門口發愣……

這段描寫是遇羅錦在《一個冬天的童話》中回憶家被抄時哥哥遇羅克的表現。讓我們再來比較下一段的描寫：

江姐一挺身，昂然站在甫志高面前。「你想搞什麼鬼？」

「我好意來看你，請不要誤會。」甫志高強自辯解著，一步步退向牆角。

「原來是你帶領便衣特務……」江姐盯著甫志高陡然變色的臉，她緩緩地，但是斬釘截鐵地說出幾個清清楚楚的字：「無恥的——叛徒！」

……

「哼！我要抓完……」叛徒一步步逼上前來，「爲了找你，我吃

盡了苦頭，現在，你，你再教訓我吧！」他伸手一摸，烏黑的手槍，突然對準江姐的心窩。「舉起手來！江雪琴，我今天到底找到了你！」

江姐輕蔑地瞟了一下槍管，她抬起頭，冷冷地對著叛徒猙獰卑劣的嘴臉，昂然命令道：「開槍吧！」

叛徒一愣，倉皇地朝後退了一步。江姐立刻邁步向前，一步，又一步，把緊握手槍的叛徒逼到牆角。江姐站定腳跟，慢慢抬起手來，目光冷冷地逼視著不敢回視的叛徒，對準那副肮髒的嘴臉，清脆地賞了一記耳光。

一群便衣特務，衝進門來，惶惑地張望著。叛徒躲在屋角，一手握槍，一手捧住熱辣辣的瘦臉發怔。

江姐不再說話，伸手披拂了一下自己的衣襟，凜然跨出堂屋，邁開腳步，徑直朝洞開的黑漆大門走去……

江姐因叛徒出賣被捕時的描寫，是《紅岩》中一個爲人熟知的經典「橋段」。我們將遇羅克在被抄家時的「大義凜然」和江姐被捕時的「鎮定自若」結合起來仔細比較會發現，這兩個文本在記憶「英雄」時有很多相似之處：首先，兩位不同時代的敘述者使用幾乎一樣的「文學語言」渲染緊張的氣氛，細緻刻畫正、反面人物的神態、動作、語言等，爲我們塑造了一個典型的「高大全」式的「英雄」形象；其次，「被捕」是兩個文本中渲染「英雄」形象的高潮段落之一，在這一重要的環境中，敘述者一定會給「英雄」配有與他或她「身份」相符合的行爲舉止，比如上述場景中所描寫的「嚴厲、鎮定、蒼白的臉，銳利、冰冷的目光逼視著敵人，絕對不可侵犯和受辱的凜然氣度，斬釘截鐵、擲地有聲的語言等」。在這樣一種言說中，他們不是「獨立」的遇羅克或江姐，而已成爲一個「英雄」的模式和樣板，代表著千萬「敢於向邪惡和謬誤作鬥爭」、「爲了眞理與正義，那頭可斷、血可流」〔註24〕的「英雄」，自此之後，凡人變成了意志非凡的「英雄」，就連他們邁向「黑暗」時的動作和神情都是那麼相似——「哥哥威嚴地喝了一聲，甩開他們的手，一轉身颯然走了出去」和「江姐不再說話，伸手披拂了一下自己的衣襟，凜然跨出堂屋，邁開腳步，徑直朝洞開的黑漆大門走去」——留給我們的則是需要仰視

〔註24〕遇羅錦：《乾坤特重我頭輕——回憶我的哥哥遇羅克》，《冬天的童話》，北京，人民文學出版社，1985年，第277頁。

的「英雄」，而這些高大、悲壯的英雄人物也已經變成了卡里斯瑪式的人物，從而在人們的共同記憶中具有了一種抽象的、純粹精神上的意義；再次，對這些共同記憶中的英雄的敘述，不只是對他們精神和人格的肯定，其實也是對他們正確的「政治立場」的肯定。在《一個冬天的童話》中，通過敘述遇羅克撰寫《出身論》和與紅衛兵的鬥爭，以及作品中體現出來的出身論和血統論、革命與反革命之間的種種衝突，作者順利完成了新時期初期文學的「控訴」功能，正如《當代》在「編者按」中所說，「十年浩劫期間，在遇羅克為了捍衛真理被捕以至被殘酷殺害前後，她和她的家庭也經歷了種種的磨難。據作者說，此文基本上是根據她個人的親身經歷寫成的。」因此，我們發表《一個冬天的童話》的原因就在於「這部作品所反映的決不只是他們個人的偶然不幸，而是林彪、四人幫的法西斯統治和多年來封建主義的形而上學的血統論必然造成的相當深廣的社會歷史現象。」〔註25〕通過以上分析，可以看出遇羅錦有意刻畫出一個在特殊的「革命」年代不屈不撓的「英雄」，她既想告訴大家，哥哥「像過去的一些英雄一樣」應該「在祖國的大地上被億萬人傳頌。」又希望每個人對剛剛逝去的「文革」歷史進行自省——「使遇羅克走上刑場的，自己是否也有一份責任？單憑『四人幫』能殺死遇羅克嗎？萬一將來另有一個『四人幫』式的人物上臺，在工人體育場上會不會再次出現一個盲目呼嘯的海洋？」〔註26〕

讓我們再次將目光回到遇羅錦被「抄家」時候的場景，在記憶和講述這個故事中的人物「我」和「哥哥」的時候，作者運用不同的筆墨來勾畫人物，「我」屈辱的跪在地上，任憑紅衛兵蠻不講理的審問和野蠻的抽打而不敢有絲毫強烈的反抗，而「哥哥」則鐵塔般站立著，大義凜然地和紅衛兵對峙和辯論，作者飽含深情而又不無羞愧地說：「他並不高大，但卻須得仰視。而我，卻跪著，老老實實地跪著。」〔註27〕就連哥哥站過的地方也放著光，「我怕骯髒的鞋底玷污了它！當我跨過它的那一秒鐘時，心裏是怎樣神奇地跳躍呵！我不願掃它，生怕掃去它上面的光芒」。〔註28〕在哥哥高大而光輝的形象下，「我」只是一個匍匐在他的道德神壇下的膜拜者而已，也正是通過對哥哥

〔註25〕 《一個冬天的童話》發表時的「編者按」，見《當代》，1980年第3期。

〔註26〕 遇羅錦：《乾坤特重我頭輕——回憶我的哥哥遇羅克》，《冬天的童話》，第277頁。

〔註27〕 遇羅錦：《一個冬天的童話》，《當代》，1980年第3期。

〔註28〕 遇羅錦：《冬天的童話》，北京，人民文學出版社，1985年，第33頁。

的氣概和尊嚴的描寫，「我」的政治「道德感」才被強烈地「召喚」了出來，開始了「自我懺悔」：「不幸的人們屈辱地生存，理智的自省就是檢驗自己的最好的尺碼！哥哥，我對不起你呵……」「哥哥的神魂在眼前飄蕩，我配做他的妹妹嗎？配嗎？我為什麼不敢像他那樣？羞愧的眼淚在黑暗中大滴淌著，我盡力不做出一點聲息來，任淚水隨意向枕邊流去……」〔註29〕在《一個冬天的童話》中，「我」向哥哥的懺悔還有兩處。一是準備去東北相親結婚時對「把婚姻當做謀取生活的手段」的自責；另一是被維盈拋棄後準備「以死來解脫痛苦」時對「自殺的軟弱和不堅強」以及「沒有完成哥哥交給的任務──寫出『實話文學』，表達對哥哥的愛和懷念」的懺悔。對於作者這些懺悔，我們可以理解為首先來源於作者在「文革」中的經歷，這直接導致了她對「文革」記憶和敘述時的個人內心道德的衝突，具體表現為有關個人與社會國家、愛情與婚姻家庭的「道德衝突」，它們共同體現了作者的猶豫和困擾、煩躁和焦慮。那麼，如何解決困擾、釋放焦慮呢？她只有向道德的楷模──哥哥傾訴和懺悔，以尋求原諒。在遇羅錦的三部小說中，我們會發現一個十分有趣的現象，不管是她自稱的「實話文學」，還是編輯們所指認的「自傳體小說」，她總是將活在現實中的父母、弟弟們的缺陷毫不留情甚至有些誇張地展露出來，而「哥哥」卻是一個沒有任何缺點的「道德楷模」，永遠佔據著道德的制高點，儘管他在文本中是一個「缺席」的存在。作者如此敘述的真正意圖在於現實中的人總要被生活、人生和世俗所累，道德上不可避免地存有各種各樣的不足，而「已經化了神，成了仙」（遇羅錦語）的哥哥是「完美」的，只有他可以承擔「保存」和「召喚」我的道德尊嚴的功能。正是通過這種記憶和講述，作者自我的道德疑惑和焦慮被成功釋放。

　　在十七年文學、「文革」文學的「經典」作品中，「英雄」在生與死之間作出的非凡抉擇，很長一個時期裏，具有規範社會生活價值導向和社會成員個人生存的意義。曾直接接受這一文學教育滋養和社會意義教導的遇羅錦在記憶歷史時，十分自然地對環繞著人物行動的環境作了極度提純，並抽去客觀存在著的現實利益因素而對人物形象作了高度理想化處理，這樣哥哥被塑造為一個十全十美的極端理想化的革命、道德英雄，他身上那種超「生活」和超「日常」的異常品質也被放大和突出，然而，不可否認的是，「哥哥」也失去了人物異彩紛呈的個性和豐富的心靈，成為一個被建構的帶有濃厚政治

〔註29〕遇羅錦：《一個冬天的童話》，《當代》，1980 年第 3 期。

意味的完美道德規範的樣板。不過，我們應當看到「如果把爲宏大事業『犧牲自己的生命』和『死得其所』作爲惟一的道德導向和對文學創作的『新的控制形式』，那麼就很難允許人的性格的其它層面在文學作品中繼續正常地生長。」〔註 30〕並且，值得我們繼續思考的是，作者有意突出和渲染「英雄」遇羅克的生存意義和精神內涵的目的是什麼。在我看來，作者首要的是證明「英雄」們在「非常態性」社會語境中歷史道路選擇的眞理性和合理性。新時期初期對「文革」的控訴和批判，賦予了這一階段的文學和人物形象以鮮明的「當代性」的特徵，使它更深地介入到社會激烈、緊張的矛盾衝突當中。因此，遇羅錦對「英雄」的闡釋與新時期初期的社會宣傳和方針政策發生了緊密的聯繫，這實際上超出了文學的範圍，使之具有了鮮明的政治文化特色。此外，遇羅錦建構「哥哥」這一抽象的道德主體的同時也帶有一種「自辯」的成分：雖然「我」的私人生活被搞得滿城風雨，在社會中引起了「千千萬萬人的誤解和咒罵」，〔註 31〕但是至少「哥哥」是受人敬仰的「英雄」，在他「光輝形象」的庇護下，「我」的道德焦慮得到了釋放。然而，從遇羅錦記憶的方式和講述的腔調來看，這種舒緩和不斷重複的懺悔在她的作品中並沒有使她獲得內心的安靜，反而暴露了她對「歷史」和「現實」充滿懷疑的矛盾心理，這時，我們才眞正明白，她回憶和講述哥哥的故事原來是爲了更好地講述和更新「自我」——通過自我經驗、姿態的重新講述和建構，一個她自稱的「眞實」的「遇羅錦」呼之欲出。

三、自我形象的生成：懷疑的弱者面貌

遇羅錦的《春天的童話》發表於《花城》1982 年第 1 期，由於當時她和一個老幹部的「緋聞」正鬧得滿城風雨，而且小說又是以第一人稱來敘事，故事中的人物、事件幾乎是現實生活的翻版，只是人名發生了改變。於是，最初這篇小說是否能發表在編輯部引起了很大的爭議，小說中男主人公影射的原型非常明顯，不少編輯已經多次指名道姓的說出了這人的名字，最後編輯部內部的爭論已不是這篇小說要不要發，而是這個現實中的人要不要「搞臭」。原《花城》編輯部主任范漢生也不贊成發表這篇小說，因爲不能只聽作者一面之詞就譴責這個老幹部是「僞君子」，而且現實中的「他」曾爲《實踐

〔註30〕程光煒：《文學想像與文學國家》，開封，河南大學出版社，2005 年，第 71 頁。
〔註31〕遇羅錦：《求索》，《簡舊文藝》，1983 年第 4 期。

是檢驗眞理的唯一標準》的發表起過積極地作用，攻擊他會給反對思想解放的人提供口實。並且這個老幹部是重要報刊的重要編輯，又是有婦之夫，身份比較特殊。在他看來，遇羅錦身爲「第三者」，卻在小說中訴說自己的愛情的正當性和追求愛情的勇敢和清白，語言大膽而狂熱，〔註32〕作者爲了證明「婚外戀」的正當性，甚至還以馬克思和毛澤東爲例，以尖銳的言語質問馬克思爲什麼可以愛保姆艾倫，還生了私生子；毛澤東爲什麼可以和江青結婚等等，這些話在當時的社會政治語境下是絕對犯禁的。不過，由於多方面的因素，小說最終還是發表了。這篇言語犯禁、內容犯忌、人物形象不符合道德規範的小說使得這一期《花城》剛出版不久就被勒令立刻在當地封存，已經售出的要立刻收回，以收回的版權頁爲準計算退款，《花城》也有可能因這篇小說被停刊整頓。該消息傳出後，大量讀者通過各種渠道競相購買這一期的《花城》，當時《花城》定價才1元，在地攤上竟已漲到10塊。此後，《中國青年報》、《羊城晚報》、《工人日報》、《文匯報》集中火力，連續發表對該小說進行全盤否定的文章，有些批評文章甚至對《花城》也進行了嚴重的質疑。後來，1982年春節前，楊沫到廣州出差，《花城》編輯部疏通各方面關係託請她在廣東省委第一書記任仲夷面前多替《花城》說話，希望無論如何要保住《花城》。在一系列的「運作」中，《春天的童話》給出版社帶來的不小的社會風波才被平息下去。〔註33〕其實，遇羅錦另外兩部作品《一個冬天的童話》和《求索》發表之時也產生過不小的風波。〔註34〕

在這些風波中，我們發現，作爲「英雄」遇羅克的妹妹，以及挾裹在沸沸揚揚的「離婚案」中的遇羅錦和小說中的「我」、「羽姍」總是讓讀者們將她的小說看成是「自傳體小說」，更何況，遇羅錦公開宣稱「寫作意在揭露，揭露爲了改變——改變一切應當改變的東西。用透明性代替每個人的秘密，主觀生活與客觀生活一樣，都將彼此完全提供、給予」，〔註35〕「事實上並不

〔註32〕比如小說初稿中有「我和他相愛的一天，就是共產主義到來之時！」「我對他沒有多的要求，只要求每個星期有一天同他二十四個小時在一起」等。參見范漢生、申霞豔：《風雨十年花城事：聲譽及風波》，《花城》，2009年第2期。

〔註33〕參見范漢生、申霞豔：《風雨十年花城事：聲譽及風波》，《花城》，2009年第2期。

〔註34〕在本書第一章中已有說明，在此不再贅述。

〔註35〕遇羅錦：《冬天不會再來——寫在〈冬天的童話〉一書出版之際》，《書林》，1986年第1期。

存在私生活與公眾生活的界限，這個界線純屬幻想，是對人們的一種愚弄」，而「文學作者，可以汲取生活裏的任何眞人眞事做爲素材，寫成小說；也可以直接地點名道姓、實事求是地寫成報告文學或傳記文學。它可距眞事較遠，也可距眞事很近，甚至完全照搬，這都無可非議。不僅可以寫有道德的人，也可以寫不道德的人」。〔註36〕因此，與其說人們感興趣的是小說中的男女主人公之間的「隱私」，不如說現實中的「名人」「遇羅錦」的「離婚」和「婚外情」的「花邊新聞」才是最大的看點。〔註37〕

　　1979年10月30日，鄧小平在四次文代會上的講話中提出了「社會主義新人」的問題，他說：「我們的文藝，應當在描寫和培養社會主義新人方面付出更大的努力，取得更豐碩的成果。要塑造四個現代化建設的創業者，表現他們那種有革命理想和科學態度、有高尚情操和創造能力、有寬闊眼界和求實精神的嶄新面貌。要通過這些新人的形象，來激發廣大群眾的社會主義積極性，推動他們從事四個現代化建設的歷史性創造活動。」〔註38〕於是，關於「社會主義新人」形象塑造的問題引起了廣泛的討論，文學界也試圖對它進行重新界定：「凡具有社會主義的思想觀念、道德品質、行爲修養的人，都是社會主義新人」。〔註39〕在這一基本思路中，新時期初期文學中對成長中的「新人」的尋找和重塑，首先是通過記憶和講述「文革」造成的傷痕、悲劇命運以及承擔苦難迎來光明去塑造。大家不約而同地遵循著這一邏輯：他們經歷了「文革」，應該「是歷史和現實責任的雙重承擔者」，「『傷痕』只能使得他們前進的步伐更爲堅實、更加不可動搖」。因而，「社會主義新人」是「被放置在『精神充實』、『意志自由』、『思想成熟』、『道德高尚』和『行爲自律』等等『主體』概念的框架之內來進行解釋的。」〔註40〕另外，在新時期前期

〔註36〕遇羅錦：《〈春天的童話〉寫作之後》，《青年論壇》，1985年第4期。
〔註37〕今天看來，當時讀者對作家私生活以及作品中有關「性」描寫的熱烈關注和急切討論，與其說表現出對社會轉型過程的積極參與，不如說某種程度上也出於對自己受限之生命欲望之本能的補償。如果從這一文學社會學著眼，「重審」新時期初期文學作品中「人性」和「自我經驗」的高漲現象，將會對其有更深入、豐富的認識與體察。
〔註38〕鄧小平：《在中國文學藝術工作者第四次代表大會上的祝辭》，《鄧小平文選》（第二卷），北京，人民出版社，1993年，第210頁。
〔註39〕王慶璠：《努力塑造社會主義新人形象——1981年關於新人問題討論概況》，中國文聯理論室編：《1981年文學藝術概評》，天津，百花文藝出版社，1982年，第383頁。
〔註40〕鄭鵬：《文革後中國當代文學中的主體性問題》，中國社會科學院2006屆博士

「社會主義新人」系列中，以知青文學命名的知青形象也被指認爲是「『四人幫』的反叛者，改革路線的擁護者，新時期的建設者」，〔註41〕這些都是主流文學所期望的新人形象。在這兩個意義上，遇羅錦在「文革」中經歷了勞改教養和上山下鄉的「苦難」，不管是作爲「英雄」遇羅克的妹妹，還是作爲一個「知青」，她都屬於「受侮辱與受損害的人」，主流意識形態和社會民眾都對她本懷有一種期待。這些經歷可以使其成爲「傷痕文學」的重要作家，其作品也有進入當代文學「經典作品」的可能，然而，她並沒有將受難的因由，連同受難的經歷在新時期轉化爲一種今天的「榮耀」，而是對「文革」（包括「文革」後）中的生活意義產生著強烈的質疑，由此她在現實生活所表現出的「兇悍」的性格和咄咄逼人的態勢，都令她被認定爲一個典型的「反面人物」，一個「墮落的女人」，一個與社會主流對抗的人、畸形的人、自閉的人和沉醉於個人經驗的人。不僅如此，在小說形態和內在情緒上，她「並不熱衷於以個體的活動來聯結重大的歷史事件，也較少那種自以爲已洞察歷史和人生眞諦的圓滿和自得」，而是表現出「較多的惶惑」和「較多的產生於尋求的不安和焦慮」，〔註42〕從中又延伸出強烈的怨憤和自省的欲望，以及重塑自我形象的努力。〔註43〕在「社會主義新人」的論述框架中，遇羅錦這種充滿懷疑和悲觀情緒的青年人物形象當然被看作是墮落的個人主義思想的表現，因而一直是被教育和拯救的對象。可是，當遇羅錦把自己看作是一個「作家」時，她也爲自己在現實和寫作中的行爲和表現進行自辯：「當一個作家，眞地做到直抒胸臆時，當他眞地把心掏出來，交給讀者去評判時，當他眞地不顧一切、甘願受到讀者的責罵，認爲各種議論才是自己眞正的洗禮時，當他渴望相反的意見遠勝於渴望別人的讚美時」，「才有資格被人始稱爲作家。」〔註44〕

　　新時期以來，重新尋找人、塑造人、恢復人的地位和價值成爲「傷痕文學」的中心內容，而從「自我」特殊的歷史際遇來記憶剛剛結束的歷史，探

　　　　學位論文，未刊。
〔註41〕楊健：《中國知青文學史》，北京，中國工人出版社，2002 年，第 323 頁。
〔註42〕洪子誠：《中國當代文學史》，北京，北京大學出版社，1999 年，第 268 頁。
〔註43〕在遇羅錦看來，剛剛過去的社會政治秩序、倫理文化體系、心理行爲方式都是導致個人愛情和生活「苦難」的直接或間接原因，因而遭到她的批判、質疑和否定，這種明確的、絕決的懷疑精神傾向既呈現了主體與外在的對抗，某種程度上也顯示了人與其自身精神心理上的緊張關係。
〔註44〕遇羅錦：《〈春天的童話〉寫作之後》，《青年論壇》，1985 年第 4 期。

索和思考自己的命運，又成為作家們創作取材的中心。於是，我們發現此階段的很多文學作品中「為了反映不人道的政治迫害，傾向於在文學中放棄人性的日常內容和意識形態特性，而把人物和情節放在朝向正義的政治鬥爭和發散著個性魅力的情感事件的風口浪尖上，從而從階級話語中拯救獨特的個人形象」。〔註45〕在「童話」和《求索》中，遇羅錦集中表現了一個「品學兼優」、本應「受父母、老師和同學疼愛」（遇羅錦語）的人在「文革」中處於各種力量的夾縫之中沒有辦法保護自己，受到了非人的對待，她希望自己坎坷而悲慘的人生遭遇得到人們的同情。〔註46〕從她的創作動機上說，這主要是為了給「引起千千萬萬人的誤解和咒罵」的遇羅錦恢復「本來」的面目，呈現一個「當機立斷地撇開政治問題給我造成的婚姻包袱，勇敢大膽地去追求人應該得到的東西」〔註47〕的自我形象。作為這種動機在創作中的表現，她在作品中不遺餘力地講述著自己在「文革」和新時期的「愛情經歷」，她總是以凸顯自己個人經驗和感受的方式來辯解自己的行為，總是以宣泄自己的情緒的方式來渲染自己的處境，總的說來，她一方面以一種幾乎失去控制的「感傷」的創作意識和藝術心態塑造了一個以「弱者」面貌出現的「我」，另一方面又以更決絕、極端的姿態建構了一個「懷疑一切」的「我」，它們相互呼應，表達著一個個人抗議與自我經驗重建相纏繞的意圖。

　　那麼，她為什麼要選擇敘述「愛情」故事作為記憶「文革」歷史和重新生成「自我」形象的基點呢？遇羅錦在談到自己最初的創作念頭時，這樣說道，「當她站起來要做一個『人』時，這就必然要恢復那喪失了的尊嚴，清算那使人淪為商品的不幸歷史，糾正那使婚姻成為謀生手段的可悲事實。」〔註48〕新時期初期，作為對「文革」期間強烈的禁欲主義色彩的批判與反撥，整個社會需要重新進行有關「人」的言說，而和人的精神世界息息相關

〔註45〕鄭鵬：《文革後中國當代文學中的主體性問題》，中國社會科學院 2006 屆博士學位論文，未刊。

〔註46〕儘管遇羅錦不客氣地指出她對「同情」這個廉價的詞並無好感，不希求別人的同情，也決不要以同情者自居，只是希望聽到「我贊同你」或是「我反對你」，但是，她在作品中毫無節制的情緒抒發和懺悔既是幾乎瀕於崩潰的心理得到撫慰、獲得平衡的重要方式，也是為了博取社會及眾人的同情。參見遇羅錦：《關於〈一個冬天的童話〉──給全國各地讀者的回信》，《青春》，1981年第 1 期。

〔註47〕遇羅錦：《為〈求索〉致〈箇舊文藝〉編輯部》，《箇舊文藝》，1983 年第 4 期。

〔註48〕遇羅錦：《求索》，《箇舊文藝》，1983 年第 4 期。

的愛情被當作一個重要的社會問題，成爲社會和文學領域的重要題材，甚至連單相思、三角戀、婚外情、第三者等情感題材或模式的小說也相當泛濫，它們的出現，顯然與「文革」政治帶來的婚姻質量下降遺留的餘痛有關。1980年代「改革開放」的浪潮使得國人幾十年維護著的婚姻道德觀念借助對「文革」的政治高壓和文化禁欲的強烈牴觸一下子反彈起來，這些題材、模式和觀念促使新時期的作家們大量書寫「人情和人性」對極「左」倫理的勇敢抗爭，以及建立於「人道倫理」之上的婚姻與愛情，由於它們比一般的愛情題材小說具有更大的可讀性，更易迎合市民口味，所以說，對「傷痕文學」社會反響的擴大，都有著一定的意義。正如一位學者的研究，新時期初期對「人道主義」的提倡始終具有明確的現實針對性，即「大躍進」和「文革」中出現的社會問題，而「階級鬥爭」被看作是造成這些社會問題和「人性」受到摧殘的主要根源。因此，新時期初期對「人性」的討論主要是「強調人具有超越階級的普遍屬性，這種屬性使得以階級鬥爭作爲其目的的國家統治顯得不合法，從而要求在個人與國家之間確立一種更寬鬆、和諧的關係。在具體的表現形式上，則是個人私人生活空間的擴大，個人之間的情感關係獲得了前所未有的正當性，家庭、婚姻、愛情等關係的表現，成爲了受到國家壓抑的個人重新獲得歸屬的主要形式。」〔註49〕但必須指出的是，新時期初期的寫作是發生在公共空間和公眾視野之內的，所有的主題均被公開化、國家化了，即使是愛情這個最講究「私人性」的主題也不能例外。不過，正是通過對於「愛情故事」的歷史記憶和講述，遇羅錦既實現了自我的「道德倫理」對極「左」倫理有力的話語顛覆，又滲入了她對「文革」歷史的記憶和理解。

應該說明的是，遇羅錦對愛情和婚姻的理解過於膚淺，只是片面地強調「沒有愛情的婚姻是不道德的」，她忽視了愛情是由多種元素組成的複雜的感情系統，而把同情過多地給予婚外的愛情和「第三者」上，無疑會成爲他人攻擊的「標靶」，這體現了作者在創作過程中思維的矛盾，也使得作品在表現形式上存在一定的局限。但是，批評「童話」的人們用道德的觀點去看社會政治，將政治道德化，過分地強調倫理道德的「社會效用」，就不免又走向另一個極端。而我們需要進一步分析的是，遇羅錦在中記憶和講述歷史時，爲

〔註49〕賀桂梅：《人文學的想像力──當代中國思想文化與文學問題》，開封，河南大學出版社，2005年，第86頁。

何要凸顯自己的「愛情」經歷？爲了將這一問題闡釋得更透徹一些，我們以劉心武的《愛情的位置》爲參照，細究遇羅錦的「童話」和《求索》，這也許會給討論帶來一些新的啓發。

在第一章的論述中，我們已經探討了新時期初期作家的主要身份和職能被認定爲「道義承擔者」，如此這樣才能受到主流意識形態的肯定、褒揚和提攜，憑藉這樣的「合法」身份也才能邁入政治、社會、文學史這一交叉的「公共空間」中。因而，作家們在對愛情及其它的日常生活的描寫之中就要有意凸顯愛情的「社會性」意義，即不僅要控訴「文革」在人們精神上造成的巨大創傷，而且要理解和癒合這種創傷。這裡的「社會意義」顯然應和了當時的歷史語境和主流話語，也符合當時意識形態的明確要求。此外，「文革」時期「愛情苦難」故事在新時期得到了大量讀者的共鳴，使得作家們因此獲得了代人民立言的話語身份，這也是新時期初期作家建立歷史／社會主體意識的最堅實的起點。當然，這種「愛情」是「我們」（公共）的情感，決不可能是「我」（私人）的情感。因爲「愛情」「不僅揭示出共和國年輕的主人翁們之間的關係，更喻指著主人翁們對國家、人民的感情，處於戀愛中的人總是充實的，不可戰勝的，洋溢著感動與激情的，佔有對方又隨時準備爲對方獻身的。」〔註50〕發表於《十月》1978 年創刊號的《愛情的位置》其實就是對這一邏輯的最好注解。劉心武的這篇小說講了年輕人孟小羽和陸玉春偶然相遇，因兩人對文學有著共同的愛好而相知、相戀的過程。作者曾坦白地承認，這篇小說是「主題先行」的成果，因爲「文革」中從「革命文藝作品」裏取消愛情的做法，「使得社會生活裏愛情乃至正常的夫妻關係也都只能轉入地下，而一些年輕人甚至也就懵懂到完全不曉得男女之間除了『共同把革命進行到底』以外還可以發生什麼關係。」所以，小說的題目一定要定爲《愛情的位置》，「意在爲愛情在文學藝術領域裏面恢復名譽，獲得應有的位置。」〔註51〕這其實是一篇比較平庸的「時尚之作」，它僅僅是像學術論文那樣一本正經地探討愛情在社會生活中應處於怎樣的位置，但在人物塑造、敘述形式、作品結構包括藝術想像力上，對文學史可以說沒有什麼明顯的「貢獻」。〔註52〕但是，爲什麼一篇「時論性」的小說卻又獲得了熱烈的反響呢？

〔註50〕易暉：《「我」是誰——新時期小說中的身份意識研究》，南昌，百花洲文藝出版社，2004 年，第 55 頁。

〔註51〕參見劉心武：《1978 年：爲愛情恢復位置》，《解放軍報》，2008 年 12 月 11 日。

〔註52〕劉心武自己其實也早已意識到這一問題，他檢討說：「《愛情的位置》就文學

〔註53〕可能的解釋是：一是作家對「社會的眼睛」、「人類的良心」的啓蒙身份的認同，「這表明了他是同廣大人民親密地站在一起的，他所愛的正是人民所愛的，他所恨的正是人民所恨的；他所熱望、關心和憂慮的也正是人民所熱望、關心和憂慮的。」〔註54〕二是從文體上說，小說屬於社會問題類，是對「在我們革命者的生活中，愛情究竟有沒有它的位置？應當佔據一個什麼樣的位置」〔註55〕的分析和解答，答案就是作者在小說中明白無誤指出的——「愛情應當建築在共同的革命志向和旨趣上，應當經得起鬥爭生活的考驗，並且應當隨著生活的發展而不斷豐富、提高」。〔註56〕這樣的「回答」與民眾的「期待視野」高度重合，說明了愛情作爲一種解放力量在當時的確成爲時代的「共名」；三是由於它在文學敘事上並不是《一個冬天的童話》那樣的「個人敘述」，而屬於「大敘述」，是從國家、民族、人民等宏大的價值理念中獲取思想資源，所有的情感表述都是以主流意識形態的價值皈依爲前提；四是小說的「人物形象大都是那種既可以使人警醒起來又可以使人感奮起來的力量，很少聽到那種爲了人們心中的創傷而哀歎的聲音。孟小羽和陸玉春是純潔無暇的，身上保持著我國勞動人民所固有的而且從來沒有在社會生活中消失過的那種美好品質：淳樸、正直、熱情、有敏銳的是非感和判斷力。」〔註57〕

價值而言是不足道的，那時的轟動完全是特殊歷史時期的特殊現象。但我曾以《班主任》、《愛情的位置》、《醒來吧，弟弟》等作品參與思想解放的進程，在十一屆三中全會之前，大膽以小說形式承載呼喚社會變革的民間訴求，並且取得了明顯的效果，也算爲推進改革開放貢獻了綿薄之力。」參見劉心武：《1978年：爲愛情恢復位置》。

〔註53〕《愛情的位置》經過許多報刊轉載和電臺廣播以後，短短一個月裏劉心武就收到了超過7000封的讀者來信！據他回憶，有封來信寄自遙遠的農村，是一位「插隊知青」寫的，他說自己在地裏幹活的時候，聽到村旁電線杆上的高音喇叭傳出「現在播送短篇小說《愛情的位置》」的聲音，當時自己「覺得簡直是發生了社會劇變」，當然後來他知道那是良性的政治變化的「前兆」。參見劉心武：《1978年爲愛情恢復位置》。時隔三十年後，劉心武感慨地說到，僅僅因爲是說真話，寫真實，「敢於」把「愛情」兩個字放在題目裏，就能引出轟動。現在的年輕人怎能想像？因此該悲哀的是「文革」的文化專制所造成的文化荒漠狀態。參見劉心武《幹什麼驚驚咋咋的？》http://book.people.com.cn/GB/69368/5105778.html。

〔註54〕馮牧：《作黃金和火種的探求者——序〈劉心武短篇小說選〉》，劉心武：《劉心武短篇小說選》，北京，北京出版社，1980年，第2頁。

〔註55〕劉心武：《劉心武短篇小說選》，北京，北京出版社，1980年，第89頁。

〔註56〕劉心武：《劉心武短篇小說選》，北京，北京出版社，1980年，第106頁。

〔註57〕馮牧：《作黃金和火種的探求者——序〈劉心武短篇小說選〉》。

這也響應了塑造「社會主義新人」的文藝任務；五是作品極力強調的「戀愛觀」在「主流文學」看來是正確、道德、高尚的。

新時期初期，眾多以愛情為主題的小說普遍默認的寫作前提是要在作品中有意地反映「文革」動亂給人的精神情感世界帶來的嚴重後果，以致使許多青年人的心靈陷於苦悶和混亂的境地。「童話」也受此影響，詳細地描述了遇羅錦自己在「文革」間和新時期的愛情「苦難」。較之《愛情的位置》，「童話」少了那些蒼白、機械、生澀地道德說教，細膩地描寫了戀愛中的青年欲說還休、敢愛敢恨的情感。〔註58〕不過，在當時的「主流文學」和意識形態看來，「童話」的題材和文學敘述是十分「怪異」的，這讓它們感到不安和焦慮，因為作者纏綿於女性的個體情感體驗，並沒有通過展現個體的災難來表現國家、民族的苦難；再現苦難的同時也沒有表現出強烈的批判性、戰鬥性，也沒有提倡苦難最終要結束，光明一定要到來的昂揚向上的進步信念和樂觀精神；更為重要的是作者的戀愛觀、道德觀、人生觀是不正確、不健康的，它不能使人明確地看到那種為人們照亮生活前景的思想的火花，更不能給人以決心治癒創傷的感奮和鼓舞的力量。此外，她作品中不管是知識分子，還是女性似乎都不具備社會所提倡的高尚的品德和修養，他們都不是「主流文學」所鼓勵塑造的那些充滿愛國熱情、憂患意識、啟蒙責任感和實幹精神的形象，因此，遇羅錦就自然失去了言說歷史和時代的資格，也被剝奪了「批判『極左』路線、封建專制主義的主力軍，邁向現代化的先行者和吶喊者、先進文化的傳播者和啟蒙者」的身份。其實，「童話」在藝術層面上也存在著十分明顯的硬傷，比如《一個冬天的童話》生硬突兀地刻畫了「維盈」這一人物，他的性格由善解人意、溫文爾雅到冷若冰霜、不近人情的轉換也令讀者匪夷所思，而《春天的童話》則布滿了太多蒼白、囉嗦的內心獨語。

更令讀者驚詫地卻是遇羅錦暴露出來的更多的懷疑和不相信，她哀歎自己「生不逢時」，並在小說中近乎瘋狂地「懷疑一切」，包括家人（親情）、朋友（友情）、丈夫（愛情）和社會（生活）。遇羅錦認為應該將《乾坤特重我

〔註58〕「童話」在同時期相同題材的千篇一律的寫作中也有讓我們眼前一亮的地方，比如《一個冬天的童話》就十分細膩地描寫了「我」與維盈從一見如故到傾心交談，再發展到月夜相會的過程中雙方忸怩羞澀的眼神、溫柔的、默然不語的神情以及幸福複雜的心情，這些細節描寫都會觸動讀者的感情之弦，尤其會引起戀愛中青年男女的共鳴。

頭輕》、《一個冬天的童話》、《春天的童話》三部作品融合在一起閱讀和理解才是對「歷史的見證」，才能眞正「反映那個歷史時期的『童話』」。她說，這三部作品是各有側重的，《乾》是寫哥哥的一生，《冬》是懷有私心的「期望之作」，因爲「以爲光寫那些溫暖的東西就是好的」，而「《春》是『失望之作』，」因爲「敢於寫出人的不完美，認識到每個人物本身是一個整體，不能分割；每個人的一切都屬於社會，絕無私生活與公眾生活的界限。」〔註59〕不過，在她的作品中，對「歷史」的記憶是自我形象重塑的契機，她希望用小說的形式將現實生活中經歷過的愛情追求、婚姻變故和婚外情等暴露出來，因爲她一直固執地認爲自己的創作是一種「實話文學」，並且總是以理直氣壯和不容置疑地語氣來強調自我的寫作邏輯和目的——「作爲拿筆桿子的人，如不敢於正視自己，沒有一副勇率的心腸，又如何去解剖別人？又如何引起讀者的共鳴？」〔註60〕在《春天的童話》中，作者在敘述羽姍和老幹部之間的情感糾葛時，還插入了羽姍父親婚外私生活的故事，對這段插曲，少有人關注，然而，它對遇羅錦自我形象的塑造有著不可忽視的意義：首先，在她的「文革」記憶中，情感和婚姻的事情總是困擾著她，於是，她總希望通過回憶、觀察和分析父母的婚姻感情生活來尋找答案；其次，對於「父親」的出軌，她在作品中流露出了種種猶豫和矛盾，她雖然不贊成婚外情，對此也抱有批判的態度，可是這更加令她詫異和不解，「感情這個東西爲什麼那樣頑固、偏執、任何手段都遏制不住，一直到把一個人全毀滅掉」；最後，作者想表明的是「愛是忘不了的，眞正的愛，它爲自己開闢道路，誰也沒有辦法阻止。沒有愛的婚姻是不幸的……不幸的婚姻也會給子女帶來苦海。」〔註61〕不管是對父輩們的婚姻生活，還是對自己的情感，它們都被統一地歸置在作者的「懷疑」之中。於是，我們看到，在《一個冬天的童話》的結尾處，她

〔註59〕 遇羅錦：《冬天不會再來——寫在〈冬天的童話〉一書出版之際》，《書林》，1986年第1期。

〔註60〕 遇羅錦：《關於〈一個冬天的童話〉——給全國各地讀者的回信》，《青春》，1981年第1期。可能遇羅錦所寫出的「眞實」看起來有悖於主流社會的思想和道德觀念，有悖於人們的願望和感情，甚至受到親戚朋友們的普遍非議，在文壇也引起沒完沒了的爭端，可是作者描寫的這種眞實在某種意義上是那種讓自己苦惱、吃驚而又茫然的眞實，同樣也是同類作品中較有魅力的描寫，更能代表作者內在的創作個性。

〔註61〕 藍棣之：《現代文學經典：症候式分析》，北京，人民文學出版社，2006年，第123～128頁。

對自己曾經深愛的對象以及兩人之間純眞的愛情充滿了懷疑和厭倦，她說：「懷疑第一次湧進腦子……如果我們眞的在一起生活會幸福嗎？以前我從未想過，從未懷疑過。我爲如今的懷疑感到吃驚。那麼，我在他身上尋求的是愛情嗎？究竟是什麼？……我說不清今後會怎樣？我茫然。我一點兒也不相信今後會再有幸福。」在《春天的童話》中，她依然延續著這種「懷疑」，她雖然對這位曾經是自己的偶像和精神支柱的老幹部以「自殺」來證明對「羽姍」的愛的「僞君子」做法十分鄙夷，而且這種軟弱、虛僞、欺騙和卑鄙使得她在吃驚中失望於人心難測，然而，她並不感到痛，只感到悲哀——「我突然覺得，他是那麼可憐。我們都那麼可憐。」在《求索》中，遇羅錦似乎尋找到了眞愛，因爲她信誓旦旦地宣稱「我和我的丈夫吳范軍」的結合是新生活的開始，「我們第一次嘗到了幸福的滋味兒，第一次感受到生活的意義比往日更加充實」，可是這段「眞愛」依然沒有走到盡頭，遇羅錦遠離他鄉，定居德國，留下她在愛情「求索」中尋找到的幸福和眞心相愛的人孤寂地終老於北京。〔註62〕

　　保羅・康納頓在《社會如何記憶》中將「那些把個人生活史作爲對象的記憶行爲」稱之爲「個人記憶申述」，這些記憶申述不僅在「自我描述中扮演了突出角色」，因爲「過去的歷史是自我觀的重要根源」，「我們的自我知識、我們對自己性格和潛力的觀念，在很大程度上取決於看待自己行爲的方式」，而且「個人通過這類記憶，就有了特別的途徑來獲知有關他們自己過去歷史的事實以及他們自己的身份」。〔註63〕遇羅錦記憶和講述「文革」歷史，以及塑造了一個柔弱而又懷疑一切的「自我」的行爲，其實也是一種「個人記憶申述」，這和她的「文革」前史、自我經歷、性格和價值認同都發生著密切地聯繫。另一方面，這樣一種記憶和敘述歷史，以及塑造自我的方式是一種歷史生成的結果。遇羅錦抱怨「文革」使她失去了親人，失去了自己「應該得到的東西」——幸福的生活，而獲得的卻是由政治問題造成的婚姻包袱。這種抱怨有意想表達外在的壓抑和迫害嚴重地傷害了她的心靈、情感和生活，也正因爲內心有了「傷痕」，所以才使她承受著過去的黑暗政治的外在迫害，

〔註62〕2006 年 7 月 7 日，在北京科技大學一間陳舊凌亂的教師宿舍裏，吳范軍一個人孤獨地走完了一生，終年 71 歲。

〔註63〕保羅・康納頓：《社會如何記憶》，納日碧力戈譯，上海，上海人民出版社，2000 年，第 19～20 頁。

以及現在道德律和責任感的內在煎熬，於是，她只好更沉浸於自我偏狹的空間之中。實際上，這些「創傷」記憶也有可能成爲過去留下的重負，使她反彈過度，這樣，當她面對現實時沒有理性的清晰認識，反而變得更爲敏感和多疑。當然，我們也應該看到這種迷惑不解、質疑的態度凸現了未癒合的傷痕以及個人與歷史之間難以避免的摩擦，這對於那種急於想用某種大敘述涵蓋總結歷史創傷記憶的企圖，倒是一種挑戰。

綜上所述，遇羅錦通過小說和種種「聲明」爲自己「生活和精神」的叛逆尋求某種合法性，隨之她的記憶方式和形象塑造也被建構起來：首先，自己的「悲劇」生活是不應該被忽略和否定的，現時整個社會的思考和反思（包括對哥哥和我的「平反」）並不能包容和取代自己的精神失落和懷疑情緒；其次，如果一個人物成爲小說中的敘事主人公，那麼，他／她的倫理道德缺陷也可以因爲敘事觀點上的「主場優勢」而被忽略或者至少獲得同情與理解。當然，理解的主要方式或必要前提是強調倫理錯誤與此前錯誤的「革命原則」有關，所以，道德層面上的問題，皆因「革命」、「歷史」的錯，而自己在道德倫理上並不是「壞人」。〔註64〕此外，返城後的困窘生活和寄人籬下的悲戚心態更讓她對「文革」深惡痛絕，而這種情緒也直接構成了她對家人和社會的「懷疑」和「不相信」。因此，在遇羅錦通過小說建構「自我」的過程中，一方面她順利完成了對「文革」的情感控訴，〔註65〕另一方面，以決絕和懷疑的姿態構建了一種具有毀滅性的「個人記憶」，並以一種悲觀和絕望破壞了一種把握歷史、預言未來的自信。

四、政治變革與個人經驗的建構

從某種意義上說，遇羅錦自我形象的建構和生成其實也是一種自我認同的重新確認，「這不只是把握自己的一種方式，而且是把握世界的一種方式，也是獲得生存理由和生存意義的一種方式」，因此，「尋找認同的過程就不只是一個心理的過程，而是一個直接參與政治、法律、道德、審美和其它社會

〔註64〕許子東：《爲了忘卻的集體記憶——解讀50篇文革小說》，北京，三聯書店，2000年，第189頁。
〔註65〕遇羅錦直言不諱地指出，「文革」直接造成了我愛情和婚姻的失敗，是極左分子無理地剝奪了我個人生活的條件，使我自暴自棄。因而，我也是有罪的——自欺罪，欺人罪。參見黨春源：《我爲什麼要判他倆離婚》，《新觀察》，1980年第6期。

實踐的過程。」〔註 66〕在這裡，認同的問題又可以被理解爲一種道德價值的取向。筆者在閱讀和研究中發現，遇羅錦的自憐和懷疑、懺悔和自省最後都導向「道德」層面的焦慮和困惑，她自己也說，爲了少受多少人的指責，爲了少受多少人的咒罵，爲了不違反道德，自己在寫作中也不敢暴露眞實的東西。可是，她接著質問自己，「爲什麼非要掩飾眞相呢？難道事情是這樣發生的嗎？爲什麼不敢正視自己呢？」「哥哥連死都敢，可我們呢？連暴露自己的眞實思想都不敢，相差得多遠呵！」〔註 67〕作者在此將寫作中的「眞實／不眞實」看成是「道德／不道德」，而且始終以那個被建構的抽象的道德主體——哥哥作爲參照對象來看待自己和社會，這本身就是她內心的激烈衝突的表現。不過，問題隨之而來，爲什麼作者內心的衝突、矛盾和猶疑總是要以「道德」爲旨歸呢？她在作品中不斷渲染的「自我色彩」與「個人經驗」〔註 68〕和「倫理道德」的關係是什麼？道德又是如何與個人／集體經驗、社會歷史意義拼接的？它們之間的關係是如何建立起來的？細究起來，我們會發現遇羅錦一方面以第一人稱的「自敘」方式凸顯了個人被遮蔽的記憶和體驗，而和體驗有著密切聯繫的感覺、感情和主體性在她的歷史記憶中佔據著非常重要的地位；另一方面，個人經驗與集體經驗之間的關係又以愛情和婚姻的「道德衝突」爲中介建立起來，因此，在這一節裏，我的敘述並不僅僅是抽象地討論新時期初期的集體經驗與個人認同的關係，特別關注的是在社會轉折和政治變革中個人經驗的歷史建構。我的分析將從以下方向展開：首先分析個體經驗是如何建構和展開的，其次分析這一觀念和經驗在展開過程中的社會政治含義，最後分析文學中個人本位的確立以及其道德的指向是如何與公共政治倫理空間建立起一種張力的關係的。

「一個作家不可能僅僅因爲他的寫作本身獲得意義，一個人的寫作不可能天然地，也不可能孤立地獲得意義。」〔註 69〕我們看到遇羅錦作品中不斷出現帶有身軀、精神「傷痕」的自我形象，這其實傳達了她對人性與道德之

〔註 66〕 汪暉：《汪暉自選集》，桂林，廣西師範大學出版社，1997 年，第 2 頁。

〔註 67〕 遇羅錦：《關於〈一個冬天的童話〉——給全國各地讀者的回信》，《青春》，1981 年第 1 期。

〔註 68〕 這裡所謂的「個人」，在不同話語系統中其含義不一樣，而新時期初期的個人問題又因與社會的主流意識形態相交織，從而涉及到隱私權和私生活。

〔註 69〕 曠新年：《寫在當代文學邊上》，上海，上海教育出版社，2005 年，第 163 頁。

間關係的一種懷疑。她筆下的「我」或「羽姍」，不管作爲「他者」而被策略性命名的，還是作者的自我體認，都牽引出了人們在道德中的認同焦慮。此外，她在對「文革」的批判與否定中，重新調整了「個人」與「社會」的關係，並在它們之間重新作出了選擇。從這個意義上說，她所反映的並不是「個體」現象，而是作者對當時的時代「傷痕」的把握。〔註70〕劇烈的變革階段，一般都伴隨著社會群體與個體利益的重組，也伴隨著生活方式以及人們的思維方式、價值觀念、道德理想等的大幅度的變化與調整。此外，在有關剛剛逝去的歷史的書寫中，道德原則往往比其它敘述準則更爲有效，甚至在很長一段時間內會支配對「歷史事實」的解釋。正因如此，在新的歷史進程中每個人都無法迴避一個個人的道德和價值的認同問題，這樣，它既要在敘述效果上滿足民眾將文革歷史戲劇化、倫理化和黑白分明化的審美需求，又要在表現形態上呈現出激烈的「去政治化」的思維模式，這些在「當時」的歷史場域中似乎形成了一種強烈的歷史潮流和恒定的思維定勢及精神結構。正如有的研究者指出的那樣，新時期中國思想史的一個顯著的特點就是要對傳統觀念和傳統價值採取嫉惡如仇、全盤否定的立場，而且基於一種預設，即「如果要進行意義深遠的政治和社會變革，基本前提是先要使人的價值和人的精神整體地改變。如果實現這樣的革命，就必須進一步徹底擯棄中國過去的傳統主流。」〔註71〕「反傳統」、「去政治」實際上是對過去政治、文化等的一種否定性的強勢的理解方式，一種以「新」爲特徵的道德價值體系。在這裡，「傳統」常常同「成見」、「權威」一起作爲理性的對立物而具有否定的意義。然而，需要指出的是，許多單個意志的衝突被簡化爲新／舊、「新時期」／「文革」、現代／傳統、激進／保守、個人／社會等二元對立的衝突，並且它們又以截然不同的道德面貌出現在作家的創作中，於是，現實生活中人們複雜的利害關係和不同的歷史發展趨勢的衝突被描寫爲兩種對立的倫理道德之間的衝突，現實與歷史被納入了某種特定的政治倫理視域內加以解釋、裁剪並作了簡單化的道德處理，這些道德革命背後的政治訴求，決定了道德革命的最終目的是重新設計和規劃社會道德秩序，重建新的道德

〔註70〕 遇羅錦曾這樣評價自己及自己的作品：「我的名字不過是個符號，而她代表了千千萬萬這種類型的女人，她的家庭代表了千千萬萬個這樣的家庭、更何況是寫可以誇大縮小、可以虛構渲染的小說呢！」遇羅錦：《〈春天的童話〉寫作之後》，《青年論壇》，1985年第4期。

〔註71〕 林毓生：《中國意識的危機》，貴陽，貴州人民出版社，1986年，第2～3頁。

行為規範。〔註72〕而這一秩序和規範所涉及到的私與公、個人與共同體的關係，也即在新的歷史條件下的「公利」／「公德」、「社會」／「個人」之間的關係就成為社會各階層關注的焦點，尤其是其中的個性、個人所蘊涵的特殊性，更是一個需要加以研究、論證和分析的問題。「這種關於自我的看法還涉及性別、中國和未來，其意義將在一種個體與未來的時間關係中展現出來。這是一個將自身置於過去、現在與未來的時間序列中的現代問題，一個現代認同的問題。個體、個人和自我及其相關話語構成中國現代認同的重要內容，它涉及個體與其它事物如自然、社會、國家、民族、性別及其它群體的複雜關係。」〔註73〕

　　「在國家幾乎等同於社會，也即國家所涵蓋的範圍幾乎等同於社會組織的條件下，個人的一切行為都在國家監護之下，個人的各種非法律所能約束的『越軌行為』都被看成是帶有政治性的行為，社會輿論對各種道德倫理範疇內的不受法律約束的行為都會報以政治化的對待。一旦這種極端的社會情況發生了變化，蔑視和冒犯主流社會或主流文化規則的行為就以被過分強調的方式表現出來。」〔註74〕因而，「個體觀念不僅僅是一個哲學的或道德的概念，而且首先是一個政治概念」，「這是因為個體觀念是在與以『公／群』為核心概念的現代世界觀的對立中展示其意義的」，而「公／群」觀念在新時期初期的語境中絕不僅僅是一種抽象的道德觀念，而是現代民族國家及其社會組織的代稱和道德基礎，這樣，個體觀念就成為了現代民族國家話語的重要組成部分。〔註75〕在此意義上，我們將研究視野集中在「傷痕文學」的範疇中，不少作家普遍將政治道德化，然後對社會歷史現象進行道義的控訴，他們極力倡導的人道主義、人性解放負載著更多的新的歷史反思，其目的主要是消解人性與政治性、階級性之間的緊張關係，最根本的指向是為新時期提

〔註72〕對於這種記憶與歷史書寫的「非歷史性」傾向，一位海外學者所提出的警示給我們的研究不少啟發，他說，「不假思索地迷信預設的歷史框架，包括道德褒貶、啟蒙主義的人類進步、解放大敘述、盲目的唯物主義、『發展論』，或新近的全球化普世歷史，對於理解中國的過去和傳統，是有害無益的。」王斑：《全球化陰影下的歷史與記憶》，南京，南京大學出版社，2006年，第107頁。

〔註73〕汪暉：《汪暉自選集》，桂林，廣西師範大學出版社，1997年，第37頁。

〔註74〕何西來，杜書瀛主編：《新時期文學與道德》，濟南，山東教育出版社，1999年，第189頁。

〔註75〕汪暉：《汪暉自選集》，桂林，廣西師範大學出版社，1997年，第67頁。

供合法性。因而在一定程度上，這一時期小說中所討論的人性復歸，以及由人性衍生出來的個人經驗、自我觀念實質上依然體現著對歷史反思的承載，也就是說，作爲主體的「人」所突出的個性及個性化的行爲，往往表達的是「文革」給人造成的傷害以及對「傷痕」的積極救治。

在這一社會語境中，始終無法脫離個體視角去記憶「文革」的遇羅錦就凸顯了她的「特殊」，她的「自傳體小說」擯棄了同期大多數作品在「文革」歷史敘述中對理想和生活的整合，而有意注重離散、零碎的感官體驗和個體感覺，這一零散、隨意的個人記憶，替代了歷史敘述和集體記憶的整合邏輯。具體來說，她在作品中採取第一人稱敘事（《一個冬天的童話》和《求索》）或採用書信體（《春天的童話》）的「自敘傳」的形式側重於自我心境的大膽暴露，包括暴露個人私生活中的情感（親情和愛情）的困惑，其實是在「道德」層面的惶惑、焦慮、不安的敘述架構中宣泄自憐和懷疑、懺悔和自省，目的顯然不只於如有的研究者所言是對挑戰傳統道德觀念作的新的探索〔註76〕——如果作如是觀，那麼就不能說是眞正懂得了遇羅錦和她的小說。毋寧說她的「個人和自我觀念是以反道德的方式出現的，但這種反道德的方式應該被理解爲一種從反方向上尋求確定價值的行動」，並且，這種個人的觀念是建立在它與當代現實關係的基礎之上的，於是「個人與群、與處於過去和未來之間的特定時刻、時代、與進化的人類整體歷史相聯繫的模式，構成了一種道德的空間；在這種空間中，個人得以確定他的道德的取向、責任、義務和生存的意義。」〔註77〕因此，可以這樣說，經歷過「文革」，遇羅錦多少體會到人情受破壞、人性被扭曲、人格遭踐踏的殘酷和荒誕，她竭力試圖在小說中關注個人的命運，並張揚個體的情感和想像，這一記憶行爲似乎無

〔註76〕對遇羅錦的作品，有一種評價非常典型，即「作家通過眞實的藝術形象的創造，理直氣壯地肯定了以感情爲基礎的愛情，以愛情爲基礎的婚姻，才是最合乎道德的。更可貴的是，作家還把這種對愛情和婚姻問題的勇敢探索，與國家、民族的憂患存亡聯繫在一起，因而有著強烈的時代色彩。」參見謝望新：《在對生活思考中的探求》，《文藝報》，1981年第7期。還有的研究者曾這樣評價說，從遇羅錦的《一個冬天的童話》，到張弦的《被愛情遺忘的角落》、張辛欣的《我們這個年紀的夢》等作品在「文革」後如雨後春筍般湧現，它們有關愛情和個人的措辭是對中國過去30年看法的象徵，它們常常實質上或樣式上是自傳性的，重新肯定了個人的價值，特別是婦女的價值，她們需要關懷，需要愛。參見R·麥克法誇爾、費正清編：《劍橋中華人民共和國史》（下卷），北京，中國社會科學出版社，2007年，第817頁。

〔註77〕汪暉：《汪暉自選集》，桂林，廣西師範大學出版社，1997年，第43、49頁。

意間拆解了宏大的歷史敘述，於是，剝去所謂「道德衝突」的外衣，我們竟發現遇羅錦其實是在試探自我經驗在「記憶」歷史方面的限度。〔註78〕

其實，遇羅錦始終沒有意識到自己以及作品引起相當大的爭論是被認爲在「人性」的幌子下過分渲染了個人的或感情上的失落，（抑或是故意沒有意識到？）而且她也沒有眞正明白「人性」或「個人」是一個歷史的範疇，也是一個社會的範疇，從根本上來說，它是一種具體的社會規定，這當然掩飾不住遇羅錦在寫作中的盲目和偏執。此外，她將個人經驗無限拔高，完全以個人凌駕於群體的想法，似乎又有排除必要的集體經驗而矯枉過正的危險，這其實並不能解決她自身的精神危機和經驗匱乏的問題，而且一味沉浸在日常瑣碎、支離破碎中的個體感覺和藝術形態，卻又導致必要的歷史意識的削弱。這正如徐賁所說，「沒有成爲公共政治思考的個人道德思考很容易被當作一種多餘的聲音，然後被人忘卻。」〔註79〕然而，「童話」在當時被「主流文學」認定的「異質」因素（如人性、個人主義、利己主義、歪曲生活和現實、宣泄個人情緒等）在十幾年後卻被王安憶認爲起到了「極其關鍵的作用」。正如她所言，「多年以來我們的文學在一條『集體化』的道路上走到了極端，人人忘我，『個人』僅在受到批評指責的時候方可上升爲『主義』。人們再不曾有這樣的準備：那就是去接受一種僅屬於個人的心情。這（指《愛，是不能忘記的》，筆者注）大約是多年以來，個人的、私有的心情在文學中的首次出場。假如說，《愛，是不能忘記的》其中還有一些關於擇偶原則的訓誡，還可與社會的集體意識、公共思想掛上鉤，那麼緊接著出現的那一篇小小的《拾麥穗》，則是更加徹底地屬於個人的了。……而一部《冬天的童話》則更加走向極端了。」它「是一部眞正的作者個人的故事、一部私小說，將文學的個人性推向了極致。……在此，『個人』終於上升爲『主義』，而這才眞正喚醒並觸怒了一些純潔的集體主義者。被觸怒的人們卻並沒有覺察到這部作品中的個人主義與那時候其實已經走到很遠的女性作家作品中的個人意識聯繫起來。……我想說的是，在使文學回歸的道路上，女作家作出了實質

〔註78〕林白曾這樣說過，集體記憶「是沙漠，個人的經驗與個人的記憶像水一樣流失在沙漠中」，「這種集體的記憶使我窒息，我希望將自己分離出來」。這番話雖然出自90年代，但它多少與新時期初期遇羅錦關於「文革」記憶的意識有著共通之處。參見林白：《記憶與個人化寫作》，《花城》1996年第2期。

〔註79〕徐賁：《人以什麼理由來記憶》，長春，吉林出版集團有限責任公司，2008年，第3頁。

性的貢獻。」〔註 80〕王安憶在對「童話」的評價中指出了「個人性」、「自我意識」對豐富新時期文學的特殊意義，但是，這樣一種貢獻、意義和複雜性在新時期初期「主流文學」的敘述框架中很難得到充分的肯定，甚至至今沒有得到文學史和批評家們的重新估定，但它至少讓我們對這一階段「主流文學」的調整、作家身份及其功能的變化，以及作家記憶歷史的不同方式有了進一步的認識。

〔註 80〕王安憶：《女作家的自我》，《漂泊的語言》，北京，作家出版社，1996 年，第414～416 頁。

第四章 「她們」與「他們」的歷史記憶

　　「文革」在不得已的情況下倉促收場，使得邁入新時期的作家們在新的歷史起點和語境中急需「重建社會身份」，一種相當強烈的民族關切、個體命運的沉浮和歷史責任的承擔使得「有關『歷史』清算和（群體的和個人的）『歷史記憶』的書寫，幾乎是 80 年代作家或有意，或無意的選擇。這不僅是『題材』意義上的，而且是創作視域、精神意向上的。」〔註1〕在此意義上，我們將「文革」看成是戴厚英、遇羅錦兩人寫作的衝動和秘密，她們在「文革」中的經歷和身份，以及進入新時期後對「文革」歷史記憶的理解和處理，不僅直接影響了她們在新時期的寫作、生活，而且也產生出不少圍繞在她們生活和創作周圍的轟動的「社會事件」，並迅速引發了文學界和社會公眾對她們的「圍觀」和評價。這也成為我們進入問題的一個角度，或許可以從兩個方面進行展開討論：一方面，面對歷史轉折，她們為什麼會這樣記憶、理解和表現「文革」？此外，女性與歷史（「文革」）及其記憶有何關聯？除了共同性外，歷史記憶、自傳記憶、個人經驗以及性別敘述是否也存在多種形態和方式？這種不同意味著什麼？這其中也包括著意識形態怎樣影響敘述的視點，記憶主體的敘述策略是否受制於性別觀念和生存境遇的差異等問題。另一方面，由於創作個體的個人經歷、生活經驗與作品的關係密不可分，具有無法剝離的「互文性」，她們的歷史記憶與眾多經歷「文革」的作家們的理解和處理方式具有某種相似性和差異性，為了將此問題論證的更深入一些，我們以戴厚英和遇羅錦兩位作家為研究中心，並比照「歸來作家」和「知青作

〔註1〕洪子誠：《中國當代文學史》，北京，北京大學出版社，1999 年，第 250 頁。

家」的寫作，具體分析他們在理解和處理「文革」記憶時的異同是什麼？以此來進一步探討新時期初期文學多元複雜的歷史創傷記憶。

一、人道主義思潮下的相關問題

　　新時期初期，作家們的歷史意識直接來源於「文革」經歷和創傷體驗，那個年代中的種種情景似乎緊緊地攫住作家們的意識，總是在他們的創作中不期而至。經歷和體驗過巨大震蕩的作家最容易敏感到時代變化，也最善於去抓題材、找問題，這一時期揭露「文革」災難，描述社會各階層人的悲劇性遭遇的「傷痕文學」之所以在讀者中激起強烈的反響，並發揮一定的社會效應主要在於它積極參與到各種社會問題的回答和對各種解答方案的實踐中。〔註2〕因而，新時期初期文學在理解和處理「文革記憶」時面臨的相關問題是本節討論的核心。

　　賀桂梅在《80年代文學與五四傳統》一文中提出，在「文革」結束後的「新時期」，五四時期討論的個性解放、人道主義、民主科學、反封建與現代化、反傳統與西化等基本問題重新被提出並被熱烈討論。「在『新時期』與『文革』歷史之間，存在明顯的斷裂，這種斷裂正是以『新時期』與五四歷史的延續關係表現出來的。」〔註3〕她將整個80年代和五四傳統作爲參照，具體分析五四文化和五四精神在20世紀中國產生的深遠的歷史影響以及重要的思想資源，這一論斷將整個80年代看作爲一個整體的研究對象，而當我們將研

〔註2〕　馮驥才在1981年2月10給劉心武的信中這樣說到：我們這輩作家，大都是以寫「社會問題」起家的……出於我們敢於扭斷「四人幫」法西斯精神統治的鎖鏈，敢於喊出人民心底眞實的聲音，敢於正視現實，而與多年來某些被視爲「正統」實則荒謬的觀念相悖。哪怕我們還寫得膚淺、粗糙，還存在各種各樣明顯的缺陷，但每一篇作品刊出，即收到雪片一般飛來的、熱情洋溢的讀者來信。作者和讀者相互用文學打動和感動著，一篇小說在編輯部傳閱時沾上一次次淚痕，是多年文壇不曾有過的現象。參見馮驥才：《馮驥才選集》（卷3），天津，百花文藝出版社，1984年，第280頁。在這封信中，馮驥才不無感觸地表達了一個具有「問題意識」的作家的自豪感，因爲這些問題和政治、人民、現實、生活息息相關，即使作品有著這樣、或者那樣的缺陷，但是它依然能夠打動讀者，贏得廣泛閱讀和共鳴。在這自豪感的背後，其實還表達了作家們試圖重建代人民立言的社會身份的努力，以及得到社會反響後的喜悅。另外，這些「文革」殘留下來的「問題」也成爲他們記憶歷史、建構主體意識最初的起點。

〔註3〕　賀桂梅：《80年代文學與五四傳統》，北京大學博士論文，2000年6月，未刊。

究的目光鎖定在新時期初期時會注意到，這一階段文學在「問題」的提出和思考上主要集中於「文革」的產生的社會歷史根源、性質及「誰之責」。「一種圍繞所提出的問題而展開分析、證明的『觀念性』結構」，以及「借助人物或敘述者的議論，來表達對當代社會政治和人生問題的見解的敘述方法」被許多小說所使用，不過，爲了避免陷入當代那些演繹觀念的窠臼，作家們選擇了新的處理方式，即「通過對人物命運的表現，對歷史反思所提出的問題給予回答。」〔註4〕

重返歷史現場，我們知道新時期的人道主義思潮作爲一種價值話語滲透到社會各個層面，形成了一種普遍被認可的新「常識」。在這種特定的政治文化語境和價值認同之中，作爲新時期一種特定話語形態的呈現，被書寫爲呼喚人的尊嚴、價值、地位、權利，鼓吹以人爲目的的「人啊，人！」現象，成爲一次隆重的、不無莊嚴意味的對作家們的再命名，作家們也藉此重新進行了身份的轉換和價值認同的重塑。

1980年，戴厚英帶著一種悔恨中摻雜著醒悟後的驚喜在《人啊，人！》中寫到，「關於實踐是檢驗眞理的唯一標準的討論，把我從黑暗引向光明。我明白了，不論是人、是鬼，還是神，都被歷史的巨手緊緊地抓住，要他們接受實踐的檢驗。……我走出角色，發現了自己。原來，我是一個有血有肉、有愛有憎，有七情六欲和思維能力的人。我應該有自己的人的價值，而不應該被貶抑爲或自甘墮落爲『馴服的工具』。一個大寫的文字迅速地推移到我的眼前：『人』！一支久已被唾棄、被遺忘的歌曲衝出了我的喉嚨：人性、人情、人道主義！這兩部小說（《詩人之死》和《人啊，人！》，筆者注）的共同主題是『人』。我寫人的血跡和淚痕，寫被扭曲了的靈魂的痛苦的呻吟，寫在黑暗中爆出的心靈的火花。我大聲疾呼『魂兮歸來』，無限欣喜地記錄人性的復蘇。」從《人啊，人！》「後記」中的這段敘述，我們可以明顯地看到戴厚英倡導「人道主義」的動力所在，首先，與社會政治環境（「文革」）密切黏連的個人經歷，以及與之伴隨的坎坷生活，理想與現實的衝突，都成爲一個作家特有的「財富」。其次，「隨著揭發『四人幫』鬥爭的深入」和「關於實踐是檢驗眞理的唯一標準的討論」，她看到「一代知識分子所走過的曲折的歷程」，並明白「應該有自己的人的價值」，因此，要「無限欣喜地記錄人性的復蘇」。她通過「人道主義」話語的使用，將小說的主題——「人」放置在對

〔註4〕洪子誠：《中國當代文學史》，北京，北京大學出版社，1999年，第260頁。

歷史的記憶和講述之中。

不可否認的是，戴厚英對「人道主義」的理解不免有些機械、簡單和蒼白，甚至她所理解的人道主義和當時主流敘述所詮釋的馬克思主義之間也存有不小的間隙，但在她的描述中，體現了新時期初期整個社會最爲關切的一個基本問題——以「人」爲核心和目的。新時期初期的人道主義話語是對「文革」有著痛苦歷史記憶的人們針對當代社會人和文學的困境而提出的最醒目的解決方案之一，同時也是以更爲理想化的方式左右著人們對情感、社會和未來的想像。其實，正如筆者在一篇文章中所分析的，關於人道主義的討論以及由此引起的爭論主要集中於新時期初期，它依然只是革新和保守之間有關政治立場、文學觀念在理論層面的爭執，還沒有真正涉及到問題的本質，但它本身卻暴露出戴厚英和同期的作家在新時期都面臨著一個共同的問題，即面對 50～70 年代文學，選擇哪種文學成分、繼承什麼樣的「傳統」作爲自己的構成因素。頗耐人尋味的是，對這個問題，此時沉浸在從現實主義的話語中解放出來的歡欣和愉悅之中的他們，根本無暇去做具體而細緻的辯駁，而是採取一種武斷地處理，即把此前的文學（內容、形式、方法）描述爲蒼白、僵化、陳舊、並且已到了不得不改變的形態，兩個文學歷史階段也被敘述成「斷裂」、「對抗」的緊張關係。這種處理方式是一種被認爲重新發現了文學自身和文學真理而帶來的熱情的想像的外在表現，更是一種帶有「文化政治」意識形態性的策略，它真正的意圖是要強調這種轉折或者斷裂的必然性，是一種不可抗拒的歷史規律。〔註5〕於是，此時宣揚的「人性」與 50～70 年代把人的本性視爲「階級性」的主流意識形態觀點相對立，在文學創作中等同於「真情實感」，並強調這一「自然本性」是「人」與生俱來的品質。一般來講，愛情是負載人類共同情感的最主要的關係模式，它在新時期初期承擔著撥反「文革」壓抑「人性」的重任。在本書第二、三章關於戴厚英和遇羅錦的文本分析中，我們看到向南／余子期、孫悅／何荊夫、「我」／維盈等人的情感經歷和愛情糾葛構成了小說的重要內容。與其說《人啊，人！》借助馬克思和人道主義的理論，闡述了人們的思想鬥爭和複雜的社會問題；《一個冬天的童話》借助哥哥「完美英雄」的形象，釋放自我對現實生活的焦慮，不如說它們將對歷史記憶的理解，以及對現實問題、困惑的回應和解決寄予

〔註5〕白亮：《人道主義、現實主義與「新時期文學」敘述——以〈人啊，人！〉「後記」爲中心》，《長城》，2011 年第 3 期。

在了對愛情的想像和憧憬之中。

在文學史和批評文章的敘述中，我們經常會看到「傷痕文學」的主題被概括爲愛情／家庭悲劇和人性扭曲，在我看來，這種分析正是以當時挾裹在人道主義思潮中的文學創作爲主要研究對象的，那麼，我們不妨變換一下敘述的視角，新時期初期文學對歷史記憶的理解和處理在有意和無意間被置換爲對「人」的理解，而對「人」的理解又借助的是對「情感創傷」的記憶，以及比現實更爲理想化的愛情的期待和描寫。在這一層面上，戴厚英和遇羅錦在理解、記憶和表現「文革」上既包含著相似性，也存在著差異。

二、「雙聲話語」策略

戴厚英在談到自己「文革」經歷時說到：「我在大學時奉命參加了對人道主義的批判，『文革』中又當過造反派。是『文革』的動亂震醒了我」，在此情形下，「要眞正地總結中國的歷史經驗，使歷史的悲劇不再重演，需要每個人都去重新認識自己和省察自己。」〔註6〕「於是，我開始思索。一面包紮身上滴血的傷口，一面剖析自己的靈魂。一頁一頁地翻閱自己寫下的歷史，一個一個地檢點自己踩下的腳印。」〔註7〕而遇羅錦將《一個冬天的童話》看作是「一件無價之寶——歷史的見證」，〔註8〕因爲它「把生活所給予我的，全盤再現出來，端給人們，讓人們看看都是些什麼？是快樂多呢，還是痛苦多？」雖然在「文革」中我犧牲了很多，但是我知道「愛，就是犧牲呵！不管是愛人、愛事業、愛祖國、愛得越熾熱，犧牲得也越多。」〔註9〕結合她們的「文革」經歷，我們會發現她們記憶「文革」方式的一些相似性。首先，都有比較明顯的「創傷」的痕跡。從某種意義上說，不論是「滴血的傷口」，還是「犧牲」，這些創傷記憶是她們理解「文革」的基礎，不僅關聯著作家個體，還關聯著所有國人的創傷體驗的表達，個體之痛同時又是集體或公共之痛。正如馮牧在評價新時期初期的文學創作中所說的，「十年動亂給我們的國

〔註6〕戴厚英：《致馬丁先生》，杜漸坤編：《戴厚英隨筆全編》（上），廣州，暨南大學出版社，1998年，第418頁。

〔註7〕戴厚英：《人啊，人！》，廣州，廣東人民出版社，1980年，第353頁。

〔註8〕遇羅錦：《冬天不會再來——寫在〈冬天的童話〉一書出版之際》，《書林》，1986年第1期。

〔註9〕遇羅錦：《關於〈一個冬天的童話〉——給全國各地讀者的回信》，《青春》，1981年第1期。

家和人民帶來的災害，決不僅限於使全國的經濟瀕於崩潰；比這種遍體鱗傷的外傷更爲嚴重的是，……一代人（特別是青少年）遭受了嚴重的內傷。」〔註 10〕在一個迎新棄舊的歷史轉折期，創傷記憶具有了強大的意識形態功能。其次，她們的創傷記憶都帶有「自敘傳」的色彩，因爲她們是歷史的親歷者，有著非常個人化的記憶和體驗，對於她們來說，以第一見證人的身份記憶常常含有比較明顯的重塑自我的動機。〔註 11〕不過，她們也十分清楚「無論是歷史記憶還是自傳記憶，記憶都必須依賴某種集體處所和公眾論壇，通過人與人之間的相互接觸才能得以保存」，也就是說，個體記憶的呈現只有在成爲公眾記憶的一部分時才會眞正起到社會作用。〔註 12〕於是，她們在作品中不遺餘力地記憶和講述著作爲「愛情」，更何況還是帶有濃厚自傳色彩的「愛情」。這樣，它既具有了眞情實感，〔註 13〕又記錄了「人性」的復蘇（戴厚英語），這種當時最流行的歷史記憶方式迎合了主流意識形態的需要，也獲得了讀者的共鳴。再次，她們對「文革」創傷的記憶和講述還出於「策略」上的考慮，「也許更希望看到的是自己的作品引起轟動，自己能再一次得到社會承認，回到公眾的社會中來」，當然，這種策略體現出的心理「非常正常，也較爲普遍，文學，大概在這一歷史時刻成爲實現此種個人願望的微妙的工具。」〔註 14〕

雖然戴厚英和遇羅錦的寫作可以追溯到一個共同的歷史烙印，然而，她們對「文革」的記憶和講述都有著十分明顯的差異性，在我看來，「承擔與合謀的『憧憬』講述」和「怨恨與懷疑的『自憐』回憶」，是她們關於「文革」記憶的最大差別，也是新時期初期文學理解和處理「文革」記憶的兩種基本模式。因而，對「差異」的揭示也許會呈現出新時期初期更爲複雜、多元的歷史記憶。不過，在分析差異性之前，有必要對一重要問題進行說明，那就

〔註 10〕 馮牧：《對於文學創作的一個回顧和展望——兼談革命作家的莊嚴職責》，《文藝報》，1980 年第 1 期。
〔註 11〕 詳述可見本書第二章、第三章相關内容。
〔註 12〕 徐賁：《文化批評的記憶和遺忘》，陶東風、金元浦、高丙中主編：《文化研究》第 1 輯，天津，天津社會科學院出版社，2000 年。
〔註 13〕 遇羅錦曾這樣爲自己的創作辯護：「我是爲了廣大人民才拿起筆的。我相信，他們最希望看到眞實的、充滿生活氣息的作品」，「因爲愛的力量是巨大」。參見遇羅錦：《關於〈一個冬天的童話〉——給全國各地讀者的回信》，《青春》，1981 年第 1 期。
〔註 14〕 程光煒：《「傷痕文學」的歷史局限性》，《文藝研究》，2005 年第 1 期。

是新時期初期文學的歷史記憶與性別敘述的關係。不過，這並不是說，要把性別問題單獨提取出來做獨立考察，而是如何在有關歷史記憶的總體性的問題場域中，納入性別視角。這個問題涉及的知識和範圍較為廣泛，為了便於分析，我們就把它限定在新時期初期的時間範圍之內進行討論。「『文革』後中國人民的心靈創傷和精神重建的歷程，從精神重建的需要這個意義上來說，包括作家和批評家在內的知識分子與『女性』有著相通之處，因為相對一種歷史存在的權威，知識分子與『女性』都曾經一度被排斥在『他者』的位置。」〔註15〕因此，在新時期初期，女作家很少以「女性」個體或群體的面目出現。「在讀者和批評家看來，女作家的創作與男作家並無明顯差別。」她們同樣參與了對「傷痕」文學潮流的營造，她們的創作「並沒有刻意追求與『女性』身份相適應的獨特性。」〔註16〕當然，我們也不能簡單地認為新時期初期作家們要麼是對「政治」的響應、感恩，要麼是對「個人」的追求、呼喊，正如布迪厄所指出的：「知識分子是雙維的人……他們遠非人們通常想像的那樣，處於尋求自主（表現了所謂『純粹的』科學或文學的特點）和尋求政治效用的矛盾之中，而是通過增加他們的自主性（並由此特別增加他們對權力的批評自由），增加他們政治行動的效用……」〔註17〕。許多作家在努力迎合文學成規，行文時自覺刪除了其中包含的個人主義成分；也有一些作家，儘管主觀上意識到「個人主義」對「社會主義文學」的「損傷」，在實際創作過程中，又會「情不自禁」地去訴說現實生活中個人的悲歡。在這些作品中，與其說是人物的精神困惑，毋寧說也深刻揭示了作者對性別、身份及其功能認同的猶疑。面對有形無形的壓力，一部分作家們在身份及其功能認同中也有意無意採取了「雙聲」話語的策略。

個體的身份認同無法離開意識形態而單獨完成，「在制約並且積澱於個體的身份認同的社會歷史因素中之中，意識形態的重要地位尤其突出」，事實上，「同一性和意識形態乃是同一過程的兩個方面，二者都為個人的進一步成熟提供必要的條件。」〔註18〕這一過程其實也是規訓和自我規訓的實現過程。

〔註15〕陳順馨：《中國當代文學的敘事與性別》，北京，北京大學出版社，2007年，第29頁。
〔註16〕洪子誠：《中國當代文學史》，北京，北京大學出版社，1999年，第357頁。
〔註17〕皮埃爾·布迪厄：《藝術的法則》，劉暉譯，北京，中央編譯出版社，2001年，第396頁。
〔註18〕埃里克·H·埃里克森：《同一性：青少年與危機》，杭州，浙江教育出版社，

因此，「女性作家會對權威機構和意識形態持有雙重態度，寫小說並尋求出版的行爲本身就意味著對話語權威的追求：這是一種爲了獲得聽眾、贏得尊敬和贊同，建立影響的企求。」〔註19〕這樣一種態度是在一個較長的「模仿統治傳統的流行模式」的階段中建立的。「在這個階段中，女作家們一方面在模仿學習中掌握一個時代的主導話語體系，另一方面又以自己的寫作作爲介入社會和政治的方式，在主流文學的線性時間中爭得一席之地。50年代至80年代中期的女性創作總的說來就處於這一階段。」〔註20〕因此，在新時期初期的「模仿」階段，女作家的寫作同主流文學的關係其實既順應又偏離，而偏離的一面恰恰是在主流文學的規範中受到抑制的。我們可以遇羅錦爲個案，具體分析這一問題。

遇羅錦的「童話」具有十分明顯的雙重性，一方面她必須不斷迎合主流意識形態，參與對於啓蒙、革命、民族、國家等宏大敘事話語的構建，以爭取自己的社會文化身份。這可以從文本中讀出，一是題目中的「冬天」和「春天」都具有一定的社會性、歷史性意義，因爲，「春天」在新時期初期有著特殊的含義，它意味著寒冬（歷史、國家、個人的磨難）雖然漫長，終究已成爲過去，吻合了勝利者（國家、民族）的言說心態；二是一段時期內，個人生活的坎坷經歷與社會政治環境密切相關，這在事後往往成爲作家們獨特的「寫作財富」和「話語資源」。「文革」中，遇羅錦被錯劃爲「反革命」，這使得她在戀愛與求學等方面，喪失了一位普通公民的基本權利。新時期的遇羅錦則義正辭嚴地以「受難者」的身份參與到對「文革」「血統論」的批判，這使得作品更具感染力；三是小心翼翼地對愛情（性）進行描寫，盡量使它虛無縹緲和理想化。然而，另一方面她又或隱或現地按照自己的話語秩序和寫作邏輯，憑藉婚外戀、「第三者」等獨特題材展現女性經驗、確立個人（女性）主體地位，將建國以來個人（女性）被壓抑和漠視的經驗與體驗曲折地表達出來，潛在而又固執地建立個人（女性）在歷史與現實中的文化身份。那麼，我們繼續深究下去，這種「雙聲」話語的策略究竟是想獲得話語敘述的權力，還是僅僅想「眞實地」敘述自己的故事、記憶歷史的創傷？我認爲，遇羅錦

1998年，第175頁。
〔註19〕蘇珊·S·蘭瑟：《虛構的權威》，黃必康譯，北京，北京大學出版社，2002年，第6頁。
〔註20〕王又平：《順應·衝突·分野——論新女性小說的背景與傳統》，《荊州師範學院學報》2000年第3期。

自己對這個問題似乎都不是很清楚。她在「童話」中思想感情的焦點全部集中在如何維護自己品質的「純潔」與道德倫理的「合理」上，表現出雙重的偽飾和矯情。她自我宣稱「只要世上還有眞理，只要世上還有一對眞正幸福的夫妻，我就要追求下去！」〔註21〕這似乎是以一種道德上的優越和哲理上的自辯來暴露自己「眞實」的「私人生活」和「私人情感」，然而，她在「童話」中不斷借助的流行、宏大的意識形態話語恰恰削弱了她所宣揚的「眞實」，而在她眞實地敘述自我的地方，她的偏激和執拗恰恰使她在讀者心目中失去了權威感，極少數的眞實的時刻體現在平和的具有眞情意味的回憶和敘述，但這樣的時刻卻被淹沒在遇羅錦嘈雜混亂的敘述中，難以剝離。

三、「戴厚英」方式：「我珍藏歷史，爲的是把它交付未來」

　　「傷痕文學」的大多數作品在記憶和講述歷史中貫穿著一個恒定的主題：堅信歷史具有道德意識，具有懲戒的法律效力，會最終懲惡揚善，因而是公正的。戴厚英在《人啊，人！》中敘述男主人公何荊夫50～70年代的流浪經歷，以及「文革」後對待「歷史」的態度就可以充分體現這種「信心」。何荊夫 1957 年被錯劃爲「右派」，罪名是「用資產階級人性論反對黨的階級路線，用修正主義的人道主義取消階級鬥爭，用造謠中傷攻擊黨的領導。」〔註22〕學籍被開除後，成了個「黑人」，只能開始流浪生涯。「文革」後，他給一直熱戀的人孫悅講述這段「流浪的故事」時，也充分表白了心跡：「五七年受了處分以後，我也懷疑自己錯了。……我想好好地認識錯誤，改正錯誤，所以開始認眞讀馬列主義著作。讀書和在下層人民中的生活實踐，使我懂得，我沒有錯。」因爲他堅信：「歷史像一個性格內向的人，並不輕易流露自己的眞情實感。總有一天，你會看到，它是公正的。」這樣的「陳述」體現了作者對歷史「正義」的信賴，同時，也給我們的研究提供了一些有趣的價值點：首先，這種創傷記憶始終視歷史是公正的，它意味著在災難肆虐之時依然信賴終會來臨的曙光，這一信念支撐著「何荊夫們」（受難者、蒙冤者）熬過屈辱，挺過災難，這是知識分子承擔道義必須付出的代價，正如何荊夫在小說中深情地說：「一個人的生活無非是得與失。人人都喜得而患失。

〔註21〕遇羅錦：《關於〈一個冬天的童話〉——給全國各地讀者的回信》，《青春》，1981 年第 1 期。

〔註22〕戴厚英：《人啊，人！》，廣州，廣東人民出版社，1980 年。本節所引未加說明處，皆出自該小說。

可是『失』並不都是壞事。有時候，沒有失也就沒有得」。其次，在作者的記憶中，新時期的「撥亂反正」恰好證明了歷史的公正，而在「文革」時期被強加的「罪名」的消除也意味著人性論與階級路線、人道主義與階級鬥爭對立之間前者的勝利；再次，與其說主人公十多年的流浪是一種受難，不如把它理解爲何荊夫口中的「生活實踐」，它其實傳達了這樣一種邏輯：馬列主義眞理、人道主義的正確性來自「實踐」，因爲「實踐是檢驗眞理的唯一標準」。總之，歷史的公正意味著人性論、人道主義的最終勝利，同時也表明了「實踐」的重要意義，這樣一種理解歷史的思維方式直接規範著作家們的歷史記憶，值得我們繼續追問的是，歷史正義的承載者是誰？又是誰來彌補這些創傷呢？「何荊夫」同樣告訴了我們答案：「我相信總有一天，黨會來糾正這個錯誤，……就是這個信念和生存的欲望一起支持著我，使我度過了漫長和艱難的歲月。」在這裡，作者的記憶和講述方式無疑和主流意識形態形成了合謀：黨有能力恢復歷史和個人的清白。戴厚英在作品中維繫的這種記憶方式，我們也可以在《天雲山傳奇》、《牧馬人》、《蝴蝶》、《芙蓉鎮》等諸多「傷痕文學」作品中感受到。

然而，《人啊，人！》中還有一處意義深長的細節，女主人公孫悅在納鞋底時不小心讓針線紮破了手指，看到滲出的鮮血，她不由的感歎到：「人的身體的每一部分都有血，有神經，一受傷就流血，就痛。舊傷長好了，受到新傷時，還要流血，還要痛。流不盡的血，受不完的痛，直到死。」這裡的「血和痛」雖是「創傷」的一種體現，但它似乎也在提醒我們，「歷史是公正」的這一信念並不能輕易地抹去「舊傷」，那麼，應該如何面對過去遺留又揮之不去的創傷體驗呢？讓我們先來看看戴厚英在作品中是怎樣尋找答案的：何荊夫在回憶流浪經歷的時候，總是不斷抒發對祖國美麗山川的深情厚愛。他認爲自己的流浪「是爲了生活，更是爲了尋求，爲了愛」，因爲「一顆受到歪曲和傷害的心……需要糧食的餵養，更需要精神的滋補。到哪裏去找這種滋補？只能到人民中去。到母親的懷抱裏去。……我流浪，風餐露宿，但離母親最近。我直接吸吮著她的乳汁，撫摸著她的胸膛。我看見了母親的不加修飾的容顏，看到了她的美麗、優雅，也看到了她鬢邊的白髮，背上的傷痕。」爲了將這一感情描述的更具體些，作者將「長城」描述成何荊夫熬過災難、獲取新生的「希望」，就像何荊夫自述的那樣，長城上的一塊青石「就是我的身份證，證明何荊夫是中華的兒女，黃帝的子孫」，「我們的祖先把我們祖國的

形象、民族的歷史和他們正在走著的道路,都鎔鑄在長城的形象裏了。」當我們「認識我們共同的母親,我們的祖國」的時候,才會懂得「什麼是幸福,什麼是痛苦。」也正是在這「壯觀奇異」的祖國山河中,何荊夫在「創傷」中頑強地生存下來。通過作品分析,我們發現戴厚英提供解決的辦法首先是在愛情、家庭和人際關係間的劫後「重聚」上落墨,意圖在作品中營造出溫情、和諧的氛圍;其次是通過倡導人道主義使得受害者盡量「忘卻」創傷。在我看來,這一「答案」的核心是將創傷盡量淡化,也就是在創傷的情境中稍作停留,便立即逾越創傷,這是一種暫時割裂現在與令他們痛苦的過去之間的聯繫,並最終忘卻的策略。

其實,何荊夫身體上的受難和心靈上的感恩似乎並不是描寫的重點,重要的是借他的形象為孫悅抹去個體創傷做鋪墊。小說開始時,孫悅對待愛情、家庭、朋友多少有些心灰意冷,因為她覺得歷史留給自己的創傷記憶太深刻了,而且「歷史並沒有過去。歷史和現實共有著一個肚皮,誰也別想把它們分開。這個肚皮甚至吞沒了我的未來。」但隨著與何荊夫交往的加深,她接受了他的「訓導」和「感化」,在給曾經拋棄她的前夫趙振環的信中她說,我過去「完全陷入了個人恩怨,並且只把自己放在被遺棄的、可憐的位置上」,當我翻閱這段歷史的時候,「除了無限的委屈和無謂的犧牲,我什麼也看不到。」然而,「過去的已經永遠過去了」,「這一切所留給我們的,也決不是個人恩怨。」於是,「應該忘記的我自會忘記,應該記住的我自會記住」,「我正在把『過去』變成『今天』的營養,把痛苦化作智慧的源泉。」小說最後在孫悅寬恕背叛者趙振環、選擇理想愛人何荊夫的「圓滿」結局中畫上了句號,自此,一個身心深受損害的受難者的歷史創傷記憶就這樣淡化、模糊乃至被忘卻了。

在戴厚英的作品中,歷史不僅是公正的,它還能修復人際關係。小說中何荊夫和孫悅戲劇化的愛情故事充分地體現了這一記憶方式的特點。平反後的何荊夫初見孫悅時,滿腔的熱情換來的卻是孫悅冰冷的腔調,他不無感歎地說:「一場又一場劫難,把人與人之間的關係、人們的心靈都弄得支離破碎了。」這句話傳達的意義與其說是控訴,不如說是希望,我們不妨理解為新時期如若始終抓住歷史創傷不放,必定會繼續阻礙人際關係的恢復。隨著小說情節的發展,何荊夫和孫悅由一廂情願到兩情相悅、再到終成眷屬,趙振環的懺悔也得到孫的寬恕,奚流、游若水的悔悟,《馬克思主義與人道主義》

的出版有了頭緒，年輕一代奚望、〔註23〕孫憾對上一代人的諒解等等都象徵著人際關係的重新搭建，作者似乎也終於「圓滿」完成了自己的任務：以人道主義（「愛，是不能忘記的」）來盡量忘卻歷史磨難和撫平創傷。在《人啊，人！》的結尾處，孫悅的女兒孫憾的一句簡短地戲言再次表明了作者理解和處理歷史記憶的態度：「不願意把自己改造成爲新人的，對不起，淘汰！」其中的用意再明顯不過了：要做新時期的「新人」，不能再糾纏於過去的個人恩怨，滯留於創傷之中是要被「歷史」淘汰的，應該既往不咎，歷史最終被簡化爲「團結一致向前看」的圖景。不過，作者越是通過小說中不同的人物直白地表述各自理解和處理歷史的態度，越是凸顯了作者自身理解和處理歷史記憶的困惑，正如小說中的「英雄」何荊夫說的那樣，「歷史和現實，理論和實踐，迷信和科學，虛僞和眞實，你和我，人和畜，統統被倒在一隻坩堝裏。再拚命攪和。加上佐料。倒進顏料。然後撈起一勺叫你嘗嘗，你能說得清酸甜苦辣？」

四、「遇羅錦」方式：「我一點兒也不相信今後會再有幸福」

戴厚英理解和處理歷史記憶方式的主要特徵是，「珍藏」（淡化）歷史創傷，用一種激情抒寫的格調進行與主流意識聯繫緊密的宏大敘事，發出對知識分子地位和角色回歸的呼喚。在這呼喊中，充滿著「覺醒和信心」，滿懷著對「未來」的希冀，包孕的是「光明必將戰勝黑暗」的美好允諾。與這種記憶方式有所不同的是，遇羅錦更重視歷史記憶中那些隱私的、難言的個人體驗。在《詩人之死》和《人啊，人！》中，戴厚英似乎都在探尋著「過去的錯誤應該由誰來承擔」這一問題的答案，並試圖它給出一個明晰合理的結論。但遇羅錦並不在意探究歷史運動的根由，她更關心個體「本性」的失落與尋找；她也不想以個人經歷去聯結重大歷史事件，展現讓人充滿希望的前景，在她的作品中，個人情緒的基調始終處在惶惑不安、焦慮的尋求之中。這就與戴厚英創作表層上激憤、痛苦，但內核和諧、安定，自以爲已洞察歷史和人生眞諦的圓滿心態，形成了有趣的對照。

在我看來，這一怨恨與懷疑的「自憐」式記憶產生的原因有兩個，一個來源於對「文革」中遭遇的恐懼。這些現場見證和創傷經驗滲透在小說的寫

〔註23〕作者在文中塑造該青年的形象正如所起之名一樣，意味著新時期青年新生力量的崛起，祖國的未來充滿了「希望」。限於篇幅，對此人物形象內涵的分析另見他文。

作中。在本書第三章中，我詳述了遇羅錦在「文革」中的生活經歷，如「被抄家」、「入獄」和「新婚之夜」的「暴虐」等，都在她的身心刻下了深深的傷痕，從而導致心靈上的陰影和恐懼。徐賁在《文革政治文化中的恐懼和暴力》一文中分析到，「恐懼不單純是個人對外界傷害和打擊的本能心理感覺，而且會長期改變當事人對外界世界認識和反應的方式。」而「文革」政治文化中的恐懼對當事人又具有一種道德破壞力量和效果，必然伴有自我懷疑和罪孽感。也就是說，「社會群體中的謊言、敵意和仇恨破壞了公眾生活基本的誠懇信任原則，使得社會群體分裂，人們相互猜疑和戒備，人人自危，各顧眼前利益。」這就對社會生活和公眾關係起到了最大的敗壞作用，於是，「人們對公眾生活本身的徹底失望和反感，這表現為厭惡政治，對社會公德不感興趣，對未來無信心以及普遍的懷疑主義和玩世不恭的生活態度。」〔註24〕這一分析用來解釋遇羅錦的「恐懼」心理，也許有些「過度」，但它至少讓我們瞭解到作者怨恨和懷疑的內在情緒、心理特徵、價值觀念與特定的政治體制、社會結構以及權威形態是密不可分的。另一個原因來自於遇羅錦在新時期的社會位置（生活和身份）的「邊緣化」，〔註25〕由此造成了個人自身的歷史位置與現實處境的衝突，因而，「文革」中的那段生活（主要是情感經歷），便成為她為確定現實位置、憧憬美好愛情和追尋理想愛人而不斷挖掘、重新審察的對象。「這種記憶的挖掘、搜尋的方式和價值取向，既與時間有關，又和作家個人經歷的獨特性相連。」〔註26〕

　　在戴厚英這一時期的不同小說中，我們在其結尾處會發現一個相似度極高的寫作方式，即歷史的創傷記憶總被作者處理為最終消融在浪漫、溫暖的愛情或家庭圓滿之中，人際關係網絡中的個人恩怨被寬恕和同情所取代，政治錯誤帶來的劍拔弩張被「社會主義新人」的力量和希望所消解，罪名也由撥亂反正政策所消除，一切有關歷史的創傷體驗似乎都化解為苦樂參半、先苦後甜的悲喜交加式的回憶。誠然，遇羅錦的創作也將歷史記憶融入到愛情、家庭等日常起居的「細節」當中，但她與戴厚英理解和處理的方式完全不同。在遇羅錦看來，在災難頻發、噩運驟降的社會中，溫馨的家庭本應是棲身之所，美好的愛情應是聊以慰藉的載體，可正是這些卑微的願望在歷史

〔註24〕徐賁：《文革政治文化中的恐懼和暴力》，見 http://www.xschina.org/show.php?id=2048。

〔註25〕相關內容可見本書第三章。

〔註26〕洪子誠：《中國當代文學史》，北京，北京大學出版社，1999年，第268頁。

的動盪中一再被擊破、瓦解和粉碎：當「我」三年的勞動教養生活結束後回到家時，映入眼簾的卻是「一張破桌，兩支舊木箱」，其它什麼都沒了，「僅僅三年，家裏就如此地破敗和衰落，一點兒歡樂的跡象也找不到了」。〔註27〕此後的家庭更是四分五裂，不得團聚，而自己的情感和婚姻歷經坎坷，多次聚離，要麼因爲雙方身份的差距，要麼因爲各自理想的不同，要麼因爲彼此性格的不合，但這些都和「文革」災難以及由此帶來的創傷體驗密切相關。於是，「快樂死去了，永遠死了。再有愛人，也不會有新鮮、美好、蓬勃的感情了。是的，我傷心，傷心那些快樂的死去，傷心再不會有第二次新鮮、美好的感情，傷心我所經歷的、留在心上的疤痕，最最傷心的，卻是自己的軟弱！」然而，正是這些創傷記憶和體驗使得遇羅錦迫切地希望把它們「全部亮出來」，既「讓人瞭解我」，又「想在人們無私的批評中受到洗禮」，「在誠實和勇敢中得到安寧！」從她的小說中，我們注意到她對情感的無節制的宣洩使得創傷記憶的歷史背景顯得遙遠和模糊。在她的歷史記憶中，政治事件被淡化，凸顯出來的則是徘徊在歷史邊緣的私人情感。或許可以這樣說，遇羅錦理解和處理歷史記憶的方式是以一種公開的、直白的、大膽的個體情感追求來重新記憶歷史，這種與歷史保持距離的方式使得「歷史情境」被個人欲望所遮蔽，個人的情感體驗和現實利益成爲歷史記憶中最刻骨銘心的。

　　遇羅錦在談《一個冬天的童話》的寫作動機時說，「多年來『左』的干擾和壓力，人與人之間的關係確實變壞了。」當我1979年眞正地開始創作時，我「想從孤獨中挽救自己，想喚起我家人對我的愛。」因此，《一個冬天的童話》是「期望之作」，「也許一篇充滿著愛心的作品，亮出多年來未曾說出的心裏話，能感動他們，使大家重新融洽起來，毫無隔閡。」「一半出於這樣的私心，一半出於對哥哥的敬意」，便創作出了這樣的作品。而《春天的童話》則被她稱爲「失望之作」，意即要「寫出人的不完美」。〔註28〕然而，事與願違，小說發表之後，令大家感興趣的不是作者所標榜的所謂「修復家庭關係」、「紀念哥哥遇羅克」、「人的自然性和社會性」等主題，而是放置在災難歷史之中的對個人情感經歷的記憶和講述。更令遇羅錦難堪的是，她的愛情追求立刻被群起而攻之，被批評爲「完全違背了倫理道德」的「極端利己的

〔註27〕　遇羅錦：《一個冬天的童話》，《當代》，1980年第3期。本節所引未加說明處，
　　　　　皆出自該小說。
〔註28〕　遇羅錦：《冬天不會再來——寫在〈冬天的童話〉一書出版之際》，《書林》，
　　　　　1986年第1期。

實用主義戀愛觀」。〔註29〕這些大同小異的「道德批評」只是表面文章，眞正的矛頭指向還在於批評作者記憶歷史和處理創傷的方式。在對遇羅錦小說眾多的批評中，肯定者認爲「作家把這種對愛情和婚姻問題的勇敢探索，與國家、民族的憂患存亡聯繫在一起，因而有著強烈的時代色彩」；〔註30〕持有不同意見的人則認爲《春天的童話》雖以1979～1981年爲故事背景，但是根本「看不到粉碎『四人幫』，特別是三中全會以後我國社會所發生的深刻變化，一點感受不到春天的氣息，相反我們看到的只是嚴冬的一派灰暗的景象」。〔註31〕顯然，從這些評述中可以明顯看出，人們更願意將歷史／現實、個人／國家（民族）、創傷／憂患存亡等話語相聯繫，以此來論述小說的「歷史性意義」和「社會性效果」。

現在看來，這些批評與遇羅錦的創作初衷背道而馳了，她說只有把《乾坤特重我頭輕》、《一個冬天的童話》、《春天的童話》三篇融合在一起，「才是眞正的『童話』，才是能反映那個歷史時期的『童話』。」〔註32〕那麼，如何理解遇羅錦所指的「那個歷史時期的『童話』」呢？這裡的「童話」意義首先在於它與極具「個人化」的情感相關聯。我們不妨這麼理解，在新時期初期描寫愛情的文學作品中，「童話」是一種普遍的形式，這一形式在於「將故事發生的場景放置在社會歷史秩序之外的某一個無名的地方，沒有歷史記憶的人因而顯現出純粹的『人性』，」因此可以這樣說，「『文革』後當代文學中的童話情結，顯示的則是逃離恐怖而繁複的歷史記憶的一種方式。漂浮在歷史之上的人性童話，像是一種控訴，像是一種幻想，也像是一份關於未來的預言。很多這一時期文學中的溫情場面都發生在歷史之外。」〔註33〕當我們在這一層面上理解遇羅錦所說的「童話」時，多少號準了她的「脈」。她在《一個冬天的童話》中非常細膩地描寫了「我」與維盈月夜散步和第一次親吻，這些「溫情」的場景似乎令讀者暫時「遺忘」了小說前半部分中因「文革」帶來的暴虐和恐懼的記憶，然而，這段愛情的終結換來的是「我」斬釘截鐵的質疑：「我一點兒也不相信今後會再有幸福。」那一絲帶有童稚和純潔氣息

〔註29〕《討論長篇小說〈春天的童話〉》，《北京日報》，1982年5月30日。
〔註30〕謝望新：《在對生活思考中探求》，《文藝報》，1981年第7期。
〔註31〕《宣揚什麼道德，怎樣看待現實》，《南方日報》，1982年5月14日。
〔註32〕遇羅錦：《冬天不會再來——寫在〈冬天的童話〉一書出版之際》，《書林》，1986年第1期。
〔註33〕賀桂梅：《80年代文學與五四傳統》，北京大學博士論文，2000年6月，未刊。

的愛情「童話」最終被定格在怨恨與懷疑的「自憐」式回憶之中。

戴厚英的作品通過歷史記憶闡發出道義承擔的價值和「向前看」的意義，正如她所說，「不論是人、是鬼，還是神，都被歷史的巨手緊緊地抓住，要他們接受實踐的檢驗。」……「自己的，就勇敢地把它扛在肩上，甚至刻在臉上！」〔註34〕她更多地是希望經歷過「文革」浩劫的人們堅信「我們的事業是正義的，我們的前途是光明的，我們的道路是平坦的」，從而能夠卸掉創傷包袱，繼續滿懷信心地生存下去。在這種理解和處理歷史記憶的方式中，「忘卻」的比「記憶」的更多。而遇羅錦在她的「自傳」中並不急於療治創傷，而是緊緊攫住那獨特的個體創傷經驗和煩躁不安的怨憤與懷疑，因爲她認爲創傷記憶的陰影並不能夠輕易地擺脫，它仍然影響和侵蝕著生活在新時期的自我和他人。這種直面、深入創傷經驗的記憶方式也許更能令讀者理解那些曾鮮活地存在於歷史中的生命，理解她的生存狀況和精神世界，理解她如何以個人生命回應歷史和現實的挑戰，然而令人遺憾的是，由於遇羅錦自身寫作能力的欠缺、情感宣洩的無節制以及歷史視野的局限，她未能將這些關鍵問題進行更深入地展示。

五、「歸來作家」和「知青作家」的歷史記憶

新時期初期的文學是作家通過歷史記憶的書寫來重新認知和界定自我的手段，也是一種慰藉和安頓自己的方式，它的目的是確認「個體」在歷史和現在的身份，從而有效地納入到新的社會結構和文化語境中。巴金在《隨想錄》的前言中這樣說：隨想錄中的「每篇每頁滿是血跡，但更多的卻是十年創傷的膿血。我知道不把膿血弄乾淨，它就會毒害全身。我也知道：不僅是我，許多人的傷口都淌著這樣的膿血。我們有共同的遭遇，也有同樣的命運。」因而，「我們解剖自己，只是爲了弄清『浩劫』的來龍去脈，便於改正錯誤，不再上當受騙。分是非、辯眞假，都必須先從自己做起，不能把責任完全推給別人，免得將來重犯錯誤。」〔註35〕這段陳述在新時期獲得了很多人的共鳴，它包含著這樣兩層意思：首先，「文革」給人們留下了深深的「傷痕」，新時期則還原他們「正常人」的身份，對「傷痕」的記憶和講述成爲撫平創傷、消除災難記憶的有效通道；其次，記憶創傷、展示苦難、控訴罪惡是爲

〔註34〕引自《人啊，人！》的「後記」，本節所引未加說明處，皆出自於此。
〔註35〕巴金：《隨想錄》，北京，三聯書店，1987年，第2～3頁。

了試圖進一步反思造成創傷的原因，從反省自身開始，從而探究知識分子應承擔的無可逃避的時代重任。從這兩個層面上講，它具有某種普遍性，適合於新時期初期的很多作家記憶歷史的方式，於是，在「傷痕文學」中，有關創傷記憶的寫作成為相當流行的一種「時尚題材」，已經牢固地形成一種恰好與「文學成規」合拍、讀者接受的文學氛圍，我們也熟悉了這樣一種記憶和書寫模式：受難——終獲「解放」——控訴——反思。這樣一種記憶、講述和反思歷史方式的選擇，既順應了語境，又強化著語境，記憶歷史、關懷現實和規劃未來是相輔相成的，它們對於作家們來說，不僅始終和他們對「文革」的批判相聯繫，而且迎合了公眾的歷史記憶和自我想像，這樣，他們的社會價值和功能才得以實現，強有力地推動著知識分子社會地位和文化話語權的提升。在我看來，這種具有普遍意義的共同記憶一定程度上還說明了它在不斷調整和適應著傳統的文學「成規」，即要表現出苦難最終要結束，光明一定能到來的進步信念和樂觀精神，與此同時，它也在主動地構建著另一個更具有「現實」活力的記憶歷史的「規約」——知識分子的道義承擔以及國家、民族的重新「崛起」。這樣的記憶和講述共同營造了新時期初期的「大敘事」，它對作家的文學創作不可能不產生某種心理暗示和影響。

當我們分析新時期初期作家們歷史記憶的同構性和並置性的同時，不能忽略的是個人的記憶和體驗存在著千差萬別，所以，還應該強調他們的差異性和多面性。而且，由於作家代際差別，也會在生活方式、思維模式、價值觀念、情感取向乃至語言習慣等方面體現出來差異，對這些「差異」的分類、甄別、分析，所印證的也許是作為一個歷史事件的「文革」散落到個人記憶之中的不同的結果，因而探究代際差異現象，「其實就是辨析社會歷史變化、文化倫理變遷與代際群體精神特徵之間的關係。」〔註 36〕其中，最主要討論的問題是：社會發生轉折之後，文化倫理產生了怎樣的裂變？而這種文化倫理的裂變，又是如何引發代際群體在理解和處理歷史記憶上的差別？

新時期初期歷史記憶的講述者主要是「歸來作家」（或「復出作家」）以及「知青作家」。〔註37〕以「反右」、「文革」和「上山下鄉」為中心的一系列

〔註36〕洪治綱：《中國新時期作家代際差別研究》，北京，人民出版社，2014 年，第2 頁。

〔註37〕劉小楓將 20 世紀中國知識分子分成四代：「五四」一代，即上世紀末——本

社會政治事件，在個人生活遭遇、精神苦難和歷史創傷上，都給他們帶來了深刻影響，從而塑造了相似的群體性格。韋君宜在《思痛錄》中這樣說到，我「思索我這十來年的痛苦，直到思索痛苦的根源。直到我們這一整代人所做出的一切、所犧牲和所得所失的一切。」把它們寫出來的目的就是「讓我們黨永遠記住歷史的教訓，不再重複走過去的彎路。讓我們的國家永遠在正確的軌道上，興旺發達。」〔註38〕而梁曉聲則認爲「我們大多數的本性一點兒也不兇惡。……我們這一代無法抗拒當年每一個中國人都無法抗拒的事。我們也不可能代替全中國人懺悔。」〔註39〕類似的表述其實都談及了「代」的問題，〔註40〕並透露出這樣的信息：不同代際的歷史遭遇和現實處境，會在價值觀念、生存方式和行爲取向等方面產生認知的隔膜，從而造成理解和處理歷史記憶的不同。其實，這兩代人的寫作都是以各自共同的歷史命運爲根基，目的都是爲了重建這代人的歷史經驗，以確認自己的主體身份。由此他們採用了不同的記憶方式和書寫策略，作品也呈現出不同的意識形態內涵和美學風格。發掘這些差異性，有助於我們理解規約新時期文學的歷史動力和內在機理。

對於「歸來」作家而言，他們中的大多數是「在四五十年代之交社會急

世紀初生長，二十至四十年代進入社會文化角色的一代，……第二代群爲「解放一代」，即三十至四十年代生長，五十至六十年代進入社會文化角色，……第三代群爲「四五」一代，即四十年代末至五十年代末生長，七十至八十年代進入社會文化角色的一代；第四代群「遊戲的一代」，即六十至七十年代生長，九十至21世紀初全面進入社會文化角色的一代。在他看來，「四五」一代和「五四」一代標誌著中國現代文化社會的實質性斷層，而「解放的一代」和「遊戲的一代」分別是「五四」一代和「四五」一代的接續。「四五」一代的知識分子大多先有社會歷史災變的涉入，後有學院的知識教育訓練，知識價值意向與特定而集中發生的歷史社會事件有必然且內在的關聯。跟「解放一代」不同，「四五」一代是既有文化制度的破壞者和文化傳統的反叛者，具有挑戰權威介入政治實踐的強烈願望。參見劉小楓：《「四五」一代的知識社會學思考札記》，《這一代人的怕與愛》，三聯書店，1996年。這種以生命周期劃分作家代際的方式，以及以社會歷史與意識形態等因素來區分的復出、歸來、知青作家都爲我們的研究奠定了必要的基礎。

〔註38〕 韋君宜：《思痛錄·露沙的路》，北京，文化藝術出版社，2003年，第6頁。

〔註39〕 梁曉聲：《知青與紅衛兵》，者永平主編：《那個年代中的我們》，呼和浩特，遠方出版社，1998年，第627頁。

〔註40〕 在我的論述中，「代」不是一種絕對的身份限定。它往往以某一個群體爲中堅，形成某種有感召力的精神品格和思想範式，繼而形成某種觀念、文化、審美趣味的文學潮流。

劇轉折時期確立他們的政治信仰、文學立場的。他們投身左翼的革命運動，接受了關於人類理想社會的許諾，願意以『階級論』和『集體主義』作為自己的世界觀，也接受文學對於政治的『服務』的文學觀。」〔註41〕從維熙曾這樣說過，「解放那年，我年紀剛剛 16 歲，看見我們偉大的黨驅散了陰霾，中國的天空豁然開朗，我和紹棠這一代少年，是懷著怎樣一顆狂跳的赤子之心，歡呼中國革命的偉大勝利啊！」〔註42〕他們的這種信仰、觀念和認同與國家體制和意識形態的「承認」和「召喚」有著密切的關聯。於是我們看到，他們在小說創作中經常有意選取「忠奸對立」的敘事結構，其目的就是要順利完成「一場虛擬的歷史審判，有效地撫慰了自己的傷痛，重新完成了對自我形象的想像性建構，重又成為新時代的歷史主體。」〔註43〕從總體上看，這一「代」的作家通常自覺地帶有強烈的使命感和責任意識，積極探討現實的巨變和對歷史的反省。這種記憶的方式與主流意識形態之間存在著巨大的「共謀」，其基本言說仍然局限於主流意識形態所限定的話語空間之內，而且，一旦出現「越軌」傾向就會遭到嚴厲指責。因此，在當時的文化語境之中，知識分子其實並未完全獲得記憶和解釋歷史的權力。他們這種對道義承擔身份的認同便會自動或被迫地減弱、壓抑以至於遺忘某些獨特的個體性經驗，這就會極大地影響和制約理解和處理歷史記憶的方式，有時甚至會使他們的創作陷入非此即彼的窘境。

　　容易讓人產生錯覺的是，在戴厚英和「歸來」作家的歷史記憶中，都是對歷史「正義」的信心、對苦難的禮贊，以及勇於承擔道義的認同，其實這裡存在著重要的差異：一個是同代人之間的差異，一個是個體自我之間的矛盾。因而，他們的歷史記憶呈現的是一種非常複雜、多樣的存在形態，這也讓我們不能簡單地對其進行歸納，重要的是如何在當下的語境中揭示它的歷史複雜性及其各種矛盾。我們可以以王蒙為個案來分析這個問題。和「新時期」復出文壇的大多數作家較為單一的文化身份（如「記者」、「編輯」、「學生」、「專業作家」等）不同的是，他是以雙重身份（既是作家，又是文化官員）重返文壇的。因此，他的「人生經歷」所釀造的相當鮮明的政治意識和革命情結，不僅比同代人要自覺和強烈，而且構成了一個基本的「創作視野」

〔註41〕洪子誠：《中國當代文學史》，北京，北京大學出版社，1999 年，第 261 頁。

〔註42〕從維熙：《從維熙致孫犁信》，《文藝報》，1980 年第 12 期。

〔註43〕劉復生：《代際經驗、主體確證與悲劇性敘事——論新時期小說中的悲劇性》，《海南師範學院學報》，2004 年第 4 期。

和「文學關懷」，深刻影響著他對歷史和文學的看法。然而，不可否認的一個事實是，在經歷了人生的起伏之後，他們已經步入中年，這一人生的再次轉折對他們意味著什麼？當「少年」時的單純視角與「中年」的複雜人生體驗形成強烈衝突、彆扭、撕扯，尤其後者的存在對前者的「記憶」構成極大威脅的時候，那麼，這種建立在「參照」性歷史想像基礎上的文學寫作邏輯是否依然那麼可靠？對這些問題的困惑，王蒙也有著不失清醒的認識，他說：「不論我怎樣歡呼這二度的青春，怎樣願意一切重新從二十三歲開始，願意去尋找二十四年以前的腳印，然而我的起點畢竟已經不是二十幾歲而是四十幾歲了」。〔註44〕於是，「我在尋找什麼」就反映了王蒙（也代表著一代作家）在歷史轉折之後矛盾的心態。程光煒先生在一篇文章中曾非常細緻地分析了這種複雜矛盾的關係，他通過對王蒙的「創作談」、「創作通信」、「序言」、「後記」等一些與解釋其創作過程有關的「自述」的分析，來闡釋爲什麼作者「以多義、有趣、感傷、尖刻或故意偏離等多樣纏繞的敘述形態『敘述』革命和個人的『關係史』的時候」，「其創作『自述』與小說在無形中其實呈現爲一種纏繞、互疑的關係」。這一論述給我的研究以很大的啓發，即記憶的主體在那些外在公開的「自述」中，有時構成了對見證人個人記憶嚴重的遮蔽，而很難被人察覺的「潛在敘述」在某種意義上是對「集體記憶」的改寫或增補，它和「外在」的「表現」構成了一個曖昧的「大文本」。〔註45〕這些內在矛盾和差異，在同代作家的心理、自我意識，以及對歷史的理解和處理上，會留下不同的印記。

在新時期初期的文學寫作中，與遇羅錦試圖在歷史記憶中展露個人欲望和情感體驗相近的是「知青作家」的寫作方式。「知青作家」也是從記憶和書寫歷史開始他們寫作生涯的，但「文革」的意義在他們的記憶中顯然不同於它對於「歸來作家」的意義。「上山下鄉」、「插隊落戶」的生活經歷使「知青」一代的政治熱情急劇降溫，對於他們來說，社會／政治的變化莫測造成了個人信仰的「危機」，災難歷史終結之後在新社會秩序中的無名位置又加重了個人命運的沉重感和社會歸屬感的危機，於是，他們在情感上把所遭受的一切判定爲歷史錯誤與命運悲劇。這樣看來，他們記憶歷史的方式總體來說是一

〔註44〕王蒙：《我在尋找什麼？》，《文藝報》，1980 年第 10 期。
〔註45〕程光煒：《革命文學的「激活」——王蒙創作「自述」與小說〈布禮〉之間的複雜纏繞》，《海南師範學院學報》，2006 年第 6 期。

次有關自我青春記憶的集體書寫，是這一代人對剛剛經歷的知青生活的紀念性表達，具體有三種突出的表現形態：一是以傾訴苦難生活、展示悲劇命運為主，著力表現這一代人在「文革」中的人生不幸，以及這種不幸在他們心靈深處留下的種種無法抹去的「傷痕」；二是以傳達革命激情、抒發青春理想為主，呈現出一種烏托邦式的精神質色。三是對歷史意志進行反思、對人性進行自覺拷問，傳達他們對強權意志、人性本質與文化倫理的深度質詢，具有某種理性的歷史反思意味。〔註 46〕總體而言，他們傾向於從個人化的角度去審視所遭受的一切，表現出一種懷疑精神，這使得它們既與新時期社會思潮相融合，同時又超出了當時自我反思、人性懺悔和歷史反思的一般水準。不過，新時期初期的文化語境不會讚賞或鼓勵過於以自我中心的、單純的「個體記憶」，因為這個階段的歷史記憶和講述顯然存在著「限度」，而這一限度，既是作家們獲得話語權和記憶歷史的權力所必須遵循的，也被認定為是「篩選」、「甄別」或「淘汰」文學作品的文學史線索和批評規則。於是，有關歷史的記憶和敘述必須借助某些妥協性的表達策略，從而「越過意識形態『超我』的『篩選』機制，個人青春悲劇還要披掛上種種主流社會語義的裝飾。」〔註 47〕在「知青作家」的創傷記憶中，我們不難發現，雖然批評的鋒芒依然指向「文革」，並以徹底埋葬它的方式跨越了「歷史」的錯誤，同時自己的青春傷痛放大為整個民族的傷痛，但是，表層的社會災難與深層的青春傷痕互相映照，構成了有趣的雙重文本，有時二者之間極富於張力，甚至於緊張到互相拆解的程度。

〔註 46〕洪治綱：《中國新時期作家代際差別研究》，北京，人民出版社，2014 年，第70～71 頁。

〔註 47〕劉復生：《代際經驗、主體確證與悲劇性敘事——論新時期小說中的悲劇性》，《海南師範學院學報》，2004 年第 4 期。

第五章　建構與遺忘：對「記憶和講述」的反思

　　通過前幾章對戴厚英和遇羅錦，以及不同代際作家的歷史記憶的分析，我們瞭解到，新時期初期作家們的記憶方式和歷史意識直接源於「文革」經歷的創傷體驗，這一時期的文學作爲社會「集體記憶」的一部分，以「自傳記憶」和「當下記憶」的書寫方式，激活、豐富並保存了人們對「文革」時期社會生活的「歷史記憶」。從某種意義上說，在重新討論新時期初期文學歷史記憶的過程中，本書所討論的文本提供了諸多有價值的增長點：第一、在傷痕文學的大量作品中，關於「文革」的記憶是非常相近的，那就是對苦難的控訴和對創傷的反思。不過，這種反思很多時候注重控訴和渲泄，反而忽視了「文革」這一歷史事件本身更爲複雜的方面，今天看來失於非理性和情緒化，當然，我並不是要懷疑傷痕文學中有關歷史記憶的眞實性，而是試圖指出這些作品以「集體」名義描述的歷史記憶所傳達出來的意識形態性質。第二、其實，當歷史當事人對近期歷史事件進行選擇性記憶的同時，有時不可避免伴隨著強制性的「歷史遺忘」，當非常明確地將這段歷史表述爲一段「施虐者／受虐者」的歷史，表述爲一段「清白者」受難的歷史，或許掩蓋了歷史情境中許多複雜的因素，而歷史情境的這種複雜性，也許是我們再次深入文本探討歷史記憶所必須的。同樣值得警醒的是，我們不能因此就對此後眾多作品中對此前那種不該發生的「遺忘」而採取「反抗」性質的敘述持有全部認同的態度，因爲我們不能簡單地把此前的主流意識形態的規約看作是「謊言」，也不能把「歷劫者」的記憶當成是「眞實」的全部，因爲無

論哪一種記憶和講述的方式，都對歷史進行了「選擇」，並依據所選擇的因素組織爲一個關於歷史的「故事」。第三、前文中討論過張弦的《記憶》，這篇小說的價值正在於它在「新時期」以劫後餘生的積極姿態來返顧歷史，在這一過程中，符合主流文學成規的歷史記憶方式與人們日益高漲的「向前看」的願望接軌，從而成爲了一種合法或重要的記憶和敘述，這就使得「集體記憶」得以建構和維續下去，而個人化的創傷記憶則在某種程度上被壓抑或邊緣。

在對上述問題和意義的探討中，我們不僅要關注形成這一現象的多種社會文化因素，以及作家自身的經歷、情感變化和心路歷程，同時也要警惕對這一現象進行表述時的簡單化，於是，我希望進一步拓展對問題的討論，哪些因素決定了特定的社會事件在集體記憶中被「選擇」或是被「遺忘」？爲何是這些事件而不是另外一些事件被「記憶」？知識群體在什麼樣的思想文化脈絡上認爲自己獲得了這種記憶和講述的權力？當然，問題的重點也許並不僅僅在於知識群體是否獲得了記憶和講述歷史的權力，也不在於「記憶」與「遺忘」的博弈，而在於新時期初期的文學爲什麼會以這樣的方式來理解和處理歷史記憶？換句話說，「文革」後的文化機制和知識權力的構成發生了什麼樣的變化？它們的哪些特性決定或影響了文學對「文革」記憶的理解和處理？爲此，本章將集中闡釋以下這些要點：記憶和傳統、記憶和遺忘的辯證關係，以及對近期歷史事件的反思能力以及這一能力和當時社會思想文化環境的關係，希冀在已被「整體化」和「模式化」的新時期初期文學的歷史形象中注入新的理解和詮釋。在此基礎上，也許我們就可以明白，今天重新探討新時期文學的歷史記憶的意義，也就是阻止那種將「個人記憶」從「公眾記憶」中撤出，通過建構另一種「公眾記憶」，那種與眞正的公眾記憶事實上無關的所謂公眾記憶的行爲。〔註1〕

徐賁在《人以什麼理由來記憶》一書中用了很長的篇幅來說明記憶的倫理道德責任，他說：「人類以人性道德的理由來記憶。哪怕對那些與我們只有深淺關係的人們，我們也與他們由人性道德的記憶而聯繫在一起。籍由人類共同創傷的記憶，各種社會群體、國族社會，有時候甚至是整個文明，不僅在認知上辨認出人類苦難的存在和根源，還會就此擔負起一些重責大任，警惕袖手旁觀的冷漠。」因此，「對於人類共同的災難，記憶研究最關心的

〔註1〕程光煒：《「傷痕文學」的歷史記憶》，《天涯》，2008年第3期。

不是我們『願意』記憶什麼，而是我們『有道德責任』記憶什麼。」〔註2〕這是全書的「點睛」之段，從中我們可以看出研究者對「『文革』記憶」以及「記憶研究」的一種「擔當」姿態。的確，「文革」十年是中國民眾共同的災難，「文革」結束後整個社會對於「千萬不要忘記『文革』創傷」的「呼籲」從來就沒有停止，這種呼聲尤以巴金的《隨想錄》為代表，從文學領域的《記憶》、《人啊，人！》、《隨想錄》、《思痛錄》到批評領域的《人以什麼理由來記憶》，作家、批評家們都秉承著一種不可推卸、勇於擔當的道德責任來記憶和書寫「文革」。對於知識分子在「文革」中所遭遇的災難以及「文革」後的「道德承擔」，我始終表示極大的理解和尊重。但是，同樣值得我們思考的是，這樣的記憶和書寫的方式是否對歷史的紛繁複雜做了某種簡單化的處理？因此，有關新時期初期文學的歷史記憶研究仍然需要我們進一步深入下去，而記憶的公眾性和當下性、記憶的選擇和遺忘、「批評記憶」的特點等是難以迴避的問題。

一、集體記憶的建構與維續

　　作為當代中國一系列政治風暴和社會運動的因果鏈條中的一環，「文革」同新時期作家們的生命歷程，以及其後所發生的一連串事件發生著關係，從而將無數個體的生命軌跡聯繫在了一起，並最終形成了他們的集體記憶和個人記憶。有關「文革」的記憶能夠統一在一起，其原因「並非是它們在時間鄰近，而是由於它們是一個群體共有的思想總體的一部分」，因此，只要「把自己置於群體的角度」，「接受這個群體中成員的普遍態度，關注總是處於群體思考方式前沿的記憶，就足以會回想起這些近期的記憶。」〔註3〕此外，「任何社會秩序下的參與者必須具有一個共同的記憶。對於過去社會的記憶在何種程度上有分歧，其成員就在何種程度上不能共享經驗或者設想。」〔註4〕集體記憶也由此構成了集體認同的前提，趨向個人或集體的記憶的轉向也代表著一種尋求連續性、共同歸屬與身份認同的努力。〔註5〕

〔註2〕　徐賁：《人以什麼理由來記憶》，長春，吉林出版集團有限責任公司，2008年，第12～13頁。

〔註3〕　莫里斯·哈布瓦赫：《論集體記憶》，畢然、郭金華譯，上海，世紀出版集團、上海人民出版社，2002年，第92頁。

〔註4〕　保羅·康納頓：《社會如何記憶》，納日碧力戈譯，上海，上海人民出版社，2000年，第3頁。

〔註5〕　認同就本意而言指的是自身獨特的、與他人不同的特徵。一個群體區別於另

　　對「過去」的記憶和講述可以看作是一種有關「歷史」的寫作。這一寫作「對歷史的注重，與其說是瞭解過去，不如說是爲了現在，或者更多的是爲了提供民族國家將來的前景。書寫歷史，往往是根據絕對的政治標準，主觀臆斷地『挖掘』過去的某些事件和事實，尋找提供現實政治合法性的前因和後續。」因此，「歷史寫作，是在斷裂之間重新建立過去與現在的想像聯繫，使目前的政治理想和活動合法化。」〔註6〕怎樣解釋傳統，瞭解歷史如何影響、支配當代政治；又怎樣理解過去與現今的關聯，這些爭議在二十世紀曾不斷地發生，在「文革」結束後的氛圍中顯得尤爲急迫。

　　新時期初期，整個社會和文學環境已發生重要變化，作家都不可避免地面臨重新被選擇。而作家在政治、社會和文化身份意識及其功能等方面的轉變，筆者以爲是時代客觀與作家主觀兩方面的自然契合。從客觀方面講，首先是國家重新調整了中國社會的身份結構體系。在1978年3月召開的全國科學大會的開幕式上，鄧小平明確宣佈：「知識分子絕大多數已經是工人階級和勞動人民自己的知識分子」，「是工人階級的一部分」，是和工人階級一樣只是分工不同的「社會主義社會的勞動者」。〔註7〕對作家而言，這一講活精神的具體體現主要是國家制定與實施的大規模的「撥亂反正」、「摘帽平反」和「尊重知識、尊重人才」的知識分子政策。這一政策的轉變，帶動了全社會對整個知識分子群體的重新認識和估價，「文革」中處於身份結構最底層的知識分子在新時期被合法的納入了無產階級隊伍，被寄以「時代代言人」、「靈魂的工程師」的重任，從而獲得了「道義承擔」的「革命者」和「啓蒙者」的形象。〔註8〕其次是文藝政策的調整。鄧小平1979年10月在「四次文代會」上

一個群體的特徵（認同）大都是在歷史中形成的，這些特徵通過諸多符號保留在人們的記憶中，而這些特徵（認同）則構成一個群體集體意識的基礎。

〔註6〕 王斑：《全球化陰影下的歷史與記憶》，南京，南京大學出版社，2006年，第6頁。

〔註7〕 鄧小平：《在全國科學大會開幕式上的講話》，《鄧小平文選》（第二卷），第89頁。

〔註8〕 在這裡，我們要注意一個問題，即作爲一個和政治意識形態密切相關的政策的制訂，必定會有它策略性和狹窄化的一面。並不是所有的作家都是這一政策的受益者，哪些作家有資格獲得這一身份形象，是否具備寫作和發表的合法性，在這一時期依然要受到國家政治的認定、重評和規約，這一政策的效用對於具體的作家來說，其結果可能是千差萬別的，尤其是當很多個人敘述都未列入歷史（文學史）敘述之中的時候。這一點在程光煒的《「四次文代會」與1979年的多重接受》一文中有過詳細的論述。而本書在這裡並沒有在這一

闡述黨對文藝工作的領導時明確提出了「不要橫加干涉」的意見，緊接著，1980 年 7 月 26 日《人民日報》發表《文藝爲人民服務，爲社會主義服務》的社論，來取代「文藝爲工農兵服務」和「文藝爲政治服務」的口號，1984 年胡啓立代表中共中央出席第四次作家代表大會時又提出了「創作自由」的口號。儘管這些文藝政策的調整與制定「很大程度是響應和配合著『新時期敘述』的歷史策略而問世的」，〔註 9〕而且新時期的政治領導層並沒有放棄對包括文學在內的意識形態領域的控制，但我們可以看到，一個相對來說比較寬鬆的文學環境正在逐漸形成，這些都給作家以很大的鼓舞，極大地激活著創作主體的精神世界。再次，重建後的文聯、作協等團體在文學造成廣泛社會影響下，逐步走向社會推崇的中心地位，繼續維持著建國後業已建立的文藝領導體制，在清算「文革」影響中發揮著重要作用，更爲重要的是它還擔當著對文壇准入資格進行認證的職能，成爲確認作家「身份」的標誌，這就意味著如果沒有進入「作協」的編制，作家身份就不能成立。新時期初期，作家、評論家大部分「重歸」高度一體化的文藝體制當中，體制內外的生存決定了作家身份及其功能的區別。在這一體制內，作家以群體的方式發言，就意味著合法和權威，意味著是在政治的認可和嚴格的身份等級劃定下承擔社會啓蒙的。當然，體制內生存的作家們創造的作品在思想意識和藝術表現上也是被「文學成規」過濾和規約了的，他們必須遵循體制規範。最後，民眾對文學的關注、閱讀，以及對於作家所擔之「道義」的政治熱情的贊同，不僅構成了作家們熱心「載道」的重要精神支柱，而且重新激發和喚回了他們的責任感和使命感。

　　從主觀方面講，主體迫切「尋找」的身份和功能，還需要主體本身對自我存在進行確認。新時期初期，作家們普遍表現了鮮明的社會政治視角，他們在自身的角色定位、角色期待、價值選擇、社會任務等方面與時代精神和整個社會的現代化目標是內在一致的。此時構成作家隊伍有兩個主力群體——「歸來作家」和「知青」作家，在他們的記憶中，苦難對於受難者自己和別人都是一種精神資源，一種道德財富，「個體的生命流程，在這些小說中，彷彿都在冥冥之中受到一個理想自我或光明未來的招引，從而促使他們無視

問題深究下去，主要考慮到當時對部分作家身份和資格的「重評」還潛伏或爭論於文學界內部，而社會的主流（「主流文學」、大多數作家）還是積極期待和響應這一政策的。

〔註 9〕程光煒：《「四次文代會」與 1979 年的多重接受》，《花城》，2008 年第 1 期。

身邊的苦難，或者把苦難視爲必要的代價或一個過程，一個更爲成功的社會自我，將在災難的盡頭等待，並將給予受難者豐厚的報酬」。〔註10〕我們可以這樣理解，與其說新時期初期的文學通過對「文革」記憶中的苦難的言說而進行情感宣泄的話，不如說它關注經歷苦難後的「輝煌」，以及產生的生命和社會的歷史意義。於是，「團結一致向前看」成爲時代的「主旋律」，成爲壓倒一切的統攝性話語，「在政治上，它的涵蓋性把民族／國家凌駕於其它範疇和性別、階級、宗教等之上；在敘述上，它提供一套整合性的『語法』和『修辭』，把性別、階級、宗教等統攝其下。」〔註11〕這樣的時代「信念」和「任務」「都容易使作家從一種社會責任感和政治良心出發，把社會政治問題擺在第一位，並從這一基點上來考慮、看待一切文學創造的問題。作家如果堅持藝術創造的獨立性的信念，有時反倒會被認爲是社會良心上存在著缺失。這是一種確確實實的壓力，既來自外界，也來自作家內心。」〔註12〕

言而總之，作家在政治、社會和文化身份意識及其功能等方面的轉變，使得早已被扭曲的知識分子形象在「苦難的歷史」的重新講述中「恢復」和「重塑」。更爲重要的是，我們看到，因爲「文革」所招致的歷史之痛是公共性的，那麼有關苦難、傷痕的記憶和講述，也就變換成了對於公共事件的記憶和講述，這種依據於權威歷史話語的表述成爲他們記憶的一種習慣，並推動了新時期初期文學對主流意識形態的回應，因而這種個人的歷史記憶就具有了較強的「集體記憶」的建構與維續的意味。

二、「創傷」記憶和證言

思考集體認同的問題，一般有兩種模式：「一種是烏托邦的模式。它的出發點是某種高遠崇高的理想。在理論上，它盡量強調理想的完美，強調合乎歷史規律，代表人類未來。在實踐上，它不惜一切代價和犧牲，不擇任何手段，包括暴力和恐怖，去將理想變成現實。另一種是汲取教訓的模式。它所追求的最佳理想就是盡量多地避免發生人在經驗中已經知道的錯誤，尤其是

〔註10〕 賀桂梅：《世紀末的自我救贖之路——對1998年「反右」書籍出版的文化分析》，《上海文學》，2000年第4期。
〔註11〕 陳順馨：《導言之一：女性主義對民族主義的介入》，陳順馨、戴錦華編選：《婦女、民族與女性主義》，北京，中央編譯出版社，2004年，第2頁。
〔註12〕 洪子誠：《作家姿態與自我意識》，西安，陝西人民教育出版社，1998年，第198頁。

對人類造成嚴重傷害的災難。」對於後一種認同模式來說，「創傷記憶具有特殊的重要性，因爲創傷中總是包含著一些特別需要汲取的教訓。」〔註 13〕的確，對「記憶」的關注是與自我認同和群體認同的需求聯繫在一起的，而蘊藏在「認同」中的一個關鍵詞便是「創傷」，「文革」記憶留給這個群體或個人的首先是一場曠日持久的苦難，一道尙未癒合的傷口，它是「文革」後知識分子建立歷史／社會主體意識最堅實的起點。在我看來，創傷記憶對於群體認同的意義在於，一方面，它無疑在新時期初期的中國作家中佔據著重要的地位，喚起了這些有著「文革」慘痛經歷的作家們的道義承擔的意識；另一方面，只有群體共同構建的創傷記憶才對群體有著引導和教育意義。這就需要我們繼續討論的是：創傷記憶的具體表現形態是什麼？共同的創傷記憶對於群體認同的意義體現在哪些方面？

　　正如上文所述，新時期初期主流文學界著力提倡和恢覆文學的干預功能和承擔介入精神，這主要體現在作家們的身份意識的轉變和職能的認定，除此之外，還表現爲親歷者（倖存者）爲歷史提供的「證言」。「這被看成『歷史』託付的莊嚴使命，在由一種文化傳統所支配的想像中，他們的良知被喚起，受到召喚和囑託。親歷者的講述，他們對親歷的體驗、記憶的提取，在歷史敘述中肯定是十分重要的，這是呈現『歷史面貌』的重要手段。」〔註 14〕不可否認，任何親身經歷過苦難的人都是苦難的見證人，但是，「即使在苦難過去之後，也不是所有的見證者都能夠，或者都願意爲苦難作見證」，因而，「在『是見證』和『作見證』之間並不存在著自然的等同關係。從『是見證』到『作見證』，是一種社會主體意識、道德責任感和社會行動的質變過程。」〔註 15〕「見證」也是記憶，但不是完整的記憶，而是零散、斷斷續續的，有時甚至被扭曲，需要見證者重新構建起一個連貫的講述。這一鮮明地建構特徵，有時淡化或遮蔽了見證者有意或無意造成的記憶細節的偏差，但並不妨礙見證敘事的見證意義，因爲見證者「理直氣壯」地把理解和處理歷史記憶的責任放到群體（包括他自己）的身上。這可以從兩個不同層

〔註 13〕徐賁：《人以什麼理由來記憶？》，長春，吉林出版集團有限責任公司，2008年，第 275～276 頁。

〔註 14〕洪子誠：《「倖存者」的證言——「我的閱讀史」之〈鼠疫〉》，《南方文壇》，2008 年第 4 期。

〔註 15〕徐賁：《爲黑夜作見證：維塞爾和他的〈夜〉》，《人以什麼理由來記憶？》，長春，吉林出版集團有限責任公司，2008 年，第 222 頁。

面來理解，一是見證者往往採用第一人稱或第三人稱來敘事，這樣做的意義在於第一人稱敘述不只是在抒情、揭示心理活動、推測事情因由等方面具有各種便利，更重要的是一個對記憶眞實的承諾和宣稱；而第三人稱敘述則具有十分明顯的「全知」視角。見證者向群體講述他們的創傷經歷，爭取他們的認同，是要幫助構建一種對所有人都有教育作用的集體回憶。這些記憶方式會給文本留下許多「空隙」，有待群體在字裏行間讀出許多自己想說，而作者並未說出的話來。這樣，見證者的「證言」就和群體的「塡充和領會」一起構建了共同的創傷記憶，創傷就不再是「他」的災難，而成爲「我們」共同的災難。

然而，對創傷記憶的表現形態需要我們反省的是：首先，記憶的主體認爲是在以「集體」的名義言說，就很少限制這種「代表性」的能力的膨脹，於是，以「倖存者」的身份來記憶和講述也「表現爲收集並強化『不幸』的那種『自憐』與『自戀』，表現爲將『苦難』給予英雄式的轉化」，同時，也表現爲「提升『倖存』經驗表達的價值等級，認爲在道義上和藝術上，都理所當然的具有優先性，以至認爲『倖存』的感受就具有天然的審美性。」〔註16〕其次，對作家而言，確認他們「是工人階級自己的一部分」，是對其政治身份或政治待遇正常化的一種表示，作家們在這樣一種指認中，通過對「國家倫理」、「人民倫理」的認同，同時也獲得了生存意義和生活內容，消除了作爲孤獨個體的生存焦慮。「『團結一致向前看』雖然提供了一整套異於『十七年』的文化範疇，爲文學知識分子的精神釋放規劃了一個盡可能寬闊的話語空間，但這並不表明『文學話語』與『政治話語』之間的深刻矛盾就此而消除。」〔註17〕作家所從事的精神生產的特殊性，需要其有更多的精神自主性。於是，「作家『主體性』增強與主體意識的模糊和重新失落同時存在」，〔註18〕很多作家的創作心態和身份及其功能意識其實並不像我們如前所述的那麼「一致」，他們也產生了新的焦慮：一方面因爲從「反右」到「文革」幾十年的動盪，他們經歷了肉體、精神上的雙重災難，在內心積下太多

〔註16〕洪子誠：《「倖存者」的證言——「我的閱讀史」之〈鼠疫〉》，《南方文壇》，2008年第4期。
〔註17〕程光煒：《文學的緊張——〈公開的情書〉、〈飛天〉與八十年代「主流文學」》，《南方文壇》，2006年第6期。
〔註18〕洪子誠：《作家姿態與自我意識》，西安，陝西人民教育出版社，1998年，第198頁。

的委屈、憤怒、鬱悶，此時要急於清理這些「黑色記憶」，然而，「有關文革的私人記憶必須要以公共記憶的語法才能被書寫被閱讀。」〔註 19〕因此，基於「個人得失」之上的對於「歷史記憶」的表達，並不具有充分的合法性，作家們記憶和講述公共「歷史記憶」時是不能含有「個人主義」因素的，只能有「我們」的歷史記憶，其權威性和合法性就在於彰顯社會「主題話語」。於是，作家們用一種「事件親歷者」加「歷史記錄人」的敘事模式，把個人遭遇轉換到了「人民記憶」和「歷史敘事」中來，通過對歷史的回憶和批判，來回應「揭批文革」和「撥亂反正」的國家話語。另一方面他們已不自覺地開始流露出對「載道」文學成規的懷疑；開始自省他們自以為應承擔的社會責任和歷史使命所出現的闕失，或者提出作家是否都應該無一例外地承擔道義的疑問；開始思考那些與國家、時代、人民格格不入的純個人的情感、習性、好惡如何在「光天化日」下保存；開始嘗試新的「話語策略」來記憶和講述歷史。

通過本節的論述，我們可以看出，「創傷記憶」成為新時期初期作家們對「文革」歷史的主流記憶，該記憶內容實際包含了兩個層面：個體記憶和集體記憶。就個體記憶而言，他們將「創傷」當作是一種財富、一種品性的磨煉；就集體記憶而言，這種「苦難」被歸因為「與共和國共苦難」，換言之，個體的「創傷」變成了一種莊嚴的「苦難」，獲得了一種極為濃厚的意識形態意義。徐賁在《文化批評的記憶和遺忘》一文中試圖提醒人們：「在不能公開記憶的情況下，無論能否發表，個體記憶寫作都可以成為一種抗爭行為。但是，這種抗爭性的記憶只有在成為公眾記憶的一部分時才會真正起到社會作用。『文革』中所保存的個人記憶只是到了『文革』以後，因有條件進入公眾領域才起到重新記憶『文革』的社會作用的。」〔註 20〕因而，當作家們用文學形式將他們個人的歷史記憶向社會成員講述時，他們有意無意地參與了有關「文革」的「集體記憶」的建構過程。這樣，每一個個體的記憶似乎自然而然地成為了知識群體記憶的縮影，也就是說，作家們的「個體記憶」作為「集體記憶」的一部分而得以建構和維續下去。不過，在我看來，這種有關「文革」的「集體記憶」，與其說「記憶」了歷史中的「文革」，不如說更能

〔註 19〕許子東：《為了忘卻的集體記憶》，北京，三聯書店，2000 年，第 6 頁。
〔註 20〕徐賁：《文化批評的記憶和遺忘》，陶東風、金元浦、高丙中主編：《文化研究》第 1 輯，天津，天津社會科學院出版社，2000 年。

體現新時期初期的人們在「文革」後一種特殊的文化心理狀態，即更多地想以「忘卻」來治療「文革」的創傷，以「講述」來逃避「文革」的影響。這種記憶的「選擇和遺忘」的過程及原因，正是我接下來論述的要點所在。

三、強化性記憶的權力

在前幾章的分析中，我們分析了一些作家對於「文革」記憶的不同理解和處理方式：有的與作者的經歷背景密切相關（比如「帶罪者」戴厚英對「階級鬥爭」及「人性」的理解；以「受難者」自居的遇羅錦對「文革」的控訴）；有的又主動變換講述策略或者宣揚藝術手法的影響（戴厚英在《人啊，人！》的「後記」中強調學習「現代派」手法；遇羅錦採取自傳體、書信體的寫作模式以凸顯個人經歷的眞實等）；有的爲敘述角度和立場（作品主人公的社會身份）所制約（比如戴厚英、巴金、韋君宜等常以知識分子的「優越」身份來反思知識分子所走過的曲折歷程，而遇羅錦多以「個人」、「自我」來抱怨「文革」後生活、愛情的不順）等等。然而，到底是哪些因素使得他們在「文革」後表現出激動、自怨自艾和感激涕零，或是那種控訴、抱怨和質疑呢？僅僅靠「我們的鬥爭會不會過頭？我們有沒有冤枉好人？有沒有必要在中國的國土上無時無刻、無休無止地挑動『階級鬥爭』和『路線鬥爭』這兩根弦？」〔註21〕或者靠「在左的思想的影響下，我既是受害者，也成了害人者」〔註22〕等「反思」就能將問題詮釋清楚嗎？「傷痕文學」中這些善惡分明的對立實際並沒有回答這些問題，但筆者以爲這不是「傷痕文學」之過，與其說它的「反思」稚嫩而無力，不如說它實際上並沒有眞正掌握表現歷史記憶的權力。隨著對問題的進一步探究，我們發現有一種力量其實在控制著記憶的資源，它已構成了一種權力，不讓作者表露更多地與「集體記憶」無關或牴觸的東西，通過對闡釋權的壟斷，規定了人們對歷史的記憶和講述的方式。

在具體討論這個問題前，讓我們先看兩則故事。1981 年，爲了紀念魯迅先生誕辰一百週年，巴金寫作《懷念魯迅先生》一文，結果該文在《大公報》發表時，文章中凡是涉及到「文革」的詞句都被「無情」地刪除了，甚至連引用魯迅的話中說「我是一條牛……」也被刪去，理由是「牛」這個字眼容

〔註21〕戴厚英：《人啊，人！》，廣州，廣東人民出版社，1980 年，第 352 頁。
〔註22〕韋君宜：《思痛錄·露沙的路》，北京，文化藝術出版社，2003 年，第 5 頁。

易讓人聯繫到「牛棚」。當時該報的責任編輯潘際坰後來回憶這篇文章發表時的一些細節說：「1981 年 9 月，在魯迅百年誕辰之前，國務院外事辦的負責人召集香港幾家報紙的總編輯在北京開會，會上外事部門的負責人對各報總編或主編說，海外報紙發表關於『文革』的文章太多了，有負面影響，中央既往不咎，可是今後再發生這樣的事情，就要打你們屁股了。」在此「指令」的規範下，我們就不難理解文字被刪的緣故了。然而，「文章字句被刪」的波折並沒有在新時期徹底消隱，1990 年四川人民出版社打算出版巴金的《講真話的書》，準備收錄他在「文革」後的所有創作，不過，編輯部最初討論時認為《隨想錄》中有三篇文章的內容、言語可能「犯忌」，不能收錄，後來書正式出版時，僅《「文革」博物館》一篇被收進來，但最令人詫異的是，這篇文章那一頁只有題目，沒有內容，白紙一片，原來是開了「天窗」，這後來也被稱為新中國出版史的特例。〔註 23〕我們可以從這兩個作品發表的「事件」中獲得這樣一個信息：「回憶不都是為了銘記，有時會是遺忘的開始。」〔註 24〕它包含兩個方面：一方面，官方文件、政策和主流媒體的宣傳試圖給社會群體提供一個關於「文革」歷史的普遍認識的印象，〔註 25〕但是個人記憶（經驗）與主流歷史可能並不完全是包容或是融合的關係，於是，一種差異性有時甚至成為一道難以縫合的「裂痕」在這二者之間形成了。它使我們看到歷史記憶與文學敘述之間的關聯性，即在於某個時期、事件、場景、人物等歷史元素在文學中的投射和反映，甚至是一種對當下的審視、闡釋和面向未來的記憶，這其實是一種重構式的歷史記憶。另一方面，主流意識形態有時「過分」「敏感」地傳達了這樣的信息：為了在個人記憶的基礎上形成一個關於群體的更普遍深入的共同記憶，不僅在收集材料進行寫作之前，要用一個共同主題將回憶者的「記憶」引向一個更單純、更明朗的方向，而且在寫作過程中，又用種種「規則」對「寫什麼」和「如何寫」進行詳細地制約，使得那些重大的、典型的、符合主流的記憶和講述進入「視野」，甚至在作品發表之時，又對作品進行層層篩選和刪改，排除與普遍的共同記憶有違或不相干的異質因素，從而成為一種「純淨」的不致引起人們無關聯想的社會教育範本，

〔註 23〕 參見夏榆：《〈隨想錄〉「享受」到的特別「待遇」》，《南方周末》，2008 年 10
　　　　 月 30 日。

〔註 24〕 其實，戴厚英和遇羅錦作品的發表，以及受到批判的風波和這兩個事件有著
　　　　 許多相似的地方。

〔註 25〕 可參見本書第一章的相關論述。

即便是聲名顯赫的文學「大家」的個人記憶也不例外。

　　保羅‧康納頓在《社會如何記憶》中分析說：「所有開頭都包含回憶因素。當一個社會群體齊心協力地開始另起爐竈時，尤其如此」。而「過去的形象一般會使現在的社會秩序合法化」，他接著提醒我們，「在所有經驗模式中，我們總是把我們的個別經驗置於先前的脈絡中，以確保它們眞的明白易懂；先於任何個別經驗，我們的頭腦已經預置了一個綱要框架和經驗事物的典型形貌」。〔註26〕在此意義上，我們對新時期初期理解和處理歷史記憶的探討就需要在過去／現在、記憶／經驗、群體／個人之間的張力關繫上多加關注。新時期初期，對「文革」的記憶和講述最終在多種力量的博弈和較量之下逐步建立起了某種關於「過去」的集體記憶，這種記憶又同某種關於「未來」的共同理想進行勾連，重新定義和確立了「我們是誰」的意識。在這樣的「群體」意識中，每個人的個人意識和集體記憶是分不開的。也正因如此，擁有某種共同記憶的「我們」和不擁有這一記憶的「他們」之間就區別出了親疏不同。然而，「記憶是社會中不同人群爭奪的對象，也是他們之間權力關係的指標」，權力等級決定了記憶的形式，它既全心全意地「營造單一的記憶神話」，也孜孜不倦地「壓制不同記憶」。也就是說，「主流文化控制記憶資源，而對異見文化採取壓制態度，因而異見文化抗爭的重要手段是保存一種相對於主流文化記憶的他類記憶或者反記憶。」〔註27〕那麼，問題也接踵而來，到底是誰，抑或是哪種力量在控制和壟斷著記憶資源？我們可以想到的有政治力量、社會輿論、個人經驗、外來影響等等，那麼，它們之間經過了怎樣的較量和博弈？記憶的權力是如何確立下來的呢？

　　記憶歷史的權力關係是一個複雜的問題，它不僅是被歷史、文化、政治等外部力量「型塑」的產物，也是記憶主體「能動性」地「建構」的結果。福柯曾說：「記憶是鬥爭的重要因素之一……誰控制了人們的記憶，誰就控制了人們的行爲的脈絡……因此，佔有記憶，控制它，管理它，是生死攸關的。」〔註28〕在他看來權力在本質上操縱了記憶。其實，在前幾章的論述中，我們

〔註26〕保羅‧康納頓：《社會如何記憶》，納日碧力戈譯，上海，上海人民出版社，2000年，第1、3頁。

〔註27〕徐賁：《文化批評的記憶和遺忘》，陶東風、金元浦、高丙中主編：《文化研究》第1輯，天津，天津社會科學院出版社，2000年。

〔註28〕Michel Foucalt, Foucalt live, Semiotext (e), p. 124.轉引自蕭喜東：《一九六六年的五十天：記憶與遺忘的政治》，http://www.taosl.net/wc246.htm。

展現了「個體記憶」的呈現以及被引導和被規訓的過程，我們分明可以在新時期初期的文學中看到不同記憶「文革」的方式，這些記憶「具有敘述模式上的某種相似性，但也存在著重要的差異——敘述模式的相似與相通，證實著當代小說所書寫的『文革記憶』的『集體性』；敘述模式之間的差異，則顯示著各種文化力量對『文革集體記憶』書寫過程的不同制約。」〔註29〕胡喬木在新時期初期對「歷史」的記憶和表述問題做過詳細的闡釋，他說：「當然，歷史不能忘記和割斷，更不能隱瞞和篡改。正確地揭露過去歷史上的陰暗面，把它們同以前、當時、以後的光明面加以對比，在給人以深刻的教訓的同時，給人以全面的認識和堅定的信念，這樣的作品無疑是今後的觀眾和讀者所仍然需要的。但是，究竟不能說多數作品都必須著重於十年內亂的這一段歷史，著重於這一段歷史中最令人憎惡的事物。一個人（除非是歷史學家或歷史文學作家）如果過多地回顧就難於前進，一個民族更是如此。我們沒有權利阻止作家們寫他們所熟悉的歷史上的不幸事件，但是我們有義務向作家們表示這樣一種願望，希望他們在描繪這些歷史事件的時候，能使讀者、聽眾和觀眾獲得信心、希望和力量，有義務希望報刊、出版社的編輯部和電影製片廠、劇團等單位在選用這些作品的時候採取比較高的標準。」〔註30〕從引用的這段長文中我們可以讀出，主流意識形態文化憑藉所掌握的權力控制著對歷史記憶的講述，這種講述不僅成為建構新時期合法性敘述的重要工具，而且體現出一個權力運作的過程，參與其中的有意識形態權威部門的領導，有代表主流意識形態發言的評論者，有文學編輯，有文學期刊，有文學出版，有各種會議及評獎活動等等。當然，作為記憶主體的知識群體主動將他們創傷記憶的原始情境「掩蓋」起來，表現為對苦難的讚美；或是不論主人公曾經遭受過多麼不公正的命運待遇，他們都絕不會對未來失去信心。這些記憶和講述的「策略」實際上也是對「權力」的主動迎合。從這些層面上，我們可以說主流意識形態對歷史記憶的建構形成了一種共通的集體「鏡象」，而個體通過此「鏡象」去認知一系列社會規範、價值準則、倫理要求等規範，從而建立起我與他人、我與社會、我與歷史之間的想像性關係，並按照這一關係進行生活實踐。

〔註29〕 許子東：《敘述文革》，《讀書》，1999 年第 9 期。

〔註30〕 胡喬木：《當前思想戰線的若干問題》，北京，人民出版社，1982 年，第 57～58 頁。

四、選擇性遺忘的文化內涵

　　1979 年 6 月，《河北文藝》著力推介《歌德與「缺德」》一文，作者李劍對「傷痕文學」進行了嚴厲地批判，他認爲文藝工作者的任務是「歌德」——歌頌黨、國家和社會主義，而不是「缺德」——專門揭露「陰暗面」。因而，他把寫「傷痕」，以及揭露社會主義時期生活中的陰暗面的作品斥責爲「缺德」，並進而主張社會主義文學只能是「歌德」。這篇文章發表之後迅速在文學界引起了廣泛的爭議，被胡耀邦稱爲「是粉碎『四人幫』將近 3 年來文壇上一個不大不小的風波。」《人民日報》、《光明日報》、《紅旗》等報刊，很快發表了一系列文章，對李劍的文章進行批駁。但是，另一種聲音，在大報刊上也時常能見到：有人認爲李劍的文章是正確的，文藝界的思想解放已經引起了「思想混亂」，走上了「否定毛主席文藝路線」的道路。〔註31〕此文引起的爭論「也引起了中宣部的注意。根據胡耀邦的建議，中宣部領導與河北省委宣傳部主管文藝的負責同志、河北文聯的負責人、《河北文學》的編輯與作者李劍，以及中國文聯和中國作協的林默涵、陳荒煤、李季和馮牧四人」開會，目的是使作者「提高認識」並作「批評幫助」。雖然作者仍然「不服」，但這一「歌德與缺德」極左傾向的「風波」終於被「批評」和「壓制」。〔註32〕其實，新時期初期關於「歌德與缺德」的爭論仍然是傷痕文學爭論的延續。1979 年 4 月，廣東文藝界所開展的關於文藝「向前看」還是「向後看」

〔註31〕 參見徐慶全：《胡耀邦與有關「傷痕文學」的爭論》，《文史博覽》，2005 年第 9 期。

〔註32〕 參見劉錫誠：《在文壇邊緣上——編輯手記》，開封，河南大學出版社，2004 年版，第 291～294 頁。需要指出的是，儘管主流文學在處理「歌德與缺德」風波過程中採取了壓制態度，但最終還是採取彈性的方式與「歌德與缺德」的支持者們達成了某種妥協，原因即在他們也不認爲李劍文章在「原則」問題上出了很大「問題」。迄今爲止，還有一些研究者將李劍等人的文章視爲「極左」言論或「主流文學」之外的「逆流」而痛加貶斥，卻沒有認真地對這些爭論所處的社會環境作深刻辨識，反而用簡單的「斷裂論」來處理當時複雜的文藝問題。誠如程光煒老師所言，「八十年代的文學知識分子，一般都在文藝界團結一致向前看的和平、安詳的一派氛圍中，他們無法理解，當然也沒有意識到，傳統的意識形態文化（即『傳統』的主流文學意識）仍然作爲一種文化無意識頑強地存在。『團結一致向前看』雖然提供了一整套異於『十七年』的文化範疇，爲文學知識分子的精神釋放規劃了一個盡可能寬闊的話語空間，但這並不表明『文學話語』與『政治話語』之間的深刻矛盾就此而消除。」程光煒：《文學的緊張——〈公開的情書〉、〈飛天〉與八十年代「主流文學」》，《南方文壇》，2006 年第 6 期。

的大討論〔註 33〕就已經引起了文學界在如何發展傷痕文學的問題上的「爭端」，在新時期以來的眾多當代文學史敘述中，這些爭論都被簡單地看作是主流文學對「極左」文藝思想的堅決抵制，在今天開來，這些問題和後續的描述似乎都已經「過時」。不過，值得我們重視的倒是這一爭論中隱藏著的如何理解歷史記憶和怎樣處理它的問題，如果將這個問題作進一步延伸，就可以看到新時期初期文學「選擇性遺忘」的現象。那麼，新時期的文學敘述是否仍有一道最後的「底線」不能觸動，不可冒犯？它怎樣應對「記憶與遺忘」問題的？對那些「逸出」集體記憶的個人記憶，或曰「逸出」集體經驗的個人經驗，它為什麼表現出憤怒和不安？它在怎樣的邏輯和基礎上把前者視為「標準」和「框架」，又把後者視為新時期的「異端」的？

從徐賁的《文化批評的記憶和遺忘》中我們可以瞭解到昆德拉說過：「人與權力的鬥爭，就是記憶與遺忘的鬥爭。」甘卜斯特別把近期歷史事件記憶和遺忘與強勢權力聯繫起來，說：「忘記近期歷史事件和忘記遙遠的過去是不一樣的。……忘記（近期歷史事件）意味著扭曲用以察看現今的視鏡。這是一種有意無意的逃避或排拒。它把發生過的事想像為未發生過，把未發生過的事想像為發生過。這種遺忘是拒不記憶。」〔註 34〕甘卜斯在這裡強調了記憶的遺忘的問題，他既提出了忘記近期歷史事件的目的——「扭曲用以察看現今的視鏡」，又闡釋了具體的做法——「它把發生過的事想像為未發生過，把未發生過的事想像為發生過。」在我看來，這正是如何「理解」歷史記憶和怎樣「處理」它的問題。無論是記憶還是忘卻，無疑都與「當下」的情境相關，因為「當下的處境好像是一種觸媒，它會喚醒一部分歷史記憶，也一定會壓抑一部分歷史記憶，在喚醒與壓抑裏，古代知識、思想與信仰世界，就在選擇性的歷史回憶中，成為新知識和新思想的資源，而在重新發掘和詮釋中，知識、思想與信仰世界在傳續和變化」，〔註 35〕所以說，近期的歷史事件和現今（當下的處境）互為「鏡象」，它們在各自特定的時空中「觀照」著對方。既然建構歷史記憶的行為發生在特定的過去與現在聯結的時空

〔註 33〕 在這場討論中，有人把新時期產生的描寫「傷痕」的作品稱之為「向後看」的文藝，認為應該「提出向前看的口號，提倡向前看的文藝」。

〔註 34〕 徐賁：《文化批評的記憶和遺忘》，陶東風、金元浦、高丙中主編：《文化研究》第 1 輯，天津，天津社會科學院出版社，2000 年。

〔註 35〕 葛兆光：《歷史記憶、思想資源與重新詮釋》，《中國哲學史》，2001 年，第 46 頁。

中，它必然會受到來自社會的各種複雜力量的控制。而遺忘作爲權力運作的一個結果，被有的研究者稱爲「記憶的黑洞現象」，所謂「黑洞」就是在尋求因果關係的時候我們無形中要「抹去的」一些東西。〔註36〕在這些強調記憶與遺忘的學者看來，記憶本身就包含了遺忘。哈布瓦赫在《論集體記憶》中說我們的記憶是在一個宏大的框架下，依靠社會的群體來記憶的。而且，記憶需要來自集體源泉的養料持續不斷地滋養，並由社會和道德的支柱來維持。只有把記憶定位在相應的群體思想之中，記憶才是可能的，一些記憶才能使另一些記憶得以重建。爲此需要在個人記憶中挑揀出與其同質的部分，並把它們裁切成規則的形狀，「刪汰」掉那些異質的和異形的部分。所謂「刪汰」，可以理解爲遺忘和塗改，這是個人記憶進入集體記憶的途徑。一座集體記憶的大廈，其起建本身，就是以遺忘、塗改和否棄爲代價的。〔註37〕「挑揀」和「刪汰」的過程就構成了一種選擇性地「記憶」，它承擔起記憶與遺忘的責任：根據特定的已成爲主流的價值觀要求社會群體記住「歷史」中那些「有利」的事物，也就是說總是在有選擇地、或主觀地選用和再造集體記憶，而「歷史事件」已經在這一過程中經歷了「把發生過的事想像爲未發生過」的歷史重新定型。所以，「承認記憶與其說是對過去的忠實重現，不如說是對自那同一個（過去）以來被不斷更新的重新建構：記憶其實是與遺忘的會晤，與其說是內容，不如說是語境，一種持續的賭博，一個策略的集合，這些策略的價值，與其說在於其內容，不如說在於其使用。」〔註38〕此外，在「它把發生過的事想像爲未發生過，把未發生過的事想像爲發生過」的過程中，我們發現了「一種『爲了忘卻的記憶』：於個人，以講述災難故事來療治心創；於國家，則將災難敘述成『少數壞人迫害多數好人』而且最終『壞事變成好事』」。〔註39〕

我們可以通過文本解讀對「記憶和遺忘」的關係做進一步說明。在《人啊，人！》中，作者戴厚英濃墨重彩地渲染了主人公何荊夫在「文革」中所

〔註36〕納日碧力戈：《各煙屯藍靛瑤的信仰儀式、社會記憶和學者反思》，《思想戰線》，2000 年第 2 期。

〔註37〕莫里斯·哈布瓦赫：《論集體記憶》，畢然、郭金華譯，上海，世紀出版集團、上海人民出版社，2002 年，第 60 頁。

〔註38〕弗朗西斯科·德利奇：《記憶與遺忘的社會建構》，陳源譯，《國外社會科學》，2007 年第 4 期。

〔註39〕許子東：《敘述文革》，《讀書》，1999 年第 9 期。

經歷的種種磨難，雖然「文革」結束後何荊夫仍然未能完全獲得「平反」，但作者多次借助主人公慷慨激昂的陳詞來傳達作者對待民族和歷史的態度：「歷史這兩個字是十分抽象的。可是組成歷史、推動歷史前進的各種因素，特別是人，卻是具體的、複雜的，多種多樣、千奇百怪的。對於和我們一起擔負著時代重任的人，我們為什麼不應該等待呢？一個民族的歷史，一個時代的歷史，是由千千萬萬個人的歷史彙集而成的。在這個彙集的過程中，每個人都要走完自己的歷史道路，你不允許他們走嗎？你一個人把歷史的車子扛在肩上嗎？」因此，「總有一天，你會看到，它（歷史，論者注）是公正的。」這段對「個人」和「歷史」的評價代表了眾多新時期初期文學理解和處理歷史記憶的方式，我們可以看出作者對「文革」的認識最終被處理成「在歷史黑夜裏耐心地等待光明」的記憶和書寫，具體的呈現方式是將歷史當事人「簡單化為純粹受害者，甚至純潔化為受難良知的化身」，這「反倒造就了對這些政治運動的遺忘。從根本上說，這種記憶和把文革責任全然推給『四人幫』式的記憶並無二致」，因而，「強制遺忘所主導的『壞人害好人』式的記憶成了它疏導記憶和遺忘衝突壓力的有效管道。這種記憶不僅強迫人們忘卻專制制度的責任，而且還誘使人們忘記社會的集體罪惡感。」〔註40〕因此，與其說以何荊夫為代表的「歷史受難者」對那些曾對自己犯下過錯的人毫不猶豫地一律表示寬恕和諒解，不如說他們是在以「未發生過的事」來寬容進而反抗「發生過的事」，他們是要通過個人與個人、他人與他人之間「歷史的撕裂」而「拒不記憶」，最終將近期的歷史事件徹底「遺忘」。

　　「對近期歷史事件的強制遺忘」當然會造成「官方歷史和個人記憶的差別」，不過，「在不能公開記憶的情況下，無論能否發表，個體記憶寫作都可以成為一種抗爭行為。但是，這種抗爭性的記憶只有在成為公眾記憶的一部分時才會真正起到社會作用。『文革』中所保存的個人記憶只是到了『文革』以後，因有條件進入公眾領域才起到重新記憶『文革』的社會作用的。」〔註41〕在小說《一個冬天的童話》中，作者遇羅錦塑造了與「四人幫」堅決鬥爭的「英雄」——遇羅克，他實際上已成為作者有意識的「遺忘」和主動加工過的「藝術想像」。這一形象和眾多「十七年文學」作品一樣，喪失了人

〔註40〕徐賁：《文化批評的記憶和遺忘》，陶東風、金元浦、高丙中主編：《文化研究》第 1 輯，天津，天津社會科學院出版社，2000 年。

〔註41〕徐賁：《知識分子：我的思想和我們的行為》，上海，華東師範大學出版社，2005 年，第 290 頁。

物性格的複雜性和多面性，當然，作者似乎也從來沒有想到過深入歷史人物性格的內部去捕捉那些動人的、糾結的、矛盾的生存狀態。正如筆者在一篇文章中所述，遇羅錦將遇羅克塑造爲一個十全十美的極端理想化的革命和道德英雄，目的就是要證明歷史勝利者在「非常態性」社會語境中歷史道路選擇的正確性，[註42]因此，我們就會理解遇羅錦通過有意識的「遺忘」把「人」加工成帶有濃厚政治意味的道德「榜樣」，從而達到規範社會民衆集體記憶的目的。

　　通過上文所述，我們分析了新時期初期文學記憶和書寫歷史的方式，以及遺忘對形成、塑造和強化歷史記憶所起的作用。同樣，在問題的提出和辨析中，我們也逐步明確了這樣的事實：新時期文學從一開始就毫不猶疑地接受了高層政治對「文革」的解釋，在此基礎上，對於歷史傷痛的個人性傾訴被進一步上升爲整個民族和國家的傷痛，原本從個人立場出發的歷史之痛的敘述，變成了對公共性痛苦的慨歎和撫摸，其不幸遭遇的呈現形式在彼此之間幾乎沒有什麼不同，於是，個人的歷史記憶隨之顯現成爲集體的記憶。當然，我們也應該明白，歷史記憶中所指涉的「集體記憶」和「個人記憶」等關鍵概念傳達出來的信息遠比我們今天把握到的要多樣和複雜，而且，當衆多的文學作品都用同一種思維方式和創作模式反映相同的主題時，便意味著文學主體性的缺失，意味著凸顯文學的社會性功能而忽略文學自身內在的文學性與審美創造性。

五、記憶的延伸

　　記憶的「選擇性遺忘」並不僅僅存在於新時期初期，這個「敏感」的問題依然在當代文化的領域中延伸著。1996 年是文化大革命發動 30 週年紀念日。知識界和報刊編輯、出版發行等方面的人士做了巨大的不懈努力，力圖在這一年進一步拓展對「文革」的反思和研究。《青年報刊世界》動手最早，它從 1995 年 8 月號起就開闢了一個專欄「激活自己的記憶」，主持人提出，希望經歷「文革」的一代人共同努力，以回憶和反省，拼構、復原那一段歷史，希望那一代人能夠激活自己的記憶，趁爲時不算太晚搶救一代人的記憶。該刊從這一期起，每期發表一篇訪談，回憶「文革」事實，再加一篇評論，

〔註42〕白亮：《自我形象的生成與個人經驗的建構——論遇羅錦記憶和講述「文革」的方式》，《中國現代、當代文學研究（人大複印報刊資料）》，2011 年第 1 期。

進行分析和研究。「文革」專欄受到廣泛注意和好評，但在 1996 年第 5 期之後突然終止。《焦點》雜誌在 1996 年 7 月號上用 30 多頁的篇幅推出一組關於「文革」的紀事和言論，總編在「致讀者言」中說，一個健忘的民族是沒有希望的，要記住「文革」。專稿「文化大革命 30 年祭」提出：「文革」的課題是正視歷史和總結經驗，最大的教訓是要有眞正的民主和健全的法制，最重要的啟示是現代化潮流不可抗拒。然而，《焦點》也被迫停刊，原定的「文革」欄目未能繼續做下去。《東方》雜誌籌劃了一個「文革」專題，組織了一組文章從各個方面反思「文革」，準備在第 3 期即 5 月發表，但因爲受到干涉而計劃破產。讀者後來仍然可以在雜誌封面的目錄中看到第一項「專題：文化大革命三十週年追思」，在首頁讀到「編者的話」：「15 年前，巴金老先生首倡建立『文革博物館』……也許，期待一座有形的博物館尚需時日，且未必能最終落成，但綿綿不絕的呼聲激勵著無數人用語言、用文字、用情感、用理性、用刻骨銘心的記憶和追源溯流的分析，在一磚一瓦地修築著無形的博物館。」〔註43〕從這些「文革紀念專號」被「突然停止」的歷史細節中可以看出，這段歷史記憶的書寫程度和範圍在某種程度上仍然是一個不可輕易觸摸的禁區，同時也可以反映出「刻意」要求遺忘的意識形態的規約因素。

　　從某種程度上說，新時期初期文學的「文革」記憶書寫在 80 年代中後期即已陷入困境，既不能提供新的感性記憶，也不能提供新的思想角度。作家們也逐步地意識到，在完成了自己的政治歷史使命之後已經面臨話語困境的集體記憶書寫需要引入新的元素才能成爲興奮點，或者說才能延續下去，這一新的元素產生的前提在於兩個：一個是時代文化語境和作家個人語境與新時期初期相比，發生了很大變化。「文革」逐漸失去其革命神聖性和宏大化的苦難敘事，蛻變爲一段去政治的日常歷史，一種可資寫作甚或娛樂消費的文化資源，一個作家個人言說的場域。另一個是作家在思維模式上走出「文革」小說政治批判和情感傾訴這一時代宏大主題的小說模式，更關注生命個體的生存寫照，更希望各種各樣經歷過那個時代的歷史主體都能出來說話，從各自不同的角度記憶他們經驗的歷史，從而豐滿歷史的面目，獲得文化意義的增殖。

　　問世於 1990 年多天的中篇小說《叔叔的故事》是作家王安憶站在個人立場上對時代的反省，她以小說的形式，提出了對新時期初期文學的集體記憶

〔註43〕汪洋：《反思和研究文化大革命的努力》，《社會科學論壇》，2005 年第 3 期。

的謹慎。在這篇小說中，最突出的特徵是新時期初期文學中的「苦難」通過叔叔的故事的講述而先被質疑，再得以重新詮釋。通過小說，我們瞭解到，苦難是「叔叔」一代後來得以發達的光榮資本，也是這一代精神史的出發點。正因為它無比重要，所以在記憶歷史時被誇大和扭曲，從而導致叔叔一代既不能靠近真實的自己，也不能靠近真實的生活。因此，王安憶認為「叔叔」們改寫和遺忘了自己的部分歷史，打造了受難者的光輝形象，為個人和時代的現實利益服務。以此為代表的一批記憶「文革」歷史的小說大都從個人的成長經驗和日常生活入手，找到了打開新的「文革」記憶空間及思考「文革」的新視角，也許，它更加有效地容納了生命記憶、歷史文化記憶和政治記憶，克服了以往「文革」記憶敘述中的某種單面性、過濾性，某種程度上恢復了歷史的複雜性、原生性和混沌性，重新引發了人們閱讀瞭解這個時代的興趣。

由於權力意志的作用，任何一個時代、任何一個民族的集體記憶，當它成為一種歷史記錄時，往往都會被特定的價值系統所處理，某些東西可能被誇大了，而有些東西則被削弱了，甚至屏蔽了。而文學，恰恰可以憑藉其對現實秩序以及人的存在狀態的敘述，既打上現實生存的烙印，又承載了作家個體的真實體驗與思考。在此意義上，我們以「集體記憶的生成及效應」為視角考察新時期初期的文學理解和處理、想像和建構歷史的方式，是試圖說明「文革」的記憶是如何通過個人性的記憶轉化為集體性的記憶，這種轉化的目的又是為了什麼。當然，在我們的研究中探討的不是是否存在符合集體記憶規範的文學，也不是是否存在處於集體／群體之外的個人敘述，而是這一時期的文學主要從哪些層面、哪些角度、哪些方式來理解和處理歷史記憶，從而顯現出新時期複雜多樣的文化歷史內涵，這同樣有助於我們進一步認知新時期文學的「起源性」問題。

結　語

　　作為試圖探究新時期文學「起源性」的一種嘗試，本書以戴厚英和遇羅錦的創作為中心，探討了新時期初期文學中歷史記憶得以生成的原因、具體的構造過程，以及不同記憶方式的特點和內在邏輯，總體來說就是記憶的存在方式和表述載體。與此緊密相關的是現實的文化機制和知識／權力的構成，以及文化生產方式和寫作實踐發生了什麼樣的變化？作家生命歷程與記憶，以及集體記憶與群體認同之間的聯繫如何體現？這些又可以讓我們看到知識群體本身的哪些問題？本書的寫作主要依靠史料的梳理和方法的確定。在史料方面，作家以及作品責任編輯的訪談錄、回憶錄、日記、隨筆、通信、申明，作品，報刊，文獻檔案等，都是本書重新梳理新時期文學的重要線索，正如有的學者所指出的：「史料和紀實本身常常被看作是歷史的化身，是歷史的最『真實』呈現。」〔註 1〕一定程度上，從這些史料的梳理和挖掘中，進一步看清了新時期初期主流文學界對作家、作品的「篩選」過程和「操作」程序，通過對文學當時發生的實際歷史情況的呈現，還可以加深我們對新時期初期文學在與 50～70 年代文學資源的「交流」中重新建構社會主義文化想像的認識。

　　在寫作的過程中，一個比較難處理的問題就是，如何在這眾多的概念、講述、故事和闡釋中梳理清楚新時期初期文學的脈絡。於是，我在方法上希望通過一種「回溯」的方式，從「文革」剛結束後的文學的再研究出發，重新思考那一時期的文學「風貌」，這種方法重在實證研究與理論思辨相結合。

〔註 1〕　賀桂梅：《世紀末的自我救贖之路——對 1998 年「反右」書籍出版的文化分析》，《上海文學》，2000 年第 4 期。

由於某些因素對研究者歷史想像與敘述構成的限制，對新時期文學的研究一直存有一種濃厚的「進化論」意識，它不僅大大刪減了當代文學史的「歷史內容」，也直接導致了新時期初期文學研究的「表面化」，比如，當知識界誇張地將當代知識分子的歷史改寫爲一段知識分子的受難史，或以「進化」和「向前看」的名義規範歷史記憶時，或許遮蔽了更爲複雜的歷史經驗。就像程光煒先生指出的：「也許我們更應該關心的不是『新時期文學』排斥、替代『當代文學』的歷史性的『豐功偉績』和某種『進化論』的因素，而是 1976年以前的『當代文學』何以被統統抽象爲『非人化』的文學歷史？……那麼究竟該如何重新識別被 80 年代所否定、簡化的 50 年代至 70 年代的歷史／文學？它們本來有著怎樣而不是被 80 年代意識形態所改寫的歷史面貌？另外，哪些因素被前者拋棄而實際上被悄悄回收？哪些因素因爲『新時期文學』轉型而受到壓抑，但它卻是通過對歷史的『遺忘』的方式來進行的？」〔註 2〕這種「問題」意識對於我的研究具有很大的啓發性，新時期文學發展的本身是一種複雜的建構過程，它使我們意識到，那些看似簡單、粗糙、整體的歷史生活和文學生活，還有那些圍繞在作家作品、文學事件周圍的一堆沉默的歷史文獻，其實包含著更多的複雜性、豐富性和多樣性，這對今天的研究者來說仍然具有旺盛的生命力。

本書集中闡釋了新時期初期文學中的歷史記憶與政治、意識形態、歷史轉折點、社會改革、文化結構的變更等社會內容存在的緊密關係。在我看來，對新時期初期這些作家、作品、文藝思潮的認識不能只由對歷史的同情所替代；簡單的批判、反思或迴避也不能代替對歷史更深入和複雜的認識。在進一步的解讀和理解的過程中，我們也會發現，「記憶」本身的缺漏與枝蔓以及鮮活的想像力個性，都有可能讓我們重新認知那個統一記憶和講述中的「文革」和「新時期」，在這裡，大背景雖然是一樣的，但小插曲和細節的差異性也很大。在「差異」中「重訪」那座「歷史文化遺址」，會幫助我們把其中已經被各種敘述所覆蓋、壓制和埋葬的東西盡可能地揭示出來，從而激發我們對文學內部的矛盾的理性清理和研究渴望。所以，新時期初期文學中的歷史記憶，從表面上看是對當代歷史，以及社會主義文化想像的一種記憶和反思，但「在更深的層次上揭示的卻是被反思對象在改換了表達方式進而成爲『新時期』新的主流話語之後」，針對 50～70 年代的歷史所進行的新的

〔註 2〕程光煒：《歷史重釋與「當代」文學》，《文藝爭鳴》，2007 年第 7 期。

記憶和講述，同時也揭示了「它是怎麼成為影響 1980 年代後當代文學的研究
面貌、發展走向的根本思想邏輯和知識譜系的。」〔註3〕在這兩種內涵的引導
下，就需要對有關問題進行「再反思」的工作，例如：新時期初期的文學是
從哪個層面、哪個角度來理解和處理「文革」記憶的？對歷史的記憶和講述
究竟是一種「斷裂」，還是另一意義上的「合謀」？也就是說，重要的是理解
當時各種敘述「記憶」了什麼，而這一記憶和講述對當時以及後來的文學觀
念、主張、流派、創作和現象產生了怎樣的影響。也許，把握記憶和講述的
「規則」，有時候要比探究它們的結果顯得更重要。言而總之，通過對當時那
些採用的一種誇張並且放大的歷史想像方式的反思，有助於我們進一步了解
新時期文學創作與產出的社會背景、時代情緒和成規法則，從中我們可以對
人們的思想生活狀況，以及中國社會的多層性變化的微妙律動獲得一個比較
客觀的認識。

〔註 3〕程光煒：《文學想像與文學國家》，開封，河南大學出版社，2005 年，第 182
　　　　頁。

參考文獻

一、報紙、期刊

1. 《文藝報》
2. 《人民日報》
3. 《光明日報》
4. 《文學報》
5. 《文匯報》
6. 《羊城晚報》
7. 《解放日報》
8. 《北京晚報》
9. 《雲南日報》
10. 《中國婦女報》
11. 《文學評論》
12. 《文藝評論》
13. 《人民文學》
14. 《作品與爭鳴》
15. 《作品》
16. 《新觀察》
17. 《花城》
18. 《中國現代、當代文學研究》（人大複印資料）

二、著作

1. 曹文軒：《20世紀末中國文學現象研究》，北京，北京大學出版社，2002年。

2. 曹文軒：《中國八十年代文學現象研究》，北京，作家出版社，2003年。

3. 陳國球：《文學史書寫形態與文化政治》，北京，北京大學出版社，2004年。

4. 陳惠芬：《神話的窺破──當代中國女性寫作研究》，上海，上海社會科學院出版社，1996年。

5. 陳惠芬、馬元曦編：《當代中國女性文學文化批評文選》，廣西，廣西師範大學出版社，2007年。

6. 陳平原、夏曉虹編：《觸摸歷史：五四人物與現代中國》，廣州，廣州出版社，1999年。

7. 陳萬雄：《五四新文化的源流》，北京，三聯書店，1997年。

8. 陳思和：《中國當代文學史教程》，上海，復旦大學出版社，1999年。

9. 陳順馨：《中國當代文學的敘事與性別》，北京，北京大學出版社，2007年。

10. 陳爲人：《唐達成文壇風雨五十年》，溪流出版社，2005年。

11. 陳曉明：《表意的焦慮──歷史祛魅與當代文學變革》，北京，中央編譯出版社，2002年。

12. 陳曉明編：《現代性與中國當代文學轉型》，昆明，雲南人民出版社，2003年。

13. 程德培：《小說家的世界》，杭州，浙江文藝出版社，1985年。

14. 程光煒：《文學想像與文學國家》，開封，河南大學出版社，2005年。

15. 程光煒：《文化的轉軌──「魯郭茅巴老曹」在中國（1949～1976）》，北京，光明日報出版社，2004年。

16. 程文超編：《新時期文學的敘事轉型與文學思潮》，廣州，中山大學出版社，2005年。

17. 陳祖恩、葉斌、李天綱：《上海通史》（第11卷），上海，上海人民出版社，1999年。

18. 戴燕：《文學史的權力》，北京，北京大學出版社，2002年。

19. 戴錦華：《霧中風景──中國電影文化1978～1998》，北京，北京大學出版社，2000年。

20. 戴錦華：《猶在鏡中──戴錦華訪談錄》，北京，知識出版社，1999年。

21. 戴錦華：《隱形書寫──九十年代中國文化研究》，南京，江蘇人民出版

社，1999 年。

22. 戴錦華：《涉渡之舟——新時期中國女性寫作與女性文化》，北京，北京大學出版社，2007 年。

23. 丁帆、許志英：《中國新時期小說主潮》，北京，人民文學出版社，2002年。

24. 杜芳琴，王向賢編：《婦女與社會性別研究在中國（1987～2003）》，天津，天津人民出版社，2003 年。

25. 杜漸坤：《戴厚英隨筆全編》，廣州，暨南大學出版社，1998 年。

26. 馮牧：《新時期文學的主流》，北京，人民文學出版社，1981 年。

27. 甘陽編：《八十年代文化意識》，上海，上海人民出版社，2006 年。

28. 韓毓海：《鎖鏈上的花環——啟蒙主義文學在中國》，長春，時代文藝出版社，1993 年。

29. 賀桂梅：《人文學的想像力——當代中國思想文化與文學問題》，開封，河南大學出版社，2005 年。

30. 賀桂梅：《轉折的時代——40～50 年代作家研究》，濟南，山東教育出版社，2003 年。

31. 何西來、杜書瀛編：《新時期文學與道德》，濟南，山東教育出版社，1999年。

32. 何言宏：《中國書寫：當代知識分子寫作與現代性問題》，北京，中央編譯出版社，2002 年。

33. 賀仲明：《中國心象：20 世紀末作家文化心態考察》，北京，中央編譯出版社，2002 年。

34. 洪子誠：《1956 百花時代》，濟南，山東教育出版社，1998 年。

35. 洪子誠：《中國當代文學史》，北京，北京大學出版社，1999 年。

36. 洪子誠：《問題與方法》，北京，三聯書店，2002 年。

37. 洪子誠：《作家姿態與自我意識》，西安，陝西人民教育出版社，1998年。

38. 洪子誠：《文學與歷史敘述》，開封，河南大學出版社，2005 年。

39. 洪子誠編：《當代文學研究》，北京，北京出版社，2001 年。

40. 洪子誠、孟繁華：《當代文學關鍵詞》，桂林，廣西師範大學出版社，2002年。

41. 胡耀邦：《在思想戰線問題座談會上的講話》，《三中全會以來重要文獻選編》（下），北京，人民出版社，1982 年。

42. 荒林、王光明：《兩性對話——20 世紀中國女性與文學》，北京，中國文聯出版社，2001 年。

43. 黃子平：《沉思的老樹的精靈》，杭州，浙江文藝出版社，1986年。

44. 黃子平：《「灰闌」中的敘述》，上海，上海文藝出版社，2001年。

45. 季紅眞：《文明與愚昧的衝突》，杭州，浙江文藝出版社，1986年。

46. 賈植芳、任敏：《解凍時節》，武漢，長江文藝出版社，2000年。

47. 曠新年：《寫在當代文學邊上》，上海，上海教育出版社，2005年。

48. 藍棣之：《現代文學經典：症候式分析》，北京，人民文學出版社，2006年。

49. 李今：《個人主義與五四新文學》，哈爾濱，北方文藝出版社，1992年。

50. 李小江等編：《性別與中國》，北京，三聯書店，1994年。

51. 李楊：《文學史寫作中的現代性問題》，太原，山西教育出版社，2006年。

52. 李楊：《50～70年代中國文學經典再解讀》，濟南，山東教育出版社，2003年。

53. 李銀河編：《婦女：最漫長的革命》，北京，三聯書店，1997年。

54. 林丹婭：《當代中國女性文學史論》，廈門，廈門大學出版社，1995年。

55. 林舟：《生命的擺渡——中國當代作家訪談錄》，深圳，海天出版社，1998年。

56. 劉禾：《語際書寫——現代思想史寫作批判綱要》，上海，上海三聯書店，1999年。

57. 劉禾：《跨語際實踐——文學民族化與被譯介的現代性（中國 1900～1937）》，宋偉傑等譯，北京，三聯書店，2002年。

59. 劉慧英：《走出男權傳統的樊籬——文學中男權意識批判》，北京，三聯書店，1996年。

60. 劉思謙：《「娜拉」言說》，上海，上海文藝出版社，1993年。

61. 劉衛國：《中國現代人道主義文學思潮研究》，長沙，嶽麓書社，2007年。

62. 劉錫誠：《在文壇邊緣上——編輯手記》，開封，河南大學出版社，2004年。

63. 劉心武：《我是劉心武——60年生活歷程之回憶》，天津，天津人民出版社，2006年。

64. 劉再復、林崗：《傳統與中國人——關於「五四」新文化運動若干基本問題的再反思與再批評》，北京，三聯書店，1988年。

65. 馬達：《馬達自述：辦報生涯60年》，上海，文匯出版社，2004年。

66. 孟繁華：《傳媒與文化領導權——當代中國的文化生產與文化認同》，濟南，山東教育出版社，2003年。

67. 孟繁華：《1978 燃情歲月》，濟南，山東教育出版社，1998 年。

68. 孟悅、戴錦華：《浮出歷史地表：現代婦女文學研究》，北京，中國人民大學出版社，2004 年。

69. 孟繁華、程光煒：《中國當代文學發展史》，北京，人民文學出版社，2004 年。

70. 南帆編：《二十世紀中國文學批評 99 個詞》，杭州，浙江文藝出版社，2003 年。

71. 南帆：《隱蔽的成規》，福州，福建教育出版社，1999 年。

72. 牛運清編：《中國當代文學精神》，濟南，山東教育出版社，2003 年。

73. 彭華生、錢光培編：《新時期作家談創作》，北京，人民文學出版社，1983 年。

74. 卜召林：《20 世紀中國文學與道德》，北京，新華出版社，2007 年。

75. 喬以鋼：《多彩的旋律——中國女性文學主題研究》，天津，南開大學出版社，2003 年。

76. 孫德忠：《社會記憶論》，武漢，湖北人民出版社，2006 年。

77. 孫歌：《竹內好的悖論》，北京，北京大學出版社，2005 年。

78. 陶東風：《社會轉型與當代知識分子》，上海，上海三聯書店，2001 年。

79. 唐小兵：《再解讀》，北京，北京大學出版社，2007 年。

80. 涂光群：《五十年文壇親歷記》，瀋陽，遼寧教育出版社，2005 年。

81. 王斑：《全球化陰影下的歷史與記憶》，南京，南京大學出版社，2006 年。

82. 王本朝：《中國當代文學制度研究》，北京，新星出版社，2007 年。

83. 王德威：《現代中國小說十講》，上海，復旦大學出版社，2003 年

84. 王德威：《想像中國的方法——歷史・小說・敘事》，北京，三聯書店，1998 年。

85. 王緋：《女性與閱讀期待》，西安，陝西人民教育出版社，1991 年。

86. 汪暉：《無地彷徨——五四及其回聲》，杭州，浙江文藝出版社，1994 年。

87. 汪暉：《汪暉自選集》，桂林，廣西師範大學出版社，1997 年。

88. 汪暉等編：《文化與公共性》，北京，三聯書店，1998 年。

89. 王蒙：《王蒙自傳・第二部：大塊文章》，廣州，花城出版社，2007 年。

90. 王蒙：《王蒙自傳・第三部：九命七羊》，廣州，花城出版社，2008 年。

91. 王曉明編：《批評空間的開創——二十世紀中國文學研究》，上海，東方出版中心，1998 年。

92. 王豔芳：《女性寫作與自我認同》，北京，中國社會科學出版社，2006年。

93. 魏英敏：《倫理、道德問題再認識》，北京，北京大學出版社，1990年。

94. 吳飛：《自殺作爲中國問題》，北京，三聯書店，2007年。

95. 吳亮：《文學的選擇》，杭州，浙江文藝出版社，1985年。

96. 吳中傑、高雲編：《戴厚英啊戴厚英》，海口，海南國際新聞出版中心，1997年。

97. 徐賁：《人以什麼理由來記憶？》，長春，吉林出版集團有限責任公司，2008年。

98. 徐賁：《知識分子——我的思想和我們的行爲》，上海，華東師範大學出版社，2005年。

99. 許紀霖、羅崗等：《啓蒙的自我瓦解：1990年代以來中國思想文化界重大論爭研究》，長春，吉林出版集團有限責任公司，2007年。

100. 徐慶全：《風雨送春歸——新時期文壇思想解放運動記事》，開封，河南大學出版社，2005年。

101. 徐坤：《雙調夜行船——九十年代的女性寫作》，太原，山西教育出版社，1999年。

102. 許志英、丁帆編：《中國新時期小說主潮》，北京，人民文學出版社，2002年。

103. 許子東：《吶喊與流言》，上海，上海文藝出版社，2004年。

104. 許子東：《爲了忘卻的集體記憶——解讀50篇文革小說》，北京，三聯書店，2000年。

105. 楊健：《中國知青文學史》，北京，中國工人出版社，2002年。

106. 楊同生、毛巧玲編：《新時期獲獎小說創作經驗談》，長沙，湖南人民出版社，1985年。

107. 易暉：《「我」是誰——新時期小說中的身份意識研究》，南昌，百花洲文藝出版社，2004年。

108. 尹昌龍：《1985延伸與轉摺》，濟南，山東教育出版社，1998年。

109. 於可訓：《當代文學：建構與闡釋》，武漢，武漢大學出版社，2005年。

110. 遇羅文：《我家》，北京，中國社會科學出版社，2000年。

111. 查建英編：《八十年代訪談錄》，北京，三聯書店，2006年。

112. 張光年：《文壇回春紀事》（上下），深圳，海天出版社，1998年。

113. 張靜編：《身份認同研究》，上海，上海人民出版社，2006年。

114. 張京媛編：《當代女性主義文學批評》，北京，北京大學出版社，1992年。

115. 張京媛編:《新歷史主義文學批評》,北京,北京大學出版社,1995年。

116. 張旭東:《批評的蹤跡》,北京,三聯書店,2003年。

117. 張旭東:《全球化時代的文化認同》,北京,北京大學出版社,2006年。

118. 張學正、丁茂遠、陳公正、陸廣訓編:《1949～1999文學爭鳴檔案——中國當代文學作品爭鳴實錄》,百通(香港)出版社、南開大學出版社,2002年。

119. 趙樹勤:《找尋夏娃——中國當代女性文學透視》,長沙,湖南師範大學出版社,2001年。

120. 周保欣:《沉默的風景:後當代中國小說苦難敘述》,合肥,安徽教育出版社,2004年。

121. 周憲:《審美現代性批判》,北京,商務印書館,2005年。

122. 朱寨編:《中國當代文學思潮史》,北京,人民文學出版社,1987年。

123. 中共中央書記處研究室文化組編:《黨和國家領導人論文藝》,北京,文化藝術出版社,1982年。

124. 〔美〕埃里克·霍弗:《狂熱分子——碼頭工人哲學家的沉思錄》,梁永安譯,桂林,廣西師範大學出版社,2008年。

125. 〔美〕保羅·康納頓:《社會如何記憶》,納日碧力戈譯,上海,上海人民出版社,2000年。

126. 〔日〕柄谷行人:《日本現代文學的起源》,趙京華譯,北京,三聯書店,2003年。

127. 〔美〕哈羅德·伊羅生:《群氓之族——群體認同與政治變遷》,鄧伯宸譯,桂林,廣西師範大學出版社,2008年。

128. 〔法〕莫里斯·哈布瓦赫:《論集體記憶》,畢然、郭金華譯,上海,世紀出版集團、上海人民出版社,2002年。

129. 〔英〕雷蒙·威廉斯:《關鍵詞——文化與社會的詞彙》,劉建基譯,北京,三聯書店,2005年。

130. 〔法〕羅貝爾·埃斯卡皮:《文學社會學》,於沛選編,杭州,浙江人民出版社,1987年。

131. 〔法〕塞奇·莫斯科維奇:《群氓的時代》,許列民、薛丹雲、李繼紅譯,南京,江蘇人民出版社,2003年。

132. 〔法〕西蒙娜·德·波伏瓦:《第二性》,陶鐵柱譯,北京,中國書籍出版社,1998年。

133. 〔法〕米歇爾·福柯:《知識考古學》,謝強、馬月譯,北京,三聯書店,1998年。

134. 〔法〕米歇爾·福柯:《瘋癲與文明》,劉北成、楊遠嬰譯,北京,三聯

書店，1999 年。

135. 〔法〕米歇爾‧福柯：《規訓與懲罰》，劉北成、楊遠嬰譯，北京，三聯書店，1999 年。

136. 〔荷〕佛克馬、蟻布思：《文學研究與文化參與》，俞國強譯，北京，北京大學出版社，1996 年。

137. 〔美〕蘇珊‧S‧蘭瑟：《虛構的權威：女性作家與敘述聲音》，黃必康譯，北京，北京大學出版社，2002 年。

138. 〔美〕凱特‧米利特：《性政治》，宋文偉譯，南京，江蘇人民出版社，2000 年。

139. 〔美〕薩義德：《知識分子論》，單德興譯，北京，三聯書店，2002 年。

140. 〔英〕特雷‧伊格爾頓：《二十世紀西方文學理論》，伍曉明譯，西安，陝西師範大學出版社，1986 年。

141. 〔美〕沃爾特‧李普曼：《公眾輿論》，閻克文、江紅譯，上海，上海世紀出版集團，2006 年。

附錄一　新時期初期語境下的《人啊，人！》──與杜漸坤談戴厚英

初談時間：2008 年 10 月 20 日
地　　點：廣州杜漸坤寓所
再談時間：2011 年 9～11 月
地　　點：廣州──北京
人　　物：杜漸坤（原花城出版社編審，《人啊，人！》責任編輯）
　　　　　白　亮

　　白亮：杜老師，您好！很高興您能接受我的採訪。戴厚英在文學界和文學史中始終是一個存有各種「爭議」的「是非」人物，同時，她也是一個很有性格的人物，優點和缺點都很鮮明。鑒於戴厚英敏感的特殊身份和經歷，人們對其褒貶不一，而且其中摻雜了許多「文學」之外的「社會」因素、人事糾紛、個人恩怨，甚至至今「不足爲外人道」的各種「內幕」，我想，您在工作上與戴厚英有著很多接觸，並且是《人啊，人！》、《鎖鏈，是柔軟的》（中短篇小說集）、《空中的足音》、《戴厚英隨筆全編》、《戴厚英戴醒母女兩地書》等書的編輯，這些都是您的切身體驗和親身經歷，您的回憶和講述不僅會更新我們對戴厚英及其作品的認識，而且會加深研究者們對八十年代作家、作品、批評家以及文學現象的理解。

　　「文革」結束後，戴厚英的身份發生了最爲明顯的轉換，然而，「樹欲靜而風不止」，她的生活、寫作、教書總是「一波未平，一波又起。」尤其是她

的《詩人之死》、《人啊，人！》出版前經歷了許多磨難，書籍出版後的各種「餘波」更是讓她不斷身處於「風口浪尖」。花城出版社的創辦者之一岑桑老師曾回憶說，決定出版《人啊，人！》是自己有生以來也許是最爲困難而又大膽的決定。那麼，請您具體談談《人啊，人！》出版的前前後後。

杜漸坤：關於戴厚英和她的《人啊，人！》，已有許多人寫過回憶文章，比如在岑桑寫的《垂淚憶金屏》和我寫的《痛悼戴厚英》、《我爲戴厚英編輯〈人啊，人！〉》等文章中，都也有過比較詳細的記述。不過，從這個特殊個案，的確能見出中國文壇乃至社會場域的某種怪誕和詭秘，聊聊也好的。

《詩人之死》是戴厚英的第一部小說，這本書最初定於由上海文藝出版社出版，不料，消息傳出，上海一些在「文革」中與戴厚英有積怨的老作家通過各種方式向出版社打招呼說不要出版這個人的書，甚至有的老作家還直接找到上海市委副書記兼宣傳部部長陳沂那裡去反映戴的情況。在這些壓力和影響下，當時上海文藝出版社社長丁景唐也沒有什麼辦法，他對這本書是否出版也難下決定，《詩人之死》就這麼反反覆覆一直拖下去了。那時，黃秋耘正好到北京開會，上海的朋友給他說起過上海有個作家（戴厚英）寫了一部小說，但由於種種原因無法出版的事情，黃回到廣東後就直接找到廣東人民出版社文藝編輯室的負責人岑桑，讓他盡快聯繫作者，談是否考慮出版這部小說。隨後，岑桑即刻就給戴厚英打電報說廣東這邊可以出版你的小說。戴拿著這份電報徑直找到上海文藝出版社索要書稿，而出版社見狀也不願輕易放棄該書，就說還是由我們來出版，書稿也沒有退還給戴。戴只好給岑桑回信說上海已經同意出版了，就另寫一部給你們吧。於是，1980 年 6 月下旬，她就給我們寄來了《人啊，人！》的初稿。其時，我剛從外地組稿回來，岑桑叫我放下手頭工作，趕快閱處這部書稿。

等出版社決定出版小說後，我和剛分到社裏的大學畢業生楊亞基一同到上海和她談修改的事情。談了修改建議後，她就著手重改，初步修改後，我覺得還是不太理想，但比過去好了很多。在她改稿期間，我們特地去復旦大學分校（上海大學前身）找她的領導，因爲「文革」剛結束，出版書籍必須要對作家的各方面進行調查，比如作者有沒有歷史問題、單位是否同意出版等，到了八十年代後，這種調查就逐漸取消了，只要作者沒有被關押在監獄，沒有被剝奪政治權利就有出版的自由。雖然當時已經是 1980 年了，但是我們到上海後聽到了一些關於戴厚英的不太好的反映、傳聞和爭議。所以，爲了

慎重起見，我們還是詢問她的領導是否能出版她的書、請她到廣東改稿是否可行等，上海大學回覆說可以，應該沒什麼問題。這樣我們就放心約請戴到廣東繼續改稿、定稿。

就在出版社第二次審稿準備要發排的時候，突然發生了一些變故，因為上海不斷有人來電話、來信阻擾我們出版該書，其中甚至還有當時的上海市委秘書長，他直接來信說你們不要出她的書，戴厚英是漏網的「三種人」，書出版了的話會對你們出版社造成不利的影響等等，而廣東文藝界的領導們則都表態說只要作者沒有被關押，作品沒有政治傾向問題，出版社照出，不管上海怎麼說，除非上海發來正式公函說此人的書不能出。最終，出版社還是按照原計劃出版了《人啊，人！》。

在書印刷期間，上海放出風來說只要書一出版，就立刻批判。不出所料，書出版後過了一段時間就遭到了上海的批判，不過當時這種批判還不是從政治正確性的標準出發，主要還是上海對她抱有意見的老作家們組織起來寫的批評文章。面對這種批評態勢，廣東需要作出反應，就立即召開了兩次會議，一是討論怎麼看上海的批判，一是對作家、作品到底採取什麼態度。經過會議的討論，廣東定下了基調，即自由討論而不是批判。在這場批判中，上海打了頭陣，炮火也最為猛烈，北京沒有太大的反應，廣州也發了幾篇批評文章，但這次批判隨後也就不了了之了。然而，在八十年代中期清除精神污染、反對資產階級自由化的時候，對《人啊，人！》的批判則更激烈一些，因為當時中宣部有一個報告，其中點名批評了文學界中有一批自由化傾向的作品，這裡面就有《人啊，人！》。此外，當時全國各省市分管宣傳、文藝的領導必須要對本省市的被點名的自由化作品表態，據說廣東文藝界某位頭頭奉命表態後，有某報的一位記者去採訪他，請他談談對《人啊，人！》的具體看法，他笑著說：我還沒看過《人啊，人！》呢。當年的表態運動竟是如此。

白亮：您第一次讀到《人啊，人！》後的感受是什麼，和您當時閱讀和編輯的其它小說相比較，這部小說與它們最大的區別在哪裏呢？我瞭解到當時岑桑和您很快就敲定了修改的方案和建議，那麼最初的方案和意見是具體修改作品中那些地方呢？修改的標準又是什麼？為什麼要做這樣的修改？還有，您是否能談談第一次去上海見戴厚英談修改意見時的經歷和感受？

杜漸坤：我看完《人啊，人！》後的第一感覺就是兩點：藝術形式有新意；內容有穿透力。尤其是作品中所涉及的人道主義，因爲當時提人道主義肯定是要挨批評和受處分的，如若沒有藝術的良知和勇氣，作家一般是不敢輕易碰這個問題，這是要冒險的。我記得在反對資產階級自由化的時候，據說上面下達了一個文件，對涉及人道主義討論的相關人員制定了四條處分條例，那時有一天我去廣東作協，相熟的朋友見到我緊張地說，老杜你完了！我問怎麼回事，他告訴我現在接到一個通知，凡是編輯、出版「壞書」的都被定性爲具有資產階級自由化傾向，對待這些人必須實施四個「不准」：不准提拔、不准加薪、不准分房、不准評職稱。我只好無奈地回答說，完了就完了吧，那有什麼辦法。

在看到《詩人之死》和《人啊，人！》之前，廣東這邊根本不知道戴厚英爲何許人，寫過什麼作品，對她的一切情況我們都不瞭解。和她正式開始接觸還是源於編輯《人啊，人！》。在討論小說如何修改時，她曾給我詳細地講述了她的人生經歷，並且在上海我們還和她周圍的很多人打過一些交道，我這才開始對她有了更深入的瞭解。我清楚地記得她在講述自己人生經歷時，一面說一面痛哭，所以直到現在我也一直認爲戴厚英的思想轉變是真實的，如果後來我覺得她的轉變是虛假的，我肯定不會繼續編輯她的小說。

看完初稿後，除了小說本身的藝術和內容方面，從我內心講，是既興奮，又有點擔心。興奮的是，它是一部很有質量很有特色的書稿，是我在當時和以往組稿視野內未曾遇見過的。首先是書稿中所涵融著的那種對歷史的回顧和反思，以及由此引發出來的對人性、人道主義回歸的呼喚，在當前乃至未來長久時間內都具有思想衝擊力。其次是書稿的藝術形式新穎。它大膽地採用了現代派的某些表現技巧，不像其它許多小說那樣，按照時間的順序結構故事、安排情節，而是採用時空交錯和人物內心獨白的手法，讓書中的幾個主要人物擔任生活的觀察者和敘述者，充分展示人物的內心世界，使作品顯得清新、明快、不落窠臼，充滿哲理色彩而又詩意盎然。擔心的是書中所包融著的那些人性、人情、人道主義，不但建國以來一直都是理論和言說上的禁區，就是在三中全會後乃至「思想解放運動」中，仍然是一個不能輕易觸碰的話題，弄得不好，是要犯大忌的。因此，必須要謹慎推敲，看書中有關人性、人道的表述，能否站得住腳。再一個就是它的情節安排和人物塑造，

情節是否合理，人物能否立得起來。由於這部書稿是應我們之約匆匆趕寫的，還顯得比較粗糙，尤其是後半部分，有點草草收場，尚須精心打磨；人物塑造上，作爲人道主義者被作者在書中充分肯定的主要人物何荊夫，也顯得比較單薄，甚至概念化，言談舉止比較粗俗等。當然還有一些細節問題，以上這些，是我們要建議作者重點考慮修改的。

在商談修改方案時，戴厚英對其它意見都樂意接受，就是這個何荊夫，她總不願意多改。爲此我們還爭論了一番，我對何荊夫的修改建議主要有兩條：一是要處理好人物與人道主義的關係，不要讓人感到他的人道主義是無源之水無根之木，好像是貼上去的標籤。人物不要太粗俗，雖然流浪多年，但已有學術專著，應該是「學者」了，縱然粗，也應是有「學者味」的粗。二是何荊夫、孫悅、趙振環三者之間的情感糾葛是結構全書的主線。原書中有這樣一個細節：孫悅、趙振環兩人是同鄉，自小青梅竹馬，以後又一起考入 C 城大學，畢業後結爲夫妻，並已生有一女，但因夫妻長期兩地分居，「文革」中耐不住寂寞，造成夫妻離異。「文革」後，趙陷入了深深自責，他要重回 C 城，向孫懺悔，以期贖回自己的靈魂。何與孫是大學中文系的師兄妹，在迎接新生入學時，彼此相識後，何便不顧一切地追求孫，反右時，何被打成右派，四處流浪，「文革」後重回 C 城，又繼續狂熱地追求孫，而孫這時仍陷在情感糾葛中未能自拔，何卻處處表現出橫刀奪愛的粗野。一天，何在孫家中，正恰此時趙也來，剛進門，與孫未說上幾句，何就一拳把趙打出門外。我對這個細節並不滿意，便建議何對孫情感的轉換應有個等待，讓他們各自走完自己的情感歷程，自己與孫也應有個拓展過程，不要總是強蠻地橫刀奪愛。戴聽到這裡很激動，說：何荊夫爲什麼不能橫刀奪愛，何荊夫就應該如此，男人都應該如此！當時我突然覺得：戴厚英如此激動，是否又想起了「文革」中與聞捷那一段生死戀，怪聞捷不敢橫刀奪愛啊，因爲在談稿前，她曾聲淚俱下地向我們痛說過那一段愛情悲劇。我當然不能提到我的揣測，只是婉轉地說：我的建議不一定對，但不管你如何處理，總得讓我這個第一讀者感到他也值得同情和可愛些才好呀。戴厚英沉默了很久，最後說，好吧，讓我再想想。

我們看過初稿後，編輯部在制定修改建議時，其實也沒有什麼具體的標準，比如要出版什麼題材的作品、誰的作品、採用怎樣的藝術表現方式等等，主要是從作品本身出發，看哪些地方不妥當或是需要更多補充的。若一

定要談當時我們編輯作品的標準的話，對我個人而言，我不是很在意那些「歌功頌德」、「粉飾太平」的作品，而對社會、人生有一定認識和反省的作品，我倒是比較感興趣。看完《人啊，人！》的初稿後，我們就直奔上海找戴厚英談修改意見了。到達上海後已是晚上十一點多鐘，費了不少周折才找到上海作協，敲開門請看門師傅把戴叫下來，我們才見到她。戴住在作協樓上一個小房子裏，她見狀就趕緊找地方讓我們住，可那麼晚了哪有地方啊，我們只好在她家的過道走廊上簡單湊合，好在不一會天也就亮了。第二天開始談作品如何修改，在具體談作品之前，我對戴說把作品擱一邊，還是先談談你的生活經歷，請你如實說，因爲你的作品和你的經歷有著密切的關係，我想知道你到底對歷史、經驗和作品有什麼想法。於是，戴就滔滔不絕地向我們詳細地講述了自己幾十年的經歷，而且一邊講一邊流淚，後來我和她交往增多，我發現她不太會隱藏自己的感情，該怒就怒，該哭就哭，是一個典型的性情中人，所以我覺得她的感情還是非常自然的，對生活的感受也是眞實的。尤其是講到她在幹校審查聞捷，與聞捷相愛，被拆散，革委會要求她上臺發言批判「階級鬥爭新動向」的經歷時，她的感情宣洩達到了極點，也最爲悲痛。這些經歷，她講述了整整一天，直到第三天我們才開始討論《人啊，人！》的修改。

我們首先肯定地說出版社對它很感興趣，因爲只有這樣說，她才有可能繼續和我們談下去。在聽完我們的修改建議後，她對有些意見並不接受。比如我說何荊夫的行爲過於粗魯，和故事情節不太符合，戴聽完立刻辯駁，接連說這個人就是這樣的。我只好勸她說這是小說，是在塑造人物形象，而不是把生活中的人物生搬硬套，既然你在作品中提倡人道主義，而且何荊夫又是主人公，就應該有人道主義的行爲，一拳就把情敵打出門外怎麼能行呢？！此外，在初稿中，概念的東西太多，在修改時，凡是說教的、闡釋概念的語段要全部抹掉，眞實的內心獨白和感受可以做適當的保留。這些建議我們討論了很久，最後她大多都接受了。其實，我到現在對何荊夫這個人物形象的塑造還是不夠滿意，改完後的作品中說教的東西依然存在，何荊夫的形象與孫悅、趙振環相比還是顯得單薄，過於理想化了。在我看來，主要是受 50～70 年代文學力求塑造沒有任何瑕疵的主人公形象的影響，這一藝術觀念和原則一時還制約著作家在新時期的寫作。小說中孫悅這個形象，或多或少有些戴厚英的影子，有一些甚至是她自身經歷的投射，比如作品中有處細節，孫

悅的女兒看到母親用一把鎖子鎖住書桌的抽屜，非常不理解，而且還質問她把兩個世界都鎖斷了，這確實是現實生活中她和女兒戴醒之間發生過的事情。除了人物形象的修改，初稿中關於人道主義的表述也經過了刪減。在初稿中，有關人道主義的表述一方面是論述過多、過雜；另一方面是有些表述在當時的語境下顯得十分偏激和扎眼。所以我們的修改建議是把人道主義表述的相對平和些，還要把它自然地融入到作品中，尤其是融入到人物形象的塑造和故事的細節當中，也就是說對人道主義的呼喚應該具體體現在人物的實際言行和情節的合理發展上，人物思想軌跡的發展不應該是靠長篇的議論，那是說教而不是小說，人物的性格、思維方式必須要符合情節發展。她的《詩人之死》就是議論過多，顯得繁瑣和拖沓，人物形象含混，不是很鮮明，語言也比較粗糙。

　　《人啊，人！》從改稿、定稿、編排、發行只有半年的時間。戴厚英文思相當敏捷，想好了就思緒泉湧，萬言倚馬可待。這次她從頭至尾又重新改寫了一遍，篇幅從 17 萬字擴展至 24 萬字。我看後感到改得相當不錯，一些人物的塑造也很真實感人，篇幅擴展後，原來後半部分收束太快、比較粗糙的問題，也處理好了，有關人道主義的表述也比較穩妥。美中不足的還是主人公何荊夫，比起孫、趙等人物來，總覺得弱些。我想建議她再改一改，但戴厚英說：不改了，何荊夫只能如此了。岑桑也說：不要改了，趕快發稿要緊。事後我問戴厚英，這個何荊夫為什麼總改得不夠理想呢？戴厚英告訴我《人啊人！》中的其它人物，都有比較鮮活的生活原型，寫起來也容易把握，就是這個何荊夫比較麻煩。原來，何荊夫是她根據她中學時代的一個同學給她提供的素材構想的。這個同學在反右時被打成右派，後來就突然失蹤了，再也沒見過他，大家都不知他去了哪裏。「文革」結束後，有一次戴厚英從上海回安徽老家，中途轉車時，在車站偶然遇見他。當時上車的人很多，戴厚英又帶著行李，無法擠上車，這個同學就奮力擠入人群，一面用手把大家分開，一面大聲喊：「戴厚英快上車！戴厚英快上車！」當時她覺得，這個人怎麼這樣粗魯啊。自從那次相遇後，這個同學就給他寫信，說早在中學時代就暗戀她，但不敢向她表示。反右時被打成右派後，為了逃避監管，就隱名埋姓到處流浪，給人打短工，吃了許多苦頭。他知道戴厚英此時已是單身，就向她表示愛意，後來，他又知道戴厚英寫小說，就把自己的流浪經歷寫給她。戴厚英當然不會接納這個同學的感情，但腦子裏總有他孤身流浪的身影，一

直想以他爲主線構思一部長篇小說。但這個同學只有流浪的經歷，他並沒有研究過馬克思主義與人道主義，當然也不是什麼人道主義者，所以何荊夫這個人寫得總是不盡如人意。我聽後不禁喟然長歎。在這篇小說出版的過程中，還有一個小插曲，廣東文藝出版局的一個領導從上海開會回來讓我們立刻停止這本書的一切出版工作，據我們所知，他沒有看過《人啊，人！》，主要是受到上海一些人的影響和壓力才這樣做，這倒也不是干預，僅僅是給我們提個醒，讓我們做好充分的思想準備來應對有可能出現的批判。

總體來說，通過改稿、溝通等一系列過程，戴厚英給我最直接的感受就是這個人比較樸實，不像在上海十里洋場裏浸染過的女人，另外就是她非常直率，有什麼話就脫口而出，性格也比較耿直。有一次她還特意給我說起過她在凳上放釘子扎老作家的傳言，說起此事她非常激動，大聲地說我怎麼能做出這種事情來呢，批判別人這件事我是做過的，但拿釘子扎別人，我是絕對做不出來的。後來我從多處聽說她當面給她曾經批判過的老作家道過歉。根據我對她的瞭解，她的生活經歷也很坎坷，被前夫拋棄，一個女人帶著女兒艱難地過活，不幸地婚姻對她打擊比較大，後來碰到聞捷後又發生了很多事，這些都使得她的感情世界有了非常大的變化，這些經歷和變化也促使她對社會、人生有了一定的思考。當然，這種轉變是否實在和徹底，這也不見得，因爲生活在新時期初期的人無論如何都要受之影響，當時社會有些人變化得太突然，確實讓人不可信，哪一個運動來都超前半步，這類人才是眞正的投機分子。所以，戴厚英能把自己的過去拿出來剖析和批判，這本身就是非常難得的。

白亮：戴厚英在 1982 年、1984 年兩次受到大規模批判。可戴厚英卻在批判中「越批越紅」，這讓批判者們始料不及，以致上海一部分人後悔說，應該在內部關起門來批。這到底是什麼意思？當時的外在影響和壓力主要來源於哪兒？我總覺得，對戴厚英來說，這些批判有著許多說不清道不明的「人事矛盾」和「個人恩怨」，這些因素決定了他們的分歧都不免帶有一定的功利成分。那麼，您能否談談作品出版後的轟動效應以及引起的軒然大波？

杜漸坤：「文革」剛結束那幾年，全國鬧過一段「書荒」，我記得有一年國家解禁一批外國文學作品，人們連夜到書店排隊購買。因此，那時獲獎的中短篇小說以及引起「爭議」的小說都擁有龐大的讀者群，而且給讀者們留下很深的印象。就拿《人啊，人！》來說，那時出書比較嚴格，長篇小說出

單行本非常受矚目，作家很快就會被讀者熟知，作品也會被廣泛地討論和傳播，引起這麼大爭議和批評的小說自然在當時更受到關注和熱議了。

我想《人啊，人！》引起「熱評」的主要原因首先是作者本人的特殊經歷和敏感身份，然後就是小說觸及了當時兩個敏感的問題：一是人道主義、人性和人情；一是反對階級鬥爭擴大化。這兩個問題是新時期初期的要害問題，如何解決並給出相應的回答，是整個社會都最為期盼的。《人啊，人！》剛出版後的幾個月就在全國範圍內引起了關注，當時編輯部收到好多信，都是全國各地讀者寫來的，最後我們都集中起來送還給戴厚英了。這些信我也看過一部分，讀者畢竟不像批評家那樣細緻地分析作品，大多主要還是讀後感，比如從來沒有看到這麼好的書，看了很過癮；說出了我們想說而不敢說的話；迫切想見到作者，想和作者通信等等。來信的人中青年人居多，因為當時年輕人閱讀的精力很旺盛，興致也很高，而且他們在十年「文革」中的創傷記憶以及在新時期產生的迷茫和前途的不可知使得他們在《人啊，人！》中獲得了共鳴。當然對小說的批判也是不可忽視的，首先由上海、北京、廣州的幾個影響比較廣泛的大報紙連續刊發批評文章，接著又不斷有黨政領導等上層人士出面過問和干預，最後廣東省委宣傳部都不得不專門組織相關人士開會討論和應對，當時全國也唯有《人啊，人！》受到如此「禮遇」。

1981 年《文匯報》率先展開了對《人啊，人！》的批評，第一篇批評文章的兩個作者確實是化名，至於是老作家還是青年編輯我就不得而知了，這篇批判文章從風格看和新聞報導沒什麼兩樣。當時，廣東對這篇批評文章沒什麼太大的反應。對於上海持續的批評，廣東這邊似乎不以為然，大家普遍認為這種批評不是從實際出發，也不是針對作品，完全出於人際關係好壞，是個人意氣使然，針對個人的因素較多。當時，北京的反應似乎十分冷淡，廣東文藝界則發表了一些文章作為回應，在我印象中，好像只有一篇是全面否定《人啊，人！》的，其它都是全部肯定或者是大體肯定的，不過這篇否定的文章也僅是從作品的內容、形式等文本層面進行批評，並沒有涉及作者。我想其中的原因主要是廣東和戴厚英的經歷和歷史沒有什麼瓜葛，廣東的文藝狀況也不受上海控制。我還記得在批判最猛烈的時候，上海《文匯報》的一個編輯還專門到廣東瞭解戴厚英的小說出版情況，好像是為了搜取材料作為批判的炮彈，對此，我們一直戒備著他，對他也不太理睬，也沒有給他提供什麼。後來，隨著我和這個編輯交往的增多，我才知道他並不是不

懷好意來搜取材料的，而是走走過場，只是當時我們以爲他又是像「文革」時期一樣對有爭議人物進行調查的呢，新時期大家已經對這種方式是極其反感的。

在第二次大規模批判時，戴受到的責難比第一次更強烈，她有一段時間還被剝奪了講課的權力，評職稱也被擱置，我記得最清楚的一件事是當時有段時間戴正在廣東改稿，突然上海來通知讓她回去「講清楚」，沒有任何來由和具體說明，其實就是交代問題，戴厚英非常悲觀，情緒也不高，而且一直猶豫著要不要回去，我們只好勸解說還是回去吧，該說的就說，不該說的就不說。戴厚英最後也只好回上海了，但大家誰都沒有想到這場批判最後仍然不了了之。現在看來，當時對戴厚英和《人啊，人！》的批評，以及文藝界對其它有「越軌」傾向的作家作品的批評還是延續了「文革」批評的方式。即使到了新時期，文藝界在文學批評中還不斷強調「守土」意識，即是說要守住無產階級的陣地。那時一旦國際或國內有什麼新的政治動向，中央都會給各地方宣傳部門或文藝界打招呼說要掌握分寸，要注意說法和口徑，要注意作品的社會效果等等，這些「成規」在新時期對於我們編輯而言仍然是不敢輕視的。

雖然《人啊，人！》涉及到了「人道主義」這個敏感的話題，但我堅持認爲這是批不倒的，因爲馬克思理論中包括著相關的論述，只不過可能會在某些理論上糾纏不清而已。不過說實話，出版這部小說時，我也做好了挨批的準備。因爲當時來來往往的人很多，很難坐下來當面細說，於是我給岑桑帶過去一封信，說我們兩人都必須做好充足的思想準備，一旦「棍子」掃來的時候，我們一定要義無反顧，要堅決頂住。岑桑看後也沒有回覆，他也不好表態，不過他一直支持和肯定這本書，他是終審，沒有他點頭同意，書是絕對出版不了的。在第一次批判《人啊，人！》時，我還沒有受到什麼異議，只是到了反對資產階級自由化時，也跟著受到了一些批評，不過支持我的人還是很多的，廣東就不說了，上海的陸行良、左泥、吳中傑等人都給我不少支持。其實，上海批判戴厚英和《人啊，人！》，也不是完全按照政治的標準來設立批判基調，主要還是複雜的難以說清的人際關係，因爲上海有一批人並不想戴和她的書「面世」，據說有位老作家當時聽到戴要出書，氣憤地說我們這些老同志還沒有出書，她怎麼能先出呢！當時我還聽說過一件事，在對待戴厚英出書的問題上，這批人還專門找過白樺讓他表態，但白樺迴避了。

在這種複雜的人際狀況下，上海只好千方百計地阻止戴的書出版。實際上，現在我們仔細分析當時的批判就會發現，批判的名目只是政治上的冠冕堂皇的說法而已，主要還是人事糾葛和個人恩怨作祟，也就是借「人道主義」這個政治話題宣泄個人私怨，在那些批判的人的心中難以解開的結就是戴厚英你當年那麼「調皮」，那麼「生龍活虎」，不停地批判我們，現在怎麼能讓你先出書呢！恰好當時有關「人道主義」的討論正處於拉鋸戰的狀態，所以這場批判的一些內在因素就依附在政治話題之中，變得難以揣摩了。沒有親身經歷過那場批判的人，以及沒有牽涉其中的人，都很難客觀、準確地去評價新時期初期對戴和《人啊，人！》的批判。

《人啊，人！》雖然受到廣泛的爭議和關注，但並沒有參與當年的評獎，一是宣傳部、新聞出版總署要考慮到上海的反應，一是我們很清楚這部作品肯定不符合這些獎項的基本規則，所以也沒有往上送，它不被禁止能夠出版就已經是萬幸了，我們怎麼還能奢望它能獲獎呢？

白亮：隨後出版《鎖鏈，是柔軟的》和《空中的足音》時也受到影響和干擾了嗎？

杜漸坤：廣東在八十年代出版了戴厚英的三本書：《人啊，人！》、《鎖鏈，是柔軟的》、《空中的足音》。因為出版《人啊，人！》時，我們有過愉快和融洽的合作，互相之間也取得了信任，隨後的兩本書就順理成章地在廣東出版了，它們都沒有再受到什麼干預和批判。《詩人之死》、《人啊，人！》、《空中的足音》後來被大家稱為「知識分子三部曲」，我想是因為這三部小說都以知識分子為主人公，它們從敘述時間上內嵌著一個敘事線索，即「文革」的前、中和後，《空》中的「文革」背景已經變淡了，她主要講述了人際關係的複雜，想表達中國的知識分子總是有意、人為地製造「人際網」，糾纏於中的不同的人互相摩擦、互相抵制，造成了人與人之間的緊張關係。

我們出版戴厚英的第二本書是個短篇小說集，是她在改稿、等待書印發期間寫出來的，其中幾篇小說和《人啊，人！》的藝術形式有著明顯的不同，寫作手法還是以寫實為主，故事內容也和當時「傷痕文學」大致一樣，藝術上整體還是很粗糙的。新時期文學的寫作始於傷痕暴露和歷史反思，寫實是作家們最常用的手法，但這一寫作的傾向和手法一旦時間周期過長的話，就有些「疲勞」了，不只作家自己，批評家、編輯都希望能見到新鮮的作品。說到新時期的作品，我認為藝術成就最高的就是莫言的《紅高粱》，初

讀這篇小說時我覺得不過癮，又接著看了兩遍，總體上給人很「新」的感覺，它對歷史敘述的角度、人物形象的塑造、語言的風格、故事情節的設計編排都和我以往看到的作品有很大的不同，這種「新」也使得我們重新認識了「小說」的樣式及表達。

　　白亮：廣東人民出版社，也就是後來的花城出版社爲什麼當時要冒著風險出版《人啊，人！》，出於哪些方面的考慮呢？是出版社的生存之道，力爭開創一個「品牌」；是作品內容的現實性和先鋒性；是作者由於特殊的經歷和不斷引起的「爭議」而獲得的「名氣」；是讀者迫切的閱讀期待；還是當時社會討論人道主義的風氣和時尚使然？作爲文藝傳播「主渠道」的文學出版機構，它們在新時期的政治體制的格局下依然擔負著重要的意識形態建設任務，在充當「黨的重要思想文化陣地和重要輿論工具」的同時，還承擔著推進文學自身發展的任務，那麼，您是否能順便談談當時花城出版社的境況和發展狀況呢？它和當時文藝界的出版體制有著怎樣的關係？

　　杜漸坤：作爲編輯，我們主要看作品本身，其它的因素其實考慮的很少。新時期初期，確實沒有特別出色的作品，尤其是沒有好的長篇。劉心武的《班主任》、《醒來吧，弟弟》，盧新華的《傷痕》以及其它一批傷痕文學作品主要是中短篇。並且，以文學的形式批判階級鬥爭擴大化、呼喚人道主義的作品根本沒有，《人啊，人！》是第一部。其實，建國後一直都在批判人道主義，認爲它是資產階級的思想，人道主義在新時期初期也是一個非常敏感的話題，是絕對不能輕易觸碰的，所以當時我們對待這部作品還是採取了非常謹慎的態度。不過我們認爲戴厚英敢於提出人道主義這個敏感的話題，十分了不起。此外，《人啊，人！》的藝術形式在同期的作品中具有一定的特色和新鮮性，而且這種內心獨白、敘述時間的交叉變換等新鮮活潑的形式也很容易被年輕讀者接受。這種藝術形式，戴厚英在《人啊，人！》的「後記」中也進行了說明。《人啊，人！》面世後，出版發行了一百多萬份。當然以現在的眼光來看，這部作品在藝術方面還是很不成熟的。

　　白亮：您剛才說到《人啊，人！》是一部見解獨到、手法獨特的書稿，您曾說「它的意義不在於展示傷痕，而在於提倡以求實的態度去總結歷史和對與此相關的人道主義的呼喚。但這些問題不但是嚴肅的尖銳的而且是相當敏感的。」這個問題爲什麼是嚴肅的、尖銳的、敏感的？當時很多讀者都說《人啊，人！》尤其代表了知識分子的心聲，可爲什麼它在當時還是不合時

宜呢？當時整個社會不是都在強調思想解放和進行著人道主義的討論嗎？那麼，新時期初期的文壇是怎樣的氛圍，您怎麼看有「爭議」的作品？

　　杜漸坤：《羊城晚報》2005 年 8 月 25 日曾刊登過一篇鍾健夫論花城出版社精神品格的文章，稱花城出版社當年「以一書一刊（《人啊，人！》和《花城雜誌》）闖天下」，「奠定了花城出版社『敢爲人先』的先鋒形象」，「在新時期的中國文學史上扮演過重要角色」。「在 20 世紀 80 年代初期思想解放運動中發揮過重要作用」，「《人啊，人！》是在廣東用粵語最先喊出來的」。上面這幾句話，我想已是很能說明《人啊，人！》在當時的意義的。

　　《人啊，人！》是新時期第一部以文學樣式呼喚人道主義的長篇小說。二十世紀七八十年代之交，中國正處在一個歷史轉換的關口，一方面，是其時已經開始了「實踐是檢驗眞理的唯一標準」的討論，黨的十一屆三中全會也已經召開，明確提出了要把工作重點從階級鬥爭轉移到經濟建設上來，以及「解放思想，實事求是」。禁錮的思想得到解凍，人們開始反思歷史，文藝界也從漫長的惡夢中驚醒，開始活躍起來，出現了像劉心武的《班主任》、《醒來吧，弟弟》，盧新華的《傷痕》等一大批中短篇小說，以藝術形式對歷史造成的創痛進行披露和控訴。但這些作品大都停留在對「傷痕」的展示，還未能深入到歷史的內質。而《人啊，人！》的歷史反思，把歷史交給未來和對與此相關的人性、人道主義的呼喚，都是具有超前性的。另一方面，那時左的思想根深蒂固，「兩個凡是」還在大行其道，在高層幹部中，有些人還在堅持原來左的那一套。舉兩個例子，一個是吳江在他撰寫的《1979 年理論工作務虛會追記——眞理標準討論第二階段》這篇文章裏透露的。他說：當年陝西就有一位幹部公開說：「階級鬥爭不能不提」。此外，還有一些人說：「解放思想那一套行不通。」吳江是中央黨校副教務長兼哲學研究室和理論教研室主任、上個世紀 70 年代末眞理標準討論的具體組織者之一，我在 90 年代主編《隨筆》雜誌時曾與他有過聯繫，在《隨筆》上發過他不少文章，並將他的《我所經歷過的眞理標準討論》、《1979 年理論工作務虛會——眞理標準討論第二階段》兩篇文章，收入我爲灕江出版社編選出版的《2001 中國年度最佳隨筆》選本裏。另一個例子是，1979 年，北方有個老幹部參觀考察團到廣東深圳參觀考察，據說有人竟哭了，質問：「中國姓社還是姓資？」「深圳這樣搞，不是在復辟資本主義嗎？」高層有人如此，底層吧，特別是一些經歷過「文革」「磨難」的知識分子呢，「文革」陰影尚在，心中還有餘悸，說話

行事或寫文章都還十分小心謹愼。可以說那時的時代氛圍還是乍暖還寒的早春天氣，弄得不好，是會感冒的。特別是像人道主義這樣一些建國以來就一直被視作資產階級思想受到批判的理論禁區，更是輕易觸碰不得。事實也是如此，八十年代初，上海發起的那場對《人啊，人！》的大批判和以後在「清污」、「反自由化」運動中對《人啊，人！》的清算，其中一個主要罪狀，就是《人啊，人！》宣揚資產階級人道主義。由此也可明白，在八十年代初，爲什麼不看好《人啊，人！》。不，其實，應該說，不看好《人啊，人！》的，應該是那些抱著「原來那一套」不放的思想僵化的人和上海某些在「文革」中與戴厚英有積怨的文藝界人士，而不是文學語境和社會場域。文學界和讀書界，對《人啊，人！》是相當看好的，《人啊，人！》萬民爭讀，發行量超過百萬冊，就足可以證明。

　　白亮：通過您對《人啊，人！》出版前後的艱辛的回顧，我覺得有一個重要現象值得我們繼續討論，那就是上海、廣東爲何對戴厚英和《人啊，人！》會出現大相徑庭的評價，爲什麼在廣東眼裏戴厚英的「文革」經歷並不是那麼扎眼，而上海文藝界反而會放大、甚至會「變形」她的「歷史」呢？其實，這一差異性也涉及了另外一個話題，也就是進入新時期，民眾如何面對「文革」遺產，以及南北兩地對「文革」的不同理解和評價，而這一評價也強行地移植到了對作家的評價當中。新時期初期，廣東怎樣理解「文革」以及有著「歷史污點」的人？當時廣東上海兩地對於「解放思想」的理解是不是存在著很大的差異？爲什麼在這個時期出現了這麼多意見不統一的聲音？而且當時參與爭論的範圍也很廣泛，上至官方，下至讀者，當然還有批評者和作家們。

　　杜漸坤：對於如何理解文革，我們可以稍後再說。在對待戴和《人啊，人！》的態度和處理方式方面，兩地首先是出發點不一樣，上海主要是糾纏於人際關係，而我們能盡全力出版這本書，還是看重作品本身。上海和戴有歷史和人事糾葛，而廣東根本就不認識戴，她和我們沒有任何的利害關係，因此，我們自然不會太在意她的「前史」。中國人從古至今喜好因人廢文，這是個要命的問題。即使到了當代，某個人的歷史、政治有問題，他的文章和書就不能發表和出版，這些都是經常發生的事。

　　至於上海、廣東兩地如何理解文革，不太好回答。具體上海怎麼去理解，我也很難去評價，而且每個人理解的方式都有所不同，即使在上海文藝界，

不同人的看法和處理方式也有著明顯的差異。對於戴厚英，上海文藝界中的一部分人和她有著人際關係方面的糾葛，這些人一直很難消解之間的恩怨，對戴的「過去」看的比較重，一時也很難接受她的轉變，但也有人支持、理解和同情她，比如白樺，他們之間的關係一直很好。而廣東這邊，尤其是我們當編輯的，在當時難得看到這樣一部還不錯的作品，為什麼不出版呢？如果因人而把書放棄，是十分可惜的。此外，到了「文革」後期，廣東這裡絕大多數人都開始意識到這場運動的錯誤，意識到它對整個民族、國家和個人的巨大傷害，老一輩受衝擊，年輕人被耽誤，尤其是年輕人，學業、生活、思想和前程都受到極大的影響，這也是《人啊，人！》在青年人中引起極大反響的一個重要原因。另外一個方面呢，廣東畢竟是南方，在「文革」中它並不是革命風暴的中心，人們的革命熱情並不像其它地方那麼高漲和火熱，到了十一屆三中全會之後，中央提出「改革開放」，廣東在思想和行動上相對走的快一些。而上海是一個與政治緊密相連的城市，它的動嚮往往是政治「風向標」，尤其是在「文革」時期，「革命」的中心除了北京，就是上海，從它那裡刮起的「風」迅速會席卷全國，什麼「一月風暴」、「炮打張春橋」等都是「文革」時候重大的政治事件。北京那時也總是在談政治，「文革」時期風靡全國的口號啊、順口溜啊都是從北京、上海創造、編排和流行起來的。而廣東在「文革」時期的革命運動，大都是由來廣東的串聯的紅衛兵們發起的，串聯的人走一批再來一批，往往沒有什麼固定的形式，也形成不了太大的「氣候」，等這些串聯的人走後，廣東本地打著「革命」旗號的武鬥也只是為了個體利益的派性鬥爭，和在其它地方如火如荼的「革命」其實沒有什麼關係。由此看來，北京、上海兩地是對政治極為敏感和熱衷的城市，它們在軍、政等方面盤根錯節，彼此之間都有著千絲萬縷的聯繫，牽一髮而動全身，而廣東由於地域因素遠離政治中心，人事關係相對簡單一些，比如「文革」中，廣東作協、作家們就不像其它地方受到那麼強烈的衝擊。「文革」結束和改革開放後，廣東的整體氛圍就是逐漸增強的商業意識，經商的人越來越多，和外面的交流也越來越廣泛，人們思想意識變化比較大，在這種情形下，大家有關「文革」的傷痛和「記憶」漸漸淡漠了許多。與此同時，當時整個社會都對「文革」有了一定的反省，「十一屆三中全會」後，特別是 1981 年出臺的《關於建國以來黨的若干歷史問題的決議》對「文革」做了總結，分析了產生這一錯誤的主觀因素和社會原因，這些政策的制定和出臺也影響著各地

對待歷史記憶的態度以及處理方式。

白亮：「文革」是戴厚英寫作的衝動和秘密，她在「文革」中的經歷和身份，以及她對「文革」這一歷史記憶的理解和處理不僅直接影響了她在新時期的寫作、生活以及社會、文學界對她的評價，而且也引發了不少圍繞在她們生活和創作周遭的轟動的「社會事件」。那麼，在特定的歷史語境中，她到底怎麼理解「文革」？如何記憶「文革」？如何表現「文革」？爲什麼會採用這樣理解、記憶和表現的方式？此外，女性與歷史（「文革」）及其記憶有何關聯？除了共同性外，歷史記憶、自傳記憶、個人經驗以及歷史敘述是否也存在多種形態或方式？這種不同形態意味著什麼？

杜漸坤：「文革」確實和戴厚英有著緊密的聯繫，也可以說，「文革」直接影響著她後半生的寫作和生活。而她在「文革」中與聞捷的戀愛悲劇則是她理解、記憶和表現「文革」的導火索，如果沒有這件事，她在新時期肯定不會以這種方式來敘述那段歷史。她在「文革」前後的思想、言行的轉變還是符合情理、較爲自然的，因爲這一感情上的磨難對她的打擊很大，引起了她一系列的自省和反思，她的人生態度和爲人處世的方式隨之發生了明顯地轉變。而且「反思」是當時知識界普遍的現象，在這一氛圍下，戴厚英更側重於自省，從個人的經歷出發進行反思，所以我看完她的小說，尤其是逐漸瞭解了她的經歷和性格，覺得她的記憶和敘述比較眞實。新時期初期，文壇出現了很多控訴和反思「文革」的作品，但其中的故事有很大一部分併不是作家的親身經歷，是他們聽來的故事或轉述他人的經歷，在當時那樣的文學環境下，作家們還沒有尋找到一種純熟的寫作技巧，所以這樣的作品一看就很虛假。而《詩人之死》、《人啊，人！》確實取材於作者的個人生活經歷，又是長篇小說，這才在當時的同類作品中與眾不同。

在和她相處的過程中，我總是能感覺到戴認爲自己在「文革」中受到了愚弄，她沒有想到自己竟充當了這樣一種角色，她對「文革」時期的言語和行爲有些悔恨，但這種悔恨是不是很深刻，我現在也很難說，不過我認爲她在新時期的表現還是眞實的。在現實生活中，只要一談起她和聞捷交往的那段往事，她就非常激動，感情很難平復下來。她曾經不止一次和我談起過聞捷，她認爲他是她最理想的意中人。作爲女性，她經歷過一次失敗的婚姻生活，又在「文革」中具有特殊的政治身份，於是，很長時間她很難得到別人的理解，而聞捷這時進入了她的生活，給予她很多的幫助，他們之間互相視

為知音，所以她非常看重這段感情，但她真的沒有想到愛情卻以那樣悲慘的方式收場了。我記得當時有些風言風語說戴在「文革」後不斷提到聞捷是出於虛榮心，因為她想借助聞捷這個大詩人的身份和名氣來大做文章，以達到出名的目的。說實話，我曾經也有過這樣的想法，還選擇了一個時機側面地向戴當面打聽，她一聽情緒非常激動，大聲說，老杜啊，你怎麼能這樣想呢？在這個世界中一個人很難找到真正所愛的人，我和聞捷是真心的，你真的不理解，你真的不瞭解我的痛苦。總之，我的意思是說這一系列因「文革」而導致的感情變故的確促使了戴在思想認識上的變化。

此外，她本身的經歷、感情和生活很豐富，相較於男性，戴作為一個女性看待歷史和生活的眼光和角度也不一樣。在記憶和書寫歷史的時候，敘說者性別的不同往往會呈現不同的歷史面貌，男性往往大刀闊斧地觀照歷史，而女性則更喜歡從細微處著眼，她們更側重於書寫自己「個人」的歷史。我當編輯這麼多年，始終感覺男性作家在感覺事物方面不如女性細膩，比如新時期的男作家蔣子龍、叢維熙、高曉聲、馮驥才等寫起歷史和現實都是大刀闊斧、風風火火的，女作家張潔雖然寫了《沉重的翅膀》，獲了茅盾文學獎，但還是她的中短篇更被人熟知，像《從森林裏來的孩子》、《愛是不能忘記的》等等。

白亮：如何總結「文革」的教訓，是「文革」後作家們寫作的中心話題。而「人道主義」思潮的出現，正是與反思「文革」教訓，撥亂反正、建立新的社會秩序的需要有著直接的關係。在這種特定的政治文化語境和「價值認同」之中，《人啊，人！》被指認為一部「人道主義」宣言書，戴厚英也藉此重新進行了「寫作身份」的轉換和「個人價值認同」的重塑。她在《人啊，人！》中不僅體現出著力進行「身份」轉換和「認同」重塑的姿態，還有意反思大我（國家、知識分子）和自省小我（個人）這十多年的命運和道路。但我認為戴厚英在《人啊，人！》中的反思嚴格來說除了自我反省，也許存在更多地自我辯解成份，主要是希望擺脫對自己在「文革」中角色的困惑，其中有意無意的懺悔更是希望得到一個「解脫」的機會，解脫的方式正是通過自我辯解來完成。您怎麼看待這個問題？還有就是戴厚英和巴金在 50～70 年代都有所謂不光彩的「歷史」，為什麼在「文革」後他們都以「文學」的方式進行反省和懺悔，只有巴金被稱為民族和知識分子的良心，而戴厚英的「懺悔」會被一些人看作是「投機」呢？這其中有哪些可以值得深究的話題？由

於作家有著不同的生活位置，他們在對歷史進行反思時確立的起點是什麼？他們的反省和懺悔有什麼異同呢？

杜漸坤：在這裡，我只想談談新時期初期的「反思」，像巴金等老作家「文革」後都已經七十多歲了，他們在建國前成名，在「文革」中受難，「文革」結束後開始反思建國後幾十年的動蕩歷史，他們的反思具有代表性和典型性。當然，我不否認那時有些人的反思的確有投機色彩和不真實的地方，但我始終認爲大多數人在經歷過反反覆覆的「顛簸」之後，已經對歷史，尤其對個人歷史有了比較清晰的看法，由此進行的反思還是真實、真誠和可信的。所以，我要提醒現在的研究者們，對新時期的歷史反思者們不要輕易或武斷地認定他們是投機分子，對他們的反思的深度也不要過於苛刻，這樣的研究態度對個人和歷史都是不負責任的。對戴厚英而言，她在「文革」時期的言行很過激，新時期思想轉變的又很快，這種轉變其實是基於一定的感情和現實基礎的，她在這一堅實平臺上的自省和反思也比較感人，這一點我剛才已經講的很詳細了，我就不再多說。我記得賈植芳在九十年代對往事有過一些回憶，其中有關與戴厚英相交往的敘述是比較真實的，他早先對年輕人的衝衝打打很憤怒，但隨著一段時間的觀察和接觸，就對戴厚英有了新的認識和理解。錢谷融對戴也是如此，隨著交往的增多，對她的看法也有了改變，隨後也諒解了她。

白亮：戴厚英在 80 年代後屢遭各種猜忌、懷疑、非難、爭議，都源於她在「文革」中所扮演的角色。如「文革」後，好多人都將其看作是一個「厲害的女人」，更有甚者還將她看作是「壞女人」。戴厚英爲什麼始終未能被上海文藝界所接受，她的那段文革生活經歷對她的影響到底有多深？中國當代文學批評似乎總是喜歡將道德評價帶入到對作者、作品的品評之中，這一點在戴厚英的身前和身後都非常明顯，當然，對那些牽扯到許多人事糾紛和內幕因素的「歷史敘述」，我無意去評價孰對孰錯。我更感興趣的是在這些「批評」中透露的某些「現象」，諸如批評的觀點、方式、立場、限度、標準以及批評者的身份等等，因爲它們與戴厚英之間的裂隙一定程度上深刻地呈現了當時較爲複雜的文本現實和歷史現實。和您的交談中，我發現，在公開批評的浪潮中其實還潛藏著一種「批判和肯定」，「批判」是指對戴厚英的三種「身份」的批判，即「文革」身份、「作家」身份以及「女性」身份。也就是說對《人啊，人！》的批判首先是來自於對其作者「身份」的批判。戴厚英

尷尬的「文革」身份在政治文化的轉折和新舊秩序的調整中應該是要被批判，至少也是要被排擠的。其次，她的「前史」也直接影響著上海文藝界對她的認可，她長時間僅被看作是一名業餘作者，嚴格意義上並不具備寫作的合法性。再次，一個人的身份除了社會身份外，還存有性別身份。雖然戴厚英在《人啊，人！》的寫作與表達中仍然具有「非性別化」傾向，但在不經意間流露出了關於女性的文化想像和要求，具體的表現則是不僅在心理層面反思了女性自我的困惑，還在現實層面展示了不同女人在愛情、婚姻、事業上的困境，這些自然又成為她受到批判的一個重要因素。「肯定」是指在「傷痕文學」、「反思文學」的評價框架下，對其作品反思與批判「文革」的肯定。我想您作為戴厚英的好友，時隔這麼多年，您是否能中肯地評價一下戴厚英，她到底是怎樣的人？比如她的身份，女人、作者（職業和業餘作者）、教師、母親等等。

杜漸坤：對於上海的這些複雜的人際關係，我也不是太瞭解。但對戴厚英在「文革」前後的一些往事，我也有些耳聞。「文革」前，上海作協召開大會批判錢谷融的《論文學是人學》，由於戴厚英能言善辯，就派她上臺發言，她咄咄逼人的氣勢給好多人留下了很深的印象，於是，外號「小鋼炮」也就傳開了。從那時開始，上海文藝界的人就對她產生了一些看法，認為這人很「左」，最好不要打交道。「文革」期間，上海作協一些人起來造反，戴厚英是個小頭目，對一些老作家進行過衝擊。到底這些衝擊是言語上的還是行為上的，具體的內幕我不是很清楚，但我想開會批判、寫大字報肯定會有的。所以這些老作家們一直都對她存有很深的芥蒂，新時期戴厚英的作品出版受阻，主要還是來源於這些老作家的阻擾。

到了「文革」後期，戴的思想、行為有所轉變。當時，她成為幹校專案組的成員，奉命負責審查一批作家，其中就包括聞捷。在審查的過程中，兩人有了不少的接觸，戴逐漸發現聞捷這人（品行）還不錯，就對過去所做的結論產生了一些質疑，隨後，兩人產生好感，談起戀愛來了。據我瞭解，是聞捷先對戴厚英提出來要交往的，他對戴非常好；而戴厚英又瞭解了聞捷一段時間後，發現這人很有才，感情也很真實，才決定和聞捷開始談（戀愛）。兩人戀情被發現後，在幹校引起了軒然大波，被「革委會」認為是被審查對象拉攏腐蝕革命幹部，這就成為了階級鬥爭新動向，於是，聞捷被強加上新的罪名，受到了更廣泛的批判。據說當時上海革委會還讓戴厚英在聞捷批鬥

會上發言並表態。聞捷的性情十分剛烈和耿直，他當時受不了就只好選擇自殺了。不過聞捷自殺後，戴厚英悲痛欲絕，在好友的幫助下才度過難關。也就是從這件事之後，戴開始反省自己以前的言行，反思自己一個來自貧苦人家的子弟現在的行爲怎麼能變成這樣呢。在反思的過程中，她感覺到自己上當受騙了，並在「文革」結束後寫了《詩人之死》，這部小說就是以她與聞捷的戀愛經歷爲素材的。起先她回憶這段往事時只是記錄在筆記本上，後來無意中被上海的一個老編輯左泥看到，他對戴厚英說不如你整理成爲一部小說。這就是《詩人之死》的誕生過程。很可惜，左泥先生已經逝世了，不然你可以再去訪談他，會有不少新的收穫的。這些其實都說明了戴厚英思想的一個轉變歷程，即在經歷了和聞捷的愛情挫折悲劇之後，她從一個衝擊老作家的「極左」的文藝「戰士」開始重新反思和認識自己的行爲。這種轉變還是比較眞實的。「文革」結束之後，在社會上存有兩種人：一種是思想急轉的很快，但這種人是否具有一定的思想基礎，這很難判斷；另一種人則是經過了自己眞實的經歷和痛苦的思考之後，確實有了一定的轉變，但這種轉變的基礎是否結實也很難判斷，當然思想上的轉變還是值得肯定的。對戴厚英而言，更主要的是她這段刻骨銘心的愛情經歷，這就使得她的轉變具備某種實在性。她曾給我看過一張聞捷的照片，是兩人的愛情遭到干擾時，聞捷留給戴厚英的，照片背後還有聞捷寫的一句話，寫的是「請你忘掉這個混蛋吧！」我看完後對他們的感情受到壓制也是唏噓不已。

1996 年 8 月 25 日戴厚英遇害後，我曾給她編過兩部遺著，其中一部是《戴厚英戴醒母女兩地書》，我記得在該書《書前語》中我寫過這樣一段話：在當代中國文壇上，像戴厚英那樣歷經坎坷，又慘遭歹徒殺害的，今後該不會有第二人吧，這個可憐的女性！說到戴厚英這個人，我想起這樣一件事，九十年代的時候，戴厚英曾對我說那年安徽發洪水，她回鄉賑災，被當地一些人誤解，認爲她是來撈取什麼政治名聲的，這讓她十分委屈。她性格外向，喜歡隨時隨地指出別人的不對，有時不分場合，不顧時機，而且你也很難辯駁她，因爲她語言表達能力非常強，口齒伶俐，講起話來滔滔不絕，不管是單位開會還是朋友聚會主要都是她在說，這種性格和做法就很容易得罪人。所以，我估計她回到安徽後沒有太注意方式方法，有些地方看不順眼，就毫不客氣地指了出來，讓別人難以接受，於是當地一些人就對她有了意見，認爲你是什麼來頭，憑什麼到這裡指手畫腳，拿著錢救助這個救助那

個，你以爲你是救世主啊！隨後一些風言風語也就傳了出來。

作爲一個作家，她在新時期的小說和隨筆中對民間疾苦、社會萬象都有所表現，我認爲她還是具備藝術良知的。當時，文藝界流傳一種說法好像是戴厚英、白樺等都是被重點「關照」的對象，主要是怕他們言論太過大膽，造成不必要的麻煩。她這個人一直很直率，內心也沒有什麼隱藏，和她接觸過的人很快就知道她是怎樣的人，有著怎樣的性格，所以我想再次強調，說她是投機分子絕對是不符合實際的，她不是那種帶著面具難以琢磨的人。正如她生前在自傳裏所說的：「多少年來我一直像一團迷露中的鬼魂，讓人抓不住，看不清」——不，簡直是面目全非了。但是，人們啊，難道我們就不應該和沒有責任還其本來面目嗎？」是的，應該，有責任。但是，什麼才是戴厚英的真面目呢？一千個讀者眼中有一千個哈姆萊特。戴厚英在世人眼中更是千奇百怪。我無意對她再作更多的評說，只說這麼幾句吧：戴厚英敢於正視自己，所以她的做人是真誠的；戴厚英勇於直面人生，所以她的寫作是真誠的。她有著極強烈的民族自尊和鄉土情懷，是一個有使命感的憂國憂民的作家。

白亮：在我對戴厚英的研究時，我發現有一個現象，她一直不被作協所接納，最後時隔多年後在別人的幫助下才加入了作協。僅以她加入作協受阻這件事，可以看出新時期的作協依然擔當著對文壇準入資格進行認證的職能，成爲確認作家身份的標誌，如果沒有進入「作協」的編制，就意味著作家身份不能成立，而且體制內外的生存決定了作家身份及其功能的區別，在這一和政治密切相連的體制內，作家的「發言」才意味著合法和權威，才能獲得精神上的歸屬感和安全感。戴厚英即使百般努力，仍然被上海作協排斥在外，這就意味著她始終被上海文藝界視作是業餘作者或「異端」，既然她的身份始終得不到承認，那麼她的小說寫作和發表也意味著不具合法性和權威性，它的出版自然會受到一定的阻力。您怎麼看待這個問題？

杜漸坤：據說戴厚英是由北京的一位老作家幫忙介紹加入中國作協的，按正常入會程序是先加入省市一級的作協，然後才能加入中國作協，戴厚英卻是個特例。北京的作家陳丹晨到上海出差時，曾向上海作協的一些人替戴厚英說過話，但上海作協不置可否，陳丹晨拜會巴金時，也向巴金談過戴厚英的情況，但巴金也無能爲力，別人不會聽他的話。上海作協當年關係到底有多複雜，具體我也不清楚。陳丹晨只好回北京後，再找人幫忙。我猜測最

後介紹戴厚英直接加入中國作協的北京老作家可能是蕭乾，蕭乾和她關係很好，在她處境最困難、思想最苦悶時，蕭乾曾多次寫信給她，給過她許多關懷、鼓勵和支持，戴厚英遇害後，蕭乾還寫了悼念她的文章，對她作了很高的評價，稱她是「愛國的鄉土作家」。戴厚英生前也曾寫過一篇《我的朋友蕭乾》，對蕭乾在她最困難時給予她的關懷和幫助表示深深的感激。1996 年我在編戴厚英的遺著時，曾把這篇文章收進《戴厚英隨筆全編》一書裏。

其實，戴厚英並不孤立，全國許多作家與她的關係都很好。就是在上海，理解她的作家還是大多數。戴厚英遇害後，上海的老作家如徐中玉、杜宣等，不顧自己年邁體衰親自參加追悼會；賈植芳、錢谷融、白樺等老作家也都寫了感人的悼亡文章；王元化還親筆爲她題寫了「辭鄉四十年幾番風雨幾番恩怨猶有文章愧鬚眉」的輓聯和「1938～1996，她生活過、愛過、恨過、痛苦過、戰鬥過」的墓誌銘；八十年代我到戴厚英家，她的客廳裏就掛著老作家朱東潤題贈的一幅墨寶，據說這位老作家每次在路上見到她，都親切地叫她「人啊，人」。至於那時還是中青年的上海作家，與她關係密切的就更多了。在吳中傑、高雲主編的《戴厚英啊戴厚英》這部紀念戴厚英的文集裏，就收入了沙葉新、趙麗宏、施燕平、左泥等一大批那時還是中青年的上海作家撰寫的感人的悼亡文章。

戴厚英在上海出書受阻，與她沒有一個「權威作家」的頭銜當然也有關係，因爲我也曾聽說過，當年有位老作家力阻戴厚英在上海出書的說辭是：「我們還沒有出書，怎麼能出這個人的。」但這不是主要原因，僅僅是一個藉口，出版界看重的也主要是作品而不是有沒有作家頭銜。當然，加入作協和沒有加入作協確實有些不同，在「體制」內也確實有一種歸屬感，沒有加入作協的往往被人稱爲「自由撰稿人」或「業餘作者」，無權參加作協的一些活動等等。所以，儘管戴厚英曾經說過：「不加入作協我也是個作家，反正讀者都知道我的作品」，但她還是想加入的。不幸的是，由於各種積怨和誤解，她卻被一些人歪曲成「壞女人」、「厲害的女人」，（如說戴厚英「文革」中參加批鬥老作家時，將圖釘撒在凳子上扎老作家的屁股等，純屬子虛烏有的不實之辭），甚至是懷有「二心」的「異端」，（如我剛才提到的，說「《人啊，人！》是對社會的血淚控訴」、「戴厚英過去從左的方面向黨進攻，現在又從右的方面向黨進攻了」）等等，長期排斥在上海作協之外。現在回想起這些往事還真挺有意思。不管如何，站在今天的立場上，以今天的眼光來回顧戴厚英和她

的《人啊，人！》，真的讓人感概頗多。三十年過去，早已物是人非，恍若隔世，一些交往過的人和經歷過的事已塵封在記憶中，許多又是我們不願再去回憶的，在那個歷史時期，僅僅是一個戴厚英和一本《人啊，人！》，就牽引出這麼多紛繁、複雜的事情和形形色色的人，這也許正是八十年代的作家和作品在當代文學史上所呈現出來的複雜和多樣吧。

附錄二 「性格即命運」——與陸行良談戴厚英

時間：2008 年 11 月 9 日
地點：上海
人物：陸行良（原《文學報》編輯）
　　　白　亮

　　白亮：陸老師，您好！很高興您能接受我的訪談。今天主要想和您談談您的老朋友戴厚英。我瞭解到您和她在「文革」中有過相似的工作經歷和遭遇，都經歷過癲狂錯亂的年月，也鑒證過人性的善與惡，十多年的風風雨雨使您和她之間建立了深厚的友誼，她一直把您當「老大哥」看，非常尊敬您，不管是高興也好，還是牢騷也罷，她有什麼心裏話總是會找您訴說，聽聽您的意見；從您這方面來說，您也對她十分瞭解，對於她的性質、品格和經歷等，您是最有發言權的，相對來說也是客觀公正的，所以，能與您進行訪談，我是非常興奮和充滿期待的。

　　選擇戴厚英及其作品作爲我博士論文的一個重要研究對象，還是源於我的導師開設的「重返八十年代」課堂，我們這個課堂設立，以及選擇研究「對象」的目的並不僅僅是再一次「重評」，而是將八十年代重新變成一個問題，試圖將八十年代歷史化和知識化，探討何種力量與方式參與了這一時期的文學建構。嚴格地說，我們重新探究的是眾多中國當代文學史敘述中被遮蔽的文學思潮、文學事件、文學期刊、作家、文本等「要素」，以期豐富和擴展文學史的認知框架，展現「歷史」的複雜和多樣。我們在研究中發現，圍繞在

文學史周邊的一些「材料」有時會重新煥發那些潛藏在「公開」敘述和傳播中的「人與事」的複雜纏繞，因此，有必要採用歷史還原的方式，通過細讀讀出滲透在一部作品中的「多種聲音」，進而對這多重因素、多種聲音是如何型塑了新時期文學的歷史策略及其邏輯展開學術研究。從這個意義講，「重返八十年代」是比較嚴肅的、帶有一定學術氣息地「文學史」研究，它試圖要清理一代人的歷史記憶，通過知識考古學的方法對營造一代人文學理念的歷史時期作「返回」式考察。

戴厚英及其作品便是我在這樣一個大的知識背景和研究框架中「重返」的一個對象。在不少的文學史敘述中，《人啊，人！》要麼被當作人道主義思潮的一個「典型」，要麼被看成是「傷痕文學」逐步邁向「反思文學」的「代表」，或者隻字不提，這些「固定知識」已經被眾多研究者形塑為一種權威描述，但這似乎沒能解決我的困惑，當我深入這一研究對象的時候，我的困惑越來越多，諸如戴厚英在「文革」前後的轉變是「真實」的嗎？到底哪些因素促使她寫出了《詩人之死》和《人啊，人！》？這樣一個產生「轟動」作品的作家為什麼始終未能得到上海文學界的接納和認可？批評家們又是在怎樣的「批評」中建構了一個「文學史」中的「戴厚英」？這一批評和建構背後又有哪些學理層面、抑或是「人事」方面的原因？尤其使我感到不滿足的是，這樣一個至今仍存有「爭議」的作家，留給可供研究的、有價值的「材料」並不是很多。隨著社會語境的變化，近年來個人回憶戴厚英的「隻言片語」相對多了一些，可往往滲透了個人的好惡，有的「細節」竟然會有多個版本，有些還是道聽途說而來，這些雖然是不可避免的，但對於戴厚英的研究並沒有實質性的進展。當然，也許「文革」中的一些和戴厚英相關的事情依然「諱莫如深」，可這並不妨礙我們對於作家作品的研究，有關那些涉及個人「隱私」的東西，並不在我的研究視野之內。我希望通過我的探討，挖掘在新時期知識建構過程中，有關戴厚英的被遺失、壓抑或扭曲的元素，希望通過和她交往最多的朋友們的交流，能還原出一個相對客觀的「戴厚英」，並加深我們對新時期的文學語境、生產機制和話語權力等元素的進一步認識。

陸行良：戴厚英跟我的認識的時間是比較長，1956 年我們一同進入華東師大中文系，成為同學。我是「調幹」，她是高中應屆畢業生，我們在同一個年級，不同的班。我當時是整個新生班的班長，她雖然不是學生幹部，但是

一直比較活躍，年級、系裏、學校的活動，不管是開會還是演出，她都積極參加，而且比較出類拔萃，所以總能引起別人的關注。在上學期間，我們只是相互認識，並沒有深交。1960 年，我們兩個人同時被推薦到上海市作家協會。上海作協當時要成立一個文學研究所，原來只有幾個人，規模擴大就要增加編制，於是就從上海的復旦大學、上海師院（現在叫上海師範大學）、華東師範大學的中文系各選送 2 個人，一共是 6 個人，每個學校都是一男一女。華東師大推薦了我和戴厚英。為什麼選我和戴厚英呢？可能因為我是黨員又是幹部，比較可靠，系裏相對比較信任，就把我當成一個可以培養的「苗子」；戴厚英並不是黨員，為什麼選她？這裡有個特殊原因，59 年春季的時候，全國掀起了批判修正主義的熱潮，作協也開始積極響應號召。在這次批判的任務中，文藝是一個重要的鬥爭「陣地」，所以文藝界的領導試圖以上海作為一個「典型」，帶頭批判以人道主義為主題的修正主義。選擇上海作為典型的原因就是建國後外國文學的研究、出版、翻譯等大多是以上海為中心，況且當時社會許多名流人物都在上海，包括建國前很多從海外回來的人，這些因素就使得上海成為了這次運動的重點「對象」。這一運動的展開是以開會的形式，剛開始還是在小組或各單位內部以學習討論為主，後來就逐漸發展為開大會批判，名義上是批判相關的「理論」，實際上是批判持有此理論的「人」。參加會議的人除了作協的一些編輯和幹部之外，主要還有作協理論組的人，而這些人大部分都來自在上海重點大學的中文系，還有部分青年教師，另外還有一些高年級的學生參加。我和戴厚英當時也參加了這個會議。這個會議一共開了 49 天，「49 天會議」隨之也成為一個專有名詞，在上海文藝界影響極大，無人不知。「49 天會議」主要批判文學上的修正主義，批判的對象是誰呢？主要是三個人：復旦大學的蔣孔陽，華東師大的錢谷融，上海師院的任鈞（他是搞翻譯的，另外平時還寫詩）。錢谷融和蔣孔陽受到的批判和指責最多，是「重點中的重點」，因為他們兩個名氣大，具有全國影響。蔣孔陽有一系列的文章，錢谷融的文章不多，但他在 1957 年發表的《文學是人學》在中國文藝界產生過巨大的轟動，自然成為「千夫所指」。後來，這次會議的方向不知怎麼回事就發生了變化，逐漸演變成學生和青年教師聯合起來，批判有地位、有名氣的教師的批判會。我清楚地記得在批判時，戴厚英表現得非常積極。她平時思想就很活躍，頭腦靈活，流利的口才又是出了名的，因此，每一次開大會，戴厚英幾乎都是主動發言。當時上海作協副主席葉以群和上

海作協的秘書長孔羅蓀平時給戴厚英提供了一些理論方面的幫助和輔導。戴厚英本身口才好，語言組織能力也強，還有一定的理論基礎，再加上作協領導私下的幫助，她在這次會議上立刻「名聲大震」。也就是在這次會議上，大家給她起了一個綽號叫「小鋼炮」，一方面是嗓門很大、很洪亮，一方面是批判「擲地有聲」，頭頭是道。這樣一來，她就成爲我們那一屆畢業生中比較有影響的學生，也正是因爲她在 49 天會議上的「傑出」表現才被推薦到上海作協。通過在大會上的這些表現，我們多少瞭解到戴厚英的在性格方面的一些特點，那時戴厚英「愛出風頭」，在系裏面一直是積極分子，學院領導也看中她這點，把她推薦過來參加會議，主要是要她好好表現，表明學校對待這次會議的積極態度；對於戴厚英來說呢，會議給她提供了一個難得的平臺和機會，她當然不會輕易放棄，必然會充分表現自己的能力。

白亮：您能談談戴厚英和聞捷在「文革」中的事情嗎？

陸行良：這還得從我們到作協開始工作說起。1960 年 2 月份因爲作協急需人手，所以我們 6 個人還沒畢業就提前去作協報導了。我和戴厚英也由同學變成了同事，而且我們兩個人都被分配到理論組。我記得文學研究所好像是那年 5 月份正式成立的，當時研究所裏一共才 20 來個人，實際參加工作的只有 17 個人，主要都是小夥子、小姑娘，所以所裏還是充滿著生氣的，尤其是大家就某個問題爭論的時候，都能暢所欲言、各執一詞。我和戴在作協一直共事至「文化大革命」。「文革」開始以後，我和她又是一個派別，一個戰鬥組。當時上海作協也是派系叢生，研究所內部也有不同的派別，整天鬧哄哄的，只要有不同意見就可以成立一個戰鬥組，意見相同的人就都主動的加入各自的組裏。當時所內主要是 2 個戰鬥組，一個號稱「火正雄」，戴厚英是組長，我是副組長；她負責批判，我負責組織工作。另一個戰鬥組和我們針鋒相對。後來工宣隊進駐作協以後，我們都被下放到幹校去了。

戴厚英在「文革」中的經歷和生活也並不是「風光無限」的，有一段日子她也很不好過，因爲她很活躍，言語當中難免會出現這樣那樣的錯誤，所以也經常被揪出來批判，後來她跟聞捷談戀愛，更是引起了軒然大波。這件事在當時上海文藝界是一個爆炸性的新聞，各種流言蜚語滿天飛，很多人對「造反派和反動派」之間的情感很感興趣，就連上海「文革」領導小組的核心人物也被驚動了。聞捷和我一起關在「牛棚」，所以，我還是知道一些他們兩人之間的愛情故事的。聞捷年紀比我大，但是在眾多接受改造的人中，我

們 2 個人還算比較年輕的，當時體力勞動的強度特別大，我們兩個人幹的就比較多，這樣我們兩個人接觸的機會就自然多了起來，隨著交往的深入，我和聞捷就成了好朋友。他的心裏話有時也會給我說一些，但奇怪的是他跟戴厚英談戀愛的事情卻從來沒跟我談起過，他肯定知道我跟戴厚英是多年的同事，然而，直到他們兩人之間的事情在幹校傳開，我才知道這件事。

戴厚英和聞捷是怎麼認識的呢？在「文革」時期，戴厚英是「聞捷專案組」的負責人，查到最後也沒查出聞捷有什麼問題。在審查聞捷及其檔案時，戴厚英發現「被審查的對象」很有才氣，而且對他的經歷和家庭的不幸遭遇產生了同情。到了幹校後，這兩個人分別負責男女生產組，平時交往的機會就增加了，我猜想他們二人的感情也就是那時建立起來的。兩人談戀愛誰都不曉得，直到戀情被「曝光」後，大家才明白過來，這立刻成為爆炸性的消息，迅速傳遍上海文藝界。有的批判戴厚英，說戴厚英成了「文藝黑線干將」的「俘虜」；有的批判聞捷，罪名是死不悔改，拉攏腐蝕「造反派」。這件事情出來後，「大字報」滿天飛，幹校所有人都被要求參加批判會，接受再教育，我甚至還被領導點名要主動揭發聞捷和戴厚英的「罪行」。不過，戴厚英並未因這件事被關進「牛棚」。

戴厚英跟聞捷談戀愛最終以悲劇收場，這多少讓大家措手不及。據我瞭解，當時戴厚英受到了批判，雖然感情上是愛聞捷的，但在思想上似乎有些動搖，再加上一些朋友的規勸，她後來也不想談下去了。她就把聞捷家裏的鑰匙還給聞捷。聞捷想不通，戀愛都談不成，這個人活著還有什麼意義呢？！自己的老婆在「文革」中自殺，自己也受批判、被關「牛棚」，孩子也遠離身邊，被下放到邊遠省份，現在竟然也不允許談戀愛，他非常苦悶和悲哀。那時「幹校」照常進行「拉練」，就是我們在幹校勞動時不准回來，一個禮拜放半天假休息，一個月才回上海一次，休息三、四天，然後再回幹校勞動改造。大概是 1971 年，有一次拉練，沒車子，我們只好背著行李走回上海。當時我跟聞捷單獨走在一起，在路上我就感覺他十分反常，一個人背著個很沉的包，低著頭，不講話，對誰都愛理不理的。為什麼反常？因為聞捷是個詩人，平時性格很開朗，是個愛說愛笑的人，突然之間變得沉默寡言，讓我們都接受不了。我雖然感覺有些奇怪，但也沒主動問他有什麼心事。後來我回想他此時的表現，才意識到他和戴厚英感情被強行拆散，傷了心，這讓他極其受不了，後來這也成為他自殺的導火索。那次拉練，回到上海後，就過年了，（哽

咽）可是，回來後的第二天還是第三天，突然來人通知我立刻到作協開會，我心裏十分奇怪，大過年的，還開什麼會，不過我心裏想著開會大概無非又是訓一通，罵一通，教訓我們這些「牛鬼蛇神」過年了不要隨便亂說亂動吧，我一路就這樣揣測著來到作協。剛一進作協的大門就嚇了一跳，一張非常醒目的「大字報」就出現在眼前，字體非常大，上面寫著：徹底批判死不改悔、自取滅亡的大叛徒聞捷。我立刻明白聞捷出事了，這不是一般的大字報，平時很少見到這麼大的字，這次又張貼在作協的大門口。一進會場我就感覺到令人窒息的氣氛，已經來的人一個個低著頭，偶而面面相覷，但都沉默不語。批判聞捷的大會開始後，我才知道昨天晚上聞捷在家裏自殺身亡。（再次哽咽）戴厚英也被要求來參加批判會，她大概已經知道消息了，我至今仍清清楚楚地記得當時的場景，主席臺上是工宣隊和上海作協革委會的領導，而戴也坐在主席臺上，她故意穿了一身黑衣服，坐在一張靠背椅上，翹著個二郎腿，繃著臉，也不講話，眼睛斜盯著前方，明顯就是對批判不買賬。批判會整整開了一個多小時，戴厚英始終一言不發。（哽咽，較長時間地停頓）那個場景，我一生不會忘記。（淚水噙滿雙眼，並擦淚。）

戴厚英在婚姻、情感這個問題上是不馬虎的。「文革」後不少人都在質疑戴厚英和聞捷之間的那段感情，但根據我對戴的瞭解，我始終認爲她們之間的愛情是眞摯的，是付出了慘痛代價的，所以我很反感對這段往事輕易說三道四的人。爲什麼這樣說呢？「文革」結束後，在和他人的交談中，戴很少涉及她與聞捷的感情的話題，朋友間也幾乎不觸及這段往事，有些朋友曾對我說，戴厚英談起聞捷時情感有時還難以自制，談到動情之處邊說還邊流淚。她和聞捷的戀愛往事是段傷心事啊，戴厚英爲紀念聞捷還專門寫了《詩人之死》，其中的情感經歷也都非常清晰，所以我們都很自覺輕易不去戳她的傷疤。

「文革」結束後，幹校被取消了，我們也重新被分配工作。鑒於戴厚英在「文革」中的種種表現，還有與聞捷的戀愛的事件，使她「臭」名遠揚，沒有單位願意接受她。據我所知，最初她被分配到戲劇學院，學院勉強要她，她還是很高興的，因爲她喜歡戲劇，在作協時就主要研究莎士比亞，也寫了一些文章，誰知戲劇學院不知什麼原因又不要她了。戴畢竟是一個有才能的人，又是華東師大畢業的，就被分配到復旦分校，也就是現在上海大學的前身。我被分配到上海少兒出版社當編輯。整個50～70年代，我們由同學

變成同事，又變成了同在文藝界的不同崗位的朋友，此後我們始終保持聯繫。1976～1979 年，這三年戴厚英一直是被清查的對象，即使被分配到學校，學校也不讓她上課，不過，那三年對她審查也是一般性的，沒有作為重點。我要在這裡申明一下，戴厚英根本沒有正式參加寫作班，「文革」期間她其實參加的是寫作班下面的電影組。「四人幫」在「文革」後期重點關注過電影，凡是電影劇本都要送到寫作班審查，所以，寫作班下面的電影組的任務就是專門看劇本。戴厚英雖然參加這個組，但不屬於寫作班正式編制，也就是非正式成員。我記得當時茹志鵑寫了一個電影劇本，叫《蒼山》，送到戴厚英那裡審查，她看後提了不少意見，兩個人為此產生了一些矛盾。所以說電影組的工作其實沒有什麼傷害，就是對一些作家的作品產生過干擾，但畢竟產生了很不好的影響。文藝界有些人對她存有很多看法、偏見和成見，也不是沒有一點根據的，但真正要抓她的問題，是抓不到的，因為她沒有做過傷害人的事情，也沒有寫過吹捧「四人幫」的文章，一篇也沒有。然而，這些事情畢竟在上海文藝界中產生了不太好的影響，有些影響至今還沒有完全消除。關於戴厚英在「文革」中的經歷，我就先給你介紹到這裡。你看看還有什麼問題？

白亮：我一直存有疑問，「文革」結束後，上海文藝界的人對她抱有很大的「成見」，一方面是批判她的作品中的內容、主題、人物等等，另一方面更多是對「她」這個人本身「不依不饒」，這樣，不管是紙面上的批評，還是現實中話語的指責，她一直飽受爭議，那麼，這些「指責」那到底來自於哪兒？這些「陰影」為什麼揮之不去？

陸行良：戴厚英是一個有著鮮明個性的人，我和她朋友幾十年，最深切的感受就是跟她相處要有極大的耐心。（大笑）《人啊，人》發表後，看到她的「成功」，有些人是很妒忌的，我曾經聽說過，有的評論家在八十年代初期還放出話來：戴厚英的書，出了，我要批；沒有出，我也要批。（大笑）不過更多的是她的為人處世，尤其是她在「文革」中的「批判」得罪了不少人。戴厚英在她自傳《性格與命運》中的自述還是比較客觀地反映了她的經歷和心路歷程的。我也很認同她「性格即命運」的自評，的確，有時傷害了他人，又傷害了自己，她也為此吃了不少苦頭。在我們現實生活中，你給他人造成的印象、以及帶有創傷的「個人記憶」並不能夠輕易抹除和刪改，每個人並不都是寬宏大量，擅於遺忘的。這個圈子裏有一些人跟她並不熟，往往根據

戴這個人造成的影響、表現等一些表象來評價她，甚至戴批判過的人對她更是耿耿於懷。這裡的「批判」要注意，並不是戴寫專門文章批判某個具體的人，而是她在文章或發言中批判的「棍子」都會「掃」到當時上海一大批有影響的人物，這其中就難免會涉及到一些作家的名字，文章一出，就在人群之間立刻造成壞影響，人們就會相互轉告，有時還以小誇大說誰專門寫文章批判你了等等，這些話一經傳播，就一傳十，十傳百，於是，戴給人們造成的影響自然也就形成一定規模了，那麼她的「壞女人」形象自然也定格在人們的腦海中。此外，戴厚英批判文藝界的人大多是在大會上公開直接的面對面的發言，不過有時言語非常激烈，批判過了頭，也直接傷害了他人的人格，或者有時口無遮攔，涉及到了別人的隱私，自然也會造成很大的負面影響，所以說戴自身也存有一定缺陷的，這也應該承認。

我記得還有一件事，「文革」時，作協領導成員中有七個人被批判過，這七個人中的一半以上，戴厚英都是批判過的。他們在上海文藝界都是有影響的。除了這些理論界的人之外，還有上海古籍出版社的創辦人、文藝出版社、以及其它幾個出版社的領導基本都被她「批判」的「棍子」掃到了，這些人都是上海文藝界的「老人」，關係多，影響很大的。雖然這些「傷害」都是個別、極少的，但這些因素都具有一定的「殺傷力」，都使得受傷害的人多少對戴懷有難以化解的「恨」，即使戴遇害後，有些人仍然不能原諒她。後來，戴的第一部小說《詩人之死》在上海文藝出版社擱置了兩年，戴厚英就找當時的社長、總編輯要個說法，質問說不出我的稿子就退給我，又不出又不退，扣在這裡幹什麼。社長也沒辦法，只能說出版誰的書得聽宣傳部的。於是，戴爲出版的事情還直接到上海宣傳部去反映，部長雖同情她，也賞識她的才華，但也沒有什麼具體的好辦法來解決，出版的事情最後還是不了了之。

白亮：剛才聽您所講，我覺得「文革」後上海文藝界並不包容戴厚英的「過去」，不出版她的作品，批判其作品中的內容，除了作品本身的「越軌」傾向外，主要還是因爲「文革」中人與人之間的舊怨。

陸行良：可以這麼講。文藝界的人始終對她有偏見，有誤會，畢竟戴給他們留下的創傷記憶實在太深了，這個影響越來越廣，即使那些沒有受到過批判的人，也會根據這些影響來判定戴的爲人，這樣，「戴是個『壞女人』」似乎就成爲圈子中大多數人的「集體記憶」了。戴厚英對此一如既往，我行我素，天不怕地不怕，所以老印象加上新印象，重重疊疊，就給他人形成了

一種固定的形象。她在「文革」中批判棍子直接掃倒的，都是有影響的頭面人物，這樣，「受害者」自然形成一個圈子，然後在圈子裏又形成一種氛圍，由這個氛圍再向外擴散，影響就相當大了。這個對所謂的「施害者」戴厚英的生存具有很大的殺傷力。批判戴厚英的一些人其實並沒有和她有過接觸，但總會聽到周圍其它有影響的人、有地位的人對戴的評論和議論，就不自覺地接受了這種影響和意見，這一間接的認定也會在某些時刻產生一定的阻力。所以說「輿論」可怕就在這裡，人言可畏啊。對戴而言，也是一個很艱難地挑戰，可她頂住了來自各方面的壓力，憋著一口氣，繼續走自己的路，所以，她作為作家的真正影響是在上海之外，這也是我非常佩服她的一點，真的很不容易的。

白亮：我記得您在一篇回憶戴厚英文章中有這樣一個說法：牆內開花，牆外香，意思就是您剛才說到的在上海區域之外造成的廣泛影響，我覺得這個講法非常生動，也非常貼切。

陸行良：是的。當時我們經常去全國各地開會，總會聽到外地人士對上海作家、作品的評論。北京文藝界的一些人還是很同情戴的，廣州就更不用說了，積極出版她的作品，給予了她很多的幫助、福建的上層領導還出面支持她，在上海文藝出版社積壓了兩年多的作品《詩人之死》後來就是在福建出版的，所以說，她個人及其作品在外地產生的影響更大些。

白亮：我曾經看到過賈植芳的一篇文章，他在文中回憶了這樣一件事情，有一次他和戴厚英同車前往一個會場開會，在去的路途中順道也接一個與會者，這人剛上車，本來很是熱情，可是一見到戴在車上，就立刻沉默了下來，此後在去會場的路上一直不願意說話，到達目的地後待只剩賈植芳一人時，就非常奇怪地問：你怎麼跟這個「壞女人」在一起？從這一個看似不起眼的事情中我們大致能想像到上海文藝界這個圈子中的很多人都將戴認定為一個「壞女人」。所以我一直又費解又苦笑，對一個作家的評論，粗暴地將她的作品剔除，只是糾纏於她的個人歷史，並完全採取的是道德、作風、人品上的徹底否定。

陸行良：賈植芳對戴的才華還是挺欣賞的。你所說的「壞女人」這種評價，我曾經也有所耳聞，你問我怎樣評價這種「評價」，我真的無話可說，中國歷來就這樣嘛，因人廢文。在戴厚英這個問題上，這種影響在上海文藝界一度成為權威性的「定論」，正如我剛才說的，對她的評價一直有著爭議，其

實也是兩種意見、兩個派別爭鋒相對。雖然戴厚英在新時期發生了明顯的轉變，但人們還是用 50～70 年代的「戴厚英」形象來衡量轉變以後的戴厚英。這是很可悲的。在戴厚英遇害後，我們把那個悼念集命名爲《戴厚英啊，戴厚英》，實際上就是套用她的作品《人啊，人！》的名字，也想體現它的內涵。王元化曾談起過戴厚英的這些經歷，說這是人性的悲哀啊，這句話眞的是一針見血的，這不僅僅是戴厚英的悲哀，而且是人性悲哀。

白亮：八十年代後，有些人質疑戴厚英「文革」後的懺悔是違心的，您認爲呢？

陸行良：在我看來，她的懺悔是在自己的經歷與遭遇的基礎之上的，是眞實可信的。我認爲眞正造成她「文革」前後思想轉變的直接原因就是「聞捷之死」。聞捷之死使她醒悟了，她回想過去自己很多事情做錯了，傷害了人，有些言語和行爲是不人道的。所以她新時期將過去批判的東西重新進行提倡，我認爲是一個巨大的轉折。她想到受傷害的人也會像她現在一樣，當她自己批判人家的時候，被批判人的人也是這種心態，這就是共通的人性，她自己眞正體會到了被傷害人的心情。另外，回顧她一生的經歷，她正面的、反面的角色都扮演過，既當過人道主義的吹鼓手，又高舉過反對人道主義的大旗，所以我認爲這就是人的複雜性。戴厚英的「可貴」也就在這裡，因爲她以《人啊，人！》而成名，又產生那麼大的影響，而「名人」的對自己「文革」行爲的懺悔是需要勇氣的，她能這樣做，眞的很不容易。

白亮：您見過《詩人之死》和《人啊，人！》的初稿嗎？

陸行良：沒有。但是知道她有段時間在寫她的經歷。《人啊，人！》這部作品從藝術上而言，其實還是很粗糙的，但是它適應了當時一個社會需要，即對「文革」的反思，並勇於提倡人道主義，這都引起了當時社會群體的共鳴。戴厚英在修改《人啊，人！》和創作《空中的足音》時，和廣州結下了不解之緣，她這兩段時間身處廣州，背負著很大的壓力，因爲正好處於全國批判她的最緊張時期，是《花城》的編輯們給予了她很大的幫助，後來戴厚英對廣州的朋友們能接納她是十分感激的。

白亮：《人啊，人！》的轟動除了提倡和響應人道主義討論的風氣，是否還包括作者自己對「文革」經歷的反省引起了讀者的閱讀興趣，也就是說，作者對自己在「文革」中「眞實」的個人經歷的回憶和講述，使得社會公眾和讀者都相信，歷史記憶才是歷史的第一見證人，只有「第一見證人」在場

的文學創作，才能夠產生震撼力和感人的力量。

陸行良：我不認為是這樣。我覺得主要還是人道主義。因為很多讀者根本就不瞭解她，不能說是因為她特殊的個人經歷，讀者才對她有興趣，主要還是從作品出發的。

白亮：在 1982 年的「反對資產階級自由化」、1984 年的「清理精神污染」的運動中，戴厚英及《人啊，人！》是狠批的對象之一，這兩次大規模的批評讓她如「驚弓之鳥」，關於她的各種流言蜚語滿天飛，批判的基調也上綱上線，演化成「如何鞏固無產階級政權」、「對社會主義的血淚控訴」、「與社會改革、實現四化為目標的正確路線和政策相對立」等大是大非的「問題」。有些文章的批評氣勢和語言，乃至思維方式，都體現出「文革」時期的大批判遺風。

陸行良：在這兩次大規模的批判中，我也斷斷續續地看到了一些批判文章，這些文章的批判風格和「文革」時期的批判差不多。也可以這麼理解這兩次批判，就是當年戴厚英怎麼批判人家的，現在人家就怎麼對她的。《人啊，人！》最初發表之時，還沒有產生那麼大的轟動，戴厚英以及她的小說在全國範圍傳開，還是因為聲勢浩大的「批判」。當時批判的氛圍是很緊張的，《文匯報》接連出專版批判。這些批判文章大多都是「遵命」文章，有些批評者還是化名的。批判的主要原因是有關「人道主義」的爭論，一方面這一理論在學術界、文藝界爭論得如火如荼，並沒有形成定論，當時談論人道主義是十分敏感的，而《人啊，人！》中赤裸裸地宣揚人道主義，當然就「犯忌」了，當時中央宣傳部的一位領導在一次報告中很明確地點名說《人啊，人！》是壞書；另一方面就和戴厚英的「文革」經歷密切相關。

我再給你講個小故事，我跟《人啊，人！》的責任編輯杜漸坤原來不認識，是戴厚英介紹我們認識的。當時對《人啊，人》批判的聲勢很大，廣州那邊不理解，也不清楚，就派杜漸坤到上海來摸底，也就是聽消息。有一天晚上下著雨，戴厚英的女兒戴醒帶著他到我家裏來了，戴醒跟我介紹說這是《人啊，人》的責任編輯，花城出版社的杜叔叔，當時我在《文學報》，他去找過上海文藝出版社的編輯左泥，左泥告訴他我是報社的記者，應該消息靈通，找我問問上海批判的背景、態勢和風向，這樣的話，也許會有所收穫。這是我們第一次見面，而且一見如故，此後就一直保持著聯繫。

白亮：戴厚英在新時期受到批判時心態上有什麼變化嗎？

陸行良：我曾在一篇悼念戴厚英的文章裏提到過一個情景，即戴當時爲此還「拍桌子」，就能充分體現她受到批判時的眞實心態。當時的情形是這樣的，在批判風暴最猛烈的時候，戴正在廣州寫作，花城出版社的編輯們爲了讓她不受干擾，就把她安排到一個郊區的招待所裏，晚上我通過杜漸坤才知道她的住處，就悄悄去看她，見面後我們兩個人談到了當時的情勢，上海叫她回來接受批判，可名義上是要她回來參加學習。上海發文給花城出版社，出版社又不能不傳達，可她根本不願意回來。戴厚英那晚火氣很大，講起這個事情，非常氣憤，毫不掩飾的，說到激動處還罵娘。（大笑）這就是她那時的心態，剛才我說《文匯報》大規模地批判戴，戴從那以後再不給《文匯報》寫文章，「勢不兩立」。這也是戴眞正的性格的表現，敢怒敢言。

有一年的大年初一，她到我家裏來拜年，跟我提起了學校給她評職稱的事情，因爲那時她的作品正受到批判，所以學校迫於壓力不給她評教授，只給她評一個副教授，她不買帳，給我發牢騷說我上課不比人家少，上課的效果不比人家差，人家可以當教授，爲什麼我不能當教授？人家只能教課，我不但能教課，還能搞創作，我爲什麼不能評教授？話語像連珠炮似的。接著她決定要寫信告到更高一級的部門，那天我們還和她商量怎麼寫信。信寄出後，得到了上級部門的答覆，一段時間後，她的教授問題自然也就解決了。

白亮：《人啊，人！》的出版歷盡了艱辛，戴厚英「文革」經歷又讓她在新時期飽受爭議，其中還有一個重要現象值得我們探討，即在對待戴厚英上，上海、廣東兩地爲何會出現大相徑庭的評價，爲什麼在廣東戴的「文革」經歷並不是那麼扎眼，而上海文藝界反而會放大、「變形」她的「歷史」呢？

陸行良：廣州主要是看作品，欣賞她的才能。就是把她當做一個作家，沒有受到來自其它地域負面的影響。即使有，他們也不管。在對待戴厚英這個人上，也是一分爲二的，所以這種複雜的情況也可以理解。在上海我們想糾正對戴厚英的偏見，做不到，做也沒有用。我舉一個例子，戴厚英去世以後，她的家鄉要給她樹像，以表紀念。我去那裡參加了這個活動。上海的幾家報紙還專門發了文章批評這個事情，有的還發了一個「記者的見聞」，可是寫文章的人根本就沒有去。我回到上海後看了這些文字後十分生氣，於是我就在任職的《文學報》上寫了一篇文章回應這些批評。這些文字應該能夠找

到，就是戴遇害當年（1996 年）。這些批評者根本就不理解戴厚英家鄉的親人對戴的感情，戴厚英是以「淮河的兒女」而知名的，她一直是家鄉引以爲傲的知名作家。

白亮：上海廣州兩地對戴厚英評價的差異性，其實也涉及到新時期民眾如何面對「文革」遺產，以及南北兩地對「文革」的不同評價，而這一評價也強行地移植到了對作家的評價當中。就像您剛才所講的，除了廣東和上海兩地客觀的地域性（在改革開放中的角色）和在「文革」時所擔當的文化「角色」（當時上海是革命重鎮）的因素外，我想更爲重要的還是「語境」和「人事」的原因，爲什麼上海會這樣理解和處理「文革」記憶，又這樣對待「文革」中的人和事呢？

陸行良：我認爲，這一差異性關鍵是看人和事有沒有切身的利害關係。我聽說過這樣一件事，新時期初期，陳沂調任上海主管宣傳之前，胡耀邦找他談話，是叫他來「補課」，專門叮囑他到上海開展工作要特別注意一點，即要補好批判「四人幫」的不力這一「課」，並且要大力宣傳「實踐是檢驗眞理的唯一標準」。所以陳沂來上海主持宣傳工作，主抓意識形態，壓力很大的。上海「文革」後較長一段時間在批「四人幫」上，表面文章做了不少，但並沒有眞正消除這個影響。戴厚英遇害以後，許多報紙上在她的名字前面冠以上海作家協會理事這個帽子，我看了以後十分不解，因爲她連作協會員都不是，怎麼會成了理事了呢？戴自己也很少提及加入上海作協的事情。有關她加入作協的事情，有些朋友已經做了相關的回憶，她實際上是先加入了全國作協，加入全國作協之後，自然就成了地方作協的會員。不過上海作協一直沒有承認她的身份，她也從來沒有參加過上海作協的任何活動。新時期初期，不管是上海內部的會議，還是其它省份、城市，甚至是國外開會，與會者似乎都不願接近她，都採取的是迴避的態度，因爲他們覺得跟戴接觸就好像是跟她妥協了，也就影響到自己的身份和名譽了。

白亮：戴厚英和巴金在 50～70 年代都有過所謂不光彩的「歷史」，爲什麼他們在「文革」後都以「文學」的方式進行記憶和反省，只有巴金被稱爲民族和知識分子的良心了呢？而戴厚英始終受到質疑？對戴厚英這個人，巴金是如何評價的呢？

陸行良：據我所知，戴厚英沒有跟巴金見過面，但她把《人啊，人！》寄給了巴金。巴金也給她回了信，對她的這部小說是肯定的。信我沒有見過，

但戴厚英跟我親口講過這件事的。

白亮：八十年代整個社會都在「反思」，可是「反思」的觀點又太模式化，並且，「反思」視野上的狹窄所產生的障礙，很快暴露出作家們體驗、認知上的局限，而且他們總是不自覺地用道德的觀點去看社會政治，將政治道德化，並試圖以經典的現代性話語（人道主義）來清算一場現代社會的災難，這就始終未能突破社會／政治學思維的束縛。其中，尤其是將有著複雜因素影響和制約的社會歷史現象（問題）簡單化爲（個人的）道德現象（問題），以泛道德的模式去解釋一段時期的歷史這成爲新時期文學界反思歷史的基本特點。關於新時期初期文壇的氛圍，我想聽聽您的看法。

陸行良：新時期初期的文壇一直處於「傷痕文學」的影響之下。實際上，戴厚英的《詩人之死》和《人啊，人》也屬於「傷痕文學」的範疇，不過，在「傷痕文學」的「經典」中卻沒有戴厚英的地位，這是一個奇怪的事情。我想原因就是對戴厚英的偏見太深了。現在對戴厚英的相關研究有待進一步挖掘，畢竟她和「文革」有著很深的淵源，這也是上海文藝界的一個痛處，誰也不願意去碰。剛才你提到「傷痕文學」的影響，我認爲盧新華的《傷痕》當然是有意義的，但我堅持認爲，從作品的影響、深度和廣度來講，《人啊，人！》更具有代表性。戴厚英呼籲人道主義，批判「文革」摧殘「人性」，她是以自身活生生的事實和個人經驗來理解和言說的。另外，文學界對戴厚英理解和處理「文革」記憶的方式始終沒有一個客觀的評價，相關信息並不多，好像根本沒有發生這個事情一樣。如果你能在博士論文中嘗試對這些問題進行深入討論的話，我覺得是一項很有意義的基礎性和開拓性研究。祝你寫作順利！

後　記

　　這本書是我的第一本專著，改自博士論文。從 2008 年 7 月正式動筆寫作，到 2009 年 5 月論文完成和答辯通過，再到今時成書出版，期間改改停停，停停改改，維續了竟有七年之久。

　　當我 1999 年邁入大學校門時，從來沒有想到過將來要讀博士，當時只是小心翼翼地告誡和鼓勵自己：別在班裏當「老末」，一定要「跟」的上；如今，我已經博士畢業，從事自己最鍾情的大學教書工作，甚至還要為自己的專著寫一篇後記，心中本有萬語千言，不吐不快，但在終於交稿的那一剎那，卻全然沒有一絲自豪之氣和如釋重負之感，只剩下忐忑不安和徒增時光飛逝的感慨：學術寫作真的不是一件容易的事情。這其中的酸甜苦辣，真的是冷暖自知、一言難盡。

　　一篇論文，乃至一本書的寫作意味著耐力和智慧要經受嚴峻地考驗，猶如面壁苦修，不僅要坐得住、耐得寂寞，還得看天賦和靈感，可惜它們很少惠顧我。學術研究和論文寫作對我而言，是一件極累的事，遊刃有餘都是別人的本事，跟自己是絕緣的，而我就像在搬磚，全靠力氣和耐心。同時，由於自身的學術水平與文學修養有限，也使我對自己做這個複雜的課題心存疑慮，及至已經「完成」的部分，我仍然懷疑它的存在價值和水準。回憶當初，在那些日子裏，大部分時間耗在圖書館、辦公室和電腦前，翻找著發黃的舊報老刊，閱讀著無窮盡的作品與批評文章，修改或重寫著已然成型的文字，尤其是即將交書稿的那段時間，每日備課完畢，或是上課結束回到辦公室，第一時間就投入到書稿的修改中，經常累得半躺在椅子靠背上，用發澀發乾的「紅眼」默默地望著霧霾中「阿語樓」的「土豪」金頂，或是難得的

−219−

藍天下偶然停留在窗前的喜鵲。再次回想起寫作的情景和滋味，記憶中更多的是花費了許多時間而一無所獲的失望和沮喪；那種日夜坐在電腦前思維受阻、文思枯竭，不得一字，毫無所獲的痛苦。有時候，第二天打開電腦，讀讀昨天絞盡腦汁堆砌出來的文字，看一陣就莫名地狂躁不安，這都什麼呀？簡直「慘不忍睹」！……就是在這樣的緊張、忙碌與惶惑之中，終於將書稿粗草完成。

這本書中的大多數章節雖已公開發表，但在修改過程中，依然進行了一定程度的刪減、增寫，或是結構方面的調整。改動最大的是緒論和第四章，這也是當初博士論文完成時自己不甚滿意的兩章，因而也進行了較大規模的「重寫」，盡力刪掉角度偏大，過於宏觀，看似很理論卻沒把問題集中到一點的論述。不過，在這個過程中，我越發意識到，反覆修改其實還是不間斷地「尋找和發現」，也就是說，努力「尋找」的是「狀態」，一種「彆扭的研究狀態中超越自己，同時又返回自己，以便使自己的研究視閾盡可能地抻開，使文學研究盡可能地回覆到圓融、包容和理解的狀態中」，這是我的導師程光煒教授一直以來對我的學術訓練；盡力「發現」的是「問題」，一個是研究對象在「歷史遺跡」中隱藏的問題；另一個是自身在研究時「不太擅長思辨，邏輯性不強」的問題。從這種意義上說，個人最看重本書中的第二章和第三章，一種「通過講述故事逐層把問題展示出來，然後進行深入的歷史化的研究」的嘗試。當然，我清醒地知道，無論怎樣修改，限於自己的學識，本書只是一部習作，很多地方還需要進一步推敲，只好在以後的「尋找和發現」中以求改進。

我感謝最近這十年的學習和工作生活，它凝集著個人孜孜以求的艱辛勞作，更凝聚著諸多師友們的真誠提攜和真心幫助，他們是我人生路上的「貴人」，因此，我真的是一個幸運的人。

感謝授業恩師程光煒教授！先生是我本科學年論文的指導老師，碩士論文的評閱人，2006 年，承蒙先生不棄，收我做博士研究生。現在想來，這是人生最關鍵的選擇之一。入門後，我深感自己愚笨，學習不敢懈怠。然而，研究角度和方法的調整讓我在很長一段時間不得要領，每個學期的研究論文都令我焦灼不已，即便時常揣測和研究先生文章，依然不能得其精髓，猶如「照虎畫貓，反得一犬」，因此而汗顏。所喜先生歷來睿智而嚴謹、親近而平和，不厭學生魯鈍，諄諄教誨，循循善誘，總是能在第一時間解答我的疑惑，

深中肯綮地指出問題所在，不提讀書期間，僅畢業後這幾年，先生和我往來的郵件就有近一百封。清晰地記得，今年三月初春的一個早上，先生和我通話四十多分鐘，細緻地分析昨晚我發來的一篇論文的不足，並和我探討怎樣修改會更好，要知道，先生那時正在澳門講學，而且那天清晨五點多，已經給我寫了 800 多字的回信，費心地指出我的種種不足，先生在電話中最後說，「我寫了信，但總覺得不夠，有些話還需要和你再溝通。」電話這頭的我再一次地體會到了先生的良苦用心，我真的是幸運的。這十多年來，先生執著認真的學術精神、深厚的學術素養和活躍的學術思維，不只奠定了我的研究方向和學術方法，更潛移默化地推動著我在學術之路上奮勇前行。

感謝我的碩士導師中國人民大學文學院的馬相武教授，他在學習和生活各方面對我的關懷，就像對待自己的孩子，這份情感令我感動，終身難忘。感謝中國人民大學文學院姚丹、李今、孫民樂、張潔宇、陳陽、王家新等諸位老師在本書的撰寫過程中的指導和幫助；感謝北京大學中文系洪子誠、溫儒敏、曹文軒、陳曉明等先生，北京師範大學文學院劉勇、張清華先生，以及首都師範大學張志忠、中國社科院陳福民等先生的不吝賜教；感謝廣東外語外貿大學中文學院申霞豔老師的古道熱腸和盛情款待；感謝廣州的杜漸坤老師和上海的陸行良老師在百忙之中接受我的訪談，並給我提供的許多極具價值的第一手資料。

本書的部分章節在《南方文壇》、《當代文壇》、《當代作家評論》、《文藝爭鳴》、《長城》、《現代中文學刊》、《人文叢刊》等刊物發表，正因編輯老師們的包容和接納，使得我在品嘗收到期刊喜悅的同時，又能堅定我在學術道路上前行的決心和信心，謹此表示誠摯的謝意。

感謝寧夏大學人文學院的郎偉教授，他是我進入中國現當代文學這一學科的啟蒙老師。從本科到博士，整整十年，雖然相隔千里，身處銀川和北京兩地，但是不管是學習上的困惑，還是生活瑣事上的煩擾，他都在書信和電話中給予我極大的幫助和開導，沒有他，就不會有我後來一直在求學路途上繼續「摸索」下去的信心。

感謝同門師兄姐對我的幫助和開導；感謝同門能經常一起談論生活、探討學術，甚至為某個問題爭議不休，而本書中一些有意思的觀點也在這爭議中萌芽，這都使我受益匪淺。

將我最真誠的感謝獻給我的父母和弟弟。我是如此地感激他們。他們一

直陪伴著我走在充滿艱辛的曲折的路上，總是毫不猶豫的付出所有。一直以來，常年奔波操勞的父母給我提供了優越的物質條件和生活空間，期待我心無旁鶩地實現自己的每一個夢想。在我追逐夢想的征途上，他們給我搭建了理想的人生起點和堅實的發展平臺，並毫無保留、源源不斷地輸出任何人無法企及的精神力量，每當我在外「碰」到「鼻青臉腫」之時，他們總是能化解我的委屈、治療我的創傷。感謝我的弟弟，三十幾年來，我們共同成長，共同進步。我永遠不會忘記，剛剛工作的他省吃儉用，用微薄的收入支撐著我順利度過了三年碩士生活，並且在我煩躁和鬱悶的時候，他都能耐心地聽我發脾氣、發牢騷，寬慰我，幫我出主意，不管遇到什麼事情，我們共同面對，他總是我的「臂膀」。每當我一個人孤寂地在寢室或辦公室中看書、查找資料、趕寫論文的時候，一想起他們的辛酸和委屈、溫暖和喜悅、企望和鼓勵，我心裏總是百感交集，但又倍感踏實，重新振奮起精神，疾筆書寫。希望我的努力沒有讓他們失望，希望我今後的工作能全力地回報他們。再次感謝我的父母和弟弟！

　　還要感謝臺灣花木蘭文化出版社，感謝編輯老師們爲本書的出版所做的細緻、辛勤而出色的工作。

　　最後，我想把感謝留給畢業後的這六年「生活」。這幾年，我爲人師、爲人夫、爲人父，在每天的「生活」中扮演著不同角色，重塑著自我形象，更重要的是在妻子和孩子的「喜怒哀樂」中懂得所承擔的責任。有幸進入北京外國語大學工作，至今仍然是令人豔羨的。感謝學校的領導和同事對我「堅持夢想、不忘初心」的理解和通融；感謝學校金莉、孫有中、賈文鍵、魏崇新、陶家俊、張劍、顧彬、李雪濤、汪劍釗、汪民安等教授們對本書部分章節提供的寶貴建議；更感謝中文學院領導和同事對我的支持與幫助，能夠成爲這個優秀的研究團隊中的一員，我感到非常自豪；還要感謝中文學院的同學們，你們在課堂上的精彩發言和問題意識，讓我充分體味到了童慶炳教授所說的上課感覺，「這是一種快感，一種美感，一種價值感，一種幸福感，一種節日感，一種自我實現感」。這種種「生活」的經歷，讓我不斷積累著個體經驗、文化記憶和生活體悟，當我再次「返回」我的研究對象時，會以此來充分尊重作家和作品，並嘗試建立「文學」與「生活」和「歷史」的關聯性。

　　新書的出版，對我而言，既是對上一段「求學與工作」的總結，也標誌

著下一段「人生歷程」的開始，如果這個時候要略作總結，我依然相信一句
名言，「生活，就是知道自己的價值、自己所能做到的與自己所應該做到的。
生活，就是理智。」

白　亮

初稿於 2009 年 4 月末中國人民大學品園 3 樓 412 室
再改於 2015 年 12 月北京外國語大學中文學院 222 室